Beth Anne Miller

BY YOUR SIDE

Beth Anne Miller

BY YOUR SIDE

Aus dem amerikanischen Englisch
von Sabine Tandetzke

Ravensburger

Bibliografische Information der Deutschen Nationalbibliothek:
Die Deutsche Nationalbibliothek verzeichnet diese Publikation in der Deutschen Nationalbibliografie. Detaillierte bibliografische Daten sind im Internet auf www.dnb.de abrufbar.

FSC
www.fsc.org
MIX
Papier aus verantwortungsvollen Quellen
FSC® C111262

1 2 3 4 5 E D C B A

Deutsche Erstausgabe

Umschlaggestaltung und Artwork: Isabelle Hirtz, Inkcraft unter Verwendung mehrerer Motive von Shutterstock (Creatopic; KieferPix; Ollie Taylor; djgis)

Lektorat: Tamara Reisinger

Das auf Seite 36 verwendete Zitat stammt aus:
Robert Frost: »Stopping by Woods on a Snowy Evening«
Aus: Paul Celan, Übertragungen. Gesammelte Werke 4 und 5. Suhrkamp Verlag, Frankfurt am Main, 2003. (Hrsg. von Beda Allemann und Stefan Reichert unter Mitwirkung von Rolf Bücher)

Printed in Germany

ISBN 978-3-473-58564-9

www.ravensburger.de

Für Julie Young – dafür, dass du zahllose Szenen und mehrere Fassungen dieses Buchs gelesen hast; für deinen Enthusiasmus, deine Vorschläge und dein Adlerauge; für all die Jahre der Freundschaft und dafür, dass du die allerbeste Mitbewohnerin bist.

Für Nicole Pinto – dafür, dass du so viele Entwürfe und Szenen gelesen hast, für deinen Rat und deine Vorschläge und dafür, dass du meine Testleserin und meine beste Freundin bist. Auch wenn wir Grimm nicht mehr haben, so bleiben uns zumindest Kiefer und Milo!

PROLOG

Die letzten Stunden hatte ich nichts als Schmerz gespürt. *Vier kleine Gipfel,* hatten sie gesagt, als wäre das ein Kinderspiel.

Lügen, alles Lügen.

Am liebsten hätte ich mich auf den Boden fallen lassen und mich geweigert, weiterzugehen. Aber es gab jede Menge Gründe, warum das keine Option war. Einer von ihnen war ein großer, sexy Schotte, der mir von Anfang an das Leben zur Hölle gemacht hatte.

Er ging ein Stück vor mir und sah alle paar Minuten zu mir zurück, um sich zu vergewissern, dass ich noch da war. Es war zwar beschämend, aber es bereitete mir eine gewisse Genugtuung, zu wissen, dass seine langen Beine von der Anstrengung, langsam zu gehen, genauso schmerzten wie meine von dem Versuch, mit der Gruppe mitzuhalten.

Meine Oberschenkel- und Wadenmuskeln protestierten lauthals bei den Steigungen und meine Knie jaulten, wenn es bergab ging. Meine Augen brannten vom Wind und meine Schultern schmerzten vom Gewicht meines Rucksacks.

Und dabei war es noch nicht mal Mittag.

Was um alles in der Welt hatte ich mir nur dabei gedacht?

KAPITEL EINS

AMELIA

Zwei Tage zuvor

»Willkommen auf der Isle of Skye!«

Der begeisterte Ausruf riss mich aus der merkwürdigen Benommenheit, in die ich nach der langen Anreise verfallen war. Nach dem nächtlichen Transatlantikflug von New York nach Glasgow ging es zunächst in einer vierstündigen Fahrt nach Fort William in den West Highlands, und von dort dauerte es noch mal drei Stunden, bis wir Skye erreichten. Die Fahrt wurde nur von ein paar kurzen Zwischenstopps unterbrochen, bei denen wir uns die Beine vertreten und Fotos von der zunehmend spektakulärer werdenden Landschaft machen konnten. Tiefer und tiefer waren wir in die Highlands vorgestoßen und hatten schließlich die Brücke nach Skye überquert.

Hier würde ich die nächste Woche mehr als achtzig Meilen laufen und – angefangen im Norden von Skye – die gesamte Ostseite der Insel entlangwandern.

Bei unserem kurzen Zwischenstopp in Fort William hatte ich von den anderen Leuten in meiner Trekkinggruppe nur einen oberflächlichen Eindruck gewinnen können, bevor uns die Typen von *Scotland By Foot*, dem Trekkingveranstalter, mit dem ich wandern würde, aufgesammelt hatten. Mit von der Partie waren ein

Pärchen aus Florida und zwei Frauen aus London, die ungefähr so alt waren wie meine Eltern, und zwei dreißigjährige bärtige Brüder, die irgendwo aus New England kamen. Sie hatten alle super fit und super motiviert gewirkt, und sie waren, wenn man ihre offenbar viel benutzte Ausrüstung entsprechend interpretierte, auch super erfahren.

Im Gegensatz zu mir.

Und sie waren alle zu zweit. Paare, Freundinnen, Brüder – und ich. Eine Alleinreisende, die auf der vorderen Sitzbank des Vans neben den beiden männlichen Tourguides hockte. Als wäre es nicht schon schlimm genug, als völlige Anfängerin einen einwöchigen Trek auf der Isle of Skye zu machen, würde ich auch noch die einzige Alleinreisende in einer Gruppe von lauter Paaren sein.

Um mich von diesen deprimierenden Gedanken abzulenken, richtete ich meine Aufmerksamkeit auf die gezackten Berge in der Ferne, die sich als blaugrauer Dunst gegen den strahlend blauen Himmel abhoben.

Ich setzte mich kerzengerade hin. Moment mal, waren diese Berge etwa Teil des Skye Trails? *Oh Carrie, was hast du dir bloß dabei gedacht?* Und was hatte *ich* mir dabei gedacht, als ich beschloss, mich auf das hier einzulassen?

Es fühlte sich so falsch an, diesen Trip ohne sie zu starten. Im Gegensatz zu mir liebte Carrie nämlich alles, was irgendwie mit Wandern zu tun hatte. Wir machten normalerweise alles zusammen, nur eben das nicht. Ich stammte aus dem völlig flachen Long Island, New York – also wie zum Teufel sollte ich diese bergige Wanderroute bewältigen?

Aber irgendwie würde ich es schaffen. Ich *musste* es schaffen. Für Carrie.

»Wie lange noch?«, fragte eine der Frauen von hinten.

»Ungefähr eine halbe Stunde«, antwortete Tommy MacDonald, der Guide, der neben mir auf der Sitzbank saß und uns vorhin auf Skye willkommen geheißen hatte.

»Wenn wir nicht von allzu vielen Touristen ausgebremst werden«, murmelte Rory Sutherland, der zweite Tourguide und Fahrer des Vans. Während Tommy der »freundliche Guide« war, was er in Fort William hinlänglich bewiesen hatte, indem er uns mit einem strahlenden Lächeln in Empfang genommen hatte, schien Rory die Rolle des »mürrischen Guides« zu spielen. Während der dreistündigen Fahrt hatte er kaum ein Wort gesagt, außer wenn er auf die Fahrer vor uns fluchte.

Hoffentlich war seine schlechte Laune nur dem langsamen Vorwärtskommen auf den schmalen, zweispurigen Straßen geschuldet – was ich sehr gut nachfühlen konnte, da auf Long Island auch ständig Hauptverkehrszeit und überall Baustellen waren – und kein Vorgeschmack darauf, wie er sich auf unserer Wandertour verhalten würde.

Sonst würde es eine sehr lange Woche werden.

Die Landschaft war einfach atemberaubend. Auf der einen Straßenseite erstreckten sich gezackte Berge, so weit das Auge reichte, auf der anderen Seite lag das Meer, das im Nachmittagslicht saphirblau schimmerte. Und überall um uns herum waren hügelige grüne Felder, auf denen flauschige weiße Schafe und Lämmer munter herumsprangen. Skye war abgelegen, überwältigend und auch irgendwie einschüchternd.

Aber warum musstest du unbedingt hier wandern, Carrie?

Ich ließ das Fenster herunter, um ein paar Fotos zu schießen. Dann schaute ich sie mir an, um sicherzugehen, dass sie gut geworden waren.

Rory murmelte etwas so leise vor sich hin, dass ich ihn nicht verstehen konnte.

»Entschuldige, hast du mit mir gesprochen?« Bis auf ein genuscheltes Hallo, als Tommy ihn in Fort William vorgestellt hatte, hatte er noch kein Wort mit mir gewechselt.

»Ich sagte: ›Jetzt fummelt sie schon wieder an ihrem Handy rum.‹«

Entgeistert starrte ich ihn an. »Hast du irgendein Problem mit mir?« Ich wusste, dass ich zickig klang, aber das überhebliche Verhalten dieses Typen hatte mir nach der ewig langen Anreise gerade noch gefehlt.

Er schaute kurz zu mir herüber, dann wieder auf die Straße. Seine Gesichtszüge waren fast vollständig von einer dunklen Sonnenbrille und einer Basecap verborgen. »Ich versteh einfach nicht, warum manche Leute Tausende von Meilen reisen, um sich eine neue Gegend anzusehen, und dann die ganze Zeit am Handy hängen. Seit du in diesen Van gestiegen bist, hast du deins nicht länger als fünf Minuten weggelegt. Vielleicht solltest du dich mal eine Weile von Instagram, Twitter und Facebook loseisen und Skye nur für dich erleben – und nicht für deine vielen Freunde und Follower.«

Ich öffnete den Mund, um ihm zu sagen, er könne mich mal, aber Tommy kam mir zuvor. »Nicht schon wieder«, ächzte er und warf mir einen entschuldigenden Blick zu. »Es ist immer dasselbe mit ihm. Rory hasst alles, was mit Technik zu tun hat. Wenn er könnte, würde er wahrscheinlich sein Handy wegwerfen und ganz allein in der freien Natur leben. Am besten beachtest du ihn gar nicht.«

Tommys diplomatische Antwort würgte meine wütende Erwiderung weitgehend ab. Aber ich konnte Rory seine überhebliche

Bemerkung auch nicht einfach durchgehen lassen. »Du weißt nichts über mich, Rory«, fauchte ich ihn an. »Ü-ber-haupt nichts. Wie wär's also, wenn du dir vorschnelle Urteile verkneifst, und ich dir die gleiche Höflichkeit erweise, indem ich dich nicht als Volltrottel beschimpfe.«

»Autsch!«, murmelte Tommy.

»Ich hätte das nicht sagen sollen«, räumte Rory nach einer Weile ein und sah wieder zu mir herüber.

Ich konnte nicht einschätzen, ob er es ernst meinte, aber zumindest kam es einer Entschuldigung ziemlich nahe. Also nickte ich kurz und richtete meine Aufmerksamkeit dann wieder auf die Dinge auf der anderen Seite der Scheibe.

Ich hatte wohl doch recht gehabt. Es würde eine lange Woche werden.

Mein Zimmer in dem Bed & Breakfast in Portree war entzückend, mit einem breiten Bett, dessen weiße Daunendecke mich an eine Wolke erinnerte.

Ich schrieb noch schnell eine E-Mail an meine Eltern und schwärmte ihnen von der schönen Landschaft vor, bevor ich der Verlockung der weißen Daunendecke nachgab und mich eine Stunde aufs Ohr legte. Das und eine lange, heiße Dusche trugen eine Menge dazu bei, dass ich mich wieder wie ein Mensch fühlte, ebenso wie die beruhigende Routine, beim Fönen mit den Fingern durch meine langen Haare zu fahren. Ich hielt nicht viel von Make-up, aber mit ein wenig Concealer auf meinen Augenringen und einem Hauch Eyeliner wirkte ich nicht mehr ganz so zombiemäßig.

Nachdem ich Jeans und ein schwarzes Top mit V-Ausschnitt angezogen hatte, musterte ich mich prüfend im Spiegel. Ich sah immer noch blass und müde aus, aber irgendwie auch gar nicht so übel. Außerdem sollte das Abendessen in einem Pub keine allzu große Herausforderung darstellen.

Im Gegensatz zu der über achtzig Meilen langen Trekkingtour über die Isle of Skye. Die einwöchige Wanderung und die Tatsache, dass wir auf dieser Strecke fast jede Nacht im Freien campen würden, würde mir vermutlich den Rest geben.

KAPITEL ZWEI

AMELIA

Das »Begrüßungsessen« fand in einem Pub statt, der nur einen kurzen Fußmarsch vom B & B entfernt war. In der Mitte des Pubs war ein langer Tisch für uns gedeckt, und ich setzte mich neben Lucy, wie sich die Frau aus Florida vorstellte.

»Wie fühlst du dich, Liebes? Du siehst schon viel erholter aus als vorhin.«

Ich lächelte. »Die Wirkung von einer heißen Dusche und etwas Make-up ist nicht zu unterschätzen.«

»Oh, auf keinen Fall.«

Langsam füllte sich der Tisch auch mit dem Rest unserer Gruppe. Hinzu kamen noch zwei Frauen, die nicht mit uns im Van gefahren waren, sowie Tommy, Rory und eine weitere Frau. Alle drei trugen Poloshirts mit dem Logo von *»Scotland By Foot«*, einer Figur mit einem Trekkingstock.

Rory hatte sich seiner Cap und seiner Sonnenbrille entledigt, sodass ich ihn endlich richtig sehen konnte. Die Beleuchtung im Pub war zwar eher dürftig, aber durch die Vorhänge drang genug Sonnenlicht, um zu erkennen, dass seine welligen Haare eine hübsche dunkelrote Farbe besaßen und dass er helle Augen hatte – von meinem Platz aus konnte ich die Farbe allerdings nicht genau erkennen. Außerdem war er jünger, als ich gedacht hatte, wahrscheinlich nicht viel älter als ich.

Anders als Tommy, dessen permanenter Gesichtsausdruck offenbar ein freundliches Grinsen war, hatte ich Rory noch kein einziges Mal lächeln sehen, nicht mal ein kleines bisschen. Trotz seines Verhaltens war er echt heiß, und ich konnte nicht anders, als mir vorzustellen, wie er wohl aussah, wenn er tatsächlich mal lächelte.

Nachdem wir alle bestellt hatten, stand die Frau von *Scotland By Foot*, kurz SBF, auf. Sie war um die dreißig, schlank, hübsch und hatte einen blonden Pferdeschwanz.

»Hallo, alle zusammen. Ich bin Scarlet. Ich hatte mit allen ja schon per E-Mail Kontakt, aber ich freue mich sehr, euch jetzt auch persönlich auf Skye begrüßen zu dürfen. Wie ihr sicher schon bemerkt habt, besitzt diese Insel eine ausgesprochen vielfältige Landschaft. Von Bergen über tiefe Schluchten bis hin zu Lochs und dem Meer haben wir hier alles«, sagte Scarlet und sah in die Runde. »Aber ich muss euch warnen, das wird keine einfache Woche werden. Trotzdem kann ich euch versprechen, dass es eine unglaubliche Erfahrung sein wird, diese Landschaft zu Fuß zu erleben. Rory Sutherland und Tommy MacDonald sind eure Guides. Beide sind geprüfte Bergführer, geschult in Erster Hilfe, und sie verfügen über umfangreiche Erfahrung als Wanderführer in ganz Schottland. Ihr seid also in guten Händen.«

In dem Moment kam die Kellnerin mit unseren Getränken. Scarlet wartete ab, bis alle versorgt waren, dann hob sie ihr Glas zu einem Toast. »Auf den Beginn eurer Wanderung. Slàinte mhath!«

Danach stellten wir uns reihum vor. Die Neuzugänge waren zwei Schwestern Mitte zwanzig aus Edinburgh, die an diesem Morgen mit dem Auto angereist waren. Ich war froh, dass die beiden in meinem Alter waren, obwohl es mir einen Stich versetzte, sie zu beobachten. Ihre ständigen Berührungen – eine Hand auf dem Arm der anderen, wenn sie sich etwas erzählten; ein spielerischer Schubs mit der Schulter, wenn die eine die andere aufzog – erinnerten mich so sehr an die Art, wie Carrie und ich miteinander umgingen, dass ich sie noch mehr vermisste als sonst.

Alle erzählten von den vielen Wandertouren, die sie schon unternommen hatten. Um nicht aufzufallen, murmelte ich etwas über die Tagestouren, die ich mit Carrie bei uns zu Hause gemacht hatte – als ich ungefähr fünfzehn war, was ich natürlich *nicht* dazusagte –, aber ich konnte die Wahrheit nicht länger leugnen.

Das hier war eindeutig eine Nummer zu groß für mich.

Die Gruppe schien nett zu sein, und das Essen war lustig. Aber schon nach kurzer Zeit spürte ich, wie mein Körper schlappmachte.

»Man merkt, dass ihr alle müde seid, deswegen machen wir für heute Schluss«, sagte Scarlet. »Morgen früh treffen wir uns um 8 Uhr 45 vor dem Laden gegenüber von eurem B & B, damit ihr euch für morgen und übermorgen etwas zu essen besorgen könnt. Außerdem solltet ihr mindestens zwei bis drei Liter Wasser dabeihaben und auch ein paar Tüten für euren Müll.«

Wir bezahlten unsere Rechnung und traten dann aus dem Pub hinaus in den frühen Abend. Es war Mai, und obwohl es schon nach neun war, schien die Sonne immer noch. Die Straße, die wir entlangschlenderten, befand sich oben auf einem Hügel, von dem aus man einen guten Blick auf die farbenfrohen Gebäude unten am Hafen hatte.

»Ich werde noch ein bisschen am Wasser spazieren gehen«, sagte ich zu Pat, der Frau aus London, die mit ihrer Freundin Linda unterwegs war, während ihre Männer in St. Andrews Golf spielten. »Wir sehen uns dann morgen früh.«

»Und du findest auch bestimmt zum B & B zurück?«

Sie klang wie eine britische Ausgabe meiner Mutter, was mir ein Lächeln entlockte. »Ja. Kein Problem.«

»Na, dann. Gute Nacht.«

»Nacht.«

Ich machte noch ein paar Schnappschüsse vom Hafenviertel, bevor ich der abschüssigen Straße folgte und mich gegen das Geländer lehnte. Kleinere Boote und Dingis waren daran vertäut, und mehrere Segelboote lagen ruhig vor Anker.

Ich warf einen Blick auf die Uhr. Zu Hause war es kurz nach drei nachmittags. Entschlossen wählte ich die Nummer.

»Amelia? Wo bist du?«

»Hey, Helen«, begrüßte ich Carries Mutter. »Ich bin auf Skye. Wir haben gerade zu Abend gegessen, und morgen brechen wir zu unserer Trekkingtour auf. Wie geht es ihr?«

»Unverändert.«

Ich unterdrückte ein Seufzen.

»Aber das heißt auch, dass es ihr nicht schlechter geht«, fügte sie mit gespielter Heiterkeit hinzu.

Seit drei Wochen hieß es jeden Tag dasselbe – Zustand unverändert. Und jeden Tag machte mich diese krampfhafte Fröhlichkeit in Helens Stimme ein bisschen mehr fertig. Sie hatte zwar recht – *unverändert* bedeutete, dass es Carrie nicht schlechter ging. Aber würde sie jemals wieder gesund werden?

»Wir müssen einfach weiter positiv denken«, sagte ich, wohl wissend, dass ich meinen eigenen Rat beherzigen sollte. »Kann ich ihr kurz Hallo sagen?«

Ich lieferte Carrie eine schnelle Zusammenfassung der atemberaubenden Landschaft auf der Fahrt nach Skye und beschrieb die Gruppe, wobei ich mir Mühe gab, so fröhlich wie möglich zu klingen.

Nachdem ich mich von Carrie verabschiedet hatte, blickte ich auf den Hafen und wünschte, die heitere Ruhe der Szene vor mir würde in meine Seele einsickern und etwas von dem Schmerz lindern, der dort schon so lange wütete.

Unter mir schlenderten Molly und Megan, die zwei Schwestern aus Edinburgh, eingehakt am Ufer entlang und lachten über irgendetwas. Eine war blond, die andere dunkelhaarig, genau wie Carrie und ich. Und wie sie so im Gleichschritt nebeneinander herliefen, wie ihre langen Pferdeschwänze bei jeder Bewegung hin- und herschwangen … Ihre Art zu lachen, so hemmungslos, dass sie sich aneinander festhalten mussten, um nicht hinzufallen … Das hätten Carrie und ich sein können.

Tränen stiegen mir in die Augen, und eine Welle von Schmerz schlug so heftig über mir zusammen, dass ich mich an das Geländer klammern musste. Würden Carrie und ich jemals wieder so zusammen lachen? Ja, das würden wir. Ich musste daran glauben. Alles andere war inakzeptabel.

»Du solltest ins Bett gehen. Wir haben morgen einen langen Tag vor uns.«

Ich wischte mir über die Augen, und als ich mich herumdrehte, entdeckte ich Rory nicht weit von mir entfernt. Etwas an seinem Ton brachte mich auf die Palme.

»Scarlet hat nicht erwähnt, dass wir zu einer bestimmten Zeit im Bett sein müssen.«

Sichtlich verwundert über meinen Sarkasmus, runzelte er die Stirn. »Nein, müsst ihr auch nicht. Wir legen morgen zwar nur acht Meilen zurück, aber ich möchte nicht, dass du die Gruppe aufhältst, weil du müde bist und unter Jetlag leidest.«

Mein ganzer Körper spannte sich an. »Erst bin ich ein Social-Media-Junkie, jetzt halte ich die Gruppe auf. Klingt ja nach einem echten Traumstart. Danke für deine Besorgnis«, fauchte ich ihn an. »Ich wollte sowieso gerade gehen.«

Er blickte einen Moment zu Boden. »Amelia …«

Ich hob eine Hand, um ihn zu unterbrechen. »Du hast recht. Ich bin müde, und morgen wird ein langer Tag. Aber deswegen musst du dich nicht wie ein Idiot aufführen. Wieder mal.«

Ich stapfte den Hügel hinauf. Meine ruhige Gelassenheit von vorhin war vollständig verpufft. Warum verhielt er sich mir gegenüber wie ein Arsch?

Egal. Ich war nicht darauf angewiesen, dass er mich mochte. Er sollte einfach nur seinen Job machen und sich um die Trekkingtour kümmern.

Nur acht Meilen, hatte er gesagt. In den letzten zwei Wochen hatte ich mich zu Hause zu ein paar Zehnmeilen-Märschen aufgerafft, um mich vorzubereiten. Doch als ich jetzt einen Blick auf die Hügel warf, die sich um Portree herum erhoben, und an die Gipfel dachte, die auf dem Weg hierher in der Ferne aufgeragt hatten, hatte ich plötzlich das untrügliche Gefühl, dass die flachen, gepflasterten Wege auf Long Island mir hier nicht weiterhelfen würden.

Ich hatte also ganz andere Sorgen als diesen Rory, der mich offensichtlich nicht ausstehen konnte.

KAPITEL DREI

RORY

Das hast du ja super hingekriegt, du Idiot! Ich sah Amelia hinterher, wie sie den Hügel hinaufstolzierte und der dichte Vorhang ihrer glänzenden braunen Haare dabei locker über ihren Rücken schwang. Mir war trotzdem nicht ganz klar, warum mein gut gemeinter Ratschlag sie so sehr aufgeregt hatte. *Na ja, hat es vielleicht etwas damit zu tun, dass du ihr unterstellt hast, die Gruppe aufzuhalten – und das, noch bevor die Wanderung überhaupt begonnen hat?*

Das hätte ich nicht sagen sollen.

Ich war schon den ganzen Tag ziemlich geladen gewesen. Das war auch der Grund, warum ich runter zum Wasser gegangen bin. In der Hoffnung, den Kopf freizubekommen und mich mental auf die kommende Woche vorzubereiten, aber es hatte nicht funktioniert. Und dann hatte ich sie gesehen, wie sie über den stillen Hafen hinwegblickte und aussah, als würde sie den inneren Frieden verspüren, nach dem ich vergeblich suchte – lediglich ihre Hände umklammerten das Geländer so fest, als würde sie sich nur mühsam aufrecht halten. Als hätte sie schreckliche Angst vor dem, was vor ihr lag.

Und das hatte bei mir das Fass zum Überlaufen gebracht. Wenn sie Angst hatte, war sie wahrscheinlich ziemlich unerfahren. Was bei einer einfachen Wanderung nicht viel ausmachte, auf Skye aber schon. Unerfahrenheit brachte zwangsläufig Fehler mit sich.

Und das würde andere Menschen in Gefahr bringen oder zu Verletzungen führen – oder gar zu Schlimmerem. Dazu musste man sich bloß die Berichte der Bergrettung ansehen.

Vielleicht war meine Reaktion übertrieben. Tommy, mit all seinen Psychologiekenntnissen, würde wahrscheinlich sagen, dass ich meine eigenen Ängste auf Amelia projizierte. Und vielleicht lag er damit sogar richtig.

Nach einer Weile trottete ich zurück zu meinem B & B und betrat das Zimmer, das ich mir mit Tommy teilte. Er sah von seinem Handy auf, aber bei meinem Anblick verblasste sein Lächeln. »Was ist los?«

Ich seufzte. Tommy kannte mich einfach zu gut. »Ich bin gerade wieder mit Amelia aneinandergeraten.«

Seine Augenbrauen schossen nach oben. »Amelia aus der Gruppe?«

Ich zog mir mein Fleece über den Kopf und starrte ihn an. »Kennst du noch eine andere Amelia, der ich ausgerechnet heute Abend zufällig in Portree über den Weg hätte laufen können?«

Er verdrehte die Augen. »Nein. Ich versuche nur herauszufinden, warum du schon wieder Streit mit einem Mädchen aus der Gruppe angefangen hast. Einem Mädchen, das du übrigens kaum kennst.«

»Wie kommst du darauf, dass *ich* angefangen habe?« Himmel, ich klang wie ein Zwölfjähriger.

»Weil sie ein nettes Mädchen zu sein scheint, weil du bereits im Van einen Streit mit ihr provoziert hast, und weil ich dich schon eine Weile kenne. Wenn wir den Skye Trail machen, bist du immer unausstehlich.«

»Das stimmt doch gar …«

»Doch, tut es. Du könntest auch Nein sagen und Scarlet darum bitten, dass jemand anders diese Tour übernimmt. Aber das tust du nicht.«

Stöhnend ließ ich mich auf die Bettkante sinken und fuhr mir mit beiden Händen übers Gesicht, bevor ich seinen forschenden Blick erwiderte.

»Nein. Ich *muss* das machen. Das weißt du.«

Er nickte. »Aye, ich weiß. Ich wünschte bloß, du würdest aufhören, dich selbst so zu quälen.«

Der Skye Trail war eine Herausforderung, aber das meinten wir damit nicht. Ich hatte schon viele andere Wanderungen geführt, manche davon wesentlich schwieriger als der gebirgige und unberechenbare Skye Trail, und ich hatte schon Dutzende von Munros »klargemacht« – der Spitzname für schottische Berge, die über dreitausend Fuß hoch sind.

Es gab andere Gründe, warum der Skye Trail für mich so schwierig war – und warum ich ihn wieder und wieder gehen würde. Ich *musste* es tun.

Nur so konnte ich meine Schuld wiedergutmachen.

KAPITEL VIER

AMELIA

Am nächsten Morgen, nach einer vierzigminütigen Fahrt von Portree aus, versammelte sich unsere Gruppe auf einem Parkplatz am nördlichen Ende von Skye. Wir hatten alle lange Hosen und dickere Jacken als Schutz vor der morgendlichen Kälte angezogen, während unsere Guides nur Cargoshorts und leichte Fleecepullover trugen. War das eine Macho-Nummer oder froren sie wirklich nicht?

»Guten Morgen zusammen, hier beginnt offiziell der Skye Trail«, sagte Scarlet. »Tommy, würdest du mit der Einweisung anfangen?«

»Klar. Rory und ich werden uns abwechseln, einer von uns geht an der Spitze der Gruppe, während sich der andere um die Nachzügler kümmert. Der Skye Trail ist nicht leicht. Manchmal gehen wir dicht am Rand einer Klippe entlang oder laufen bei starkem Wind auf einem ungeschützten Bergkamm. Stellenweise gibt es auch überhaupt keinen Weg, und auf manchen Streckenabschnitten kreuzen wir einen Bog oder Burn – für die Amis, die unsere schottischen Ausdrücke nicht kennen – das ist ein kleiner Fluss. Außerdem ist das Wetter oft unberechenbar. Wenn euch einer von uns beiden eine Anweisung gibt, erwarten wir, dass ihr sie befolgt, zu eurer eigenen Sicherheit und natürlich auch der der Gruppe. Entlang der Route gibt es keine Toiletten – größtenteils jedenfalls – verlasst also einfach kurz den Weg, wenn ihr ein dringendes Bedürfnis verspürt«, sagte Tommy und sah kurz in die Runde. »Wie ihr im Laufe der Woche sehen werdet, verläuft der Skye Trail gelegentlich in der Nähe eines Ortes oder eines Dorfes, aber eben nicht immer. Deswegen werden wir nur manchmal in einem B & B oder einer Herberge übernachten können. Die anderen Nächte werden wir im Zelt verbringen.«

Natürlich. Während die meisten Leute in unserem Alter am liebsten in der Nähe eines Strands Urlaub machten – oder irgendwo, wo man am Nachmittag mal eine kleine Wanderung unternehmen konnte –, hatte Carrie es sich in den Kopf gesetzt, die halbe Isle of Skye entlangzumarschieren. Nicht, weil es die einzige Möglichkeit war, sich hier gründlich umzusehen – laut Karte gab es mindestens eine Umgehungsstraße, die uns an nahezu dieselben Orte gebracht hätte –, sondern weil sie sich der Herausforderung stellen wollte. Und nun würde ich es tun. Weil sie es nicht konnte.

Nun ergriff Rory das Wort. »Unsere heutige Etappe dauert voraussichtlich sechs Stunden, aber denkt daran, das hier ist kein Wettrennen. Wir sind eine Gruppe. Und wir werden diese Wanderung als Gruppe durchziehen. Wenn ihr vorprescht, seid ihr auf euch allein gestellt, denn wir werden die anderen nicht zurücklassen, nur um nach euch zu suchen.«

Bei dem Gedanken an die imposante gezackte Bergkette, die sich gegen den Himmel abgezeichnet hatte, lief mir ein Schauer über den Rücken. Ich stellte mir vor, wie ich auf der Suche nach dem Weg herumirrte. Allein und verängstigt, während die Stunden vergingen, bis irgendwann die Sonne unterging und die Dunkelheit hereinbrach. Ein falscher Schritt konnte eine Verletzung oder gar den Tod bedeuten. Ich schloss die Augen. *Ich kann das nicht. Es tut mir furchtbar leid, Carrie, aber ich kann es nicht.*

Plötzlich legte sich eine Hand auf meine Schulter. »Wir werden dich nicht zurücklassen, Amelia.«

Überrascht öffnete ich die Augen. Rory stand direkt vor mir. Er hatte sich die Sonnenbrille auf den Kopf geschoben und sah mich mit festem Blick an. Seine Augen schimmerten in einem interessanten Graugrün.

»W-was?«

»Es ist mein und Tommys Job, dafür zu sorgen, dass die Gruppe zusammenbleibt. Wir werden niemanden zurücklassen, das verspreche ich dir.« Er drückte beruhigend meine Schulter. »Ist außerdem schlecht fürs Geschäft«, fügte er mit einem leisen Zucken um die Mundwinkel hinzu.

Sein Versuch, die Situation aufzulockern, war erfolgreich, und ich spürte, wie ich mich etwas entspannte. »Gut zu wissen.«

»Deswegen hält Scarlet die Gruppen auch so klein«, witzelte Tommy. »Dann müssen die Guides nicht so weit zählen.«

»Ja, sobald die Jungs nicht mehr die Finger benutzen können, wird's kritisch«, sagte sie.

Darüber lachten alle. Ich brachte zumindest ein leises Kichern zustande.

»Okay?«, murmelte Rory.

»Ja, entschuldige. Ist schon wieder vorbei. Danke.«

Mit einem Nicken ging er zurück zu seinem Rucksack. Überrascht, aber auch erleichtert, starrte ich ihm hinterher. So viel Einfühlungsvermögen hatte ich nach gestern Abend nicht von ihm erwartet. Als er sich hinhockte, um seinen Rucksack zu öffnen, rutschten seine Cargoshorts hoch und enthüllten seine muskulösen Oberschenkel – nicht, dass es mir aufgefallen wäre.

»Mein Verbandskasten befindet sich ganz oben im Rucksack«, sagte er an die Gruppe gewandt. »Tommys ebenfalls. Es ist extrem unwahrscheinlich, dass einer von uns oder wir beide außer Gefecht gesetzt werden, aber nur für alle Fälle.«

Nur für alle Fälle?

»Wir haben beide Rettungsdecken, extra Taschenlampen und zusätzliche Lebensmittel und Wasser dabei«, fuhr Rory fort. »Ihr werdet feststellen, dass die meisten Handys hier draußen keinen zuverlässigen Empfang haben, aber an unseren Rucksäcken befinden sich Transponder, die von Scarlet überwacht werden. Im Notfall können wir auch ein zusätzliches Signal aktivieren, das dann bei Scarlet aufleuchtet. Außerdem gibt es einen freiwilligen Bergrettungstrupp, den man über die Nummer der Polizei erreicht. Es könnte allerdings eine Weile dauern, bis sie hier draußen sind.«

Obwohl er das ganz gelassen sagte, zog sich mein Magen vor Angst und Nervosität zusammen.

Bleib ruhig. Die beiden sind Profis. Sie haben das schon tausendmal gemacht und wissen, was sie tun. Es ist nur eine Sicherheitsbelehrung – so wie im Flugzeug.

Ich wusste, dass ich keine Angst haben musste. Und trotzdem …

Rory machte den Reißverschluss zu und setzte sich den Rucksack auf. Er sah um einiges schwerer aus als meiner, aber das schien ihm nichts auszumachen.

»Okay, Leute«, sagte Scarlet, »Tommy und Rory werden euch unterwegs über das Gelände und über die Wetterbedingungen auf dem Laufenden halten und euch natürlich auch auf die Sehenswürdigkeiten hinweisen. Zögert nicht, ihnen Fragen zu stellen. Fordert sie ein bisschen heraus«, fügte sie mit einem Grinsen hinzu. »Und wenn ihr irgendwelche Probleme habt, sagt ihnen bitte sofort Bescheid, damit sie euch helfen können.«

»Besonders wenn es um Blasen geht«, ergänzte Tommy. »Die sind auf dieser Tour eure schlimmsten Feinde. Aber wenn ihr sie früh genug merkt, können wir hoffentlich dafür sorgen, dass sie nicht schlimmer werden.«

»Heute soll es sonnig und mild werden«, fuhr Scarlet fort, »aber wie wir bereits sagten, Skye ist bekannt für seine überraschenden Wetterwechsel. Cremt euch also immer ein, damit ihr keinen Sonnenbrand bekommt. Das war's auch schon, ich wünsche euch eine schöne Zeit und wir sehen uns dann später!«

Ich machte noch schnell ein paar Schnappschüsse von der Gruppe, als wir uns hinter Tommy aufreihten. Und dann ging's auch schon los.

Am Anfang war der Weg noch nicht besonders anstrengend, und nach kurzer Zeit tauchte vor uns eine Ruine auf, die sich auf einer weit ins Meer hinausragenden Klippe befand.

»Das ist Duntulm Castle«, erklärte Rory. »Früher war das eine Festung der MacDonalds – allerdings nicht von Tommys Zweig des Clans – und angeblich soll es dort spuken.«

Besonders viel war von dem Gebäude nicht mehr übrig. Ein kräftiger Windstoß würde vermutlich ausreichen, um den Rest des Gemäuers mühelos über die Kante zu pusten. Was für Menschen hatten wohl an diesem unwirtlichen Ort gelebt, den Launen des Windes und der See ausgeliefert?

Schweigend gingen wir weiter, bis wir wenig später zu einem alten Holzzaun mit einer seltsamen Torkonstruktion kamen – es sah irgendwie aus wie ein Drehkreuz. Tommy erreichte es als Erster.

»Das hier nennt man ein Kussgatter«, sagte er. »Ihr werdet gleich sehen, warum.« Er nahm seinen Rucksack ab, entriegelte das Tor und öffnete es so weit, wie es ging – der Abstand war gerade ausreichend, um einzutreten und sich seitlich daran vorbeizuschlängeln. Bevor er weitergehen konnte, musste er sich uns zuwenden, um das Tor wieder zu schließen. »Es ist eine alte Sitte, dass derjenige, der durch das Gatter geht, die nachfolgende Person küsst, wenn sie sich einander zuwenden. Na, wer ist der Nächste?«, fragte er mit einem anzüglichen Grinsen.

»Das bin dann wohl ich«, sagte Gordon, der unter dem Gelächter der anderen herbeischlenderte.

Tommy gab Gordon einen lauten Schmatz auf die Wange. »Sorry, Lucy«, sagte er augenzwinkernd.

»Oh, das geht schon in Ordnung. Du kannst ihn haben«, rief sie, erwiderte jedoch freudig einen echten Kuss von ihrem Mann, als sie ihm durch das Gatter folgte.

Allen schien diese alte »Sitte« zu gefallen, und so küssten sie fleißig Wangen oder Lippen, während sie das Tor passierten. Mike aus Maine gab mir bei dieser Gelegenheit einen freundschaftlichen Schmatz auf die Wange. Doch als ich mich umdrehte, stand nur noch Rory hinter mir. Wir starrten uns einen peinlichen Moment lang an, bevor er sich plötzlich hinkniete, um seinen Schnürsenkel zuzubinden. *Dann eben nicht!* Ich ließ das Gatter zufallen und folgte den anderen, die bereits weitergelaufen waren.

»Das war eindeutig ein Ausweichmanöver«, sagte Megan.

Als ich die Enttäuschung in ihrem Gesicht sah, musste ich lachen. »Kein Problem. Ich steh sowieso nicht auf ihn.«

Molly schnaubte. »Süße, auf den stehen *alle*.«

»Oooh, ja«, seufzte Pat, was lautes Gelächter zur Folge hatte, das sogar noch anschwoll, als Rory zu uns aufschloss und uns einen fragenden Blick zuwarf.

Vielleicht würde es doch nicht so übel werden, wie ich befürchtet hatte. Die Gruppe schien nett zu sein, und bis jetzt war die Strecke noch nicht besonders schwierig. Trotzdem begann ich langsam unter meinen Kleidungsschichten zu schwitzen. Rory und Tommy hatten sich bei der Auswahl ihrer leichten Klamotten offenbar doch etwas gedacht. Wir stiegen einen Hügel hinauf und bogen dann auf einen schmalen Pfad ab, der zu einer Bergkuppe führte. Der Wind blies hier viel stärker, aber für meine erhitzte Haut war das die reinste Wohltat.

»Okay, Leute«, rief Rory und ließ seinen Rucksack auf den Boden fallen. »Sicher sind einige von euch ganz schön ins Schwitzen gekommen, deswegen nehmen wir uns kurz fünf Minuten, damit ihr ein paar Sachen ausziehen könnt. Morgens ist es hier meist noch ziemlich kühl, aber wenn man erst mal in Bewegung ist, wird einem schnell warm.«

Ohne zu zögern, zog er sich den Fleecepullover über den Kopf. Dabei rutschte der Saum des T-Shirts, das er darunter trug, nach oben und gewährte uns für einen kurzen Moment einen Blick auf seine straffen Bauchmuskeln. Ich schaute genau in dem Moment hoch, als sein Kopf aus dem Fleece auftauchte und die Sonne seine zerzausten Haare in poliertes Kupfer verwandelte.

Na gut, ich geb's zu. Er war doch mein Typ.

Es juckte mir in den Fingern, diese Wahnsinnshaare zu berühren. *Reiß dich zusammen! Es ist sowieso nur eine Frage der Zeit, bis er den Mund aufmacht und diesen Moment zerstört.* Er fuhr sich mit beiden Händen durch die Haare und band sich dann eine Mischung aus Bandanna und Stirnband darum, damit sie ihm von dem auffrischenden Wind nicht ins Gesicht geweht wurden.

Ich zwang mich, den Blick abzuwenden, und konzentrierte mich darauf, meine eigenen Klamotten abzulegen. Nachdem ich mich aus meinem Fleece geschält und es in den Rucksack gestopft hatte, sah ich mich um. Ein paar Meter entfernt stand eine kleine Hütte, ein Bothy. Tommy hatte uns auf der Fahrt nach Portree erzählt, dass es überall auf Skye solche Schutzhütten gab. Darin befanden sich neben einer langen, niedrigen Bank, auf die man einen Schlafsack legen konnte, auch einige Stühle. Nachdenklich betrachtete ich das Bothy vor mir. Durch die Fenster hatte man sicher einen atemberaubenden Blick übers Wasser. Es musste großartig sein, die Nacht hier zu verbringen – auch wenn es weder eine Toilette noch Elektrizität gab. Schnell machte ich einen Haufen Fotos für Carrie.

»Amelia!«

Als ich mich bei Rorys Ruf umdrehte, sah ich, dass der Rest der Gruppe bereits dabei war, den Klippenpfad auf der anderen Seite hinabzusteigen. Shit. Das Letzte, was ich jetzt brauchen konnte, war, dass er wieder auf mir rumhackte. Hastig stopfte ich das Handy in meine Tasche und beeilte mich, zu den anderen aufzuschließen.

Rory wartete auf mich. Er trug zwar wieder eine Sonnenbrille, aber ich war mir sicher, dass er mich durch die dunklen Gläser hindurch ungeduldig anstarrte.

»Entschuldige«, murmelte ich.

Wortlos bedeutete er mir, vor ihm zu gehen. Der Pfad schlängelte sich erschreckend dicht am Rand der Klippe entlang und fiel plötzlich in einem unmöglichen Winkel nach unten ab. Ich erstarrte, als mich ein Anfall von Höhenangst überkam.

»Es ist nicht so schlimm, wie es aussieht«, rief Tommy von weiter vorne zu uns hoch. Ohne zu zögern, lief er einfach weiter. Ich konnte Carries Stimme in meinem Kopf hören. *Komm schon, Amelia. Du kannst am ersten Tag nicht schon nach zwei Minuten das Handtuch schmeißen.*

Nein, das war keine Option. Entschlossen griff ich nach meinen Trekkingstöcken und stieg vorsichtig die Felsenstufen hinunter. Tommy hatte recht gehabt, es war nicht mal annähernd so schlimm, wie es von oben ausgesehen hatte, und es dauerte nicht lange, bis wir auch die schwierigeren Stellen überwunden hatten und am Fuß der Klippe auf einem grasbewachsenen Weg wieder herauskamen. Ich war so erleichtert, dass ich es heil nach unten geschafft hatte, dass ich laut aufatmete. Aber als ich mich umdrehte, um mir den Abstieg noch einmal anzusehen, blieb mir beinahe die Luft weg. Die Klippen ragten in atemberaubender Höhe über uns auf. *Das* waren wir herabgestiegen?

Als ich mich wieder umdrehte, breitete Tommy gerade die Arme aus, um das Meerespanorama hinter sich zu präsentieren. »Willkommen in Rubha Hunish, dem nördlichsten Punkt von Skye. Wir werden ein paar Minuten die Landzunge erkunden, dann geht's die Klippe auch schon wieder rauf und weiter die Küste entlang nach Süden.«

Moment mal, *was?* Wir waren den ganzen Weg hier runter gekommen, nur um uns ein paar Minuten umzusehen und dann wieder hochzukraxeln? Was sollte der Quatsch? Ich sah zu den anderen, doch meine Hoffnung, dass jemand mein Entsetzen teilte, wurde nicht erfüllt. Die anderen schienen das sportlich zu nehmen und folgten eifrig – wenn auch vorsichtig – dem Pfad, der an der Klippe entlangführte.

Okay, es war ein wirklich beeindruckender Ort; die Möwen schrien, während sie über unseren Köpfen kreisten, und größere weiße Vögel mit schwarzen Flügelspitzen tauchten dramatisch in das weit unter uns liegende Meer.

Weiter draußen sah es fast aus wie …

»Habe ich da etwa gerade einen Wal blasen sehen?«

»Könnte sein«, sagte Tommy. »Im Sommer gibt es hier Zwergwale, aber manchmal tauchen sie auch früher im Jahr auf. Zeig mal, wo.«

Ich deutete auf eine Stelle rechts von der Landzunge. Kurz darauf sah ich es noch einmal, gefolgt vom schnellen Aufblitzen eines schwarzen Rückens, als ein Wal die Wasseroberfläche durchbrach. Dem aufgeregten Murmeln der Gruppe nach zu urteilen, hatten die anderen ihn auch bemerkt. Ich wollte den Wal fotografieren, aber er war zu weit weg.

Megan versuchte es ebenfalls, aber sie hatte eine richtige Kamera und nicht nur ein Handy. »Kriegst du ihn drauf?«, fragte ich.

Sie machte ein paar Bilder und ließ dann die Kamera sinken. »Vielleicht? Ich habe ihn so weit rangezoomt, wie ich konnte, aber ich befürchte, dass er am Ende nur wie ein dunkler Klecks auf dem Wasser aussehen wird. Ich werde das checken, wenn ich mir die Fotos auf dem Computer ansehe.«

»Das ist mir die ersten beiden Male beim Whale Watching auch passiert«, sagte ich. »Ich hatte nie das richtige Timing und habe nur Fotos von aufspritzendem Wasser geschossen.«

Megan sah mich neugierig an. »Du hast also vorher schon mal Wale beobachtet?«

»Ja, vor Massachusetts. Meine beste Freundin und ich sind jeden Sommer dort.«

»Das klingt ja toll!«, rief sie. »Wollt ihr dieses Jahr auch wieder hin?«

»Ich weiß noch nicht«, sagte ich. »Wir fangen beide woanders einen neuen Job an, und ich glaube nicht, dass wir …« Ich brach abrupt ab. Was machte ich hier eigentlich? Ich plapperte über die neuen Jobs, die Carrie und ich im Spätsommer antreten sollten, als wäre alles in Ordnung. Dabei war absolut *nichts* in Ordnung. *Verdammt.* Wie hatte ich das auch nur für eine Sekunde vergessen können?

»Alles okay, Amelia?«

Ich rang mir ein Lächeln ab. »Alles bestens. Entschuldige. Ich, äh … hoffe, deine Fotos sind was geworden.«

Bevor Megan etwas erwidern konnte, wandte ich mich von der Felsenkante ab und lief den Pfad, der um die Landzunge führte, zurück.

Der Rückweg die Klippe hinauf war sogar noch steiler, als ich erwartet hatte. Alle paar Schritte musste ich stehen bleiben, um meine schmerzenden Beine auszuruhen und wieder zu Atem zu kommen. Ich hatte gedacht, ich wäre ganz gut in Form, aber dieser Aufstieg machte mich völlig fertig.

Dass alle anderen an mir vorbeimarschierten, war für mich eher eine Erleichterung. Es war schon schlimm genug, dass ich mit dem Aufstieg zu kämpfen hatte, aber noch schlimmer wäre es, alle anderen, denen es nicht so ging, aufzuhalten.

Kurz darauf stolperte ich und konnte mich gerade noch rechtzeitig auf meinem Trekkingstock abstützen. Oh Gott, es waren noch nicht mal zwei Stunden des ersten Tages rum. Ich hatte aber noch *sieben* solcher Tage vor mir. Sieben Tage voller Aufstiege und Abstiege und Hikes über unebenes Gelände hinweg. Sieben Tage, an denen ich mit einer Gruppe von Leuten mithalten musste, deren Wandererfahrung weit über mein Herumspazieren in New York City und über diese eine schreckliche Tour vor fünf Jahren hinausging.

Ich hasste Wandern. Ich hatte mir geschworen, es nie wieder zu tun, egal wie oft Carrie drängelte, bettelte oder versuchte, mich zu überreden, sie zu begleiten. Und obwohl ich den Skye Trail anfangs, als der Weg noch relativ leicht war, gar nicht so übel gefunden hatte, fiel mir jetzt wieder ein, warum ich Wandern hasste. Es war dieses Gefühl, immer am Ende der Gruppe zu laufen, während die anderen mühelos vorankamen und dann ungeduldig darauf warten mussten, bis man auch endlich aufgeholt hatte.

Schnell machte ich ein paar Fotos von den einschüchternden Klippen über uns und hoffte, dass alle dachten, ich wäre nur deswegen stehen geblieben.

»Amelia«, sagte Rory, doch als ich ihn wütend anfunkelte, zögerte er. »Bist du okay?«, fragte er schließlich und kam zu mir herunter.

»Es ist ein bisschen steil«, murmelte ich.

»Ja, es ist der erste richtig steile Abschnitt der Strecke.« *Und nicht der letzte*, hing unausgesprochen in der Luft. »Lass dir Zeit und sieh nicht nach oben. Konzentrier dich auf das, was direkt vor deinen Füßen liegt.«

Ich richtete meinen Blick auf den Pfad und ging vorsichtig weiter. Als der Trekkingstock auf einem Stein wegrutschte, stolperte ich. Schon wieder. »Verdammt!«

Rory stützte mich. »Gib mir deine Stöcke. Es ist einfacher, wenn du auf diesem Streckenabschnitt die Arme benutzt, um dich auszubalancieren.«

Da er nicht so aussah, als wollte er mich provozieren, gab ich widerstrebend nach. Rory klemmte sich die Stöcke unter den Arm und hüpfte munter wie eine Bergziege den Pfad hinauf. *Angeber.* Als er ein paar Meter über mir war, drehte er sich um. »Komm schon, Amelia. Du schaffst das.«

Leise fluchend quälte ich mich die Felsstufen hinauf und benutzte an den steilsten Stellen meine Hände. Jetzt, wo mir die Trekkingstöcke nicht mehr ständig im Weg waren, kam ich tatsächlich leichter voran – woraufhin ich Rory im Stillen noch mehr verfluchte – und es dauerte nicht lange, bis ich den Felsbrocken am oberen Ende der Klippe umrundete und mich zurück zur Schutzhütte schleppte.

Die anderen lagen bereits ausgestreckt auf dem Boden. Ich nahm meinen Rucksack ab und ließ mich neben Linda fallen. Als eine kühle Brise über den verschwitzten Fleck auf der Rückseite meines Shirts strich, erschauderte ich.

Rory reichte mir meine Trekkingstöcke. »Die können da draußen sehr nützlich sein, aber du solltest von ihnen nicht so abhängig werden, dass du ohne sie nicht mehr wandern kannst. Manchmal sind sie keine Hilfe, und dann musst du in der Lage sein, dich auch ohne sie fortzubewegen.«

Obwohl seine Stimme neutral klang, hatte ich trotzdem das Gefühl, als hätte er mich gerade getadelt. Wieder einmal. Missmutig sah ich Rory hinterher, der sich neben Tommy niederließ.

Nicht mal fünf Minuten später waren wir wieder auf den Beinen. Immer noch erschöpft von dem steilen Aufstieg, fand ich mich schnell als Schlusslicht der Gruppe wieder. Diesmal lief jedoch Tommy neben mir. Er lächelte mir aufmunternd zu.

»Wir überqueren jetzt eine kleine Landzunge. Und wenn wir in etwa zwei Stunden das Ende dieses Abschnitts erreicht haben, kommen wir zu einem prima Platz für eine Mittagspause.«

Zu wissen, dass wir bald richtig Rast machen würden, half mir durchzuhalten, und es dauerte nicht lange, bis wir aufgeholt hatten und direkt hinter den anderen durch eine Lücke in einer alten Steinmauer schlüpften und einem weichen, grasbewachsenen Weg zu einer Ruine folgten.

»So, Leute, Mittagspause«, rief Rory, der am Fuß der Ruine stehen geblieben war. »Es ist jetzt ungefähr halb zwölf. Etwas mehr als die Hälfte der heutigen Strecke haben wir schon geschafft.«

Meine Wandergefährten atmeten erleichtert auf. Offenbar waren sie genauso scharf auf eine richtige Pause wie ich. Erschöpft ließ ich mich ins Gras plumpsen. Dort saß ich einen Moment einfach nur da und nahm die Landschaft rundherum in mich auf. Im Gegensatz zu den heiseren Schreien der Seevögel und dem Getöse der Wellen draußen in Rubha Hunish war das hier ein friedlicher Ort. Das schienen auch die anderen zu spüren, denn alle genossen schweigend ihr Mittagessen.

Während ich mein Sandwich aß – ganz langsam, weil mir von der plötzlichen Untätigkeit ein bisschen übel war – blickte ich auf die Berge, die in der Ferne aufragten. Es war schön hier, völlig anders als die wild wuchernden Vororte, die ich von zu Hause kannte. Ich atmete tief ein und aus, genoss die frische Luft und das weiche Gras, das eine wahre Wohltat für meinen schmerzenden Körper war. Wann hatte ich zum letzten Mal im Gras gesessen? Das musste Jahre her sein. In New York wäre ich nie auf den Gedanken gekommen – schließlich gab es dort Ameisen und andere beißfreudige Insekten. Außerdem hätte meine Hose Flecken bekommen oder nass werden können. Aber hier fühlte es sich genau richtig an.

Wir hatten schon mehr als die Hälfte der heutigen Strecke geschafft, das hieß, dass mehr als vier Meilen schon hinter uns lagen. *»Und Meilen, Meilen noch vorm Schlaf«*, ging mir eine Textzeile von Robert Frost durch den Kopf.

Nachdem ich meinen Abfall im Rucksack verstaut hatte, stellte ich mein linkes Bein auf, damit ich an die Schnürsenkel meines Wanderstiefels kam. Mir war gerade wieder eingefallen, was Tommy über Blasen gesagt hatte, bevor wir aufgebrochen waren. Und da ich, als wir zum Rubha Hunish hinuntergestiegen waren, eine scheuernde Stelle unter meiner Fußsohle bemerkt hatte, wollte ich mir diese mal ansehen.

Plötzlich fiel ein Schatten über mich. Rory.

»Du solltest die Stiefel lieber nicht ausziehen, wenn wir eine

Pause machen. Deine Füße könnten anschwellen, und das würde für den Rest des Tages ziemlich ungemütlich werden.«

Ich konnte es mir gerade noch verkneifen, die Augen zu verdrehen. »Ich glaube, bei mir bildet sich gerade eine Blase, da sollte ich doch besser mal einen Blick drauf werfen, oder?«

»Okay, wenn das so ist, dann lass uns mal nachsehen.« Er kniete sich neben mich.

Unter seinem prüfenden Blick knotete ich hastig die Schnürsenkel meines Stiefels auf und zog ihn aus. Erleichtert bewegte ich meine Zehen. Ich wollte mir gerade die Socke vom Fuß reißen, als Rory mich zurückhielt.

»Mach langsam. Nicht, dass sie an der Blase festklebt.«

Okay, er wollte mich also nicht hetzen. Vorsichtig zog ich die Socke aus, albernerweise froh, dass ich mir die Nägel lackiert hatte, bevor ich aus New York aufgebrochen war. »Skye Blue«, laut Etikett auf dem Fläschchen.

Ich legte den Fuß über mein Knie, um nach der wunden Stelle zu sehen. Und tatsächlich, genau dort, wo der zweite Zeh in den Fußballen überging, bildete sich eine Blase. »Mist.«

»Zeig mal.« Rory nahm meinen Fuß in die Hand und strich ganz leicht mit dem Finger über die Blase. Unwillkürlich lief mir ein Schauer über den Rücken. Aber das lag natürlich nur daran, dass ich an den Füßen kitzlig war. *Wer's glaubt.*

»Entschuldige«, murmelte ich, aber er schien es gar nicht mitzubekommen.

Ohne darauf zu reagieren, stand er auf und ging zu seinem Rucksack. Kurz darauf kam er mit dem Verbandskasten in der Hand zurück. Wieder kniete er sich neben mich, klebte mir ein Blasenpflaster auf und steckte die Verpackung in die Tasche seiner Shorts.

»Das ist ein ziemlich ungünstiger Platz für eine Blase, weil das Pflaster dort schlecht hält«, sagte er und wickelte Leukoplast um den gesamten Fuß. Dafür, dass er mir gegenüber bisher immer ziemlich ungehalten und unfreundlich gewesen war, ging er in diesem Moment überraschend behutsam vor.

Er drückte noch einmal vorsichtig die Kanten des Blasenpflasters an und ließ sich dann auf die Unterschenkel zurücksinken. »Ich hoffe, so wird's gehen. Ist es so okay für dich?«, fragte er und sah mich mit seinen silbrig-grünen Augen direkt an, sodass es mir für einen Moment die Sprache verschlug.

»Amelia?«

»Äh, ja, es fühlt sich gut an. Danke.«

»Du solltest sie vielleicht heute Nacht öffnen.«

»Ich dachte, man soll eine Blase nicht öffnen.«

»Normalerweise nicht, aber morgen wird ein schwieriger Tag, und mit einer Blase tust du dir da keinen Gefallen.«

»Okay. Danke.« Ich zog meine Socke wieder an und griff nach meinem Wanderstiefel.

»Zeig mir, wie du ihn schnürst«, sagte er.

Verwirrt starrte ich ihn an. War das eine Art Test? Trotzdem tat ich ihm den Gefallen, schnürte den Stiefel und machte eine Schleife.

Kopfschüttelnd zog er sie wieder auf und löste die Schnürsenkel aus den Ösen. »Eine Blase unter deinem Fuß bedeutet, dass du zu viel im Schuh herumrutschst. Wenn du sie so schnürst, hat der Schuh besseren Halt am Fuß. Wie fühlt sich das an?«

Ich wackelte mit dem Fuß. »Um einiges fester, aber auf eine gute Art. Ich wusste nicht, dass man es auch so machen kann.«

»Wenn du Wanderstiefel kaufst, solltest du immer in einen Laden gehen, wo die Verkäufer auch Ahnung haben. Die können dich dann optimal beraten und dir auch zeigen, wie du die Schuhe am besten schnürst.« Er stand auf und griff nach dem Verbandskasten. »Mach es beim anderen genauso. Dann bekommst du hoffentlich keine Blasen mehr.«

»Danke, das ist nett von dir.« Ich schnürte meinen anderen Wanderstiefel so, wie er es mir gezeigt hatte.

Er nickte mir kurz zu und ging zurück zu seinem Rucksack, wo er den Verbandskasten wieder verstaute. »Hat vielleicht noch jemand Blasen?«, fragte er an die Gruppe gewandt. »Jetzt wäre eine gute Gelegenheit, sie zu versorgen, bevor wir uns wieder auf den Weg machen.«

Rory hatte wirklich viele tolle Ratschläge auf Lager. Ich wünschte nur, er würde sich weniger arrogant verhalten, wenn er sie erteilte.

Zwanzig Minuten später war unsere Mittagspause auch schon wieder vorbei. Rucksäcke wurden gepackt, der Abfall verstaut. Und zum Glück war ich nicht die Einzige, die stöhnte, als wir uns aufrappelten und losmarschierten.

Eine Weile war der Weg ziemlich entspannt – bis wir wieder die Klippen raufkletterten.

»Leute, wartet mal 'ne Sekunde«, sagte Rory. Während sich die anderen um ihn scharten, machte ich ein paar Fotos. Der Blick aufs Meer und die Küste entlang war einfach atemberaubend.

»Der nächste Abschnitt – fast bis wir Flodigarry und unseren heutigen Endpunkt erreichen – ist nicht ohne. Wir werden oben auf den Klippen entlanggehen, wo es häufig keinen Weg gibt. Auch wenn es hier in letzter Zeit nicht viel geregnet hat, kann der Boden trotzdem feucht sein. Lasst euch also Zeit und seid vorsichtig«, sagte er mit einem Blick zu mir.

Ich versuchte, nicht die Augen zu verdrehen. Aber es gelang mir nicht wirklich.

Wie angekündigt war die nächste Stunde, während der wir uns am Rand der Klippe entlangtasteten, einfach grauenvoll. Dabei war der Boden noch nicht einmal feucht. Ich fragte mich unwillkürlich, wie viel schlimmer es geworden wäre, wenn es wirklich nass gewesen wäre.

Da ich von Long Island stammte, wo abgesehen von einigen Steilufern an der Nordküste und ein paar verstreuten Hügeln alles völlig flach war, fand ich diese Landschaft schlicht atemberaubend. Sie erinnerte mich an eine Fahrt auf dem Pacific Coast Highway von San Francisco nach Los Angeles. Nur, dass es hier keine Geländer oder Schutzplanken gab. Dafür gab es umso mehr von diesen seltsamen verdrehten Brandungspfeilern im Meer. Ich blieb stehen, um die hoch aufragenden Felsentürme zu betrachten.

»Hast du so was schon mal gesehen?«

Molly stand neben mir. Mit ihrem blonden Pferdeschwanz sah sie Carrie so ähnlich, dass es schmerzte, sie anzusehen. Rasch wandte ich mich wieder den Brandungspfeilern zu. »Nein, so etwas haben wir in New York definitiv nicht. Sie kommen mir irgendwie … einsam vor, so nah an der Küste, zu der sie früher einmal gehört haben, und doch nie wieder in der Lage, sie zu erreichen. Die Seevögel sind ihre einzige Gesellschaft, bis das Meer sie irgendwann zurückerobert.« Nachdem die Worte aus mir herausgesprudelt waren, zuckte ich zusammen. »Entschuldige, das war ein bisschen kitschig, was?«

»Nein, überhaupt nicht. Ich fand es wunderschön. Und gleichzeitig ziemlich traurig.«

Ich war überrascht, als ich sah, wie Molly sich die Augen wischte.

Sie schüttelte lächelnd den Kopf. »Denk dir nichts dabei. Ich heule bei jeder Kleinigkeit los. Megan zieht mich immer deswegen auf.«

»Ich heule auch immer sofort«, erwiderte ich. »Und meine beste Freundin hänselt *mich* deswegen.« *Oh Carrie, ich glaube, du würdest Molly und Megan mögen. Die beiden ähneln uns so sehr.*

Seufzend setzte ich mich wieder in Bewegung. Während wir die Klippen entlangwanderten, wurde nicht viel geredet. Alle konzentrierten sich auf ihre Füße, was für mich eine erfrischende Abwechslung war. Denn die Menschen in New York liefen fast immer mit dem Handy in der Hand durch die Stadt. Den Blick fest auf das Display gerichtet, traten sie vom Bordstein auf die Straße – ohne auf ihre Umgebung zu achten. Ich hatte das ein- oder zweimal sogar selbst so gemacht, doch nachdem ich beobachtet hatte, wie eine simsende Mutter mit einem Buggy beinahe von einem Taxi überfahren worden wäre, war ich vorsichtiger geworden.

Wenig später erreichten wir einen steilen, grasbewachsenen Abhang, den wir – ebenfalls gefährlich nah an der Kante der Klippe – hinabstiegen. Unten angekommen, war ein allgemeiner Seufzer der Erleichterung zu vernehmen.

»Von hier aus ist es ganz leicht«, sagte Rory. »Wir folgen einfach der Küste, bis wir auf den Weg treffen, der nach Flodigarry hineinführt. Ab jetzt kommen keine nennenswerten Hügel mehr. Ihr habt euch heute großartig geschlagen.«

Und tatsächlich, was folgte, war ein angenehmer Spaziergang entlang der Küste. Das Meer war von einem herrlich tiefen Blau, das sich scharf von dem grünen Gras abhob. Doch dann erreichten wir den Weg, den Rory erwähnt hatte. Und der führte eindeutig bergauf.

»Keine Hügel mehr, hä, Rory?«, sagte Gordon, der damit aussprach, was sicherlich alle dachten.

»Ach, komm schon, Gordon. Das ist doch höchstens ein kleiner Buckel.«

»Wir sollten an unserer Verständigung arbeiten«, murmelte Gordon. »Wenn du sagst ›keine Hügel mehr‹, gehen wir davon aus, dass der Rest der Strecke flach ist.«

»Wir sind hier auf Skye. Hier ist es nirgendwo flach. Nun komm schon, du kannst deinen Nachmittagstee doch schon fast riechen. Nur noch über diesen einen kleinen Buckel, und dann sind wir da. Fast.«

Fast, aber nicht ganz. Ich sang im Kopf einige meiner Lieblingslieder vor mich hin, um mich vom Aufstieg abzulenken, und kurz darauf trotteten wir in ein winziges Dorf.

»Willkommen in Flodigarry«, sagte Tommy. »Zur Herberge geht's hier lang.«

Wir folgten ihm einen weiteren Weg – ebenfalls bergauf! –, der zu unserem Hostel führte, wo Scarlet uns mit einem strahlenden Lächeln begrüßte. »Gut gemacht, Leute – ihr habt den ersten Tag des Skye Trails geschafft! Acht Meilen habt ihr schon mal in der Tasche.«

Das klang nicht besonders viel. Ich war schon mehr als einmal viel weitere Strecken in weitaus kürzerer Zeit gelaufen. Aber das war auf ebenem Gelände gewesen, und wir waren heute am Rand von Klippen entlang- und steile Pfade rauf- und runtergewandert. Obwohl mir alles wehtat, verzog sich mein Gesicht zu einem breiten Grinsen. Carrie wäre so stolz auf mich.

»Ihr habt heute eine ziemlich gute Zeit hingelegt«, fuhr Scarlet fort. »Wie fühlt ihr euch?«

Die Antwort war eine Mischung aus begeisterten Ausrufen und schmerzerfülltem Stöhnen.

Scarlet lachte. »Diese Reaktion bekomme ich am Ende des ersten Tages immer. Keiner bringt mehr die Energie für eine richtige Antwort auf.« Sie warf einen Blick auf ihre Uhr. »Es ist jetzt kurz nach vier, und für sechs Uhr habe ich einen Tisch im Restaurant des benachbarten Hotels gebucht. Ihr habt also Zeit, euch auszuruhen und vor dem Abendessen die Füße hochzulegen. Sonst noch was, Jungs?«

Rory trat vor. »Das habt ihr gut gemacht heute. Morgen wird es etwas anspruchsvoller. Es sind über siebzehn Meilen in schwierigem, ungeschütztem Gelände. Außerdem zelten wir morgen Abend, also genießt die Betten, die Duschen und das Restaurantessen. Tommy und ich warten morgen früh um neun vor dem Hostel auf euch. Wir wünschen euch einen angenehmen Abend.«

»Esst ihr nicht mit uns zusammen?«, fragte Mike.

»Nein, heute Abend nicht. Tommy, Scarlet und ich haben noch ein paar Dinge zu besprechen, deswegen essen wir etwas früher. Vielleicht treffen wir uns ja später in der Bar. Wo wir gerade davon sprechen – ihr habt euch zwar alle ein oder zwei Bier redlich verdient, aber lasst es langsam angehen. Glaubt mir, ihr möchtet morgen bestimmt nicht mit einem Kater wandern.«

Ein Abendessen ohne unsere Guides würde eine echte Erleichterung sein. Ich war müde, mir taten alle Knochen weh, und ich wollte nicht so tun müssen, als wäre es anders, besonders vor Rory.

Wir verabschiedeten uns von Rory, Tommy und Scarlet und machten uns auf den Weg in unsere Zimmer. Der Raum, den ich mir mit den anderen Ladys teilte, hatte mehrere Etagenbetten. Dankbar, nicht mehr stehen zu müssen, ließ ich mich auf eins der unteren Betten am Fenster fallen. Ich holte mein Handy aus dem Flugmodus, den ich aktiviert hatte, damit sich die Batterie nicht so schnell entlud, während ich mich mitten im Nirgendwo befand.

Keine Nachrichten von zu Hause. Enttäuscht warf ich das Handy aufs Bett.

»So, meine Damen«, rief Pat, »den ersten Tag hätten wir überlebt.«

»Aber nur knapp«, sagte ich. »Als wir die Klippe raufgestiegen sind, musste ich immer wieder stehen bleiben. Zu meiner Verteidigung kann ich nur anführen, dass es da, wo ich herkomme, keine Hügel gibt, wo man trainieren könnte.«

»Sagtest du nicht, du seist aus New York City?«, fragte Linda.

»Aus Long Island, das ist nicht weit von der Stadt entfernt. Aber dort ist alles sehr flach«, fügte ich hinzu, während ich in meinem Rucksack nach meinen Duschsachen und Klamotten zum Wechseln suchte. Ich konnte es kaum erwarten, unter die heiße Dusche zu kommen.

»Verstehe«, sagte Linda. »Und was hat dich dazu gebracht, den Skye Trail allein zu gehen? Das ist ganz schön mutig von dir.«

Ich erstarrte. *Mutig? Wenn die wüssten.* »Ich … Meine Freundin sollte eigentlich fahren.« Ich schluckte und versuchte, meine Stimme im Griff zu behalten. »Aber sie … wurde verletzt … und konnte nicht kommen. Deswegen bin ich hier.«

»Das tut mir leid. Aber jetzt verstehe ich auch, warum du so viele Fotos machst«, erwiderte Pat.

Ich spürte, wie meine Wangen anfingen zu glühen. »Das ist dir aufgefallen?«

»Es war nicht zu übersehen«, sagte Molly. »Jedes Mal, wenn wir angehalten haben, hast du wild drauflosgeknipst. Einmal dachte ich sogar, Rory würde nichts anderes übrig bleiben, als dich den Pfad hinunterzutragen.«

»Mir persönlich hätte das nichts ausgemacht«, hauchte Linda.

Alle lachten, nur ich nicht.

KAPITEL FÜNF

RORY

»Den ersten Tag hätten wir geschafft«, sagte Tommy, ließ sich auf sein Bett in unserem Zimmer fallen und begann sofort, mit seinem Handy herumzuspielen. »Ich finde, sie haben sich gut gehalten, sogar die hübsche Amerikanerin.«

Ich zog mir das T-Shirt über den Kopf und warf es zu den Socken auf den Boden. »Du willst mich auf den Arm nehmen, oder?«

Er sah auf. »Findest du sie etwa nicht hübsch?«

Doch, hübsch war sie schon, mit ihrem langen, glänzenden Haar und den ausdrucksvollen braunen Augen. Daran bestand kein Zweifel. Aber das hatte ich nicht gemeint.

»Jetzt mal ehrlich, findest du wirklich, Amelia hat ihre Sache gut gemacht? Sie hat sich eine Blase geholt, weil sie ihre brandneuen, offensichtlich nicht richtig eingelaufenen Wanderstiefel falsch geschnürt hat, und sie ist von Rubha Hunish aus die Klippen fast nicht wieder raufgekommen. Außerdem ist sie alle dreißig Sekunden stehen geblieben, um einen weiteren gottverdammten Schnappschuss zu machen, den sie dann auf Instagram oder Twitter oder wo auch immer gepostet hat, um ihre Freunde zu Hause zu beeindrucken. Bei der Schutzhütte war sie so auf ihr Handy fixiert, dass sie nicht mal gemerkt hat, dass wir alle schon losgegangen waren. Und das nennst du ›gut gehalten‹?«

»Du bist zu streng mit ihr, Rory. Sie war nicht die Einzige, die eine Blase hatte. Der Aufstieg vom Hunish ist wirklich nicht ohne. Und auch wenn sie eine Million Fotos schießt – na, und? Dafür sind sie schließlich hier.«

»Ist ja auch egal«, murmelte ich und kramte in meinem Rucksack nach sauberen Klamotten. Amelias zwanghafte Knipserei war nicht mein Problem. Zumindest nicht, solange sie damit nicht die Gruppe aufhielt oder sich selbst in Gefahr brachte. In dem Fall würde ich etwas sagen *müssen*.

»Ich weiß nicht, was du gegen sie hast, Mann«, sagte Tommy, »aber du solltest sie ein bisschen in Ruhe lassen. Unterm Strich sind die Leute hier, um sich zu amüsieren. Dafür haben sie bezahlt. Wenn der Guide ständig einen auf Spielverderber macht, versetzt das der Sache einen ziemlichen Dämpfer, verstehst du?«

Ich ließ mich mit meinen Sachen in der Hand auf die Bettkante sinken. »Du hast ja recht. Ich finde nur, dass sie zu wenig Erfahrung hat, um den Skye Trail mitzumachen. Du hast doch gesehen, wie ängstlich sie heute Morgen bei der Sicherheitsunterweisung war – sie hat ja förmlich gezittert. Wahrscheinlich ist sie aus einer spontanen Laune heraus hergekommen und hatte keine Ahnung, worauf sie sich einlässt. Sie hätte sich für eine einfachere Wanderung entscheiden sollen. Eine, wo sie sich nicht in Gefahr bringt.«

Ich sah Amelia vor mir, ihre samtbraunen Augen, die voller Ehrfurcht leuchteten, als sie die Brandungspfeiler betrachtete; die fröhlich funkelten, als sie mit den anderen Mädels kicherte; und die sie wütend zusammengekniffen hatte, als ich ihr gestern Abend gesagt hatte, sie solle ins Bett gehen. Und die sich vor Schreck und Panik weiteten, als ihre Unerfahrenheit sie zu dicht an die abbröckelnde Kante der Klippe führte …

Ich fuhr mir mit beiden Händen übers Gesicht, um dieses Bild zu verscheuchen. »Ich muss jetzt jedenfalls mal unter die Dusche.«

Tommy starrte mich eine ganze Weile an. Er kannte mich zu gut, um sich von meinem armseligen Versuch, das Thema zu wechseln, täuschen zu lassen.

»Ich glaube, du schätzt sie falsch ein«, sagte er schließlich und konzentrierte sich dann wieder auf sein Smartphone.

Ich verdrehte die Augen. »Stehst du etwa auf sie?«

Er grinste, ohne vom Display aufzusehen. »Und wenn?«

Ein Blitz von – was auch immer – durchfuhr mich bei diesem Gedanken. Schnell schob ich ihn beiseite. »Egal. Vergiss bloß nicht, dass morgen ein harter Tag wird und du dich auf das Wesentliche konzentrieren musst. Genau wie sie.« Ich ging in Richtung Bad.

»Rory.«

Ich drehte mich um. »Was?«

Er sah mich mit ernster Miene an. »Gib ihr eine Chance. Sie ist ganz allein hergekommen, um diese Wanderung mit Fremden zu machen. Wenn sie lockere Ferien gewollt hätte, würde sie jetzt irgendwo in der Karibik in der Sonne liegen oder so'n Mist, anstatt sich hier Blasen und einen Muskelkater zu holen.«

Ich seufzte. »Ja, ich weiß. Und du hast recht. Morgen bin ich netter zu ihr.« Ich nickte in Richtung seines Handys, das sich in den letzten zwei Minuten nicht weniger als zehnmal bemerkbar gemacht hatte. »Ist das die Kleine aus Fort William? Du solltest ihr vielleicht mal antworten. Ich geh schnell unter die Dusche.«

Nach dem Abendessen machte ich einen langen Spaziergang in der Brandung, um den Kopf freizubekommen. Die Seeluft füllte meine Lungen und das kalte Wasser tat meinen Füßen gut.

Der erste Tag war immer eine besondere Herausforderung, weil wir erst ein Gefühl für den Leistungsstand der Gruppe bekommen und außerdem mit gutem Beispiel vorangehen mussten, um *Scotland By Foot* angemessen zu vertreten.

Bei Amelia hast du deine Sache aber nicht besonders gut gemacht, oder? Nein, hatte ich nicht. Und das musste sich ändern. Tommy hatte recht. Ich sollte aufhören, so streng mit ihr zu sein.

Ich lief etwa eine halbe Stunde, bevor ich schließlich umkehrte. Tommy konnte überhaupt nicht verstehen, warum ich abends noch mal spazieren ging, nachdem ich schon den ganzen Tag gewandert war. Er liebte es, die Menschen kennenzulernen, die Woche für Woche in unser Leben schneiten und genauso schnell wieder daraus verschwanden.

Im Gegensatz zu ihm fand ich Menschen jedoch anstrengend. Nicht, dass ich sie nicht gemocht hätte. Aber ich war nun mal ein introvertierter Typ und war es schon immer gewesen. Ich liebte es, den Skye Trail zu führen – die Landschaft, das ständig wechselnde Wetter, die Herausforderung. Aber ich brauchte auch meine ruhigen Momente, wo ich nicht »voll da« sein musste – wo ich nicht ständig Fragen beantworten, Konversation machen oder über Witze lachen musste. Und was noch wichtiger war, ich brauchte jeden Tag Zeit für mich, wo ich nicht auf alle achten und mir Sorgen machen musste, jemand könnte verletzt werden oder den Anschluss an die Gruppe verlieren. Ich brauchte Zeit, um mit mir allein zu sein.

Außerdem war ein Spaziergang am Strand etwas ganz anderes als die Wanderungen, die wir tagsüber unternahmen.

Ich griff mir einen flachen, runden Stein und fuhr mit den Fingern über die glatte Oberfläche. Er hatte die perfekte Form, um ihn übers Wasser hüpfen zu lassen. Das hatte ich seit Jahren nicht mehr getan, genauer gesagt nicht mehr, seit mein Bruder Connor und ich Kinder waren. Ich drehte den Stein in meiner Hand, schleuderte ihn aus dem Handgelenk übers Wasser und sah zu, wie er drei, vier, fünf Mal über die Oberfläche hüpfte, bevor er versank.

Offenbar hatte ich nicht vergessen, wie es ging.

Ich schlenderte langsam am Strand entlang zurück. Die Sonne schien noch so warm, dass ich mich an einen der Picknicktische vor der Herberge setzte, meinen Kopf in den Nacken legte und die Augen schloss. Himmlisch.

»Ja, hallo. Den ersten Tag der Wanderung habe ich geschafft.« Die laute Stimme schreckte mich aus meinem angenehmen Halbschlaf. Amelia saß ein paar Meter entfernt auf einem Felsblock und telefonierte. Die friedliche Stimmung war dahin.

Ich schloss die Augen und versuchte, die nächsten Minuten das auszublenden, was für mich verdammt nach Smalltalk klang.

»Ich sollte jetzt dort sein und nicht dreitausend Meilen weit weg und diese blöde Wanderung machen«, murmelte sie. »Was habe ich mir nur dabei gedacht?«

Ich öffnete die Augen. Erst als ich zu ihr hinübersah, fiel mir auf, dass sie gar nicht mehr am Handy hing. Das Telefon lag in ihrem Schoß, während sie bedrückt aufs Meer hinausblickte. Okay, sie schien ziemlich aufgewühlt zu sein, aber hatte sie eben wirklich gesagt, sie wolle gar nicht bei dieser Tour dabei sein? Es war schon schlimm genug, dass sie keine Erfahrung hatte, aber warum hatte sie sich ausgerechnet den Skye Trail ausgesucht, wenn sie ihn gar nicht wandern wollte?

Bevor ich noch etwas Dummes tun würde, stand ich auf und verschwand nach drinnen.

Worum auch immer es bei diesem Telefongespräch gegangen war, morgen würde Amelia hoffentlich einen klaren Kopf haben.

KAPITEL SECHS

AMELIA

Einen Fuß vor den anderen.

Während ich die gleichmäßige Steigung hinaufstapfte, wiederholte ich unablässig dieses Mantra. Meine Beinmuskeln, die noch von gestern schmerzten, protestierten heftig, dabei waren wir noch nicht mal eine Stunde unterwegs.

Plötzlich fiel ein Schatten über den Weg. Ich blickte auf – und schnappte angesichts der turmhohen Klippen nach Luft.

»Das ist der Quiraing«, erklärte Tommy. »Er ist durch Erdrutsche entstanden, genauso wie der größte Teil von Trotternish – also all das, was wir gestern und heute gesehen haben.«

Als wir den höchsten Punkt der Steigung erreichten, schaute ich mich mit offenem Mund um. Rechts von mir befanden sich gewaltige Gesteinsformationen, einschließlich einer über dreißig Meter hohen Felsnadel, die zwischen den anderen Steinen emporragte, und links von mir war ein riesiges steinernes Gebilde, das an eine aus dem Fels gehauene Burg erinnerte.

Schnell zog ich mein Handy hervor und schoss ein paar Fotos von der fremdartigen Landschaft. Ich war kurz abgelenkt, sodass mich die starke Windböe von hinten völlig unvorbereitet traf und ich auf dem losen Schotter des Pfads ausrutschte. Mithilfe des Trekkingstocks schaffte ich es zwar, das Gleichgewicht zu halten, aber dabei rutschte mir das Handy aus der Hand.

»Mist!«

Eine große Hand fing das Handy auf, bevor es zu Boden fiel. Rory natürlich.

»Oh, mein Gott, danke«, stieß ich hervor. Wenn mein Handy kaputtgegangen wäre, hätte ich keine Fotos mehr für Carrie aufnehmen können, und ich wäre auch nicht erreichbar gewesen, wenn sich etwas an ihrem Zustand verändert hätte.

»Du musst hier draußen besser aufpassen«, sagte er. »Der Wind kann dich glatt von den Beinen fegen. Konzentrier dich mehr darauf, senkrecht zu bleiben, und weniger aufs Knipsen. Ich weiß es zu würdigen, wie sehr dir die Landschaft gefällt, aber vielleicht kannst du sie einfach mit den Augen wahrnehmen, die Aussicht und den Moment genießen … ohne dich von deinem Handy ablenken zu lassen.«

Ich spürte, wie mein Gesicht heiß wurde. Warum musste er immer von oben herab mit mir sprechen, als wäre ich ein unartiges Kind?

»Ist angekommen. Danke«, presste ich betont freundlich hervor und streckte die Hand aus.

Rory zögerte einen Moment, doch dann legte er das Handy hinein. Er zog seine Sonnenbrille ein Stück den Nasenrücken hinunter, sodass ich gezwungen war, in diese silbrig-grünen Augen zu blicken. »Der heutige Marsch erfordert deine volle Aufmerksamkeit.« Seine Stimme klang auf einmal fast entschuldigend.

»Der Wind hat mich überrascht, das ist alles.«

»Es wird den ganzen Tag windig sein, also sei vorsichtig, und achte darauf, dass du einen festen Stand hast.« Er schob die Sonnenbrille wieder hoch und ging an den anderen vorbei nach vorne. »Passt bitte alle auf diesem Weg auf«, wandte er sich an die ganze Gruppe. »Auf dem losen Gestein und Geröll kann man leicht ausrutschen.«

Danke für den Tipp, Rory. Besser spät als nie.

»Er passt bloß auf dich auf«, sagte Tommy, der mit Rory den Platz getauscht hatte und nun neben mir ging. »Nur seine Sozialkompetenz lässt manchmal, äh … etwas zu wünschen übrig.«

»Ich würde sie eher als ›nicht existent‹ bezeichnen«, erwiderte ich und hätte mir im selben Augenblick am liebsten auf die Zunge gebissen. Tommy war immerhin sein Kollege und Freund. »Äh, ich meine …«

Er schnaubte vor Lachen. »Oh, ich weiß genau, was du meinst«, sagte er, bevor er wieder ernst wurde. »Aber bist du okay? Brauchst du eine Pause?«

»Nein, mir geht's gut.« Selbst wenn ich eine Pause gebraucht hätte, hätte ich es nicht zugegeben. Nicht nachdem Rory mich eben runtergemacht hatte.

»Gut. Nach dir«, sagte er mit einer ausladenden Geste.

Der Pfad fiel noch weiter ab, und vor uns breitete sich eine unglaubliche Landschaft aus: grasbewachsene, mit Schafen übersäte Hänge, blaue Seen und Berge, so weit das Auge reichte, und mitten durch all diese Pracht schlängelte sich ein einsamer, kurvenreicher Weg. Rory konnte mich so böse anschauen, wie er wollte, diesen Ausblick würde ich auf jeden Fall für Carrie aufnehmen. Aber diesmal würde ich besser aufpassen.

Der Wind war unberechenbar, schlief manchmal völlig ein und blies uns dann wieder mit voller Wucht entgegen, wenn wir um eine Kurve bogen. Vorsichtig liefen wir weiter den Pfad hinunter, fort vom Quiraing, zu einem Parkplatz, wo wir eine kurze Pause einlegten.

»Gehen wir etwa da lang?«, fragte Linda mit leicht zittriger

Stimme, als sie auf die einschüchternde Reihe von Gipfeln vor uns deutete.

»Aye«, sagte Rory. »Das ist Trotternish Ridge. Um noch einmal kurz zusammenzufassen, was Tommy heute Morgen bei der Vorbesprechung gesagt hat – unser Tagesprogramm umfasst die Besteigung von zehn Gipfeln, deren Höhe von 466 bis 668 Metern reicht. Und wenn ihr zum Schluss immer noch Energie übrig habt, kann euch einer von uns rauf auf den Storr bringen – der ist über siebenhundert Meter hoch.«

Nach einer schlaflosen Nacht war ich während des Briefings mit den Gedanken noch woanders gewesen und hatte die Einzelheiten der heutigen Wanderung offenbar nicht wirklich mitbekommen. »Zehn Gipfel?«, fragte ich geschockt. *Die durfte ich mir natürlich auf keinen Fall entgehen lassen …*

»Jo«, sagte Tommy. »Manche sind steiler als die anderen, aber das Gefälle zwischen ihnen ist gar nicht so groß. Der erste ist eigentlich der schlimmste.«

»Na, toll«, murmelte ich und folgte den anderen, die bereits den ersten Berg raufwanderten. *Carrie, ich habe mich geirrt. Du bist nicht verrückt. Du bist eine gottverdammte Masochistin!*

Tommy lachte über meinen Kommentar. »Langsam und stetig, Amelia. Du machst das schon.«

Warum konnte Rory nicht so sein wie Tommy, freundlich und … ein angenehmer Begleiter? Ich blickte nach vorne, wo Rory neben Pat ging, die offenbar ein bisschen zu kämpfen hatte. Er blieb dicht genug bei ihr, um sie zu unterstützen, wenn sie Hilfe brauchte, ließ sie aber trotzdem ihr eigenes Tempo finden. Warum war er zu allen so nett, nur zu mir nicht? *Egal. Du bist nur aus einem einzigen Grund hier, und der ist nicht, einen Typen abzuschleppen.* Doch als plötzlich die Sonne auf Rorys Haare schien und sie wie Kupfer glänzen ließ, setzte mein Herz einen Schlag aus.

Offensichtlich würde nichts an dieser Wanderung einfach werden.

Der erste Anstieg zur grasbewachsenen Spitze des Bioda Buidhe war gar nicht so schlimm. Tommy buchstabierte mir netterweise den Namen, als er sah, wie ich mir eine Notiz in meinem Handy machte.

»So wird das geschrieben? Aber man spricht es doch *Bieda Buje* aus.«

Er zuckte mit den Schultern. »Ich arbeite hier nur, ich hab die gälische Sprache nicht erfunden.«

Bei diesem Spruch prusteten wir beide los. Als ich mich umdrehte, um eine Panoramaaufnahme der Landschaft zu machen, sah ich, wie sich eine dunkle Wolkenbank mit erschreckender Geschwindigkeit näherte. »Äh, Jungs?«

»Aye, da braut sich was zusammen«, sagte Rory beiläufig. »Okay, Leute, ihr werdet jetzt eure erste Erfahrung mit Skyes unberechenbarem und schnell umschlagendem Wetter machen. Die gute Nachricht ist, dass wir beim Abstieg etwas geschützter sind. Die schlechte Nachricht ist, dass der Abstieg selbst sehr steil ist. Das ist bei gutem Wetter eine Herausforderung, bei schlechtem Wetter aber ziemlich schwierig.«

»Und was heißt das?«, fragte Linda.

»Es heißt, dass wir beim Abstieg sehr langsam und vorsichtig sein müssen. Vor allem, wenn der Regen uns so schnell einholt, wie ich vermute. Ihr solltet jetzt besser eure Regensachen anziehen.«

Ich öffnete meinen Rucksack und holte die lilafarbene Regenhose heraus, die ich mir – wie auch den Rest meiner Ausrüstung, mit Ausnahme der Wanderstiefel – von Carrie geliehen hatte. Ich zog sie über meine Trekkinghose, schlüpfte in die dazu passende Regenjacke und steckte das Handy in die Tasche. Gerade als ich die wasserfeste Hülle über meinen Rucksack zog, begann es zu nieseln.

»Okay, dann lasst uns mal einen Abflug machen«, sagte Tommy und setzte die leuchtend orangefarbene Kapuze seiner Regenjacke auf. »Denkt dran, es langsam angehen zu lassen. Die paar Tropfen werden euch nicht umbringen, erst recht nicht jetzt, wo ihr mit euren sexy Regenklamotten ausstaffiert seid. Wir sollten nur zusehen, dass wir so wenig Wind wie möglich abbekommen.«

Wir liefen im Gänsemarsch hinter ihm her. Zuerst war es gar nicht so schlimm, doch dann wurde der Regen immer stärker. Er nahm mir nicht nur die Sicht, sondern verwandelte den Boden in eine glitschige, schlammige Masse. Ich musste plötzlich an eine andere Wanderung denken, bei der sich das Wetter auch von einem Augenblick auf den anderen geändert hatte und ein wolkenbruchartiger Guss auf uns niedergegangen war. Danach war alles tückisch glatt gewesen – der reinste Albtraum. Und der Grund, warum ich das Wandern hasste. Hoffentlich würde sich diese Erfahrung hier nicht wiederholen.

Ich wurde noch langsamer. Meine Beine zitterten auf dem rutschigen Untergrund und ich setzte vorsichtig meine Trekkingstöcke auf, bevor ich einen Schritt machte. Dass die anderen mich überholten, war mir nur recht. Als Schlusslicht der Gruppe fühlte ich mich weniger unter Druck gesetzt und musste nicht befürchten, dass die anderen ungeduldig auf eine Gelegenheit warteten, mich zu überholen.

Als eine scharfe Bö mir die Kapuze vom Kopf blies, lief mir

kalter Regen in den Nacken. Schnell setzte ich die Kapuze wieder auf und zog die Bänder so fest zu, wie ich konnte, ohne mich dabei selbst zu erwürgen.

»Das würde dir gefallen, Carrie«, murmelte ich leise vor mich hin. Ich hasste es, bei Regen draußen zu sein, aber ihr machte schlechtes Wetter nichts aus – eigentlich war es für sie sogar ein unerlässlicher Bestandteil jedes Outdoor-Abenteuers.

»Schönes, sonniges Wetter brauche ich am Strand. Wenn ich in den Bergen bin, will ich dunkle, tief hängende Wolken. Ich möchte den Regen schmecken und in Pfützen springen.« Das war O-Ton Carrie.

»Okay Carrie, geht klar«, sagte ich leise. »Ich werde zwar nicht in Pfützen springen, aber ich kann den schottischen Regen für dich probieren.«

Ich legte den Kopf in den Nacken und streckte die Zunge heraus, um die Tropfen aufzufangen – etwas, das ich in New York niemals getan hätte. Ich machte ein schnelles Selfie von meinem nassen Gesicht unter der lilafarbenen Kapuze und steckte das Handy wieder in die Tasche. Carrie liebte Selfies, wahrscheinlich würde sie mehr Spaß an diesem Foto haben als an der ganzen verdammten Landschaft. Ich sah ihr leicht schiefes Grinsen vor mir, dieses Lächeln, das ihr ganzes Gesicht erstrahlen ließ …

Aber ein Selfie war nicht dasselbe, wenn die beste Freundin nicht bei einem war. Eine Welle von Traurigkeit schlug so heftig über mir zusammen, dass ich abrupt stehen blieb – und mein Fuß schlagartig in einer Matschpfütze ausrutschte.

Wie in Zeitlupe spürte ich, wie ich schwankte und fiel. *Shit.* Ich würde mit voller Wucht auf den Boden krachen und mir wehtun. Ich konnte lediglich die Hände ausstrecken, um den Sturz abzufangen, und hoffen, dass ich beim Aufprall keinen Stein erwischte.

Doch dazu kam es nicht. Ein Arm legte sich um meine Taille,

und im nächsten Moment pressten sich meine Hände gegen Rorys harte Brust. Die starken Beine fest in den Boden gestemmt, schaffte er es mit Leichtigkeit, uns beide vorm Hinfallen zu bewahren.

Rory blickte auf mich herunter. Seine Augen, die im strömenden Regen beinahe dunkelgrau aussahen, waren direkt auf mich gerichtet, und ein seltsamer Ausdruck trat auf sein Gesicht. »Alles okay?«

»Ich …« Solange diese Augen auf mich gerichtet waren, konnte ich keinen klaren Gedanken mehr fassen. Also senkte ich den Blick und konzentrierte mich auf seine leuchtend blaue Regenjacke. »Ja. Danke. Ich war mir sicher, dass ich hinfallen würde. Wie bist du so schnell bei mir gewesen?« – *und hast mich aufgefangen wie ein Superheld*, setzte ich in Gedanken hinzu.

»Ich war direkt vor dir und als ich mich zu dir umgedreht habe, habe ich gesehen, wie du ausgerutscht bist. Hast du den Matsch nicht bemerkt?«

»Ich war … abgelenkt und hab nicht aufgepasst. Na los, schimpf ruhig mit mir. Diesmal hab ich's verdient.«

»Ich werde nicht mit dir schimpfen, Amelia. Aber du darfst hier nicht abgelenkt sein – nicht bei diesem Teil des Skye Trails. Okay?«

Zögernd erwiderte ich seinen Blick. »Okay«, flüsterte ich.

Sein Herz schlug einmal, zweimal, dreimal gegen meine Handfläche, bevor er blinzelte. Eine leichte Röte trat auf seine Wangen. Als hätte er plötzlich bemerkt, dass er mich so fest an sich presste, als wären wir mehr als ein arroganter Guide und eine ungeschickte Trekkerin.

Er löste sich von mir, ließ mich aber noch nicht los, bis er sicher war, dass ich wieder einen festen Stand hatte. »Bist du verletzt?«

»Nein.« *Bloß mein Stolz.*

»Mach mal ein paar Schritte.«

Unter seinem prüfenden Blick lief ich einmal um ihn herum. »Siehst du, alles bestens.«

»Gut, dann lass uns weitergehen.«

Der Rest der Wanderung verlief ohne Zwischenfälle. Der Regen war zu einem leichten Nieseln geworden und die Wolken schienen ein wenig aufzureißen.

Ein Stück vor uns rutschte Linda im Schlamm aus und plumpste auf den Hintern, glücklicherweise auf einem ziemlich flachen Stück. Rory eilte zu ihr, um ihr aufzuhelfen.

Ich erreichte Linda und Pat erst, als Rory schon wieder auf dem Weg an die Spitze der Gruppe war, um mit Tommy den Platz zu tauschen. »Alles in Ordnung, Linda?«

»Ja, mir geht's gut«, sagte sie und wischte sich den Schlamm von ihrer grünen Regenhose. »Ich hab doch gewusst, dass mein gut gepolsterter Hintern sich eines Tages mal als nützlich erweisen würde.« Sie sah mich mit zusammengekniffenen Augen an. »Aber jetzt erzähl mal, kleine Lady.«

»Was meinst du?«

»Sie meint dich und Rory«, sagte Pat. »Als wir uns vorhin umdrehten, haben wir dich in seinen Armen gesehen – ihr saht aus wie auf dem Cover eines Liebesromans. Also, was ist da gelaufen?«

Mein Gesicht wurde ganz heiß. »Ich bin gestolpert und er hat mich aufgefangen. Das ist alles.«

»Was du nicht sagst«, meinte Linda. »Ich wünschte, *mich* hätte er auch so aufgefangen.«

Die beiden kicherten wie Teenager. *Ob Carrie und ich in dreißig Jahren auch noch zusammen kichern würden?*

»Linda, du bist verheiratet!«, rief ich mit gespieltem Entsetzen, um mich von den Gedanken an Carrie abzulenken.

»Und das auch noch glücklich. Aber das heißt ja nicht, dass ich keinen gut aussehenden Mann anschmachten darf. Mit Tommy und ihm haben wir genug zu betrachten, wenn die Landschaft mal langweilig wird. Obwohl davon nicht auszugehen ist. Seht euch das bloß mal an!«

Als ich mich in der Erwartung umdrehte, Rory hätte unwissentlich eine sexy Pose eingenommen, klappte mir der Unterkiefer herunter. Die dunkelgrauen Wolken schwebten immer noch bedrohlich über uns, hatten sich aber so weit geteilt, dass ein einzelner Sonnenstrahl hindurchschien und einen Regenbogen aufleuchten ließ. Schnell machte ich ein Panoramafoto, um es später Carrie zeigen zu können.

»Ohne Regen gäbe es keinen Regenbogen«, murmelte Pat.

Ich schloss für einen Moment die Augen. Das hatte Carrie früher immer gesagt, wenn ich rumzickte, weil uns der Regen einen Strich durch die Rechnung machte. »Das ist die perfekte Bildunterschrift für dieses Foto«, sagte ich schließlich, als wir weitergingen.

Auf dem nächsten Gipfel, von dem aus man eine unglaubliche Aussicht hatte, legten wir eine Pause ein. Der Himmel war von einem seltsamen Stahlblau und wirkte immer noch recht bedrohlich, doch inzwischen hatte sich die Sonne durch die Wolken gekämpft und tauchte die Landschaft in ein atemberaubendes Licht.

Ich ging so dicht, wie ich mich traute, an den Rand, um Fotos zu machen, stellte mein Handy dann auf Videoaufnahme und bewegte es langsam von links nach rechts. »Es sieht aus wie in Mittelerde, Carrie. Ich wünschte, du wärst hier und könntest es sehen. Das Video wird dem einfach nicht gerecht.«

Ich ignorierte die Tränen, die mir über die Wangen liefen, weil ich beide Hände brauchte, um das Handy ruhig zu halten. Plötzlich entdeckte ich etwas unterhalb des Bergkamms. »Da unten ist irgendein riesiger Vogel«, sprach ich ins Mikrofon. »Definitiv ein Greifvogel, das sieht man an den Flügelspitzen.«

»Es ist ein Steinadler.«

Mein Kopf ruckte nach rechts. Rory stand ein Stück entfernt, den Blick auf den Vogel gerichtet, der unter uns kreiste. Ich stoppte die Aufnahme. »Wirklich? Ich habe gehört, Steinadler seien ziemlich selten.«

»Das sind sie auch, aber hier in der Gegend gibt es einige Paare. Das hier ist einer der besten Plätze, um sie zu beobachten, weil sie gerne auf den Luftströmungen segeln.«

Ich stellte die Kamera meines Handys auf maximale Vergrößerung und machte ein Foto.

»Von hier aus bekommst du wahrscheinlich keine gute Aufnahme.«

»Ich weiß, aber ich hoffe, dass ich sie am Computer bearbeiten kann, wenn ich wieder zu Hause bin.«

Er streckte den Arm aus und drückte sanft meine Hand nach unten.

Überrascht starrte ich ihn an. »Was machst du da?«

Er legte mir einen Finger unters Kinn und drehte meinen Kopf zur Seite, sodass ich über die Kante blickte und nicht zu ihm. »Vergiss doch mal für eine Sekunde die Knipserei und schau einfach hin. Sieh, wie der Adler schwebt. Stell dir vor, welcher Blick sich ihm bietet. Spüre, wie der Wind über seine Federn gleitet. Du kannst Hunderte von Fotos machen, die einen braunen Fleck am Himmel zeigen, und doch werden sie diesen Augenblick nie so einfangen können wie deine Augen.«

Ich blinzelte ihn einen Moment ungläubig an. Es war nicht nur die Menge der Wörter, die er an einem Stück von sich gegeben hatte, die mich so überrascht hatte, sondern auch die Leidenschaft, die dabei mitschwang. Ich riss meinen Blick von ihm los und sah wieder zu dem Adler. Rory hatte recht. Dort wo ich lebte, gab es keine Adler, und diesen hier durch die Lüfte segeln zu sehen, war etwas, das ich nie vergessen würde.

Schweigend beobachteten wir, wie er hinter dem nächsten Bergkamm verschwand.

»Danke dafür«, sagte ich leise.

»Alle sind heutzutage so auf ihre Handys fixiert. Gerade, wenn es um Fotos und nicht ums Texten geht, vergessen die meisten, den Anblick zu genießen, den sie so verzweifelt festhalten wollen.« Er warf einen Blick auf seine Uhr. »Wir müssen uns gleich wieder auf den Weg machen, also sieh zu, dass du mit deinen Bildern fertig wirst.« Er wandte sich vom Rand des Plateaus ab und ging zurück zur Gruppe.

Erst da fiel mir auf, dass ich mir die Tränen gar nicht abgewischt hatte.

KAPITEL SIEBEN

RORY

Während ich zu den anderen zurückging, warf ich noch mal einen Blick über die Schulter zurück und sah, wie Amelia sich mit den Fingern unter den Augen entlangfuhr. Warum hatte sie geweint? Sie hatte doch behauptet, sie hätte sich bei ihrem Beinahesturz nicht verletzt – und wenn doch, hätte sie es mir sagen sollen –, also was war los mit ihr? Hatte es vielleicht etwas mit dem Anruf zu tun, den ich gestern Abend teilweise mitgehört hatte? Warum machte ich mir überhaupt so viele Gedanken um Amelia?

Weil es mein Job war, mir Gedanken um sie zu machen. Ich musste diese Leute schließlich wohlbehalten über den Skye Trail führen, und um das tun zu können, musste ich ihren emotionalen Zustand im Blick behalten. Nur so konnte ich sicherstellen, dass sie sich und andere nicht in Gefahr brachten.

Als ich vorhin gesehen hatte, wie Amelia das Gleichgewicht verlor, hatte ich sie ohne zu zögern gepackt, bevor sie stürzen konnte. So wie es jeder Guide getan hätte.

Ich musste wieder daran denken, wie unglücklich sie davor gewirkt hatte, die Schultern gegen die Kälte hochgezogen. Und dann war sie plötzlich stehen geblieben, hatte den Kopf in den Nacken gelegt und die Lippen leicht geöffnet, als erwarte sie einen Kuss. Das Begehren hatte mich durchzuckt wie ein Blitz. Ich war wie angewurzelt stehen geblieben und hatte sie angestarrt, die lange Linie ihres Halses, die Regentropfen auf ihren Wimpern und die geschwungene Kurve ihrer Lippen, als sie lächelte. In dem Moment hatte sie so verdammt schön ausgesehen.

Und dann war sie auf einmal ausgerutscht, und ich hatte sie an meine Brust gepresst, unsere Körper so dicht beieinander, dass ich nur noch ihren Duft wahrnehmen konnte. Sie roch nach Frühling und Sonne, und ich hatte mich gerade noch zurückhalten können, mein Gesicht an ihren Hals zu pressen und tief einzuatmen.

Bei der Vorstellung, wie entgeistert sie ausgesehen hätte, wenn ich es tatsächlich getan hätte, musste ich grinsen. Wahrscheinlich hätte sie mir einen ihrer blöden Trekkingstöcke über den Kopf gezogen. Aber das wäre es wert gewesen.

Nach einer Weile brachen wir wieder auf. Wir wollten noch vier schnell zu ersteigende Gipfel hinter uns bringen, bevor wir eine größere Pause einlegten.

Die Gruppe bewegte sich in einem guten Tempo. Ich lief neben zwei Brüdern aus Maine, die von ihren Wanderungen in den Bergen von New Hampshire erzählten. Irgendwann schaute ich nach hinten, um mich zu vergewissern, ob noch alle da waren. Doch das leuchtende Lila von Amelias Regenklamotten war nirgends zu sehen. Hatte sie sie etwa ausgezogen? Obwohl der Regen aufgehört hatte, war der Himmel immer noch bedrohlich dunkel. Sie sollte die Sachen lieber wieder anziehen.

»Ihr geht schon mal vor«, sagte ich zu den beiden Männern, drehte mich auf dem Absatz um und lief den Weg zurück, den wir gekommen waren. Die Ladys waren als Gruppe unterwegs, und Tommy ging neben Gordon. Aber von Amelia keine Spur.

Verdammt, wo war sie? Mit wild klopfendem Herzen lief ich

weiter. Als ich die Kuppe eines kleinen Hügels erreicht hatte, sah ich sie – eine lilafarbene Gestalt, die sich von all dem Grün abhob und langsam den Hügel heraufstapfte. Erleichtert stieß ich die Luft aus, von der ich gar nicht gemerkt hatte, dass ich sie angehalten hatte, und ging mit großen Schritten auf sie zu.

Als ich näher kam, blickte sie auf. Ihre Wangen waren gerötet und sie wirkte – na ja, nicht besonders glücklich darüber, mich zu sehen.

»Alles in Ordnung mit dir?«, fragte ich vorsichtig.

»Alles bestens. Ich teile mir nur meine Kräfte ein.«

Ich beobachtete sie kurz beim Laufen und suchte nach Anzeichen für eine Verletzung. Sie schien nicht zu hinken, also war sie wahrscheinlich einfach nur müde. Ich passte mich ihrem Tempo an, um neben ihr gehen zu können. Als wir die Kuppe des kleinen Hügels erreichten und ihr Blick auf den steilen Weg vor uns fiel, stieß sie einen unterdrückten Fluch aus.

»Alles okay?«

Der kalte Blick, den sie mir zuwarf, hätte gereicht, um das gesamte Meer gefrieren zu lassen.

KAPITEL ACHT

AMELIA

Vier kleine Gipfel, hatten sie gesagt. Na gut, sie waren vielleicht wirklich nicht sehr hoch, aber dafür folgten sie schnell aufeinander, und es gab keinen nennenswerten Weg. Die Landschaft ringsherum war zwar überwältigend, aber es gab keinen Schutz vor dem nicht nachlassenden Wind.

Meine Oberschenkel- und Wadenmuskeln protestierten lauthals bei den Steigungen und meine Knie jaulten, wenn es bergab ging. Manchmal tat es so weh, dass ich mir auf die Lippe beißen musste, um nicht aufzuschreien.

Ich war mal wieder ans Ende der Gruppe zurückgefallen, was ich gar nicht so schlimm fand. Das Schlimme war nur, dass Rory mit mir zusammen das Schlusslicht bildete. Als wäre es nicht schon beschämend genug, dass ich mich langsam und den Tränen nahe über die Hügel quälte, kam ich nun auch noch in den Genuss der zusätzlichen Demütigung durch die Anwesenheit dieses super heißen Typen.

»Bei dir alles okay?«, fragte er. Zum dritten Mal. Ich hielt es einfach nicht mehr aus.

»Mir geht es gut«, sagte ich wesentlich unfreundlicher als nötig. »Hör mal, du musst nicht so dicht bei mir bleiben. Ich werde schon ankommen. Irgendwann.«

Er sah mich lange an, nickte schließlich und marschierte zur

Spitze der Gruppe. Ohne den Druck seines prüfenden Blicks fand ich schließlich meinen Rhythmus und schloss zu Pat und Linda auf, die ebenfalls zu kämpfen hatten. Tommy ließ sich zurückfallen, bis er neben uns lief. Irgendwie machte mir seine Gesellschaft nicht so viel aus wie die von Rory. Vielleicht lag es daran, dass er nicht ständig fragte, wie es uns ging, sondern stattdessen lustige Geschichten erzählte, die hysterische Lachkrämpfe bei uns auslösten und unsere Aufmerksamkeit von dem schwierigen Weg ablenkten. *Vielleicht liegt es aber auch daran, dass du dich nicht zu ihm hingezogen fühlst?*, neckte mich meine innere Stimme. *Nein, das war es definitiv nicht.*

Rory blieb währenddessen bei den schnelleren Läufern an der Spitze, drehte sich aber ab und zu zu uns um, wenn wir besonders laut waren. Wahrscheinlich nervte ihn der Klang von Gelächter und Spaß.

Nach dem vierten Gipfel – oder Beinn, wie die Schotten dazu sagten – stiegen wir zu einem weiteren breiten Bealach – oder Gebirgspass – ab. Wann immer Tommy die gälischen Wörter nannte, fragte ich ihn nach der Schreibweise, damit ich Carrie später davon berichten konnte.

Als wir für unsere Mittagspause haltmachten, ließ ich mich auf den Boden fallen und brach vor Erleichterung fast in Tränen aus. Der Boden war zwar nass, aber das machte mir in dem Moment nichts aus – ich hatte ja noch meine Regenklamotten an. Die Sonne brach durch die Wolken und schien herrlich warm auf mein Gesicht. Mein zerquetschtes Ernussbutter-Gelee-Sandwich war das Beste, was ich jemals gegessen hatte, und nachdem ich es hinuntergeschlungen hatte, lehnte ich mich erschöpft gegen meinen Rucksack und schloss die Augen.

Ich lag im Sand und genoss die Sonnenstrahlen, die warm auf meine Haut schienen. Mit jedem Atemzug sog ich den Duft des Meeres ein. Es war einer dieser gelegentlichen sommerlichen Tage, die wir manchmal zu Beginn des Frühlings hatten, und Carrie und ich waren an den Strand gefahren – so wie offenbar auch alle anderen Einwohner von Nassau County.

Ich fuhr mit den Fingern durch den Sand und ließ die Körnchen über meine Haut rieseln.

Carrie setzte sich auf und nahm einen Schluck von ihrem Eiskaffee, bevor sie sich wieder hinlegte. »Denk doch nur, Mee, in ein paar Monaten sind wir in Miami und arbeiten in diesem schicken neuen Hotel. Das bedeutet jeden Tag Wärme und Sonnenschein.«

»Das wird super, besonders nach diesem üblen Winter. Kein Schneeschaufeln und kein Fahren bei Glatteis mehr.«

»Ich wünschte nur, du würdest den Skye Trail mit mir gehen. Es kommt mir so falsch vor, die Wanderung ohne dich zu machen.«

Ich seufzte. »Carrie, wir haben doch schon darüber gesprochen.«

»Ich weiß. Trotzdem wünschte ich mir, du würdest deine Meinung ändern.«

»Du wirst viel mehr Spaß haben, wenn ich dir nicht ständig vorjammere, wie anstrengend es ist. Und wenn es da einen heißen Guide gibt, kannst du dich an ihn ranmachen, ohne ein schlechtes Gewissen haben zu müssen, weil du mich alleine lässt. Und auf der Fahrt nach Florida erzählst du mir dann alles darüber.«

»Darauf trinke ich«, sagte sie. Wir stießen mit unseren Eiskaffees an und kicherten über unsere eigene Albernheit.

»Amelia?«

Ich öffnete langsam die Augen, blinzelte verwirrt und starrte die blonde Frau an, die vor mir stand. »Carrie?«, flüsterte ich.

»Nein, ich bin's.« Als sie einen Schritt vortrat, erkannte ich, dass es Molly war. *Natürlich ist es nicht Carrie, du Dussel. Carrie ist dreitausend Meilen von hier entfernt.*

»Unsere Mittagspause ist leider vorbei.« Molly kniete sich neben mich, während ich mich aufrichtete. »Alles in Ordnung mit dir? Du sahst aus, als wärst du ohnmächtig.«

»Ich kann gar nicht glauben, dass ich in der kurzen Zeit so tief geschlafen habe«, murmelte ich und zog meinen Rucksack näher heran, damit ich einen Schluck Wasser trinken konnte. »Ich habe von meiner Freundin Carrie geträumt.«

»Die, die sich verletzt hat und deshalb nicht hier sein kann?«

»Ja. Ich habe von einem der letzten Male geträumt, als wir zusammen unterwegs waren ... Bevor sie verletzt wurde. Wir hatten Ende März diesen unglaublich heißen Tag und sind zum Strand gefahren.«

»Klingt toll.«

»War es auch.«

»Okay, dann wollen wir mal wieder«, rief Rory gut gelaunt.

Molly sprang auf und holte ihren Rucksack.

Als ich ebenfalls versuchte aufzustehen, protestierten meine Muskeln, und ich stöhnte wie eine alte Frau. Schnell tat ich so, als würde ich in meinem Rucksack nach etwas suchen, während ich all meine Kraft zusammennahm.

Plötzlich tauchte eine Hand vor mir auf. Als ich aufschaute, blickte ich in Tommys grinsendes Gesicht.

»Machst du dich etwa über mich lustig?«

»Nur ein bisschen.«

Seufzend nahm ich seine Hand.

»Und hoch mit dir«, sagte er, während er mich auf die Füße zog. »Geht's?«

»Yep, danke.«

»Keine Ursache. Vom Sitzen werden alle immer ein bisschen steif. Das Entscheidende ist, leise zu stöhnen. Wenn es keiner hört, ist es auch nicht passiert.«

Nicht weit von mir entfernt half Rory gerade Linda auf die Beine. Als sie zu mir herübersah und mit dramatischer Geste die Hand aufs Herz legte, als wäre sie einer Ohnmacht nahe, prustete ich laut los.

»Ich frag besser gar nicht erst«, sagte Tommy kopfschüttelnd. Er wartete, bis ich mir den Rucksack aufgesetzt hatte, und reichte mir dann meine Stöcke.

Trotz meiner schmerzenden Muskeln war der Aufstieg zur nächsten Bergkuppe gar nicht so schlimm. Als ich den höchsten Punkt erreicht hatte, folgte ich den anderen an die Kante des Plateaus, das wie der Bug eines riesigen grasbewachsenen Schiffs aussah. Es war der reinste Nervenkitzel, dort zu stehen, während man von nichts als Luft umgeben war und der Wind aus allen Richtungen an einem zerrte. Mein Pferdeschwanz schlug wild gegen meinen Rücken.

Ich umklammerte mein Handy und machte ein paar Aufnahmen von der atemberaubenden Aussicht, die bis hinunter zum Meer reichte, bevor ich es wieder zurück in meine Tasche stopfte. Während der heutigen Pausen hatte ich ständig irgendwelche Bilder von der Umgebung geknipst. Jetzt wollte ich auch einfach mal nur für mich schauen. Mir schoss der Gedanke durch den Kopf, dass Rory das sicher gefallen würde, aber ich schob ihn gleich wieder weg. Deswegen tat ich es nicht.

Ich war unglaublich erschöpft, und mein ganzer Körper schmerzte. Doch auf diesem seltsamen Felsvorsprung, mitten in dieser spektakulären, fremdartigen Landschaft, fühlte ich mich auf einmal ganz euphorisch. Ich hatte es geschafft. Ich, Amelia Benson, das sture Beachgirl, das sich bis jetzt standhaft geweigert hatte zu wandern, hatte sieben Gipfel des ungeschützten und kargen Trotternish Ridge erklommen.

Carrie würde blass werden vor Neid, wenn ich ihr davon erzählte.

Urplötzlich verschwand mein Hochgefühl, und die Wärme, die mich eben noch durchströmt hatte, wurde von einer so durchdringenden inneren Kälte verdrängt, dass ich erschauerte.

Wie konnte ich so etwas nur denken? Carrie konnte *meinetwegen* nicht hier sein. Meine Augen füllten sich mit Tränen und ließen die schöne Aussicht zu einem Meer aus Grün-, Braun- und Blautönen verschwimmen.

»Alles in Ordnung?«

Na toll, das war heute schon das zweite Mal, dass Rory mich hatte weinen sehen. Nachdem ich mir die Tränen aus den Augen gewischt und ein Lächeln ins Gesicht gekleistert hatte, drehte ich mich um und sah ihn an. »Mir geht's gut. Ich habe nur noch nie einen solchen Blick erlebt, da sind wohl meine Gefühle ein bisschen mit mir durchgegangen.«

Das stimmte, auch wenn es nicht die ganze Wahrheit war. Er nickte einmal kurz und wandte sich ohne ein weiteres Wort dem Ausblick zu.

Ich räusperte mich. »Welcher Gipfel ist das?«

»Das ist der Peak of the Red Fox«, antwortete er. Dann sagte er es noch einmal auf Gälisch, was so klang wie »Sguur a wadi ruach.« Er buchstabierte es noch mal für mich, damit ich es in mein Handy eintippen konnte: Sgùrr a' Mhadaidh Ruaidh.

»Sprichst du fließend Gälisch?«, fragte ich neugierig.

»Nein. Aber ich kenne die Namen der Sehenswürdigkeiten, an

denen wir auf der Wanderung vorbeikommen, und ich weiß, wie sie ausgesprochen werden.«

»Tu doch nicht so bescheiden, Sutherland. Du kannst auch verdammt gut auf langsame Fahrer fluchen und fragen, wo das Klo ist. In einwandfreiem Dialekt«, sagte Tommy.

Rorys Faust landete mit einem schnellen Hieb auf Tommys Arm.

»Auuuu!«, rief Tommy, umklammerte mit dramatischer Geste seinen Arm und taumelte rückwärts. Seine Augen weiteten sich vor Entsetzen, als er dabei mit dem linken Fuß von der Kante rutschte.

Bevor ich überhaupt nach Luft schnappen konnte, schoss Rorys Hand zum zweiten Mal vor, packte Tommy am Arm und zerrte ihn zurück in Sicherheit.

Und dann nahm er ihn auseinander.

KAPITEL NEUN

RORY

Wir standen auf dem Gipfel der Welt, mit einem spektakulären Ausblick nach allen Seiten. Das war es, wofür ich lebte. Und ich war glücklich, das mit meinem besten Freund zu teilen. Eine scherzhafte Beleidigung, für die ich mich natürlich mit einem scherzhaften Schlag revanchieren musste. Und dann weiteten sich seine Augen plötzlich vor Entsetzen, seine Arme ruderten hilflos durch die Luft …

»… Rory. Hörst du mich? Ich bin okay, Mann. Rory!«

Finger gruben sich fest in meine Oberarme. Ich blinzelte und sah Tommys Gesicht vor mir auftauchen. Er hatte nicht … Er war nicht …

»Du kannst mich jetzt loslassen, Rory. Mir geht's gut«, sagte er leise.

Ich umklammerte seine Schultern, hielt ihn hier auf der Kuppe des Sgùrr a' Mhadaidh Ruaidh in einer Art merkwürdiger Umarmung fest. *Was zum …?*

Und dann fiel es mir wieder ein.

»Bist du denn völlig bescheuert? Was hast du dir nur dabei gedacht, hier oben rumzualbern? Du hättest über die gottverdammte Kante segeln können!«

Erst, als mir die Finger wehtaten, merkte ich, dass ich sie in seine Schultern gekrallt hatte und ihn schüttelte. Tommy versuchte nicht, sich aus meinem Griff zu winden, sagte kein Wort. Er stand einfach nur ruhig da, während Wut, Angst und Schuldgefühle in einem wahnwitzigen Wortschwall aus mir herausbrachen.

Dann glitt sein Blick nach rechts, und er schüttelte einmal kurz den Kopf. Wen sah er da an?

Der Skye Trail, fiel es mir wieder ein. Wir führten eine Wandergruppe auf dem Skye Trail. Und alle hatten meinen Ausraster mitbekommen, hatten gesehen, wie ich einen anderen Guide zusammengefaltet hatte, als wäre er ein dummes Kind. Dabei war *ich* leichtsinnig gewesen.

Mein Gesicht brannte vor Scham und Demütigung, und mein Magen zog sich zusammen. Ich ließ Tommy los, wandte mich ab und ließ mich ein Stück von der Kante des Plateaus entfernt auf den Boden sinken.

Die Stimmen hinter mir wurden leiser. Wenig später fiel ein Schatten aufs Gras und Tommy setzte sich neben mich.

»Tommy, ich …«

Er stieß mich mit der Schulter an und schnitt mir das Wort ab. »Lass stecken, Mann.«

Ich holte tief Luft und drehte mich zu ihm um. Als sich unsere Blicke trafen, war in seinen Augen nicht die leiseste Spur von Ärger oder Verurteilung zu lesen. »Ich hab nur … Ich hab gesehen …«

»Ich weiß. Ich weiß, was du gesehen hast. Bleib einfach eine Minute hier sitzen.« Er hielt mir eine Wasserflasche hin. »Trink.«

Obwohl ich mir in dem Moment wünschte, es wäre Whisky, nahm ich einen Schluck, bevor ich die Flasche wieder zuschraubte. Ich schloss kurz die Augen und drückte das kühle Plastik gegen meine Stirn. »Was ist mit der Gruppe?«

»Sie machen am oberen Ende des Pfads eine Pause.«

»Verdammt, Tommy. Wie soll ich ihnen je wieder unter die Augen treten?«

»Ist das dein Ernst? Keiner von ihnen hat deinen ›Ausraster‹ erwähnt. Und warum sollten sie auch? Sie haben gesehen, wie ich etwas Dummes getan habe und du mich dafür völlig zu Recht angeschrien hast. Lass mich ausreden«, sagte er, als ich ihn unterbrechen wollte. »Sie fragen sich vielleicht, warum du so heftig reagiert hast, aber sie verurteilen dich deswegen nicht.«

Ich schüttelte den Kopf. »Ich habe dich nicht *zu Recht* angeschrien, Tommy. Es tut mir so leid.«

»Wenn du das noch einmal sagst, klau ich dir die Bettdecke, wenn wir das nächste Mal eine haben.«

»Wie kannst du darüber Witze reißen?«

Er schlug mir auf die Schulter. »Rory, du scheinst zu vergessen, dass ich dein bester Freund bin. Wir haben einiges zusammen durchgemacht. Und ich würde – und könnte – nie sauer über deine Reaktion sein.« Er grinste. »Aber ich wette, du bist den Rest des Tages bestimmt supernett zu mir, oder? Und gibst mir vielleicht ein Bier aus, wenn wir in Portree sind?«

»Ich …«

Tommy kniff drohend die Augen zusammen, und ich wusste, dass ich zustimmen musste, zumindest im Moment.

»Also gut, dein nächstes Bier geht auf mich.«

»Und?«

Ich seufzte. »Und ich werde den Rest des Tages supernett zu dir sein.«

»Gut. Dann lass uns jetzt von diesem gottverlassenen Gipfel verschwinden.« Er stand auf und streckte mir die Hand hin.

Ich umklammerte seinen Unterarm und ließ mich von Tommy erst auf die Füße und dann in eine kräftige Umarmung ziehen.

Einen Moment lang hielt ich ihn einfach nur fest, unaussprechlich dankbar für sein Verständnis. Dann klopfte ich ihm einmal kurz auf den Rücken und ließ ihn los. »Na, dann wollen wir uns der Situation mal stellen.«

»Geh nicht so hart mit dir ins Gericht, Rory. Sie haben kein Problem damit.«

Ich schluckte, bevor ich mich zu den anderen gesellte. Alle sahen mich besorgt an. Nicht verurteilend, nur besorgt. Genau wie Tommy gesagt hatte.

»Es ... es tut mir leid. Ich ... Tommy ist ein bisschen zu dicht an die Kante getreten, und ich habe überreagiert. Ich hätte nicht so rumbrüllen sollen. Ich hätte Verständnis dafür, wenn es euch lieber wäre, dass ich ab heute nicht mehr euer Guide bin.«

Tommy starrte mich an, die Augen vor Überraschung weit aufgerissen. Aber ich hatte dieses Angebot machen müssen. Er hatte es gestern ganz richtig gesagt: Die Leute in der Gruppe waren hier, um Spaß zu haben, und nicht, um sich den Kopf darüber zu zerbrechen, wann ihr Guide das nächste Mal ausrastete. Es wäre ihr gutes Recht gewesen, sich bei Scarlet über mich zu beschweren.

»Ich weiß ja nicht, wie es euch geht«, ergriff Gordon das Wort, »aber ich habe lieber einen Wanderführer, der etwas zu besorgt um die Sicherheit aller ist, als einen, bei dem das nicht der Fall ist. Jeder von uns hat sich entschieden, diese Tour mit einem Guide zu machen. Das heißt, wir alle wollten von jemandem geführt werden, der weiß, was er tut, und der dafür sorgt, dass wir am Ende heil wieder ankommen. Auch wenn das bedeutet, dass er uns anschreit, wenn wir uns unnötigen Risiken aussetzen.«

»Ich weiß es zu schätzen, dass du das sagst, Gordon, aber ...«

Er hob die Hand. »Junge, ich führe drüben in den Staaten seit zwanzig Jahren ein Reisebüro. Touren für unsere Kunden zu buchen, ist nur ein Teil unserer Arbeit. Ich habe viel Zeit damit verbracht, darüber nachzudenken, was ein gutes Touristikunternehmen ausmacht. Und eins der wichtigsten Dinge ist es, Guides zu haben, die der Sicherheit höchste Priorität einräumen. Ihr – ihr beide –«, sagte er und machte eine Geste, die auch Tommy einschloss, »habt mich mächtig beeindruckt. Ich würde euch sofort einstellen. Und deswegen, nein, ich möchte keinen anderen Guide.«

Die anderen nickten oder murmelten zustimmend. Amelia lächelte mich sogar an. Und mein Herz fühlte sich ein klein wenig leichter an.

»Danke, Leute. Ich weiß das wirklich zu schätzen.«

Tommy räusperte sich lautstark. »Also, nachdem wir jetzt ausgiebig über unsere Gefühle gesprochen haben, könnten wir vielleicht die Wanderung fortsetzen?«

Ich öffnete den Mund, um etwas zu erwidern, aber er drohte mir scherzhaft mit dem Finger.

»Oh-oh, Sutherland. Du hast versprochen, den Rest des Tages supernett zu mir zu sein, schon vergessen?«

Alle lachten, und ich brachte ein kleines Lächeln zustande, das hoffentlich ausreichte, alle glauben zu machen, dass es mir gut ging. Auch wenn dem ganz und gar nicht so war.

KAPITEL ZEHN

AMELIA

Während wir die nächste Kuppe überquerten und auf der anderen Seite über den felsigen Hang wieder hinunterwanderten, konnte ich nicht aufhören, über das nachzudenken, was gerade passiert war.

Ich war wie erstarrt, als Tommys Fuß über die Kante rutschte. Er hätte nicht die geringste Chance gehabt, wenn ich ihn hätte retten müssen. Doch Rorys Reflexe waren so blitzschnell gewesen, als hätte er wieder und wieder für genau so eine Situation trainiert.

Er war wirklich furchteinflößend gewesen, als er sich Tommy vorgeknöpft hatte. Seine Augen hatten einen harten, silbrigen Glanz bekommen, der mich an das flüssige Quecksilber erinnerte, das sich vor einigen Jahren auf dem Fußboden im Bad verteilt hatte, als ich eins dieser alten Glasthermometer zerbrochen hatte. Und dann sein Blick – zuerst hatte ich gedacht, er wäre wütend, doch als ich auf seine Stimme achtete, wusste ich Bescheid. Ja, da war Wut gewesen, aber deren Ursache war Angst.

Offenbar verbarg sich in Rory mehr als die ernste, ruppige, überkritische Seite, die er bis jetzt gezeigt hatte. Er hatte völlig instinktiv reagiert. Dabei war er gedanklich ganz woanders gewesen, zu einer anderen Zeit und an einem anderen Ort. Das war deutlich geworden, als Gordon einen Schritt auf ihn zumachte, und Tommy ihn mit einer Kopfbewegung wieder weggeschickt hatte, bis es ihm gelungen war, Rory in die Gegenwart zurückzuholen.

Zum Glück waren wir mit zwei Guides unterwegs. Tommy hatte sofort gewusst, was wirklich mit Rory los war und wie er ihn beruhigen konnte. Wenn wir nur Rory als Guide gehabt hätten, und einer aus der Gruppe an Tommys Stelle gewesen wäre, weiß ich nicht, was passiert wäre. Ich musste wieder daran denken, wie selbstsicher Rory gestern während des Briefings gewirkt hatte, wie er mich innerhalb von zwei Sekunden davon überzeugt hatte, dass er niemals zulassen würde, dass mir etwas zustieß, auch wenn er nicht immer nett zu mir war. Jetzt war ich mir da nicht mehr so sicher.

Der Pfad vor mir, der nur aus Felsbrocken bestand, lenkte mich erfolgreich von meinen Grübeleien ab. Und während ich wie gestern vor mich hinsummte und mich darauf konzentrierte, wo ich hintrat, dachte ich weder an Rory oder Tommy noch an irgendetwas anderes.

Kaum waren wir unten angekommen, blieb nicht mal genug Zeit, um erleichtert durchzuatmen, bevor es schon den nächsten steilen Hügel raufging.

Nach einer gefühlten Ewigkeit erreichten wir endlich den Storr, die letzte Erhebung des Trotternish Ridge. Er war zwar nicht Teil des Skye Trails, doch als Tommy fragte, ob wir ihn besteigen wollten, zögerte keiner von uns. Es machte keinen Sinn, so weit zu kommen und dann den letzten, höchsten Berg auszulassen. Auf dem Gipfel stellten wir uns für ein Gruppenfoto auf, bevor wir uns wieder an den Abstieg machten, der uns einen weiteren felsenübersäten Abhang hinunter und über einen Zaun führte.

Und dann standen wir dem atemberaubenden Old Man of

Storr gegenüber, einer Felsnadel, die etwas abseits von den restlichen Steinen vor den Klippen aufragte. Hinter dem Old Man lag ein wunderschöner See, der in der Sonne funkelte.

Zum ersten Mal seit dem Quiraing trafen wir wieder auf andere Leute, die in Scharen das inzwischen strahlende Wetter ausnutzten. Es war ungewohnt – und auch etwas nervig, nach so vielen Stunden relativer Stille Dutzende von Stimmen zu hören und auf den Sekundenbruchteil warten zu müssen, wo gerade niemand vor einem stand, damit man ein Foto machen konnte. Die Ruhe, die wir den ganzen Tag genossen hatten, war mir wesentlich lieber.

Nach einer kurzen Verschnaufpause liefen wir über einen nicht besonders steilen Abhang hinunter zu einem Parkplatz.

»Wir haben es gleich geschafft«, sagte Rory. »Am Strand der Bearreraig Bay, nicht weit von hier, gibt es eine tolle Stelle, wo wir zelten können.«

»Was genau meinst du mit ›nicht weit von hier‹?«, fragte Linda.

»Glaub ja nicht, wir hätten euer ›Das-ist-der-letzte-Hügel-für-heute-Versprechen‹ von gestern vergessen. Das hat sich dann auch als Lüge herausgestellt«, fügte Gordon hinzu.

»Jetzt haben sie dich erwischt, Alter«, sagte Tommy.

Rorys Mundwinkel zuckten. »›Nicht weit von hier‹ heißt, dass ihr euch innerhalb der nächsten halben Stunde hinsetzen und so tun könnt, als würdet ihr einen Cocktail schlürfen. Oder was auch immer. Jedenfalls wenn wir aufhören zu quatschen und uns auf den Weg machen. Und übrigens – ich lüge nicht«, wandte er sich an Gordon. »Wir haben nur eine unterschiedliche Vorstellung von einem Hügel.«

»Er lügt«, murmelte Gordon.

»Okay, dann wollen wir mal«, sagte Tommy. »Wir werden ein Stück auf der Straße laufen, also passt bitte auf.«

Wir marschierten eine Weile die Hauptstraße entlang, die die Küste hinaufführte, und ich war froh, als wir wieder auf einen Pfad wechselten. Von dort aus überquerten wir einen Damm und bogen dann zu einem Aussichtspunkt ab, der einen Blick über die gesamte Bucht bot.

Rory blieb stehen und drehte sich zu uns um. »Okay Leute, der Weg da runter ist ziemlich steil, also lasst es langsam angehen. Ich weiß, ihr seid alle geschafft, aber ich möchte nicht, dass ihr euch den Knöchel verstaucht – oder Schlimmeres – weil ihr zu erschöpft seid, um aufzupassen, wo ihr hintretet.«

Rory hatte tatsächlich gelogen, auch wenn er vorhin noch etwas anderes behauptet hatte. Der Weg war nicht *ziemlich* steil, er war *sehr* steil. Meine Knie, die von dem stundenlangen Auf und Ab schon ganz zittrig waren, protestierten noch mehr als zuvor. Ich setzte einen Fuß vor den anderen, blendete alles und jeden aus und biss die Zähne zusammen, um nicht vor Schmerz aufzuschreien. Als der Weg einen scharfen Knick nach rechts machte, blieb ich einen Moment, schwer auf meine Trekkingstöcke gestützt, stehen.

»Lass mich deinen Rucksack nehmen.«

Als ich aufblickte, stand Rory mit ausgestreckter Hand vor mir. Ich schüttelte den Kopf.

»Amelia, gib mir deinen Rucksack. Das ist leichter für dich.«

»Ich brauche bloß eine Minute.« Ich wollte nicht, dass es leicht war. Nichts an dieser Wanderung sollte leicht sein.

Er nickte nur einmal kurz und blieb, wo er war, sagte aber kein Wort mehr. Nach einer Minute – na gut, wahrscheinlich waren es eher zwei –, rückte ich die Gurte meines Rucksacks zurecht und machte mich wieder an den Abstieg. Rory ging vor mir und blickte sich alle paar Schritte nach mir um.

Zum Glück fragte er nicht, wie es mir ging, oder bot mir noch einmal seine Hilfe an. Kurze Zeit später erreichten wir *endlich* einen Kieselstrand, wo die anderen bereits so weit wie möglich vom Ufer entfernt ihre Zelte aufbauten.

Rory zeigte auf eine relativ ebene Stelle, wo nur wenige Steine lagen. »Du kannst deins hier aufbauen. Ruf mich, wenn du irgendetwas brauchst.«

Erleichtert setzte ich meinen Rucksack ab und ließ meine Schultern kreisen. Ich war froh, das Gewicht für den Rest des Tages los zu sein. Dann löste ich die Riemen, mit denen mein Zelt festgeschnallt war, zog es aus seiner Hülle und legte die einzelnen Teile vor mir auf den Boden.

Bevor ich losgefahren war, hatte ich mir YouTube-Tutorials angesehen, mehrmals die Anleitung gelesen und das Zelt auch schon mal aufgebaut. Jetzt konnte nichts mehr schiefgehen. Doch als ich in die Zelttasche griff, um die Anleitung rauszuholen, fasste ich ins Leere. »Was zum Teufel …?« Ich krempelte die Tasche einmal um. Nichts. Ich wühlte meinen gesamten Rucksack durch und brachte dabei meine sorgfältig gepackten Sachen durcheinander. Aber die Aufbauanleitung war nicht da. Offenbar hatte ich sie zu Hause vergessen.

Okay, ich würde das auch so schaffen. Das war schließlich kein Hexenwerk. Ich rollte das Zelt auseinander und breitete es flach auf dem Boden aus, nahm mir eine Stange und steckte sie durch die schmale Lasche. So weit, so gut.

Doch nachdem ich alle Stangen eingesetzt hatte und versuchte, das Zelt aufzustellen, sackte es in sich zusammen.

»Verdammt! Was habe ich falsch gemacht?«

»Was du falsch gemacht hast?«, echote Rory, der sich mit gerunzelter Stirn über das Zelt beugte. »Zeig mal her.«

Ich konnte es nicht ertragen, dass er mich schon wieder belehren wollte. »Nein, alles bestens. Ich hab's schon.«

»Sei nicht albern. Lass mich dir helfen, sonst sitzt du hier noch die ganze Nacht und versuchst rauszufinden, wie es geht.«

»Wie gut, dass ich eine Taschenlampe dabeihabe«, konterte ich. Mir war klar, dass ich unvernünftig war – na gut, vielleicht auch zickig –, aber es war schon demütigend genug, dass er den ganzen Tag mit ansehen musste, wie ich mich abmühte. Und ich wollte nicht, dass er mich für komplett unfähig hielt.

Er öffnete den Mund, und für einen Moment dachte ich, er würde mich gleich anschreien. Doch dann klappte er ihn wieder zu und schloss die Augen.

Ich wusste genau, was er da gerade machte – ich hatte es selbst oft genug getan. »Zählst du etwa bis zehn?«, zischte ich.

Als er die Augen wieder aufmachte, hatten sie die gleiche silbrige Färbung angenommen wie vorhin, als er Tommy angebrüllt hatte. »Aye, tu ich«, sagte er, wobei sein Akzent deutlich zu hören war. »Ich verstehe nicht, was du hier beweisen willst. Es war ein langer Tag, und du musst völlig erledigt sein. Warum lässt du dir nicht einfach helfen? Du hast offenbar keine Ahnung, was du da tust.«

Ich machte einen Schritt auf ihn zu, sodass sich unsere Nasen fast berührten. »Hör auf, mit mir zu reden wie mit einem Kind!«

Seine Augen flackerten wütend. »Dann hör du verdammt noch mal auf, dich wie eins zu benehmen, und lass mich dir helfen!«

»Nein!« Ich konnte Carrie förmlich kichern hören. Unweigerlich stellte ich mir vor, wie sie mit einer Tüte Popcorn in der Hand dasaß und mit Freude unseren Schlagabtausch verfolgte. Aber ich konnte nicht nachgeben. Nicht jetzt. »Zum letzten Mal, ich will deine Hilfe nicht. Ich werde mein verdammtes Zelt selbst aufbauen!«

»Aber nicht heute Abend.«

Als wir überrascht herumfuhren, fiel mein Blick auf Tommy, der neben meinem vollständig aufgebauten Zelt stand und uns ansah, als wären wir ungezogene Kinder. Die anderen gaben sich große Mühe, nicht zu uns herüberzustarren, aber ich konnte mir lebhaft vorstellen, was sie dachten.

Das nahm mir endgültig den Wind aus den Segeln. Ich kam mir nur noch lächerlich vor. »Tommy, ich …«

Er hob die Hand. »Es war ein langer, harter Tag und wir sind alle müde, hungrig und leicht reizbar. Ihr beiden könnt euch wegen dem Zelt – oder wegen was auch immer – später fetzen, okay?«

»Ich … Danke«, murmelte ich und ließ die Schultern hängen.

»Gern geschehen«, sagte er und ging zu den anderen zurück.

Rory drehte sich ebenfalls um und verschwand in seinem Zelt.

Wieso war die Sache nur so aus dem Ruder gelaufen? *Vielleicht weil* du *so einen Aufstand gemacht hast?* Er *wollte nur helfen.*

Nachdem ich meine selbstaufblasende Isomatte und meinen Schlafsack ausgerollt und beides im Zelt verstaut hatte, hatte ich mich so weit wieder beruhigt, dass ich den anderen unter die Augen treten konnte. Ich holte einen Löffel und eine Packung Instant-Food aus meinem Rucksack, zog mir ein Fleece über und ging zu den anderen, die sich auf einer Ansammlung von Felsblöcken niedergelassen hatten.

»Tut mir leid, Leute«, sagte ich. »Ich weiß auch nicht, was mich da geritten hat.«

Jack, einer der beiden Brüder aus Maine, tat meine Entschuldigung mit einer entschiedenen Geste ab. »Du bist bloß übermüdet. Da brennt einem schnell mal die Sicherung durch.«

»Wir sind alle müde. Aber keiner von euch hat sich wie ein bockiges Kleinkind benommen. Nur ich.«

»Sei nicht so hart zu dir, Liebes«, sagte Lucy und legte mir die Hand auf den Arm. »Heute Nacht wirst du tief und fest schlafen, und morgen sieht die Welt schon wieder ganz anders aus.«

Da war ich mir nicht so sicher.

Wir scharten uns um die Campingkocher, die Rory und Tommy in ihren Rucksäcken transportiert hatten und die Tommy inzwischen aufgestellt hatte. Die Kocher bestanden im Grunde nur aus kleinen Treibstoffkartuschen mit einem darauf befestigten Wasserbehälter. Man entzündete die Flamme, erhitzte das Wasser und goss es direkt in die Packungen mit den gefriergetrockneten Mahlzeiten. Einmal umrühren und – voilà – fertig war das Abendessen. Ich stürzte mich ohne große Erwartungen auf mein »Hühnchen Pad Thai«, aber es schmeckte erstaunlich gut.

Beim Essen sagte keiner ein Wort, als würde unsere Kraft entweder fürs Essen oder fürs Sprechen reichen, aber nicht für beides. Nur Tommy schien noch genug Energie zu haben. Er erzählte uns, dass man hier am Strand gut nach Fossilien suchen konnte. Und nachdem wir die leeren Essensverpackungen und die anderen Utensilien in Plastiktüten gestopft und in unseren Rucksäcken verstaut hatten, um sie am nächsten Tag in Portree zu entsorgen, machten sich die anderen auf die Suche nach versteinerten Tieren oder Pflanzen.

Ich sah mich nach Rory um, der direkt nach dem Essen verschwunden war. Jetzt, wo der Rest der Gruppe anderweitig beschäftigt war, bot sich eine gute Gelegenheit, mich bei ihm zu entschuldigen. Das musste ich unbedingt tun, bevor wir morgen wieder aufbrachen. Ich hatte mich wie ein trotziges Kleinkind verhalten, anstatt seine Hilfe anzunehmen.

Ich ließ meinen Blick über den Strand wandern, konnte seine unverwechselbaren roten Haare jedoch nirgendwo entdecken. Vorsichtig näherte ich mich seinem Zelt, das nur ein paar Meter von meinem entfernt stand.

»Rory?« Ich rüttelte am Reißverschluss. »Rory, hier ist Amelia. Bist du da drin?«

Keine Antwort, das hieß, dass er mich entweder ignorierte, oder – was wahrscheinlicher war, da er mich als unser Guide wahrscheinlich nicht einfach ignorieren durfte – dass er gerade das »Klo« benutzte, einen etwas abgelegenen Fleck hinter unserem Camp, den Tommy und Rory vorhin für uns ausgesucht hatten, und wo wir ungestört unsere Geschäfte verrichten konnten. Natürlich hatten die beiden uns auch genaue Anweisungen gegeben, was wir zu tun hatten – und was wir auf keinen Fall machen durften.

Ich wartete noch eine Weile, doch Rory kam nicht zurück. Egal, dann würde ich mich eben später bei ihm entschuldigen. Während ich ein Stück den Strand entlangging, holte ich mein Handy heraus, um Carries Mom Helen anzurufen. Aber ich hatte nur noch dreißig Prozent Akku und bis morgen Abend keine Möglichkeit, das Gerät aufzuladen. Ich konnte zwar einen kurzen Anruf machen, aber dann würde ich morgen keine Fotos mehr knipsen können. Der Akku durfte auf keinen Fall völlig leer werden, da ich sonst nicht mehr erreichbar war.

Die Entscheidung fiel mir nicht schwer. Ich musste jeden Moment dieser Wanderung für Carrie festhalten, sie würde es verstehen, wenn ich nicht anrief. »Entschuldige, Ree«, murmelte ich und ließ meinen Blick über das Meer schweifen, das in der Abendsonne tiefblau glitzerte.

Die Abkühlung würde meinen wunden Füßen bestimmt guttun. Ich steckte das Handy wieder in meine Tasche, krempelte die Hosenbeine hoch und zog Wanderstiefel und Socken aus. Als sich die kleinen Kieselsteine in meine weichen Fußsohlen bohrten, zuckte ich vor Schmerz zusammen.

Das Wasser schwappte sanft und einladend ans Ufer. Ich tauchte die Zehen hinein – und zog sie sofort wieder zurück. Es war eisig. Ich war zwar an kaltes Wasser gewöhnt – der Ozean vor Long Island hatte meistens um die neunzehn Grad, und das sogar im August oder September, nachdem er den ganzen Sommer über in der Sonne gebrütet hatte. Aber das hier war das reinste Eisbad.

Mit zusammengebissenen Zähnen zwang ich mich, ein paar Schritte hineinzugehen. Das kalte Wasser tat meinen schmerzenden Füßen richtig gut – oder vielleicht waren sie auch einfach nur taub geworden und taten deshalb nicht mehr weh.

Ich war gerade wieder aus dem Wasser gestiegen, als Rory, nur mit einer kurzen blauen Sporthose bekleidet, mit langen Schritten ins Meer watete, einmal komplett untertauchte und dann mit kräftigen Zügen parallel zum Ufer schwamm, als wären wir in der Karibik und nicht in einer eiskalten schottischen Bucht.

Hatte er den Verstand verloren? Wie hielt er es bei dieser Kälte ohne Neoprenanzug im Wasser aus? Ich sah zu, wie seine Gestalt kleiner und kleiner wurde, bevor er umkehrte und zurückschwamm.

»Das macht er oft«, sagte Tommy, der am Ufer zu mir gestoßen war.

»Ist er ein Masochist? Oder einer von diesen Sportfanatikern?«

»Er macht das nicht, um zu trainieren. Er macht es, um den Kopf freizubekommen.«

Oh. Durch den anstrengenden Abstieg und den dummen Streit mit Rory hatte ich ganz vergessen, was vorhin zwischen ihm und Tommy vorgefallen war.

»Gibt es für ihn denn keinen – ich weiß auch nicht – etwas

weniger kalten Weg, einen klaren Kopf zu bekommen? Hat er keine Angst, er könnte sich unterkühlen?«

»Nein, er schwimmt schon sein ganzes Leben in diesen Gewässern. Wir beide. Aber wenn ihm viel im Kopf herumgeht – was meistens der Fall ist –, geht er abends schwimmen oder laufen, um sich auszupowern, damit er schlafen kann.« Er drehte sich zu mir um und sah mich ernst an. »Ich weiß, dass ihr beide keinen guten Start hattet, und dass du ihn wahrscheinlich für einen Arsch hältst. Aber das ist er nicht, wirklich, er ist nur … kompliziert. Das ist natürlich keine Entschuldigung dafür, wie er dich behandelt hat, aber ich schwöre, dass ich ihn noch nie so erlebt habe – normalerweise ist er eher ruhig und sogar ein bisschen grüblerisch. Also, versuch's nicht persönlich zu nehmen, und ich rede noch mal mit ihm.«

»Nein, ist schon okay.«

»Er kann sich einem zahlenden Kunden gegenüber nicht so verhalten.«

Ich legte ihm die Hand auf den Arm. »Bitte, tu's nicht. Es war meine Schuld. Er wollte mir nur helfen, und ich war gefrustet und stur. Ich habe die Beherrschung verloren, und er hat entsprechend reagiert. Lass gut sein. Bitte.«

Er musterte mich eine Weile und nickte dann mit erleichterter Miene. »Na, gut. Aber wenn du deine Meinung änderst …«

»Weiß ich, wo ich dich finde.«

Lächelnd drückte er meine Hand. »Du bist ein nettes Mädchen, Amelia.«

In diesem Moment kam Rory aus dem Wasser und hob beide Arme, um sich das Wasser aus den Haaren zu streichen. Sein Oberkörper war unglaublich. Tommy hatte nicht übertrieben, als er sagte, Rory würde oft schwimmen. Ich konnte einfach nicht wegsehen. Mein Blick wanderte von den breiten Schultern über die definierten Brustmuskeln bis zu seinem beeindruckenden Sixpack, und glitt dann dorthin, wo sich die nassen Shorts an seine muskulösen Oberschenkel schmiegten, die vermutlich von Tausenden gewanderten Meilen stammten.

Seine Haut schimmerte golden und war nur auf den Unterarmen ein wenig dunkler, was hieß, dass er entweder einen sehr guten Sonnenschutz verwendete oder oft mit freiem Oberkörper herumlief, was wirklich nicht fair war gegenüber – na ja, gegenüber anderen Männern.

Als ich merkte, dass ich ihn anstarrte, schaute ich hastig wieder hoch und spürte, wie ich rot wurde. Aber ich hätte mir keine Sorgen zu machen brauchen. Sein Blick war auf meine Hand gerichtet, die immer noch auf Tommys Unterarm lag, und auf Tommys Hand, die meine umschloss. Ich wollte meine Hand wegziehen – ich wusste auch nicht genau, warum; schließlich tat ich ja nichts Falsches –, aber Tommy hielt mich fest und beugte sich zu mir.

»Du sagst mir Bescheid, falls du deine Meinung änderst und ich doch mit ihm sprechen soll?«

»Mach ich.« Das würde nicht passieren, aber es war nett von ihm, es anzubieten.

Er ließ meine Hand los und trat einen Schritt zurück. »Okay. Dann bis später«, sagte er mit einem Lächeln, das eine Spur zu breit war. Aber was soll's.

Als ich mich umdrehte, um mit Rory zu sprechen, war da nur noch eine Spur nasser Fußstapfen auf den Felsen, die zu seinem Zelt führten.

Auch gut. Ich hätte ihm jetzt sowieso nicht in die Augen sehen, geschweige denn, ein ernsthaftes Gespräch mit ihm führen können.

Ich war zwar müde bis auf die Knochen, aber es war immer noch hell draußen, und ich wusste, dass ich noch nicht in der Lage sein würde, einzuschlafen. Vielleicht würde mir ein langsamer Spaziergang helfen, den Kopf freizubekommen.

Da ich Zeit für mich brauchte, wandte ich mich von der Gruppe ab und schlenderte in entgegengesetzter Richtung den Strand entlang. Sobald ich außer Sichtweite war, setzte ich mich auf einen großen Stein und starrte aufs Meer hinaus. Gedankenverloren nahm ich einen Kiesel nach dem anderen und warf ihn ins Wasser. Der Streit mit Rory ging mir nicht mehr aus dem Kopf.

Warum schaffte er es immer wieder, mich zu provozieren? Vermutlich, weil er genau die Fragen anpiekte, die ich mir selbst auch stellte: Was hatte ich hier auf dieser schwierigen Strecke zu suchen, wo ich doch so gut wie keine Erfahrung im Wandern hatte? Wie hatte ich nur glauben können, dass eine gute Kondition und ein paar längere Touren in ebenem Gelände auch nur annähernd ausreichen würden, mich auf eine Wanderung vorzubereiten, die Berge hinauf- und hinunter- und an Klippen entlangführte, und bei der schon ein einziger unkonzentrierter Moment zu einer Verletzung führen konnte … oder zu Schlimmerem?

Die Antwort auf diese Fragen war einfach: Ich tat es für Carrie. Weil sie es nicht konnte. Deswegen würde ich diese Wanderung für sie machen, jeden einzelnen Schritt, egal, wie mühsam es war. Bis zum bitteren Ende. Und ich würde nicht zulassen, dass Rory, egal wie griesgrämig oder kritisch – oder heiß – er auch war, mich davon ablenkte.

Aber warum ließ ich dann zu, dass er mich derartig aus der Fassung brachte? Mit unserer letzten Auseinandersetzung waren wir wie streitende Kleinkinder auf der Ebene von »Tust du nicht«, »Tu ich wohl« gelandet. Dabei hatte ich wirklich schon genug andere Probleme, ohne meine Energie und meinen Atem damit zu verschwenden, einen Streit auf Kindergartenniveau vom Zaun zu brechen.

Vielleicht machst du es ja genau deswegen. Um dich von deinen Problemen abzulenken. Ich erstarrte und ließ die Hand, mit der ich gerade den nächsten Kieselstein ins Wasser werfen wollte, wieder sinken. *Nein, das konnte nicht sein. Oder doch? Wenn du dich mit Rory herumgestritten hast, hast du da an Carrie gedacht?*

Ich rief mir unsere Auseinandersetzungen wieder ins Gedächtnis. Jedes Mal, wenn ich ihn angefaucht hatte, war ich ganz auf ihn konzentriert gewesen. Jedes Mal war ich wütend davongestapft, hatte mich leise oder in Gedanken darüber beschwert, was für ein Idiot er war. Und jedes Mal hatte ich dabei an Rory gedacht – und kein einziges Mal an Carrie –, oder daran, warum ich hier war und sie nicht. Ich hatte mich auch nicht schuldig gefühlt, wenn ich einen fantastischen Ausblick genoss oder vom raschen Aufstieg auf einen Gipfel beschwingt war.

Anscheinend hatte ich mich unbewusst mit Rory angelegt, damit ich mich besser fühlte. Aber hier ging es nicht darum, dass *ich* mich besser fühlte. Nicht wenn Carrie ... wenn es ihr nicht gut ging. Und außerdem war es Rory gegenüber nicht fair. Ich musste unbedingt aufhören, mich ständig mit ihm anzulegen.

Als die Sonne langsam hinter dem Trotternish Ridge verschwand, wurde es Zeit für mich, zum Camp zurückzukehren. Ich hatte zwar vorhin schnippisch zu Rory gesagt, ich hätte eine Taschenlampe dabei, aber momentan befand sie sich in meinem Rucksack – und der stand in meinem Zelt. Es hätte mir gerade noch gefehlt, hier draußen im Dunkeln festzusitzen – oder noch schlimmer, dass er mit einem »Hab ich's dir nicht gesagt« hier auftauchte.

Als ich mich an dem Felsen neben mir abstützte, um aufzustehen, fiel mein Blick auf einen Stein, auf dem die eingeschlossene Spirale eines Fossils zu sehen war.

»Oh, cool!«, hauchte ich. Auch wenn man an diesem Strand angeblich gut Versteinerungen von Tieren und Pflanzen finden konnte, hätte ich nicht gedacht, dass ich tatsächlich über eine stolpern würde. Ich steckte den Stein in die Tasche meines Fleecepullis und kehrte zum Camp zurück.

»Tommy, ich hab ein Fossil gefunden!«

Grinsend nahm er es mir ab und untersuchte den Stein. »Das ist ein Ammonit, ein prähistorisches Weichtier. Echt schön, was?«

»Er ist wundervoll. Haben die anderen auch etwas gefunden?«

Aber ich war die Einzige, die Glück gehabt hatte. Ob das ein Zeichen war? Aber wofür? Vielleicht dass Carrie wieder gesund werden würde? Dass sie nicht sauer auf mich war, weil ich mich unbewusst von der Sorge um sie ablenkte, indem ich mich mit einem süßen Typen kabbelte?

Als ich kurz darauf in meinem Schlafsack lag, drehte ich den grauen Stein immer wieder in meiner Hand und fuhr die zarten Furchen und Erhöhungen mit den Fingerspitzen nach. Nur weil mein Frust wegen Rory mich dazu gebracht hatte, am Strand entlangzulaufen, hatte ich das perfekte Souvenir für Carrie gefunden. Vielleicht war das ja tatsächlich ein Zeichen.

***

Einige Zeit später wurde ich aus einem tiefen, traumlosen Schlaf gerissen. Ich öffnete die Augen und war im ersten Moment völlig orientierungslos. Es war stockdunkel und es dauerte eine Weile, bis mir wieder einfiel, wo ich war. Aber was hatte mich überhaupt geweckt? Plötzlich hörte ich ein Geräusch.

Ich setzte mich auf und öffnete den Reißverschluss meines Zelts gerade so weit, dass ich hinausschauen konnte. Alles ruhig. Offenbar hatte ich es mir nur eingebildet. Doch dann hörte ich es wieder. Eine Stimme. Ich strampelte den Schlafsack beiseite, hielt die Luft an und lauschte. Die New Yorkerin in mir, die sogar in einem Vorort jede Nacht die Türen verschloss, kam wieder zum Vorschein. Irgendjemand war dort draußen. War es jemand aus unserer Gruppe? Oder jemand Fremdes? Zum ersten Mal wurde mir klar, wie abgeschieden wir hier waren.

Da war es wieder. Gequälte Laute. Die Worte selbst waren zwar nicht zu verstehen, aber der Klang war eindeutig. Jemand brauchte Hilfe. Instinktiv griff ich nach der Taschenlampe und stürmte aus dem Zelt. Plötzlich erstarrte ich. Die Geräusche kamen aus Rorys Zelt.

Mist. Was sollte ich jetzt tun? Die letzten Worte, die ich ihm an den Kopf geworfen hatte, waren kleinkariert und kindisch gewesen, und selbst, wenn es anders gewesen wäre, waren wir definitiv keine Freunde. Aber seine Stimme klang so gequält – da konnte ich doch nicht tatenlos zuhören.

Leise rief ich seinen Namen, doch ich bekam keine Antwort. Ich öffnete den Reißverschluss von Rorys Zelt und warf einen Blick hinein.

Im schwachen Licht der Taschenlampe, die ich nicht direkt auf ihn gerichtet hatte, konnte ich erkennen, dass er auf dem Rücken lag. Seine Beine hatten sich im Schlafsack verfangen und sein T-Shirt war verrutscht. Er hatte eindeutig einen Albtraum. Vorsichtig kroch ich zu ihm ins Zelt und streckte die Hand nach ihm aus, zog sie dann aber wieder zurück. Durfte man jemanden, der schlecht träumte, überhaupt berühren? Doch als er wieder diesen gequälten Laut ausstieß, wusste ich, dass ich keine Wahl hatte.

Ich legte ihm die Hand auf die Schulter und schüttelte ihn sanft. »Rory? Rory, wach auf!«

Seine Augen blieben fest geschlossen. »Ich kann nichts sehen«, stieß er immer wieder abgehackt hervor.

Es war schrecklich, ihn so zu erleben, ihm nicht helfen zu können. Ob der Albtraum etwas damit zu tun hatte, dass Tommy am Nachmittag fast von der Klippe gestürzt war?

Ich strich ihm das feuchte, zerzauste Haar aus dem Gesicht, fuhr mit dem Daumen leicht über seine Wange und beugte mich zu ihm hinunter. »Schhh, es ist alles gut«, sagte ich leise. »Es ist nur ein Traum. Du bist in Sicherheit. Du musst nur die Augen öffnen, dann siehst du etwas.« Was setzte ihm nur so zu? »Rory, wach auf!«

Er schlug im Schlaf kurz um sich, sodass ich prompt das Gleichgewicht verlor und auf ihm landete, mein Gesicht nur Zentimeter von seinem entfernt. Erschrocken stemmte ich mich hoch.

In diesem Moment öffnete er die Augen und starrte mich an.

»Es ist alles okay, Rory, du hattest nur …«

Plötzlich schloss er mich in die Arme und küsste mich.

Moment mal, was …?, sagte mein Gehirn.

Was soll's?, sagte mein Körper im selben Augenblick.

Ohne nachzudenken, erwiderte ich seinen Kuss. Seine Lippen, über die bisher nur abschätzige Bemerkungen gekommen waren, waren unglaublich weich, während er mich verzweifelt küsste und mich weiterhin festhielt, als wäre ich ein rettender Anker, der ihn aus der Dunkelheit zog. Ich küsste ihn ebenso verzweifelt und mein Körper erwachte zum ersten Mal seit langer Zeit wieder zum Leben.

Seine Zunge spielte fordernd mit meiner, und ein leises Stöhnen entfuhr mir, als ich mein Gewicht verlagerte und mich mit gespreizten Beinen auf ihn kauerte. Seine Hand glitt zu meinem Hintern, während er mich noch fester gegen seinen harten Körper presste. Ich spürte, wie mich eine Woge der Leidenschaft mitriss …

… und dann, als hätte mir jemand einen Eimer Eiswasser über den Kopf gekippt, setzte mein Verstand wieder ein. *Was zum Teufel tust du hier eigentlich?*

Ich erstarrte. Was war nur in mich gefahren? Wir mochten uns doch nicht mal. Neunzig Prozent aller Worte, die wir miteinander gewechselt hatten, waren nicht gerade freundlich gewesen. Und jetzt war ich kurz davor, mir die Kleider vom Leib zu reißen? War er überhaupt wach?

Ich löste abrupt meinen Mund von seinem – oh Gott, schon jetzt protestierte mein Körper gegen den plötzlichen Entzug – und blickte auf ihn hinab.

Rorys Augen wirkten unnatürlich groß und glitzerten im bläulichen Licht meiner Taschenlampe, die irgendwann zu Boden gefallen war.

Er fuhr mit dem Daumen über meine geschwollene Unterlippe. »Amelia?«

Wenigstens wusste er, wen er geküsst hatte. »Du bist wach, gut. Ich, äh … muss jetzt gehen.«

Aber sein Arm lag immer noch um meine Taille und presste meine Hüften leicht gegen seine. Oh Gott, ich musste ganz schnell hier raus, bevor mein Körper – dieser alte Verräter – mich dazu brachte, etwas zu tun, das wir beide beim nächsten Sonnenaufgang bereuen würden. »Rory.«

Er kniff einen Moment verwirrt die Augen zusammen und riss sie dann so weit auf, dass es unfreiwillig komisch wirkte. Sofort ließ er mich los – *verdammt* – und ich kletterte unbeholfen von ihm herunter. Sicherheitshalber wich ich auch noch ein Stück zurück und atmete ein paarmal tief durch, um meine wild gewordenen Hormone wieder in den Griff zu kriegen. Vergeblich.

Rory hatte sich inzwischen in eine sitzende Position aufgerichtet. »Amelia, es tut mir leid. Mein Gott, ich wollte nicht … Ich wusste doch nicht …«

»Ist schon okay«, unterbrach ich ihn, während ich nach meiner Taschenlampe griff und den Strahl zu Boden richtete. »Wir … äh … sehen uns morgen früh.« Ohne eine Antwort abzuwarten, hastete ich aus dem Zelt – hinaus in die wohltuende Kühle der Nachtluft.

Als ich mich umdrehte, um den Reißverschluss zuzuziehen, saß er mit angezogenen Knien und hängendem Kopf da, als würde das Gewicht der ganzen Welt auf seinen Schultern lasten.

So schnell ich konnte, lief ich zurück zu meinem eigenen Zelt, bevor ich noch etwas Dummes tun konnte, wie zum Beispiel zu ihm zurückzugehen und unseren Körpern den Trost zu gönnen, den wir beide offenbar so dringend brauchten.

KAPITEL ELF

RORY

Amelia stürmte aus meinem Zelt, als wäre jemand hinter ihr her. *Was zum Teufel war das gerade?*

Ich erinnerte mich an meinen Traum – natürlich tat ich das. Es war immer der gleiche. Ich war oben auf einem Berg, als der Nebel so schnell aufzog, dass ich die Orientierung verlor. Nahezu blind und wie gelähmt vor Angst, weil ich nicht wusste, wo die Kante war, blieb ich stehen. Von irgendwo aus der Nähe ertönte eine Stimme – ich konnte nicht genau ausmachen, von wo –, die mir sagte, ich solle bleiben, wo ich sei, er würde zu mir kommen.

Aber ich geriet in Panik. Der Nebel war so dicht, so undurchdringlich, dass ich kaum noch Luft bekam. Ich wollte nur noch von dort weg. Aber er sagte mir immer wieder, ich solle mich nicht bewegen, er würde mich finden. Seine körperlose Stimme rief unaufhörlich nach mir.

Es war immer der gleiche Traum, und er endete immer auf die gleiche Weise.

Nur dieses Mal nicht.

Dieses Mal veränderte sich die Stimme, die nach mir rief. Die Stimme hatte mich vorhin noch angeschrien. Doch jetzt bat sie mich um etwas. Ich spürte eine Hand auf meiner Wange, Wärme umfing mich und vertrieb die durchdringende Kälte.

Als ich die Augen öffnete, sah ich in ihr schönes Gesicht. Ohne nachzudenken, küsste ich sie. Plötzlich hatte ich das Gefühl, aus einem endlosen Schlaf zu erwachen, und zum ersten Mal seit einer Ewigkeit fühlte ich wieder etwas. Ich drückte sie ganz fest an mich, mein Körper sehnte sich nach ihr, wollte mehr, *brauchte* mehr. Als wäre ich immer noch in einem Traum gefangen – aber einem von ganz anderer Art.

Doch es war kein Traum gewesen. Ich hatte sie wirklich im Arm gehalten, sie geküsst, gespürt, wie sich ihr Körper gegen meinen drängte.

Und dann war sie aus dem Zelt gestürmt.

Ich musste unbedingt zu ihr und mich bei ihr entschuldigen.

Ich kroch zum Ausgang und warf einen Blick nach draußen. Amelias Zelt war bis obenhin zugezogen. Ob sie schlief? Das Letzte, was ich wollte, war, sie zu wecken und ihr das, was da gerade passiert war, wieder vor Augen zu führen. Was ich ihr zu sagen hatte, konnte auch bis morgen warten.

Aber ich konnte auf keinen Fall in diesem Zelt bleiben. Nicht jetzt.

Entschlossen griff ich mir meinen Schlafsack und die Isomatte und trat ins Freie. Als eine kühle Brise über meine verschwitzte Haut fuhr, fröstelte ich leicht. Ich suchte mir für meine Isomatte eine Stelle mit möglichst wenig Kieseln und legte den Schlafsack darauf.

Dann ging ich noch einmal zum Zelt zurück und tastete nach dem Flachmann, den ich vorhin beiseitegestellt hatte. Mit gesenktem Kopf kroch ich rückwärts wieder hinaus, schlüpfte in meinen Schlafsack und zog den Reißverschluss bis zur Taille hoch. Ich wusste nicht, wie spät es war – jedenfalls so spät, dass es stockfinster war und die Sterne am Himmel funkelten.

Nur ein paar Meter entfernt schlugen die Wellen sanft ans Ufer.

Ich schraubte den Flachmann auf und nahm einen Schluck. Der Whisky glitt meine Kehle hinunter und wärmte meinen ausgekühlten Körper. Und doch war mir nicht so warm wie vorhin, als ich Amelia geküsst hatte. *Denk nicht mal dran!*

Ich trank noch einen Schluck und starrte aufs Wasser. Obwohl das Schwimmen im Meer meinen Kopf freigepustet hatte, konnte es die Erinnerungen, die mich verfolgten, nicht auslöschen. Dazu war nichts in der Lage, aber manchmal rückten sie dadurch ein Stück weiter weg.

Allerdings nicht nach dem, was heute passiert war. Und wahrscheinlich würde es mir auch den Rest der Woche nicht gelingen, die Erinnerungen zu verdrängen. Wenn Amelia mich nicht gehört, mich nicht aus meinem Albtraum aufgeweckt hätte, wäre es noch schlimmer gewesen.

Ich sah wieder vor mir, wie sie noch vor ein paar Stunden ausgesehen hatte – wie ihre braunen Augen vor Wut funkelten, wie ihr Gesicht sich vor Aufregung rötete und wie ihre Brust sich heftig hob und senkte, weil sie sich so sehr in Rage geredet hatte. Sie war so schön, und obwohl sie mich anbrüllte – wir uns gegenseitig anbrüllten –, konnte ich nur daran denken, wie sehr ich mir wünschte, sie zu küssen. Zu sehen, wie ihre Augen vor Leidenschaft funkelten anstatt vor Wut, wie ihre Wangen sich unter meiner Berührung röteten, wie ihre Brust sich heftig hob und senkte, weil meine Küsse ihr den Atem raubten.

Und jetzt *hatte* ich sie geküsst, auch wenn es nicht ganz so gelaufen war, wie ich es mir vorgestellt hatte. Und zu allem Überfluss war sie danach auch noch weggerannt.

Ich hatte es gründlich verbockt.

Sie war für eine Woche eine Teilnehmerin meiner Wandergruppe, und dann würde sie sich wieder auf den Heimweg machen. Ich hätte die paar Tage nur irgendwie mit ihr klarkommen müssen. Aber das war jetzt unmöglich geworden.

Ich trank noch einen Schluck Whisky, ließ mich dann zurücksinken und zog den Reißverschluss meines Schlafsacks bis zur Brust hoch. Seufzend blickte ich hinauf zu den Sternen und atmete die kühle Seeluft ein, während ich mich nach ein paar Stunden traumlosen Schlaf sehnte.

KAPITEL ZWÖLF

AMELIA

Unruhig warf ich mich in meinem Schlafsack herum. Ich konnte nicht aufhören, an das zu denken, was gerade in Rorys Zelt passiert war. Wie gut sich der Kuss angefühlt hatte, das Gefühl seines Körpers an meinem …

Er hatte mich angesehen, als wäre ich seine Rettung – bis ihm plötzlich wieder eingefallen war, wo er war und wer ich war. Und dann sein Blick, als ich das Zelt verlassen hatte …

Er war zutiefst beschämt – wenn nicht sogar entsetzt gewesen.

Aber vielleicht hatte er am Morgen alles vergessen. Das wäre ideal. Ich könnte so tun, als wäre nichts passiert – und es ebenfalls vergessen.

Lügnerin!, rief eine Stimme in mir, die verdächtig nach der alten Schrulle in »Die Braut des Prinzen« klang. Seufzend wälzte ich mich wieder herum. Ja, es wäre besser, wenn er sich nicht daran erinnerte, oder es für einen Teil seines Traums hielt, der von einem Albtraum zu einem … na, eben keinem Albtraum geworden war.

Aber dieser Kuss … dieses Verlangen, das ich in diesem Moment gespürt hatte … Es war hundertmal stärker gewesen als bei irgendeinem meiner Exfreunde von der Uni. Und wenn Rory klar gewesen war, dass er *mich* geküsst hatte, wenn er auch nur einen Bruchteil dieser Leidenschaft für mich empfunden hatte, nein, dann wollte ich nicht, dass er es vergaß. Auch wenn der Rest der Woche höllisch peinlich werden würde.

Im Schutz der Dunkelheit meines Zelts musste ich meine Gefühle nicht verbergen. Mit zitternden Fingern berührte ich meine Lippen, die immer noch von dem Kuss kribbelten, der nach Whisky und Meer geschmeckt hatte.

Im Schutz der Dunkelheit meines Zelts fragte ich mich unwillkürlich, wen er geglaubt hatte zu küssen – wen er sich gewünscht hatte zu küssen –, denn er war eindeutig überrascht gewesen, als er merkte, dass ich es war.

Und im Schutz der Dunkelheit meines Zelts konnte ich mir auch eingestehen, dass ich ein klein wenig neidisch auf diese Unbekannte war.

Der Rest der Nacht war lang und ich verbrachte sie größtenteils damit, mich von einer Seite auf die andere zu drehen. Als ich endlich wegdöste, hatte ich einen verstörenden Traum von Rory, der im Dunkeln herumirrte und nach Hilfe rief. Und obwohl ich ihn hören konnte, konnte er es umgekehrt nicht.

Ich hatte auch noch einen anderen Traum, in dem Rory und ich eng umschlungen in einem Schlafsack lagen. Diesmal wusste er, wer ich war, und flüsterte immer wieder meinen Namen – und ich seinen. Und diesmal mussten wir uns für nichts entschuldigen.

Ich hätte nicht sagen können, welcher Traum mir mehr zu schaffen machte.

Als es im Zelt immer heller wurde und sich der Himmel draußen mit Anbruch der Morgendämmerung grau färbte, gab ich jeden Gedanken an Schlaf auf. Ich zog mich an und flocht mir einen Zopf, dann schnappte ich mir mein Handy und ging nach draußen. Die Bearreraig Bay öffnete sich Richtung Osten – vielleicht konnte ich ja noch ein paar Aufnahmen vom Sonnenaufgang machen.

Ich fröstelte in der kalten Morgenluft und war froh, dass ich mein Fleece übergezogen hatte. Auf dem Weg zum Ufer warf ich noch einen kurzen Blick zu Rorys Zelt. Hoffentlich war der Rest der Nacht für ihn erholsamer gewesen als für mich. Doch plötzlich bewegte sich etwas neben seinem Zelt, und ich musste tatsächlich zweimal hinschauen, bis mir klar wurde, dass Rory nur mit Schlafsack im Freien geschlafen hatte. Er lag auf der Seite, hatte sich eng zusammengerollt und benutzte seinen nackten Arm als Kopfkissen. Dass er, einschließlich seiner Haare, von einer silbrigen Reifschicht überzogen war, schien er nicht mitzubekommen.

Kopfschüttelnd starrte ich ihn an. Mein Schlaf war unruhig gewesen, meine Träume verstörend, aber wie schlimm mussten seine Albträume gewesen sein, wenn er es vorgezogen hatte, draußen in der Kälte zu schlafen, anstatt im geschützten, warmen Raum seines Zelts zu bleiben?

Ganz vorsichtig, um ihn nicht aufzuwecken, zog ich den Schlafsack hoch, sodass seine Arme bedeckt waren, bevor ich zum Ufer runterlief.

Dort setzte ich mich auf einen Felsen, um auf den Sonnenaufgang zu warten. Als die Kälte des Steins durch meine Hose drang, zuckte ich zusammen. Ich stand auf und machte ein paar Schnappschüsse von den rosa- und lavendelfarbenen Wolken, die über den Horizont zogen, und begann mit der Videoaufnahme, als sich die Sonne aus dem Meer erhob.

»Morgen, Ree«, sagte ich leise, um die friedliche Stimmung nicht zu stören. »Wollte nur diesen gigantischen Sonnenaufgang mit dir teilen. Ich kann's kaum erwarten, dich zu sehen und dir alles zu erzählen. Ich liebe dich.«

Als die Sonne am Horizont zu explodieren schien, beendete ich die Aufnahme. Ich wollte gerade wieder zu meinem Zelt zurückgehen, als Rory direkt hinter mir auftauchte. Unter seinen Augen lagen dunkle Schatten und sein Mund wirkte angespannt.

Er sah furchtbar aus.

»Hey«, murmelte er schließlich und wich meinem Blick aus. »Ich, äh … es tut mir leid wegen gestern Nacht.« Frustriert fuhr er sich mit den Händen durch das sowieso schon völlig zerzauste Haar. »Verdammt, das klingt so, als würde ich mich dafür entschuldigen, dass ich, ohne zu fragen, deinen Whisky ausgetrunken habe, und nicht dafür, dass … Wie kann ich das nur wiedergutmachen?«

Verwirrt starrte ich ihn an. Was redete er da? Doch dann ging mir ein Licht auf. Ich legte ihm die Hand auf den Arm. »Rory«, sagte ich bestimmt und ignorierte den besorgten Blick, mit dem er erst meine Hand und dann mich betrachtete. »Du hast nichts getan, wofür du dich entschuldigen müsstest.«

Er stieß ein bitteres Lachen aus. »Amelia, ich bin mir hundertprozentig sicher, dass du nicht in mein Zelt gekommen bist, um geküsst zu werden, ganz zu schweigen von etwas anderem.«

Bei dem Gedanken an das, was gestern passiert war, wurde mir ganz warm, wobei meine Erinnerung offenbar deutlich von seiner abwich.

»Hör mal, Rory. Es stimmt, dass du mich geküsst hast, als du aus deinem Albtraum aufgewacht bist, aber dann hat es uns beide mitgerissen, und ich … Du hast mich ja zu nichts gezwungen«, sagte ich mit knallrotem Gesicht. »Okay? Es ist passiert, und wir können nichts mehr dran ändern. Du brauchst dich also nicht zu entschuldigen.« Das schlechte Gewissen und die Niedergeschlagenheit wichen aus seinem Blick und ein hoffnungsvoller Ausdruck trat in seine Augen. »Erinnerst du dich wirklich nicht mehr daran?«

Jetzt war er es, der rot wurde. »Der Traum … Ich hatte ihn nicht zum ersten Mal, und normalerweise bin ich danach, wenn ich aufwache, immer total fertig. Ich … ich habe meiner Erinnerung an das, was zwischen uns vorgefallen ist, einfach nicht getraut.«

»Das kannst du aber. Ich denke, wir sollten das Ganze einfach vergessen, okay?«

Für einen kurzen Moment versuchte er, meinen Blick aufzufangen, doch dann nickte er. »Dann sage ich einfach danke.«

»Wofür?«

»Dass du da warst.« Er sah wieder weg. »Es war eine … harte Nacht.« Das Geständnis kam nur zögernd. Bestimmt war es nicht leicht für ihn, sich gegenüber einer Fremden so verletzlich zu zeigen. Zumal er der Guide unserer Gruppe war.

»Ich bin froh, dass ich helfen konnte.« Ich nickte ihm kurz zu und machte mich auf den Rückweg. Doch nach ein paar Schritten blieb ich stehen und drehte mich noch mal zu ihm um. »Rory?«, fragte ich leise. »War es nicht schrecklich kalt, draußen zu schlafen?«

Er zuckte mit den Schultern. »Aye, ein bisschen, aber das ist immer noch besser, als drinnen zu sein.« Diesmal war er es, der mir kurz zunickte und dann an mir vorbei zu Tommys Zelt lief.

Das ist immer noch besser, als drinnen zu sein …

Ich sah ihm nach und fragte mich, wie oft er wohl schon voller Panik allein im Dunkeln aufgewacht war und beschlossen hatte, draußen zu schlafen – ohne ein Dach oder Wände, die ihn einengten.

Mein Zelt abzubauen und wieder in die Hülle zu verfrachten, dauerte fast so lange wie mein verunglückter Aufbauversuch, aber ich schaffte es, alles noch vor dem Frühstück ordnungsgemäß zu verstauen.

»Wie war eure Nacht?«, fragte Tommy, der beneidenswert ausgeruht und putzmunter wirkte.

Die anderen antworteten wild durcheinander, während ich mich auf meinen Porridge konzentrierte. Ein schneller Blick zu Rory verriet mir, dass er sich ebenfalls sehr gründlich seinem Frühstück widmete.

»Und du, Amelia? Hast du nach dem langen Tag gestern gut geschlafen?«, fragte Tommy plötzlich.

Ich spürte, wie Rory mich von der anderen Seite der Runde aus beobachtete. Und als ich aufsah, trafen sich unsere Blicke. Trotz der undurchdringlichen Miene, die er aufgesetzt hatte, wusste ich, was er dachte, und einen verrückten Moment lang hätte ich am liebsten die Wahrheit gesagt. *Tja, Tommy, wenn du mich so fragst, meine Nacht war soweit ganz okay, jedenfalls bis dein Kumpel mich mit seinem komischen Albtraum aufgeweckt und mitten in der Nacht geküsst hat. Aber der Teil war auch gar nicht so übel …*

Als hätte Rory meine Gedanken gelesen, richtete er sich plötzlich auf. Sein Blick brannte sich in meinen und schien mich anzuflehen, nichts zu sagen, während es mir gleichzeitg so vorkam, als würde er mich herausfordern, es doch zu tun.

Tommy blickte mit schiefgelegtem Kopf zwischen Rory und mir hin und her. Mist, diese blauen Augen sahen mehr, als man ihm im ersten Moment zutraute.

»Ja, super. Alles bestens«, sagte ich schnell. »Ich freue mich auf den heutigen Teil des Skye Trails. Es sind nur ungefähr neun Meilen, richtig?«

Tommy musterte mich mit zusammengekniffenen Augen, als wollte er sagen, *Ich weiß genau, was ihr gemacht habt*, aber dann nickte er. »Aye, die Strecke ist um einiges leichter als gestern, und außerdem werdet ihr heute in einem B & B schlafen und richtiges Essen genießen. Und was noch wichtiger ist, es gibt Bier …«

Während Tommy weiter über den heutigen Teil der Strecke erzählte, warf ich einen verstohlenen Blick zu Rory hinüber. Er beendete in Ruhe sein Frühstück, stand auf und ging dann zu seinem Rucksack. Tommy, der immer noch munter mit den anderen plauderte, ließ Rory dabei nicht aus den Augen.

Nächstes Mal musste ich vorsichtiger sein mit dem, was ich sagte, und auch mit dem, was ich *nicht* sagte.

Hey, moment mal! Es wird kein nächstes Mal geben! Ich ignorierte das Kribbeln in meinen Lippen, knüllte meine leere Porridge-Packung zusammen und stopfte sie in meinen Rucksack.

Nein, es würde definitiv kein nächstes Mal geben.

KAPITEL DREIZEHN

AMELIA

Tommy hatte behauptet, die heutige Wanderung würde einfacher werden als gestern, aber für die ersten Meilen traf das definitiv nicht zu. Es begann damit, dass wir den steilen Zickzackpfad, den wir am Vorabend hinuntergeklettert waren, wieder hinaufkraxeln mussten. Ich hatte angenommen, dass meine Beine nach dem denkwürdigen gestrigen Tag an steile Steigungen gewöhnt wären, aber leider stellte sich heraus, dass dem nicht so war.

Ich ignorierte das Brennen in meinen Oberschenkeln und Waden, biss die Zähne zusammen und schleppte mich den Weg hinauf, während ich im Stillen das Gewicht meines Rucksacks verfluchte, die lange, unruhige Nacht auf der dünnen Isomatte und Rory, der noch einmal versucht hatte, sich bei mir zu entschuldigen. Ich fand es ja gut, dass es ihm leidtat, dass er mich geküsst hatte, ohne mich vorher zu fragen, aber ich hatte ihm gesagt, dass es für mich okay war. Die Tatsache, dass er sich immer wieder entschuldigte, machte mir unmissverständlich klar, dass es offenbar nur mir gefallen hatte und ihm nicht, was die ganze Sache für mich noch viel unangenehmer machte.

Ich wünschte wirklich, ich könnte mit Carrie darüber reden. Sie fand immer die richtigen Worte.

Oben angekommen, liefen wir nach einer kurzen Pause weiter, bis wir nach einer halben Stunde eine etwa drei Meilen lange

Sumpflandschaft erreichten, die hauptsächlich aus Wasser- und Schlammpfützen bestand. Das lange Gras, das hier überall wuchs, vermittelte den Eindruck, man könnte ohne Weiteres drauftreten, doch in Wahrheit war es eine Falle für unschuldige Wanderstiefel.

Vorsichtig bewegten wir uns durch das Moor, wodurch wir nur sehr langsam vorankamen. Nach etwa der Hälfte der Strecke ließ Rory uns anhalten und wartete, bis die ganze Gruppe versammelt war. Soweit ich sehen konnte, war der Boden eine einzige große Pfütze, gelegentlich unterbrochen von einem Büschel Gras oder einem Heidestrauch. Wie zum Teufel sollten wir da durchkommen, ohne völlig durchnässt zu werden?

»Okay, Leute, das Entscheidende ist, ständig in Bewegung zu bleiben«, sagte Rory. »Tretet auf die Gras- und Heidebüschel. Hüpft von einem zum anderen, damit euer Gewicht nicht länger als ein, zwei Sekunden auf einer Stelle lastet.« Er ging voraus, und seine langen Beine trugen ihn problemlos durchs Moor, während er von einem festen Fleck zum nächsten sprang, ohne auch nur einmal anzuhalten.

Bei ihm sah es ganz einfach aus. Ich konzentrierte mich auf die »sicheren« Stellen und versuchte, so gut wie möglich einen Weg zu finden.

»Na, was läuft da zwischen dir und Rory?«, fragte Tommy plötzlich.

Ich war so erschrocken, dass ich wie angewurzelt stehen blieb – einen Fuß auf einem Flecken Heidekraut, den anderen mitten in der Luft. Wenn Tommy mich nicht am Arm gepackt und gestützt hätte, wäre ich im nächsten Moment glatt im Schlamm gelandet.

»Entschuldige«, murmelte er. »Ich hätte mit meiner Frage warten sollen, bis wir das Moor hinter uns haben.«

»Kein Problem. Da gibt's nichts zu erzählen«, sagte ich, während ich versuchte, halbwegs graziös zum nächsten grasbewachsenen Fleck zu hüpfen. Ich spürte, dass er mich ansah, und riskierte einen schnellen Seitenblick. »Im Ernst. Zwischen Rory und mir ›läuft‹ überhaupt nichts. Wie kommst du eigentlich darauf?«

»Während des Frühstücks habe ich etwas … gespürt, als ich euch beide beobachtet habe.«

»Ich fühle mich geschmeichelt, Tommy, aber ich steh nicht auf flotte Dreier«, witzelte ich.

Er lachte überrascht auf. »Es sind immer die Stillen, die die schmutzigsten Sachen raushauen. Aber du lenkst vom Thema ab … schon wieder. Da war heute Morgen definitiv eine Spannung zwischen euch spürbar.«

Mist. »Tommy, die Stimmung zwischen Rory und mir ist seit der ersten Minute des ersten Tages angespannt. Das weißt du genau.«

»Aber diesmal war es anders.« Als ich ihn böse anschaute, hob er abwehrend die Hände. »Wenn du sicher bist, dass alles in Ordnung ist, höre ich auf, dich damit zu nerven.«

Ich sah ihm in die Augen und lächelte. »Es ist alles bestens. Versprochen.«

»Na gut. Du scheinst hier ja prima klarzukommen – jedenfalls solange ich dich nicht ablenke. Dann werde ich mal nach Pat und Linda sehen.« Er schloss zu den beiden auf, und ich atmete erleichtert auf.

»Warte mal! *Ist* zwischen dir und Rory was gelaufen?«

Als ich mich erschrocken umdrehte, fiel mein Blick auf Molly und Megan, die mich – wie zwei Eulen mit Pferdeschwanz – mit großen Augen fragend anstarrten. Verdammt, ich hatte gedacht, sie wären weiter vorne bei den Brüdern und Rory. »Was? Nein.«

»Ich glaube, sie lügt«, sagte Megan.

»Sie lügt wie gedruckt«, setzte Molly noch einen drauf. »Komm schon, uns kannst du's doch erzählen. Du weißt, dass du es willst.«

Ich zwang mich, ihnen nacheinander fest in die Augen zu schauen. »Leute, ich schwöre euch, zwischen mir und Rory ist nichts gelaufen. Ich mag ihn nicht mal.«

»Seit wann hat es irgendetwas damit zu tun, ob man jemanden mag?«, fragte Megan. »Der Typ ist so heiiiiß, mit diesen sagenhaften Haaren und den traurigen Augen. Ich müsste ihn nicht mögen, um mit ihm rumzumachen.«

»Ich auch nicht«, sagte Molly, und dann stießen die beiden die Fäuste aneinander wie Kinder auf dem Spielplatz.

»Ihr nun wieder«, sagte ich und musste gegen meinen Willen lächeln.

Sie hakten sich links und rechts bei mir ein, und bevor ich protestieren konnte, schleppten sie mich den Rest des Weges durchs Moor. Ihre flinken, wendigen Schritte brachten mich um einiges schneller über den schwierigen Untergrund, als wenn ich alleine gewesen wäre.

Als wir schließlich die andere Seite erreichten, kicherten wir alle hemmungslos. Es fühlte sich so gut an, mit jemandem herumalbern zu können, auch wenn ich die beiden angelogen hatte. Aber ich konnte ihnen nicht erzählen, was passiert war, ohne den Auslöser dafür zu erwähnen. Und es stand mir nicht zu, mit jemand anders über Rorys Geschichte zu sprechen. Dennoch wäre es schön gewesen, sich jemandem anvertrauen zu können.

Abgesehen von der Sumpflandschaft und dem Aufstieg zur Grasnarbe oben auf der Klippe, verlief der Rest der Wanderung überwiegend ereignislos. Natürlich war die Aussicht traumhaft schön – wir waren schließlich auf Skye, und hier wimmelte es nur so von traumhaften Ausblicken –, aber verglichen mit dem gestrigen dramatischen Knapp-achtzehn-Meilen-Marsch entlang des Trotternish Ridge mit seiner schier endlosen Folge von hohen, windumtosten Gipfeln war der heutige Noch-nicht-mal-neun-Meilen-Hike nach Portree fast eine Enttäuschung.

Ich blieb abrupt stehen. Hatte ich wirklich gerade gedacht, dass ein Tag ohne zehn Gipfelbesteigungen bei strahlendem Sonnenschein eine Enttäuschung war? Da hatte sich im Vergleich zum ersten Tag, wo ich noch befürchtet hatte, nach acht Meilen den Löffel abzugeben, tatsächlich einiges verändert. Carrie wäre so stolz auf mich. Und nicht nur sie: Ich war auch stolz auf mich.

Auf der Straße, die nach Portree hineinführte, stieß Scarlet zu uns und begleitete uns den Rest der Strecke. »Drei Tage geschafft, vier liegen noch vor euch«, sagte sie mit einem breiten Grinsen.

Es war ein merkwürdiger Gedanke, dass wir in drei Tagen nur die Strecke zurückgelegt hatten, die wir am ersten Tag in weniger als einer Stunde mit dem Auto gefahren waren. Außerdem war es irgendwie enttäuschend, wieder am selben Ort zu sein, wo wir gestartet waren, aber wir machten hier nur einen kurzen Zwischenstopp, und ab morgen würden wir in einem völlig neuen Gebiet unterwegs sein.

Zu wissen, dass wir nur noch wenige Minuten von einer heißen Dusche und einem bequemen Bett entfernt waren, versetzte uns allen einen Adrenalinstoß. Wie Pferde, die nach einem langen Ritt noch einmal einen Zahn zulegten, wenn sie den Stall witterten, liefen wir alle ein bisschen schneller in Richtung B & B.

»Eure Zimmer stehen bereit. Ich habe fürs Abendessen nichts reserviert, weil ich dachte, dass ihr heute Abend vielleicht euer eigenes Ding machen wollt«, sagte Scarlet. »Aber falls jemand etwas mit mir besprechen möchte – irgendwelche Sorgen wegen des restlichen Trails, Probleme, was auch immer –, ich bin nachher zwischen sechs und sieben in dem Pub, wo wir am ersten Abend gegessen haben. Ihr könnt natürlich auch einfach so auf einen Drink vorbeikommen. Ich bin nämlich eine wesentlich bessere Gesellschaft als diese beiden Dumpfbacken hier«, fügte sie mit einem Grinsen hinzu und deutete auf Tommy und Rory.

Vor dem B & B verabschiedeten wir uns von den dreien. Und während die anderen aus meiner Gruppe direkt auf ihre Zimmer gingen, blieb ich noch eine Weile draußen stehen und sah Scarlet, Rory und Tommy hinterher, die zu ihrem eigenen B & B liefen. Scarlet legte Rory die Hand auf die Schulter, und er neigte den Kopf, während er mit ihr redete. Schon nach ein paar Metern gingen sie im Gleichschritt, als befänden sie sich in völligem Einklang. Plötzlich verspürte ich einen heftigen Anfall von Eifersucht. Lief da etwas zwischen den beiden? Hatte Rory im Zelt vielleicht gedacht, er würde Scarlet küssen?

Auf einmal hatte ich das Bild vor Augen, wie die beiden sich leidenschaftlich umarmten und seine Hände in ihr blondes Haar glitten, als er sie küsste. Ich schüttelte den Kopf, um das Bild zu vertreiben. Scarlet schien nicht der Typ zu sein, der sich mit seinen Angestellten einließ. Ich musste mich zusammenreißen. Und ich musste duschen.

Aber zuerst musste ich Carrie anrufen.

Endlich konnte ich jemand von Rory erzählen.

KAPITEL VIERZEHN

RORY

Weniger als eine Stunde später, nach der Besprechung mit Scarlet, saßen Tommy und ich mit zwei Pint Bier vor uns in einer dunklen Ecke des Pubs.

»Schieß los«, forderte er mich auf.

Tommys fröhliches Auftreten ließ die meisten Leute vermuten, dass er lediglich ein netter, unkomplizierter Typ war, der gerne in den Bergen wanderte, aber er besaß einen Abschluss in Psychologie und war jemand, der Probleme gern direkt ansprach. Auch wenn es nicht so aussah, Tommy war ein aufmerksamer Zuhörer und er nahm jedes Wort auf. Er hatte ein offenes Ohr für sein Gegenüber und wusste fast immer einen guten Rat. Das machte ihn zu einem fantastischen Guide. Sämtliche Teilnehmer öffneten sich ihm, und spätestens am Ende der Woche kannte er ihre Lebensgeschichten, ihre Hoffnungen und Träume, aber auch die Dinge, die sie am meisten bedauerten. Und alle fühlten sich besser, wenn sie mit ihm gesprochen hatten.

Deswegen hatten wir uns überhaupt erst richtig kennengelernt und waren schließlich beste Freunde geworden. Aber das hieß auch, dass es nahezu unerträglich war, in seiner Nähe zu sein, wenn es etwas gab, das ich *nicht* mit ihm besprechen wollte.

»Worüber möchtest du denn reden?«, fragte ich und gab mich absichtlich begriffsstutzig.

Er verdrehte die Augen. »Komm schon, Mann. Wir sind jetzt schon wie lange befreundet, sieben Jahre? Wir haben eine Menge Mist zusammen erlebt … Mist, über den wir immer miteinander reden konnten. Warum machst du jetzt dicht? Irgendwas ist mit dir los, und es hat mit der Lady aus unserer Wandergruppe zu tun. Du musst mit mir reden.«

Ich nahm einen tiefen Schluck von meinem Bier und wünschte, es wäre Whisky. »Ich … hatte eine harte Nacht.«

Er nickte, nicht weiter überrascht. »Albtraum?«

»Ja.«

»Aber das ist nicht alles, stimmt's?«

Ich seufzte. Er würde nicht eher Ruhe geben, bis ich ihm alles erzählt hatte. Und er kannte mich zu gut, als dass ich mit Lügen durchgekommen wäre. Ich nahm noch einen Schluck und stand auf. »Willst du auch noch eins?«

Tommy zog fragend die Augenbrauen hoch. Normalerweise war ich kein großer Biertrinker, und erst recht niemand, der sich gleich mehrere davon hinter die Binde kippte. »Keine Sorge, Mama, ich nehme nur noch eins. Ich weiß, dass wir morgen arbeiten müssen.«

»Wenn das so ist, hab ich das hier ausgetrunken, bis du mit einem frischen zurück bist.«

Ich holte uns noch zwei Bier und schob ihm eins davon zu, während ich mich wieder hinsetzte.

Er nahm es mit einem dankenden Nicken entgegen. »Okay, und jetzt schieß los.«

»Ich hatte wieder diesen Albtraum – die ungekürzte Fassung, komplett mit dem erstickenden Nebel. Ich konnte nichts sehen, mich nicht bewegen, nicht atmen.«

Tommy schloss für einen Moment die Augen, und als er sie

wieder öffnete, waren sie voller Mitgefühl. »Scheiße, Rory, ich hätte bei dir im Zelt pennen sollen. Ich hätte dich fast gefragt, aber du sahst nicht so aus, als hättest du besonders viel Wert auf meine Gesellschaft gelegt. Es tut mir so leid.«

Ich schüttelte den Kopf und wehrte seine Entschuldigung mit einer Handbewegung ab. »Ich hätte Nein gesagt. Nach diesem blöden Streit mit Amelia hatte ich eine Scheißlaune.«

Er nickte. »Okay, du hattest also diesen Albtraum. Und was ist dann passiert?«

»Ich vermute, ich habe mich hin- und hergeworfen, aufgeschrien, was auch immer«, murmelte ich und spürte, wie mein Gesicht heiß wurde. Allein bei der Vorstellung wand ich mich innerlich – ein erwachsener Mann, der im Schlaf heulte wie ein kleiner Junge. Wie der Junge, den mein Vater so sehr verabscheut hatte. »Und Amelia hat es gehört und ist gekommen, um nach mir zu sehen«, sagte ich leise und nahm einen Schluck.

Er riss die Augen auf. »Mist – du hast sie geschlagen?«

Ich hätte ihn fast mit dem Bier bespuckt, das ich im Mund hatte. »Was? Warum um alles in der Welt hätte ich das tun sollen?«

»Du sagtest doch, du hättest dich im Schlaf hin- und hergeworfen. Da habe ich angenommen, du würdest mir erzählen, dass du um dich geschlagen und sie dabei getroffen hast.«

Ich seufzte. »Nein. Ich habe sie geküsst.«

Jetzt war es Tommy, der sich fast an seinem Bier verschluckte. »Du hast was?«

»Du hast mich schon verstanden.«

»Aye, du sagtest, du hättest sie geküsst. Ich wüsste zu gerne, wie es dazu gekommen ist.«

Ich spürte, wie mein Gesicht noch heißer wurde. »Herrgott nochmal, soll ich dir vielleicht ein Bild malen?« Als er nicht auf meine Bemerkung reagierte, sondern mich einfach nur abwartend ansah, beugte ich mich vor, damit ich leiser sprechen konnte. »Ich habe in meinem Traum gehört, wie sie mich gerufen hat. Und als ich die Augen aufmachte, war sie auf einmal da – ich schätze, sie hat sich über mich gebeugt, mich an der Schulter gerüttelt oder so. Ich war noch nicht ganz wach, und sie war höchstens fünf Zentimeter entfernt, und dann ist es einfach passiert.« Der Rest ging ihn nichts an. »Es tut mir leid, Mann.«

Tommy runzelte die Stirn. »Warum entschuldigst du dich?«

»Ich weiß, dass du sie magst …«

»Halt, stopp!«, sagte er und hob die Hand. »Ich mag sie, aber nur wie eine gute Freundin.«

Ich verschränkte die Arme vor der Brust und hoffte, dass man mir meine Erleichterung nicht allzu sehr ansah. »Wirklich?«, fragte ich skeptisch.

»Aye, wirklich.«

»Und wie kommt es dann, dass jedes Mal, wenn ich zu euch rüberschaue, ihre Hand auf deinem Arm liegt – oder umgekehrt?«

»Ach, das ist nur ein kleiner Flirt. Du weißt doch, das mache ich mit allen. Wieso, hat es dich geärgert?«, fragte er lauernd.

Ja. »Nein, warum sollte mir das was ausmachen?«

»Tja, warum wohl?«

»Hör auf, mich zu therapieren.«

»Nö. Jedenfalls muss das Ganze doch nur ein paar Stunden nach eurem lächerlichen Streit gewesen sein, oder? Und, hat sie dir eine runtergehauen?«

Das hätte sie vielleicht tun sollen. »Nein, sie war ziemlich verständnisvoll. Aber ich habe mich inzwischen ein paarmal bei ihr entschuldigt, und jetzt ist sie deswegen sauer auf mich.

»Interessant.«

»Was soll das denn schon wieder heißen?«

»Ich meine nur, wenn sie sauer auf dich ist, weil du dich inzwischen ein paarmal dafür« – er zeichnete mit den Fingern Gänsefüßchen in die Luft – »*entschuldigt* hast, dann ist vielleicht mehr an der Sache dran, als du denkst.«

»Ach, ja? Bitte, machen Sie ruhig weiter, Doktor MacDonald«, sagte ich und verdrehte die Augen.

»Vielleicht will sie nicht, dass du es bedauerst, sie geküsst zu haben.« Tommy trank einen großen Schluck von seinem Bier und setzte es umständlich wieder ab. Dann lehnte er sich mit selbstzufriedener Miene zurück. »Was sagst du dazu?«

»Ich sage, dass du ein gottverdammter Idiot bist.« Wie sollte sie es mir nicht übel nehmen, dass ich sie geküsst hatte?

»Stimmt, das ist allerdings nichts Neues«, sagte er gut gelaunt. »Aber was ist, wenn ich recht habe?«

»Hast du nicht.« *Und wenn doch?*

»Bist du sicher? Wie hat sie denn auf deinen Kuss reagiert?«

Selbst jetzt wurde mir noch ganz heiß, wenn ich daran dachte. »Ich … ich glaube, es hat ihr gefallen, nachdem sie den ersten Schreck überwunden hatte.« Mehr als gefallen, wenn ich dem Glauben schenkte, was sie heute Morgen gesagt hatte. Aber ich konnte Tommy nicht mehr erzählen, ohne dass ich das Gefühl hatte, ihr Vertrauen zu missbrauchen.

»Ich weiß auch nicht, Mann. Für mich klingt das so, als würde da mehr laufen. Beim Frühstück … da war definitiv etwas zwischen euch, und als ich sie fragte, was los ist, hat sie genauso ausweichend geantwortet wie du. Vielleicht ist sie doch nicht so immun gegen dich, wie du denkst.«

»Red doch keinen Quatsch.«

»Denk einfach mal drüber nach.«

»Nein, Tommy. Darauf lass ich mich gar nicht erst ein. Ich kann es nicht. Erstens nimmt sie für irgendjemanden zu Hause Videos auf und beendet sie mit den Worten ›Ich liebe dich‹, also hat sie höchstwahrscheinlich einen Freund. Zweitens dauert unsere Wanderung nur noch eine halbe Woche, und dann verschwindet sie wieder. Oh, und drittens, sie hasst mich. Und selbst, wenn sie mich nicht hassen würde, du weißt, was mit Emma passiert ist. Das werde ich nicht noch mal durchmachen.«

»Erstens«, sagte Tommy und hob den Zeigefinger, »ist das mit dem Freund zu Hause reine Spekulation. Sie hat dich nämlich regelrecht mit den Augen verschlungen, als du gestern Abend so nass und muskelbepackt aus dem Wasser gekommen bist – auch wenn sie dich zuerst für verrückt gehalten hat, weil du bei der Kälte schwimmen gegangen bist. Und das war weder das erste noch das letzte Mal. Zweitens habe ich nicht gesagt, dass du dem Mädchen einen Heiratsantrag machen sollst – wer sagt denn, dass sie keine Lust auf einen unverbindlichen Urlaubsflirt hat? Drittens glaube ich nicht, dass sie dich hasst, und selbst wenn, muss sie das nicht zwangsläufig davon abhalten, sich auf ein Abenteuer mit dir einzulassen. Und viertens – willst du sie ernsthaft mit Emma vergleichen? Ich weiß, dass die Situation mit ihr dich ganz schön fertiggemacht hat, aber vielleicht ist das hier genau das Richtige, um darüber hinwegzukommen.«

»Ich bin mir ziemlich sicher, Amelia ist nicht der Typ für eine schnelle Nummer im Zelt mit jemandem, den sie kaum kennt.«

»Vielleicht solltest du es herausfinden.«

Eine Serie von Bildern lief vor meinem inneren Auge ab: Amelia in meinen Armen, ihre Lippen, die sich in Erwartung meines Kusses leicht öffnen, ihr Körper … Ich schüttelte den Kopf, um die Bilder loszuwerden, und rutschte unbehaglich auf meinem

Stuhl herum. »Es reicht, Tommy. Ich bin schon zufrieden, wenn ich es schaffe, die nächsten vier Tage ohne diese verfluchten Albträume oder Streitereien mit Amelia hinter mich zu bringen.«

»Wenn du meinst.«

Doch während ich mein Bier austrank, fragte ich mich unwillkürlich, ob an seinen Worten nicht doch etwas dran war.

KAPITEL FÜNFZEHN

AMELIA

Der Abend in Portree war richtig schön. Nach einer herrlichen heißen Dusche, bei der ich mir endlich den Schmutz von zwei Wandertagen abspülen konnte, ging's zum Abendessen in einen Pub.

Mein Burger mit Pommes, der gar nicht so übel war, schmeckte allerdings längst nicht so gut wie das Hühnchen Pad Thai, das ich gestern Abend direkt aus der Packung gegessen hatte, nachdem ich es mit heißem Wasser übergossen hatte. Während dem Essen unterhielt ich mich mit Gordon über das Reiseunternehmen, das er in Fort Lauderdale, Florida, besaß. Als ich erwähnte, dass ich demnächst nach Miami ziehen würde, um dort in einem Hotel zu arbeiten, gab er mir sofort seine Karte und lud mich ein, mich bei ihm und Lucy zu melden, sobald ich dort war.

Scarlet, mit der ich danach noch ein Bier trank, erzählte mir, wie es dazu gekommen war, dass sie Wanderführerin geworden war und ihre eigene Firma gegründet hatte, und ich berichtete – zum zweiten Mal an diesem Abend – von meinem zukünftigen Job im Hotel.

Ein paar Stunden später ließ ich mich erschöpft ins Bett fallen. Es war unendlich viel bequemer als eine Isomatte auf einer Unterlage aus Kieseln, und es fühlte sich fast an, als würde ich schummeln.

»Es klingt, als würdest du die Wanderung genießen«, hatte meine Mom gesagt, als ich sie vor dem Abendessen kurz angerufen hatte. *»Das freut mich.«* Aber ich durfte diese Wanderung nicht genießen, durfte nicht vergessen, warum ich das hier tat. Schließlich machte ich den Skye Trail nur für Carrie, die meinetwegen nicht hier sein konnte. Und ich sollte auch nicht so viel an Rory denken, aber meine Gedanken wanderten immer wieder zu ihm.

Nach seiner zigsten Entschuldigung war die Stimmung zwischen uns den ganzen Tag angespannt gewesen. Nicht, dass sie jemals berauschend gewesen wäre, aber jetzt war es noch schlimmer.

Am peinlichsten war jedoch dieser eine Moment, als wir Rast machten und ich zufällig zu Rory hinübergeschaut hatte. Er war gerade dabei gewesen, sich das Gesicht mit dem Saum seines T-Shirts abzuwischen, und es gelang mir erst nach einer gefühlten Ewigkeit, meinen Blick von seinen Bauchmuskeln loszureißen. Nur um zu bemerken, dass Tommy ganz genau gesehen hatte, wie ich seinen Freund anschmachtete. Sein breites Grinsen ließ keinen Zweifel daran. Mit glühenden Wangen hatte ich hastig meinen Rucksack zurechtgerückt, während ich mir gleichzeitig wünschte, ich wäre mutig genug, dazu zu stehen. Mit knallrotem Gesicht wegzuschauen, machte die Sache nur noch schlimmer.

Doch trotz meiner Verlegenheit waren meine Gedanken den Rest des Tages auf Wanderschaft gegangen – und zielstrebig zu der Erinnerung zurückgekehrt, wie sich Rorys Lippen auf meinen angefühlt hatten.

Auch jetzt hielt mich mein treuloser Kopf wach und quälte mich mit Bildern von Rory … Wie er aus seiner Wasserflasche trank – wobei mich der Anblick seines Adamsapfels beim Schlucken weit mehr faszinierte, als es angemessen war. Wie er sich mit seinen langen Fingern durch das vom Wind zerzauste Haar fuhr. Und wie er aus dem Meer kam und die Wassertröpfchen von seiner Brust abperlten.

Es lag also nicht nur an dem allzu bequemen Bett, dass ich in dieser Nacht nicht besonders gut schlafen konnte.

Nach einem herzhaften Frühstück mit Scarlet in unserem B & B und einem Besuch im Supermarkt, um unsere Vorräte wieder aufzufüllen, hatten wir vor Beginn der Wanderung eine kurze Besprechung mit Rory, der uns darüber informierte, dass wir heute ungefähr zwölf Meilen bis zu unserem nächsten Halt in Sligachan zurücklegen würden.

Mit Ausnahme von ungefähr einer Meile Salzwiese, die wir vorsichtig durchqueren mussten, damit unsere Füße nicht nass wurden, legten wir die ersten paar Meilen auf einer asphaltierten Straße zurück. Was, wie ich feststellen musste, echt die Hölle war, wenn man Wanderstiefel trug, die nicht für Straßenpflaster gemacht waren.

Jetzt jammer nicht wegen deinen wunden Füßen rum, sagte Carries Stimme in meinem Kopf. *Denk einfach daran, warum du das hier tust. Wenn es leicht wäre, würde es ja jeder machen. Ohne etwas Schmerz und Mühsal wäre es die Sache nicht wert.*

Ich wusste, dass sie recht hatte – oder zumindest ihre Stimme in meinem Kopf – aber davon ging es meinen Füßen auch nicht besser.

»Hey, Leute, lasst uns hier eine Rast einlegen«, rief Tommy plötzlich.

Moment mal, eine Rast? Aus meinen Gedanken gerissen, schaute ich mich um. Vor uns lag eine Wegkreuzung, an der ein Schild mit der Aufschrift »Camustianavaig« nach links zeigte.

»Wie geht's euch denn so?«, wollte Tommy wissen. Als Antwort bekam er eine Flut von Klagen über wunde Füße von der asphaltierten Straße, was ihm nur ein Grinsen entlockte. »Dann habe ich eine gute und eine schlechte Nachricht für euch. Die schlechte Nachricht zuerst: Bevor wir zum Loch Sligachan kommen, erwarten euch noch ungefähr vier Meilen Straße.«

»Und die gute Nachricht?«, fragte Gordon.

»Die gute Nachricht ist, dass wir einen Abstecher machen und auf den Ben Tianavaig klettern könnten. Das würde uns ein paar Stunden auf der Straße ersparen. Und man hat von dort oben einen fantastischen Blick. Aber es sind ungefähr fünfhundert Meter rauf – und auch wieder runter. Falls ihr also jetzt schon erledigt seid, solltet ihr das vielleicht lieber auslassen. Wenn einige von euch diesen Umweg nicht machen wollen, gehe ich mit ihnen nach Sligachan voraus, und wir verschaffen uns schon mal einen Vorsprung beim Bier, während Rory den Rest der Gruppe auf den Ben Tianavaig führt. Was sagt ihr dazu?«

Der Gedanke an diese Klettertour – und das mit meinen bereits wunden Füßen – war nicht besonders verlockend. Außerdem tat es mir vielleicht ganz gut, Rory mal für ein paar Stunden nicht zu Gesicht zu bekommen.

»Ich glaube, ich verzichte auf den Abstecher, wenn das okay ist«, sagte ich.

»Kein Problem«, erwiderte Tommy. »Noch jemand?«

»Ach, komm schon, Amelia!«, drängte Linda. »Wenn Pat und ich das schaffen, schaffst du das erst recht.«

Das allein hätte mich nicht dazu gebracht, den Aufstieg zu machen, aber dann dachte ich an Carrie. Sie wäre sofort dabei gewesen. Und sie wäre total enttäuscht gewesen, wenn ich nicht mitgemacht hätte, auch wenn sie nicht darauf bestanden hätte.

»Es wird bestimmt toll!«, sagte Megan. »Das willst du doch nicht verpassen, oder?«

Wenn ich ehrlich war, nein – und ich wollte auch nicht, dass Carrie es verpasste. Außerdem war es schön zu wissen, dass die anderen mich unbedingt dabeihaben wollten. »Okay, ihr habt mich überzeugt. Ich komme doch mit.«

Bevor wir uns auf den Weg zum Ben Tianavaig machten, legten wir noch eine kurze Pause ein. Alle setzten ihre Rucksäcke ab und ließen sich für einen Snack und einen Schluck Wasser auf dem Boden nieder.

Plötzlich fiel ein Schatten über mich. »Du solltest da nicht raufsteigen, wenn du nicht willst.«

Beim Klang von Rorys Stimme lief mir ein angenehmer Schauer über den Rücken. Ich blickte zu ihm hoch. »Warum nicht? Alle anderen tun es doch auch.« Noch während ich die Worte aussprach, zuckte ich innerlich zusammen – ich konnte förmlich die Stimme meiner Mutter hören: *Nur weil alle anderen es tun, musst du es noch lange nicht auch tun.*

Rory ging neben mir in die Knie. »Deswegen willst du rauf auf den Ben Tianavaig? Weil alle anderen es auch machen?«

»Wieso nicht? Ist es dir lieber, wenn ich zurückbleibe?«

Er zog seine Sonnenbrille ein Stück herunter. »Nein, ich möchte nicht, dass du zurückbleibst«, sagte er ruhig und sah mich dabei mit diesen unglaublichen Augen an, deren klares Grün an Seeglas erinnerte. »Ich denke nur, dass du dich von niemandem dazu zwingen lassen solltest, einen fünfhundert Meter hohen Berg zu besteigen, den du eigentlich gar nicht besteigen willst.«

Ich konnte keinen klaren Gedanken mehr fassen. Mein Blick wanderte zu seinem Mund, und ich musste wieder daran denken, wie sich seine Lippen auf meinen angefühlt hatten. Ich wünschte, er würde lächeln. Ich wünschte, er würde mich wieder küssen …

»Amelia?«

Schnell riss ich mich von dem Anblick seiner Lippen los. Rorys Miene war unergründlich, aber seine Wangen waren zart gerötet. Unwillkürlich fragte ich mich, ob auch er an unseren Kuss gedacht hatte und sich wünschte, es würde noch einmal geschehen. Dann fiel mir wieder ein, worüber wir gesprochen hatten.

»Niemand zwingt mich. Aber ich bin nicht von so weit hergekommen, um jetzt einen Rückzieher zu machen.«

»Du musst dich nicht dafür schämen, wenn du zugibst, dass du eine Pause brauchst.«

Da war er wieder – dieser herablassende Ton. Die Freude darüber, dass er mich angesprochen hatte, und meine Sehnsucht nach einem Kuss von ihm verlöschten wie eine Kerzenflamme.

»Was ich brauche, ist, auf diesen verdammten Ben Tianavaig raufzusteigen, die tolle Aussicht zu genießen, von der alle erzählen, und ein paar Fotos zu machen. Warum sagst du nicht einfach, dass du mich nicht dabeihaben willst?« Ich wusste, dass ich zickig und albern klang – ich wusste es – und trotzdem konnte ich mich nicht bremsen. Je mehr er versuchte, mir das Ganze auszureden, desto entschlossener war ich, zu gehen – entschlossen, ihm zu beweisen, dass ich es schaffen würde.

Er klatschte sich mit der Handfläche so fest auf den Oberschenkel, dass ich vor Schreck zusammenzuckte. »Verdammt noch mal, Amelia, hör auf, mir irgendwelche Worte in den Mund zu legen! Warum bist du bloß so unglaublich stur?«

Mit glühendem Gesicht blickte ich mich um, aber von den anderen schien keiner etwas mitbekommen zu haben. »Warum musst du ständig den Besserwisser raushängen lassen? Schlimm genug, dass du von Anfang an ein Problem mit mir hattest, aber ich dachte, nachdem du mir die Zunge in den Mund gesteckt hast, hätten wir das endlich hinter uns. Aber da habe ich mich offenbar geirrt.«

Bei meinen Worten war Rory leichenblass geworden – und ich wünschte, ich könnte sie wieder zurücknehmen.

Aber dafür war es zu spät. Als ich entschuldigend die Hand auf seinen Arm legte, zuckte er zurück, als hätte ich ihn verbrannt. *Mist.* Ich musste irgendetwas sagen, ihm erklären, warum … »Rory, ich …«

Abrupt stand Rory auf, doch seiner Bewegung fehlte die übliche Geschmeidigkeit. »Du willst rauf auf den Ben Tianavaig? Gut. Ich streite mich nicht länger mit dir. Klar, du brauchst ja auch noch mehr von diesen verfluchten Fotos.« Und damit stapfte er davon, ohne sich noch einmal nach mir umzusehen.

Ich schloss die Augen und verbarg stöhnend das Gesicht in den Händen. Warum konnte ich nicht damit aufhören? Ich sah förmlich vor mir, wie Carrie die Lippen vor Enttäuschung fest zusammenpresste und langsam den Kopf schüttelte. *Süße, das war echt heftig. Es ist zwar in Ordnung, dich zu verteidigen, aber das ging eindeutig zu weit. Diesmal musst du dich entschuldigen, und keine Ausflüchte.*

Wenn er mir überhaupt zuhörte.

Während des Aufstiegs zum Ben Tianavaig versuchte ich, mich von dem Streit mit Rory abzulenken, indem ich mich mit Molly und Megan unterhielt. Aber nach einer Weile ließ ich mich unter dem Vorwand, ein Foto machen zu wollen, absichtlich zurückfallen und sagte den beiden, sie sollten schon mal vorgehen. Ich brauchte etwas Zeit für mich.

Ich hatte mich Rory gegenüber scheußlich verhalten. Ein Teil von mir hatte instinktiv darauf reagiert, dass mir etwas verboten wurde – wodurch ich es natürlich erst recht tun wollte. Wie ein rebellischer Teenager. Und der andere Teil? Der wollte nicht zugeben, dass Rory womöglich doch recht hatte, und ich auf einen weiteren Auf- und Abstieg gut hätte verzichten können. Aber das gab mir trotzdem nicht das Recht, mich ihm gegenüber wie ein zickiges Biest zu verhalten und diesen Kuss ins Spiel zu bringen, an dem er offenbar immer noch zu knabbern hatte. Nach unserem Streit wegen des Zelts hatte ich mir geschworen, mich nicht mehr mit ihm anzulegen, aber irgendwie schien ich nicht anders zu können.

Als wir schließlich oben auf dem Ben Tianavaig ankamen, trat mein Streit mit Rory in den Hintergrund. Wir hatten bis jetzt schon einige Erhebungen von unterschiedlicher Höhe und unterschiedlichem Schwierigkeitsgrad bestiegen, doch das Gefühl, den letzten Schritt auf den Gipfel zu tun, nutzte sich einfach nicht ab. Und hier war es nicht anders.

Der Blick war unbeschreiblich. Man konnte nicht nur den Hafen von Portree, sondern die ganze Strecke bis zum Old Man of Storr und zum Trotternish Ridge sehen.

Schnell schoss ich ein paar Fotos – in dem Wissen, dass Rory mich wahrscheinlich dabei beobachtete und genervt die Augen verdrehte –, bis mir wieder einfiel, was er gesagt hatte, als wir den Adler beobachtet hatten. Ich ließ das Handy sinken und genoss einfach nur die Aussicht. Der Hafen lag idyllisch vor mir und erinnerte mich an das friedliche Gefühl, das ich verspürt hatte, als ich am ersten Abend auf die vor Anker liegenden Boote hinuntergeblickt hatte. Dahinter erstreckte sich der Trotternish Ridge, der sich wie das Rückgrat eines Stegosaurus in der diesigen Ferne verlor, und mittendrin der Old Man of Storr, eines der Wahrzeichen von Skye, der abseits der anderen Felsbrocken allein in die Höhe ragte.

Skye war einfach atemberaubend. Überall. Jedes Mal, wenn ich dachte, *das ist der spektakulärste Ausblick*, dann erreichten wir die Spitze einer anderen Erhebung mit einem noch viel spektakuläreren Ausblick.

Die anderen hatten sich zu einer Rast niedergelassen, aber ich blieb, wo ich war, und aktivierte die Aufnahmefunktion meines Handys. »Es tut mir leid, dass ich gesagt habe, ich würde den Skye Trail nicht mit dir wandern. Es ist das Härteste, was ich jemals gemacht habe, aber es ist die Anstrengung definitiv wert. Wenn du wieder gesund bist, gehen wir den Skye Trail zusammen. Versprochen.« Als ich daran dachte, wie Carrie ausgesehen hatte, als ich sie das letzte Mal besucht hatte, überlief mich ein kalter Schauer. »Du musst wieder gesund werden, Carrie. Bitte.«

Meine Stimme brach, und ich schniefte, um die Tränen zurückzuhalten. »Oh, Carrie«, murmelte ich, »ich habe mich Rory gegenüber unmöglich verhalten. Dabei möchte ich doch nur, dass er mich noch einmal küsst. Ich wünschte, du wärst hier und könntest mir sagen, was ich tun soll. Du findest immer die richtigen Worte.« Ich schluckte. »Ich … ich glaube, ich habe mich zu jemandem entwickelt, den du nicht besonders mögen würdest. Jedenfalls tut es mir leid … Es tut mir alles so unglaublich leid. Ich werde mich bei Rory entschuldigen, und ich werde mich von jetzt an bessern. Ich liebe dich, Carrie. Und ich vermisse dich so sehr.«

Schniefend beendete ich die Aufnahme. Als ich mir die Tränen weggewischt hatte, wandte ich mich von der Kante ab und … erstarrte. Rory stand keinen Meter von mir entfernt. Obwohl er seine Sonnenbrille aufhatte, spürte ich, dass er mich ansah.

Also, wenn ich mich entschuldigen wollte, konnte ich es genausogut jetzt tun. Ich holte tief Luft. »Rory, ich …«

»Wir müssen los«, unterbrach er mich und trat einen Schritt zurück, um mir den Vortritt zu lassen. Er war eindeutig nicht daran interessiert, was ich ihm zu sagen hatte. Und ganz ehrlich, wer konnte ihm das verdenken?

Die anderen hatten sich bereits an den Abstieg gemacht. Langsam folgte ich ihnen den Pfad hinunter, während ich immer wieder an Carrie dachte und daran, dass es meine Schuld war, dass sie nicht hier sein konnte. Oder an Rory, der vielleicht nie wieder mit mir reden würde. Ich war ein totaler Versager. Früher hatte ich mich für einen netten Menschen gehalten – einen guten Menschen –, aber jetzt? Ich wusste nicht mehr, wer ich war.

Meine Sicht trübte sich und verwandelte den steilen, felsigen Weg vor mir in graue Schlieren. Ich machte einen Schritt nach vorn …

… und mein Fuß knallte mit voller Wucht auf den Felsen unter mir, der weiter entfernt war, als es durch den Schleier meiner Tränen hindurch ausgesehen hatte.

Mein Knie knickte ein und es war, als hätte mir jemand ein glühendes Messer hineingestoßen. Ich schrie vor Schmerz auf, während ich zu Boden ging.

KAPITEL SECHZEHN

AMELIA

Eine Welle von Übelkeit rollte über mich hinweg, während ich noch ein Stück den Hang hinunterrutschte. Um mich nicht zu übergeben, biss ich die Zähne so fest zusammen, dass es knirschte.

Kurz darauf kam Rory schlitternd neben mir zum Stehen. »Amelia, alles in Ordnung?«, fragte er besorgt und kniete sich vor mich hin.

Rorys Gesicht verschwamm vor meinen Augen. Ich musste ein paarmal blinzeln, bis ich ihn wieder klar erkennen konnte. »Es tut so weh, Rory«, keuchte ich. »Mein Knie …«

»Nimm ihren Rucksack, Tommy.«

Tommys Hände glitten professionell über meinen Oberkörper und öffneten die Schließen der Tragegurte. Nachdem er mir den Rucksack von den Schultern genommen hatte, setzte er sich neben mich und legte mir den Arm um die Schultern.

Rory nahm meine Hand. »Tief durchatmen. Durch die Nase ein – und durch den Mund wieder aus.« Seine Stimme klang so ruhig und tröstlich, dass ich instinktiv gehorchte. »Gut. Und noch mal ganz langsam – genau so. Sieh mich an.«

Ich blinzelte ein paarmal und schaute ihm dann in die Augen, die nun von einem sanften Graugrün waren, wie das Meer während eines Regenschauers, und in denen keine Spur von Wut lag.

»Ich werde jetzt dein Knie untersuchen. Es wird wehtun, aber es geht nicht anders, okay?«

Ich nickte und stellte mich auf noch mehr Schmerzen ein.

»Hier, nimm meine Hand«, sagte Tommy.

Ich ließ Rory los und umklammerte dankbar Tommys Hand, während Rory meine Hosenbeine bis übers Knie aufrollte. *Wenigstens habe ich mir gestern Abend die Beine rasiert*, dachte ich, und versuchte das hysterische Kichern zu unterdrücken, das bei diesem Gedanken in mir aufstieg.

Rory untersuchte vorsichtig mein Knie, bewegte es hin und her, rauf und runter, von links nach rechts und wiederholte das Ganze beim anderen Knie, um einen Vergleich zu haben. Währenddessen erinnerte er mich immer wieder daran zu atmen. »Durch die Nase ein und durch den Mund wieder aus. Genau so. Das machst du großartig.«

Meine Hand schmerzte, weil ich Tommys Finger so fest umklammerte. »Tut mir leid«, stieß ich hervor, nachdem ich einmal besonders hart zugedrückt hatte.

Er schüttelte den Kopf. »Kein Problem, Liebes, drück so fest, wie du willst.«

Etwas Hartes, Metallisches wurde an meine Lippen gepresst. »Trink einen Schluck, nur einen kleinen«, sagte Rory und ich schluckte reflexartig. Die Flüssigkeit brannte ein bisschen und hinterließ einen rauchigen, keineswegs unangenehmen Nachgeschmack. Whisky. »Noch einen Schluck.«

Mir wurde ganz warm und der Schmerz ließ ein wenig nach. Ich öffnete die Augen, die ich bis jetzt fest zugekniffen hatte. Rory kniete mit einem silbernen Flachmann in der Hand vor mir und musterte mich besorgt. Das verhieß nichts Gutes.

»Was ist passiert?«, fragte er

Ich leckte mir über die Lippen und wischte mir die Tränen weg. »Ich … ich habe die Entfernung falsch eingeschätzt und bin mit dem Fuß gegen den Felsen geprallt. Dabei ist mein Knie weggeknickt. Es hat sich angefühlt, als würde mir jemand ein glühendes Messer hineinstoßen.«

Er nickte, nicht sonderlich überrascht. »Ich bin mir ziemlich sicher, dass du dir eins der Bänder im Knie gezerrt hast. Aber ohne MRT kann man das nicht mit Sicherheit sagen.« Er holte den Erste-Hilfe-Kasten aus seinem Rucksack. »Ich werde es jetzt verbinden.« Schnell und effizient wickelte er eine Elastikbinde um mein Knie, befestigte sie und rollte dann meine Hosenbeine wieder hinunter. »Nimm die hier.« Er ließ eine Tablette in meine Hand fallen.

»Was ist das?«

»Ibuprofen. Hier.« Er reichte mir eine halb volle Wasserflasche. »Sorry – das ist meine, aber es ist einfacher, als den Schlauch deines Trinkrucksacks zu benutzen.«

Ich schluckte die Tablette mit ein wenig Wasser hinunter und gab ihm die Flasche zurück. »Danke.«

»Mal sehen, ob du stehen kannst.« Er nickte Tommy zu, und gestützt von den beiden rappelte ich mich auf, das Gewicht auf dem linken Fuß.

»Kannst du den rechten Fuß ein bisschen belasten?«

Ich wappnete mich innerlich, setzte vorsichtig meinen rechten Fuß auf und verlagerte einen Teil meines Gewichts darauf. Sofort fuhr ein stechender Schmerz durch mein Knie, und wenn die beiden mich nicht gestützt hätten, wäre ich schon wieder hingefallen.

»Trekkingstöcke?«, sagte Tommy und Rory nickte.

Vorsichtig ließ Tommy mich los, um die Stöcke von meinem Rucksack zu lösen, während ich mich auf Rory stützte.

»Hier«, sagte Tommy und reichte mir den linken Trekkingstock, »halt dich dran fest und versuch's noch mal.«

»Gut so«, sagte Rory. »Und jetzt den rechten. Alles gut. Ich hab dich.«

Langsam nahm ich meine Hand von seiner Schulter, griff nach dem rechten Stock, den Tommy mir hinhielt, und grub ihn in den Boden.

»Sehr schön, Amelia«, lobte Rory. »Und jetzt probier mal, ob du auf beiden Füßen stehen kannst.«

Ich lehnte mich leicht nach vorne, stützte mich auf die Stöcke und setzte vorsichtig den rechten Fuß auf. Mein Knie schmerzte – heftig –, aber ich hielt mich aufrecht.

»Gut. Jetzt versuch mal, ein paar Schritte zu gehen, und benutz deine Trekkingstöcke dabei als Stütze.«

Ich schüttelte den Kopf. »Ich kann nicht.« Was, wenn ich wieder stürzte?

»Amelia, ich verspreche dir, dass ich aufpasse, dass du nicht fällst. Geh einfach, ganz locker.«

Seine Stärke gab mir Zuversicht, und zögernd machte ich erst einen Schritt mit dem linken, dann mit dem rechten Fuß. Es tat weh, aber ich schaffte es. Und noch ein Schritt. Erst links, dann rechts.

»Gut!«, rief er.

Ich warf ihm einen schnellen Blick zu. Er lächelte. Na gut, es war kein richtiges Lächeln – nicht mal ein Grinsen, nur ein leichtes Verziehen der Mundwinkel. Und dennoch. Man musste sich mal vorstellen, dass ich mir erst das Knie verletzen musste, damit das geschah. *Für ein richtiges Lächeln von ihm würde ich es glatt noch einmal tun.* Ich verlagerte ganz leicht das Gewicht, als mein Knie aufjaulte. *Okay, vielleicht doch nicht.*

Rory verstärkte seinen Griff, mit dem er mich die ganze Zeit festgehalten hatte, damit ich nicht hinfiel. »Alles gut?«

Ich nickte. »Lass es mich allein probieren.«

Zögernd ließ er mich los, und ich machte ein paar Schritte, bei denen ich mich schwer auf die Stöcke stützte. Mein Knie schmerzte, aber es ging.

»Das machst du super«, sagte er und drückte meine Schulter. »Kannst du deinen Rucksack tragen?«

»Ich glaube schon.«

Rory half mir, ihn aufzusetzen. Nachdem er die Gurte über meiner Brust und um meine Taille geschlossen hatte, ging ich vorsichtig ein paar Schritte. Das Gewicht des Rucksacks machte es etwas schwieriger, mich auszubalancieren, aber ich hielt mich aufrecht.

Rory setzte sich seinen eigenen Rucksack auf und nickte mir aufmunternd zu. »Okay, dann wollen wir mal sehen, dass wir dich diesen Hügel runterbringen.«

Der Boden war zunächst relativ eben und ich kam langsam, aber stetig voran. Doch dann erreichten wir einen etwas steileren Abhang. Als ich einen vorsichtigen Schritt machte, gab mein Knie wieder nach. »Shit!«, zischte ich, doch Rory hatte schon nach meinem Arm gegriffen und stützte mich. Ich versuchte noch einen Schritt, aber es ging nicht.

»Tommy!«, rief er.

Tommy, der schon ein Stück vorgelaufen war, um wieder an die Spitze der Gruppe zu kommen, drehte sich um und kam zu uns zurückgetrabt. »Kannst du ihren Rucksack und die Stöcke nehmen?«

»Na, klar.«

Nachdem er die Brust- und Taillenschließen geöffnet hatte, hob

Tommy den Rucksack von meinen Schultern und ließ ihn zu Boden gleiten. Er befestigte meine Stöcke darauf, schulterte ihn schwungvoll und marschierte davon, als würde er nicht das Geringste wiegen.

Ehe ich wusste, wie mir geschah, wurde ich hochgehoben. Rorys rechter Arm lag um meinen Rücken, sein linker Arm unter meinen Knien. Ich sah ihn mit offenem Mund an. »Was machst du da?«

»Dein Knie ist für den Abstieg nicht stabil genug.«

»Du … willst mich den Hügel hinuntertragen?«

»Yep«, sagte er sachlich.

»Mit deinem Rucksack auf dem Rücken?« Meiner wog bestimmt dreißig Pfund, wenn nicht mehr – und seiner war wesentlich voller.

»Yep.« Als Rory sich in Bewegung setzte, klammerte ich mich an ihm fest. Wenn er stolperte …

Er blieb stehen. »Amelia«, sagte er, und sein Atem strich dabei sanft über mein Ohr. »Du erwürgst mich. Entspann dich.«

»Aber wenn du das Gleichgewicht verlierst …«

»Ich werde nicht stürzen«, unterbrach er mich, »und ich werde dich auch nicht fallen lassen. Vertrau mir.«

Ich sah ihm in die Augen. Sein Blick war ruhig, fest und zuversichtlich. Ich lockerte meinen Mördergriff um seinen Hals und ließ mich mit meinem ganzen Gewicht gegen seine Brust sinken.

»Gut so. Entspann dich einfach.«

Er ging weiter. Die rhythmische Bewegung seiner Schritte war so einlullend, dass ich meinen Kopf an seine Schulter legte und die Augen schloss. Wenn ich nicht hinsah, gelang es mir vielleicht, nicht auszuflippen.

Da ich die Augen geschlossen hatte, waren all meine anderen

Sinne intensiviert. Irgendwo rechts von mir hörte ich einen Kuckuck rufen und im Hintergrund das regelmäßige Schaben von Rorys Rucksack, der beim Laufen hin- und herrutschte. Ich spürte seine starken Arme um meinen Rücken und unter meinen Knien, seinen gleichmäßigen Atem in meinem Gesicht. Ich roch den Zitrusduft seiner Seife, den Kaffee, den er zum Frühstück getrunken hatte, und seinen gar nicht so unangenehmen Schweißgeruch.

Plötzlich fing mein Körper an zu kippen. Ich schnappte erschrocken nach Luft, klammerte mich an Rorys Hals und riss die Augen auf.

»Alles gut«, sagte er. »Wir sind unten angekommen, und ich setze dich einfach nur ab.«

Wir waren schon unten? Ich blinzelte verwirrt und sah mich um. Wir befanden uns auf ebenem Boden. Rory führte mich zu einem Felsbrocken, auf den ich mich erleichtert sinken ließ. Tommy kam auf uns zu und stellte den Rucksack neben meine Füße.

Sofort scharten sich die anderen um uns und fragten besorgt, ob alles in Ordnung sei.

»Rory meint, dass ich mir ein Band im Knie gezerrt habe.« Während ich erzählte, was passiert war, entfernten sich Tommy und Rory ein paar Schritte, um sich zu beratschlagen. Ihre Stimmen waren zu leise, als dass ich sie hätte verstehen können.

»Oh, du Arme«, flüsterte Pat und nahm meine Hand. »Damit ist die Wanderung für dich wohl zu Ende.«

Die Wanderung zu Ende? Ich war die ganze Zeit so mit dem Schmerz beschäftigt gewesen –, und dann damit, zu beten, dass Rory mich nicht fallen ließ – dass ich gar nicht darüber nachgedacht hatte, was diese Verletzung bedeutete.

Nein. Das durfte nicht sein!

»Hey, Leute, verdrückt doch schon mal euer Mittagessen, während wir uns um Amelia kümmern«, sagte Rory. Nachdem die anderen sich zerstreut hatten, kniete er sich neben mich. »Ich werde Scarlet anrufen, damit sie dich abholt.«

»Nein!« Ich klammerte mich so fest an seinen Arm, dass sich seine Augen vor Überraschung weiteten. Ich hörte selbst, wie hysterisch ich klang, aber ich konnte nichts dagegen tun. Ich konnte den Trail nicht abbrechen. »Bitte ruf Scarlet nicht an. Ich kann jetzt nicht alles hinwerfen.«

»Was redest du da? Du musst zu einem Arzt, der sich dein Knie ansieht. Es tut mir leid, aber …«

»Ich muss diese Wanderung beenden!«

Mit traurigem Blick schüttelte er den Kopf. »Tut mir leid, Amelia, aber das kannst du nicht.«

Nein! Der ganze Kummer, die Schuldgefühle und der Selbsthass, die ich in den letzten drei Wochen in mich hineingefressen hatte, brachen sich jetzt Bahn, und ich begann hemmungslos zu schluchzen.

Rory drückte sanft meine Schulter. »Ich weiß, dass es wehtut, aber es wird besser werden, sobald du etwas Eis draufgelegt hast und dich ausruhen kannst.«

»Du verstehst das nicht! Ich muss die Wanderung beenden. Ich muss!« Ich schob ihn beiseite und stand taumelnd auf, weil ich ihm beweisen wollte, dass ich stehen konnte – doch wie um mich zu verhöhnen, gab mein Knie wieder nach und ich stürzte zu Boden.

KAPITEL SIEBZEHN

RORY

Das Geräusch, das Amelia von sich gab, als sie auf dem Boden aufschlug, war unbeschreiblich. Es war eine Mischung aus unglaublichem Schmerz und Wut und Trauer und ich weiß nicht, was noch allem, und es fuhr mir wie ein Messer in die Eingeweide. Es war noch schlimmer, als sie fallen zu sehen und nichts dagegen tun zu können.

Am liebsten hätte ich sie in die Arme geschlossen und ihr den Schmerz genommen.

Whoa, wo zum Teufel kam denn dieser Gedanke her?

Ich half ihr, sich mit dem Rücken gegen den Felsen zu lehnen und ihr Bein auf dem Rucksack hochzulegen. Ich aktivierte eine Instant-Kältekompresse und wickelte sie in ein Halstuch, bevor ich sie sanft auf ihr Knie legte. »Behalt sie so lange drauf, wie du es aushältst.«

Sie hielt das Kühlpack fest und sah mit rotgeränderten Augen und tränenüberströmtem Gesicht zu mir auf. »Rory, bitte, ich muss diese Wanderung beenden.«

»Amelia, das geht nicht. Du kannst unmöglich …«

»Bitte, du verstehst mich nicht!« Ein verzweifelter Ausdruck trat in ihre Augen. Sie nahm meine Hand. »Ich muss es tun, für Carrie! *Sie* hätte eigentlich hier draußen sein sollen, nicht ich. Und es ist meine Schuld, dass sie … Ich muss es für sie tun, weil sie sich mehr als alles andere gewünscht hat, den Skye Trail zu gehen, und wenn sie weiß, dass ich die Wanderung gemacht habe, wird sie vielleicht …«

Ihr versagte die Stimme und sie schüttelte den Kopf. Die Worte waren mehr oder weniger unzusammenhängend aus ihr herausgesprudelt, aber diese verzweifelte Hilflosigkeit war mir vertraut. Als ich ihre Hand drückte, schaute sie erschrocken auf, als hätte sie vergessen, dass ich da war. »Erzähl es mir.«

»Carrie ist meine beste Freundin, die Schwester, die ich nie hatte. Sie ist die Hikerin, ich bin das Beachgirl. Das hier sollte ihr Traumtrip werden – ein Geschenk ihrer Eltern zum Collegeabschluss – und ich wollte mich hinterher für eine Woche Sightseeing in Schottland mit ihr treffen. Sie hat seit Monaten von nichts anderem geredet. Und dann … wir waren in meinem Auto, haben uns über etwas Dummes gestritten, und ich habe sie angeschrien, was ich sonst nie tue, und dabei habe ich für einen Moment nicht auf die Straße geschaut. Nur für einen Moment …« Ihre Stimme brach. Sie ließ den Kopf sinken, und eine Locke fiel ihr ins Gesicht.

Ein Gefühl des Grauens machte sich wie ein Stein in meiner Magengrube bemerkbar. Wie ferngesteuert bewegte sich meine Hand und hob ihr Kinn. Tränen strömten ihr übers Gesicht, und sie sah so verdammt verloren aus. Ich strich ihr die Locke hinters Ohr.

»Was ist passiert, Amelia?«

Ihre Lippe zitterte. »Ich habe das Stoppschild nicht gesehen. Und der Lastwagen – er konnte nicht rechtzeitig ausweichen. Er ist genau auf der Beifahrerseite in den Wagen gekracht.«

Oh, nein. »Ist sie …?«

»Gebrochener Oberschenkel, gebrochene Rippen, gebrochener

Arm«, zählte sie auf. »Und sie liegt im K-koma. Sie wissen nicht, ob sie … Es war meine Schuld, und ich bin ohne einen Kratzer davongekommen. Und Carrie könnte …«

Sterben. Sie brauchte den Satz nicht zu beenden.

Plötzlich ergab alles einen Sinn – das ewige Fotografieren und die Videos, in denen sie »Ich liebe dich, und ich vermisse dich« ins Mikrofon gesprochen hatte. Das Telefonat, wo sie gesagt hatte, sie hätte dort sein sollen und nicht Tausende Meilen von zu Hause entfernt. Und ihr Drang, heute den Ben Tianavaig zu besteigen.

Amelia hatte es auf sich genommen, den Skye Trail anstelle ihrer Freundin zu wandern, obwohl sie so etwas noch nie zuvor getan hatte. Und ich hatte diese blöde Bemerkung wegen ihrer Knipserei gemacht. Ich hätte wissen müssen, dass mehr dahintersteckte.

Ich wusste, was Amelia fühlte – Schuld, Trauer, Sorge, Angst, Selbsthass – all das war mir so vertraut. Und es tat mir unendlich leid für sie.

»Ich dachte, wenn ich an ihrer Stelle an der Wanderung teilnehme und es für sie erlebe – eine Million Fotos mache und ihr alles haarklein beschreibe, dann würde ich es irgendwie schaffen, dass sie aufwacht. Wann immer es geht, rufe ich ihre Mutter an, und die hält Carrie dann das Telefon ans Ohr. Aber es hat nicht funktioniert. Mein Verstand sagt mir, dass ich sie nicht dazu bringen kann, aufzuwachen, und trotzdem …« Ihr versagte kurz die Stimme. »Und jetzt kann ich wegen meinem blöden Knie die Wanderung nicht zu Ende machen, kann nicht nach Hause fliegen und Carrie erzählen …«

»Ich helfe dir, sie zu beenden.« Die Worte waren mir rausgerutscht, bevor ich überhaupt darüber nachgedacht hatte – aber ich bereute sie nicht.

Amelia sah mich mit offenem Mund an. »Was?«, flüsterte sie. Ihr Blick schoss zu mir hoch, und das hoffnungsvolle Leuchten in ihren Augen wärmte mich innerlich und gab mir das Gefühl, das Richtige zu tun – etwas, das ich lange nicht mehr gespürt hatte. Vielleicht noch nie.

»Ich helfe dir, die Wanderung zu beenden«, wiederholte ich. »Das heißt, wenn du mir das zutraust.«

Sie runzelte die Stirn. »Warum sollte ich nicht.«

»Ich war diese Woche nicht gerade in Höchstform«, murmelte ich und spürte, wie mir die Hitze ins Gesicht stieg. Erst mein Ausraster gegenüber Tommy, dann der Albtraum, der Kuss. Und die Tatsache, dass ich sie ständig wegen Kleinigkeiten angefahren hatte. »Ich könnte dir jetzt wortreich erzählen, dass du bei mir sicher bist, dass ich verdammt gut bin in dem, was ich tue, und dass ich dich bis ans Ende des Trails bringen werde, egal, wie lange es dauert, aber …«

»Rory«, unterbrach sie mich, während sie ihre Finger mit meinen verflocht, »ich vertraue dir. Bitte zieh dein Angebot nicht zurück. Es würde mir alles bedeuten, wenn du mir helfen könntest, die Wanderung zu beenden.«

Ich forschte in ihrem Gesicht nach einer Spur von Unsicherheit. Wenn sie mir nicht vertraute, würde es nie im Leben funktionieren. Aber ihre Augen waren klar, ihr Blick fest auf mich gerichtet.

»Ich werde das Angebot nicht zurückziehen. Aber du musst meinen Anweisungen kommentarlos Folge leisten. Wenn ich sage, wir halten an, damit du dein Knie ausruhen kannst, dann halten wir auch an. Wenn ich sage, dass wir aus irgendeinem Grund nicht weitergehen können, oder weil deine Verletzung zu schwer ist, musst du das akzeptieren. Schaffst du es, zu tun, was ich dir sage, ohne einen Streit vom Zaun zu brechen?«

Sie wurde rot, ihre Lippen verzogen sich zu einem verlegenen Lächeln. »Ich kann dir nicht versprechen, dass ich mich vielleicht nicht doch ein ganz klein wenig mit dir streiten werde. Aber ich vertraue dir als Experte, und ich werde deine Anweisungen befolgen.«

»Das reicht mir.« Obwohl sie meinen Ausraster mitbekommen hatte und trotz des denkwürdigen Nachspiels meines Albtraums, vertraute sie mir. Vielleicht lag es daran, dass sie verzweifelt war, aber sie war eine intelligente Frau. Wenn sie befürchten würde, dass ich sie in Gefahr bringe, hätte sie mein Angebot abgelehnt.

Außerdem konnte ich nicht leugnen, dass ein kleiner Teil von mir sich darauf freute, mit ihr zu streiten. Ich war mir nicht sicher, was das über mich aussagte.

»Rory, kann ich dich mal kurz sprechen?« Tommy klang ganz anders als sonst. Er drehte sich um und entfernte sich ein paar Meter, doch sein Gesichtsausdruck war mir nicht entgangen. Den hatte ich schon sehr lange nicht mehr bei ihm gesehen.

»Ich bin gleich zurück. Du solltest was essen.«

»Mach ich.«

Ich stemmte mich hoch und ging zu Tommy.

Er kam sofort zur Sache. »Bist du verrückt? Sie kann kaum laufen. Wir können den Rest der zahlenden Kunden nicht bitten, sich im Schneckentempo fortzubewegen.«

»Das habe ich auch nicht vor.«

»Was dann?«

»Du wirst mit der Gruppe weitergehen, und ich bleibe bei Amelia und helfe ihr, den Rest der Strecke zurückzulegen.«

Für einen Moment klappte Tommy der Unterkiefer herunter, dann machte er den Mund wieder zu. »Du kennst Scarlets Regeln. Zwei Guides auf dem Skye Trail.«

»Ich weiß. Deswegen werde ich sie ja auch anrufen und sie bitten, meinen Platz einzunehmen.«

»Und wenn sie Nein sagt?«

»Dann kündige ich. Und dann muss sie sowieso kommen.«

Er starrte mich an. »Was zum Teufel ist mit dir los? Heute Morgen konntest du der Kleinen kaum in die Augen sehen, und jetzt riskierst du deinen verdammten Job, um ihr aus einer Laune heraus zu helfen?«

»Es ist mehr als das. Ihre beste Freundin – praktisch ihre Schwester –, die diese Wanderung eigentlich machen sollte, liegt wegen eines Unfalls im Koma. Und Amelia gibt sich die Schuld dafür.«

Tommy schloss kurz die Augen, und als er sie wieder öffnete, war seine Miene traurig und verständnisvoll.

»Sie hat diese verdammten Fotos für ihre Freundin gemacht, während ich die ganze Zeit dachte, sie wäre eine von diesen Social-Media-Süchtigen, die total davon besessen sind, wie viele Likes sie auf Instagram bekommen. Verstehst du jetzt, warum sie es zu Ende bringen muss – und warum ausgerechnet ich ihr dabei helfen muss?«

Er nickte. »Ja, natürlich. Aber …« Er brach ab, sah erst zu Boden und dann mit besorgtem Blick wieder auf. »Wirst du das schaffen? Ich weiß, es waren … ein paar harte Tage.«

In mir regte sich Ärger, der genauso schnell wieder verschwand, wie er gekommen war. Ich konnte Tommy nie böse sein, wenn er offen seine Meinung sagte – wir hatten schon zu viel zusammen durchgemacht.

»Aye, es waren ein paar harte Tage. Aber sie vertraut darauf, dass ich den Trail mit ihr bis zum Ende gehe. Ich muss es tun, ebenso sehr wie Amelia – vielleicht sogar noch mehr. Das verstehst du doch, oder?«

»Ja, das tue ich«, sagte er. »Aber sei bitte vorsichtig dort draußen. Okay?«

»Immer.«

Und damit war unsere Auseinandersetzung auch schon beendet.

Ich nahm mein Handy und entfernte mich ein Stück von der Gruppe, weil ich nicht wollte, dass jemand etwas von meinem Telefonat mit Scarlet mitbekam, das mit Sicherheit recht unschön werden würde. Da wir in der Nähe des Ortes waren, hatte ich zumindest eine anständige Handyverbindung.

Sie ging beim ersten Klingeln ran. »Rory, was ist los? Wo bist du?«

»Camustianavaig. Amelia hat sich am Knie verletzt.«

»Was ist passiert?«

»Sie hat sich beim Abstieg vom Ben Tianavaig den Fuß vertreten. Ich bin mir ziemlich sicher, dass sie sich etwas gezerrt hat.«

»Mist. Okay, ich setz mich gleich in den Van und bin in …«

»Warte, Scarlet. Ich muss dich um einen Gefallen bitten.«

»Das kannst du tun, während ich fahre. Ich möchte die Gruppe nicht länger aufhalten als unbedingt nötig.«

»Du musst mir erst zuhören.«

»Dann fass dich kurz«, sagte sie.

Ich wusste, dass ihr barscher Ton sich nicht gegen mich richtete – noch nicht. Es lag daran, dass sie sehr stolz darauf war, dass ihre Kunden die jeweilige Wanderung zu fünfundneunzig Prozent ohne irgendwelche Zwischenfälle hinter sich brachten.

»Du musst als Guide für mich einspringen.« Stille. Hastig redete ich weiter. »Amelia ist entschlossen, die Wanderung zu beenden, und ich werde ihr dabei helfen.«

»Willst du mich auf den Arm nehmen?«

»Nein. Hör mal, sie hat ihre Gründe dafür …«

»Sutherland, ihre Gründe sind mir sowas von egal. Und ich bin ehrlich gesagt überrascht, dass du überhaupt auf die Idee kommst, so etwas vorzuschlagen. Und das nach allem, was mit Emma passiert ist.«

Ich war froh, dass sie nicht sehen konnte, wie ich rot wurde. »Ich bin nicht … darum geht es doch gar nicht.«

»Nicht? Und warum verschwendest du dann verdammt noch mal meine Zeit mit so etwas?«

»Weil ich genau weiß, was sie durchmacht!« Ich erzählte ihr, was Amelia mir über Carrie anvertraut hatte. »Die Hilflosigkeit, die Schuld – ich weiß, was in ihr vorgeht, und ich muss ihr helfen, Scar.«

Scarlet wusste von meiner Vergangenheit. Ich hätte nicht guten Gewissens bei ihr anfangen können, ohne ihr davon zu erzählen. Sie hatte mir eine ziemlich heftige Probezeit aufgebrummt und mich über einen Zeitraum von mehreren Monaten auf dem Skye Trail und auf anderen Wanderstrecken eingehend beobachtet, bevor sie mich offiziell eingestellt hatte. Aber seit dem Tag, an dem ich ihr davon erzählt hatte, war das Thema nie wieder zur Sprache gekommen.

Weiter Schweigen. Dann: »Und wenn ich Nein sage?«

»Dann schmeiße ich das Handtuch, und dir bleibt gar keine andere Wahl. Aber ich will nicht, dass es so weit kommt. Das bist du mir schuldig, Scarlet. In den letzten drei Jahren habe ich für *Scotland By Foot* alles gegeben, bin bei mehr als einer Wanderung von einer Sekunde auf die andere eingesprungen, ohne zu zögern. Und ich habe dich im Gegenzug nie um etwas gebeten. Dafür bitte ich dich jetzt.«

»Du bringst mich damit in eine furchtbare Situation, Rory. Du weißt, dass ich in den letzten Monaten Mühe hatte, die Koordination der Wandertouren und die Verwaltung der Buchungen unter einen Hut zu bekommen. Ich kann nicht so einfach alles stehen und liegen lassen und selbst eine Gruppe übernehmen.«

»Ich weiß, und es tut mir leid.«

Sie seufzte. »Okay. Ich brauche ungefähr eine Stunde, um meine Ausrüstung zusammenzupacken und ein paar Sachen zu regeln. Danach fahre ich nach Broadford und lasse den Van am Ende der Strecke stehen. Eddie soll mich dann nach Sligachan zurückfahren. Dort stoße ich so schnell ich kann irgendwo zur Gruppe. Aber Rory, wie wollt ihr das schaffen, wenn Amelia verletzt ist?«

»Wir lassen es so langsam angehen wie nötig und schlagen unser Lager auf, wenn sie nicht mehr weiterlaufen kann. Heute Abend werden wir in der Nähe von Camustianavaig zelten, damit sie ihr Knie ausruhen kann, und morgen früh brechen wir wieder auf.

»Für morgen ist Regen angesagt, also pass auf, wenn ihr die Flüsse vor Sligachan durchquert, ja?«

»Mach ich.«

»Und verhalt dich nicht noch dümmer, als du es jetzt schon tust. Wenn du Hilfe brauchst, ruf mich an.«

»Das mache ich, versprochen.«

»Oh, und Rory?«

»Ja?«

»Wenn diese Sache schlecht ausgeht, setzt du damit nicht nur *Scotland By Foot*, sondern auch meine Karriere aufs Spiel. Ich stimme dieser Aktion nur zu, weil ich deinem Urteil vertraue. Lass es mich nicht bereuen, dass ich dir vertraut habe, und bitte mich nie wieder, so etwas zu tun. Nächstes Mal akzeptiere ich deine Kündigung.« Sie unterbrach die Verbindung, bevor ich etwas erwidern konnte.

Seufzend steckte ich mein Handy in die Tasche und ging langsam zurück zur Gruppe. Ich hatte das Gefühl, als wäre ich gerade zum Rektor zitiert worden.

Tommy kam mir auf halbem Weg entgegen. »Na, hast du noch einen Job?«, fragte er in lockerem Ton, aber mit besorgtem Blick.

»Fürs Erste. Scarlet war nicht gerade erfreut, aber sie hat sich bereit erklärt, für mich einzuspringen.«

Tommys Grinsen war die Erleichterung deutlich anzusehen. »Wie hast du das denn geschafft? Allein für den Vorschlag hätte sie mir einen Tritt in den Hintern verpasst.«

»Oh, ich steh auf der Abschussliste, glaub mir. Hör mal, sie möchte, dass du dich mit der Gruppe wieder auf den Weg machst. Sie lässt den Van in Broadford stehen und stößt dann auf dem Weg nach Sligachan zu euch.«

Wir gingen hinüber zur Gruppe, um ihnen die Neuigkeiten mitzuteilen. Ich weiß, dass sie überrascht waren, dass wir es überhaupt in Betracht zogen, Amelia weitermachen zu lassen, zumal ich sie dabei unterstützen würde, aber niemand sagte etwas … zumindest nicht zu mir.

Nachdem wir alles geklärt hatten, kehrte ich zu Amelia zurück. »Bist du dir ganz sicher, dass du weitergehen willst? Noch hast du Zeit, deine Meinung zu ändern – ich kann Scarlet zurückpfeifen und sie bitten, dich hier abzuholen.«

»Ich bin mir sicher – wenn du dir sicher bist.«

»Dann lass es uns in Angriff nehmen.«

Tommy kam zu uns herüber und reichte mir zwei Treibstoffbehälter für den Campingkocher. »Nimm die, falls ihr öfter als geplant wild campen müsst. Scarlet wird Nachschub dabeihaben.«

»Danke.« Ich stellte sie neben meinem Rucksack auf den Boden. Wir entfernten uns ein Stück, damit Amelia und die anderen sich in Ruhe unterhalten konnten.

»Habt ihr genug zu essen und Chlortabletten fürs Wasser?«, fragte Tommy.

Ich nickte.

»Und du hast deine Karte dabei?«

Genervt verdrehte ich die Augen. »Natürlich. Du weißt schon, dass ich den Weg kenne, oder? Ich mach das hier nicht zum ersten Mal. Es wird alles gutgehen.«

»Ich weiß. Aber … spiel nicht den Helden, ja? Sei vorsichtig, vor allem wenn es Probleme mit dem Wetter gibt. Nach dem Hotel in Sligachan gibt es bis zur Schutzhütte in Camasunary keine Unterkunft mehr. Wenn es länger regnet, schwellen die Bäche an, und dann wird es für Amelia schwierig werden, sie zu durchqueren. Und wenn es richtig schüttet, wird auf dem Klippenpfad nach Elgol sicher wieder Erde weggeschwemmt. Dann musst du …«

»Tommy, ich weiß. Glaub mir, ich werde Amelia nicht in Gefahr bringen. Wenn es zu schlimm wird, werde ich ihr vorschlagen, das Ganze abzubrechen.« Obwohl sie meinen Rat wahrscheinlich nicht befolgen würde.

»Und bring dich selbst auch nicht in Gefahr.«

»Tommy.«

»Ich weiß, ich klinge wie eine Mutterglucke. Ich bin sicher, du kriegst das hin. Du wirst diese Lady sicher und erfolgreich bis zum Ende des berüchtigten Skye Trails geleiten und währenddessen ihr Herz erobern«, fügte er mit einem Grinsen hinzu.

Was? »Was sollte das denn jetzt?«

»Sei einfach offen für alles, mehr wollte ich damit gar nicht sagen.«

Unwillkürlich schoss mir ein Bild von Amelia und mir durch den Kopf, wie wir … *Nein, an so was durfte ich auf keinen Fall denken.*

»Geht's noch, du Spinner?«, murmelte ich mit glühendem Gesicht.

Wir kehrten zu den anderen zurück, die sich gerade von Amelia verabschiedeten. Schwer auf einen ihrer Stöcke gestützt und den Mund vor Schmerz fest zusammengepresst, umarmte sie alle. Dann wandte sie sich an Tommy.

»Danke für alles«, sagte sie.

Er nahm sie in den Arm und flüsterte ihr etwas ins Ohr, woraufhin sie die Augen aufriss und ihr Gesicht rot anlief. *Was hatte er zu ihr gesagt?* Dann küsste er sie auf die Wange und trat einen Schritt zurück. »Pass auf diesen Typen auf, okay?«

»Ich bin mir relativ sicher, dass es eher andersrum sein wird.« Sie warf mir einen Blick zu. »Wie du gesehen hast, bin ich ziemlich hilflos.«

»Sag das nicht, Kleine. Du bist nicht hilflos, du bist nur verletzt. Das kann jedem passieren.«

Als Nächstes wandte Tommy sich mir zu. Er umarmte mich ungestüm, wuschelte mir durchs Haar, als wären wir wieder Kinder, und grinste, als ich versuchte, es glattzustreichen. »Wenn du irgendwas brauchst, rufst du an, okay? Und sei bitte vorsichtig da draußen.«

»Mach ich. Keine Sorge.«

Tommy blickte mich forschend an. »Ich mache mir aber Sorgen um dich, Rory.« Er legte den Arm um meine Schulter und sah Amelia an. »Seid nett zueinander, das gilt für euch beide, ja? Also, dann, wir sehen uns an der Ziellinie.«

Er schulterte seinen Rucksack und trabte mit den anderen davon. An der Straße drehte er sich noch einmal um und winkte uns zum Abschied zu. Schweigend schauten wir ihnen hinterher, bis sie außer Sicht waren.

Und dann war ich allein mit Amelia. Allein mit der Frau, mit der ich mich seit dem ersten Tag in die Haare kriegte. Die ich geküsst hatte, als ich aus einem Albtraum aufgewacht war, und die ich seitdem ständig wieder küssen wollte. Und die darauf bestand, trotz ihres verletzten Knies den Skye Trail bis zum Ende zu laufen.

Anscheinend war ich im Begriff, den zweitgrößten Fehler meines Lebens zu begehen.

KAPITEL ACHTZEHN

AMELIA

Ich sah zu, wie die Gruppe aus unserem Blickfeld verschwand, und wischte mir ein paar Tränen aus den Augen. Es hatte mir vor Rührung die Sprache verschlagen, als ich mich von den anderen verabschiedet hatte. Besonders Molly, Megan, Pat und Linda waren mir in den wenigen Tagen, die ich sie jetzt kannte, richtig ans Herz gewachsen. Ob ich sie jemals wiedersehen würde? Wahrscheinlich nicht – denn sie lebten alle in Großbritannien, und auch wenn wir uns versprochen hatten, per E-Mail in Kontakt zu bleiben, war es doch nicht dasselbe. Aber Megans Abschiedsworte »Hab Spaß, nutz die Zeit allein mit Rory und mach nichts, was wir nicht auch tun würden«, hatten mich trotz meiner Tränen zum Lachen gebracht.

Erschöpft ließ ich mich zurück auf den Felsen sinken. Ich war froh, meinen Fuß nicht länger belasten zu müssen. Plötzlich fürchtete ich mich vor dem Rest des Tages.

Wie sollte ich nur den Rest der Wanderung schaffen, wenn ich kaum laufen konnte? Ganz zu schweigen von Rorys posttraumatischer Belastungsstörung – oder was auch immer der Grund dafür war, dass er gegenüber seinem besten Freund ausgerastet war und furchtbare Albträume hatte.

War ich verrückt geworden, auch nur in Erwägung zu ziehen, mit Rory, der womöglich labil war, allein zu wandern?

Nein. Er war nicht labil. Sonst würde er nicht für *Scotland By Foot* arbeiten. Scarlet schien eine zu gute Geschäftsfrau zu sein, als dass sie einen Guide beschäftigen würde, der eine Gefahr für die Kunden darstellte. Und Tommy hätte ihn nicht mit mir zurückgelassen. Wenn ich eins über Rory wusste, dann, dass Tommy ihn wie einen Bruder liebte und ihm sein Leben anvertraut hätte. Das war offensichtlich, auch wenn ich die beiden erst seit ein paar Tagen kannte.

Ich fragte mich zum inzwischen bestimmt hundertsten Mal, warum Rory angeboten hatte, mir zu helfen, obwohl wir es kaum schafften, zwei Minuten zivilisiert miteinander umzugehen. Hatte es etwas mit dem zu tun, was ich ihm über Carrie erzählt hatte? Oder war es etwas völlig anderes?

Tommy war davon überzeugt, dass ich auf Rory stand – und er auf mich. *»Wenn sich diesmal die Gelegenheit bietet, ihn zu küssen, dann nutze sie. Während ihr beide wach seid«*, hatte er mir ins Ohr geflüstert, als er mich zum Abschied umarmte. Ich hätte damit rechnen müssen, dass Rory seinem Freund erzählen würde, was neulich Nacht passiert war, aber ich hätte nicht gedacht, dass Tommy etwas von meinen widersprüchlichen Gefühlen für Rory mitbekommen hatte, oder das mit uns sogar für eine gute Idee hielt.

Was es nicht war. Definitiv nicht. Und außerdem stand das nach all dem, was ich ihm an den Kopf geknallt hatte, wahrscheinlich sowieso nicht mehr zur Debatte.

»Meinst du, du kannst ein kurzes Stück laufen?«, fragte Rory. »Nur bis ans andere Ende des Ortes. Den Nachmittag nehmen wir uns frei, damit du dein Knie ausruhen kannst, und morgen früh brechen wir dann wieder auf.«

Ich war erleichtert, aber auch überrascht. Er war bereit, Stunden wertvoller Wanderzeit zu verschenken? »Bist du sicher? Ich meine, es ist erst Mittag …«

Er verdrehte die Augen. »Der Geruch von Tommys Socken hängt noch in der Luft und du willst dich schon wieder mit mir streiten?«

Ich schnaubte vor Lachen – und wurde dafür mit einem Grinsen belohnt. Seine Augen funkelten, und auf seiner rechten Wange bildete sich ein Grübchen, das ich noch nie gesehen hatte. Aber er hatte bis jetzt auch noch nie so breit gegrinst. Es war wie ein Sonnenstrahl, der durch eine dunkle Wolke fällt, und mein Herz setzte einen Schlag aus.

Das Warten hatte sich gelohnt.

»Du solltest öfter lächeln«, platzte ich heraus und wünschte sofort, ich hätte den Mund gehalten, denn das Lächeln verschwand so schnell aus seinem Gesicht, als hätte man einen Schalter umgelegt.

»Das überlasse ich Tommy«, witzelte er, aber der Moment war vorbei. Er schnappte sich meinen Rucksack. »Lass uns rüber zur Bucht laufen, damit wir dort unsere Zelte aufbauen können. Wir lassen es langsam angehen.«

Unsere Unterhaltung war definitiv beendet. Warum konnte ich nicht einfach mal den Mund halten? Ich stemmte mich vorsichtig hoch und balancierte mein Gewicht auf dem linken Fuß. Dann drehte ich mich um, damit er mir den Rucksack aufsetzen konnte, und schnappte mir meine Trekkingstöcke. »Bereit, wenn Ihr es seid.« Große Worte, wenn man bedachte, dass ich nicht mal ohne Hilfe stehen konnte.

Rory ruckelte sich seinen eigenen Rucksack auf den Rücken. »Okay, lass uns gehen.« Er wechselte auf meine rechte Seite und nahm meinen Arm.

Ich öffnete den Mund, um zu protestieren, aber sein Blick ließ mich verstummen. Das würden ein paar sehr lange Tage werden.

***

Wir kamen nur langsam voran. Letzten Endes war ich doch dankbar für Rorys Unterstützung, denn mein Knie pochte und war ziemlich wackelig. Nur seine schnellen Reflexe und sein starker Unterarm bewahrten mich bei mehr als einer Gelegenheit vor einem Sturz. Und das auf einer asphaltierten Straße – ich wollte gar nicht wissen, wie das erst werden würde, wenn wir in freiem Gelände waren.

Zum Glück sagte Rory nichts, als ich meine Tränen der Wut und Frustration nicht länger zurückhalten konnte. Wortlos reichte er mir ein Taschentuch, damit ich mir die Augen wischen konnte. Im Grunde genommen wechselten wir auch sonst kaum ein Wort miteinander, außer wenn er sagte, ich solle beim Gehen aufpassen, oder er mich zum tausendsten Mal fragte, ob alles okay sei, wenn ich wieder einmal fast hingefallen wäre.

Warum hatte ich bloß die Bemerkung über sein Lächeln gemacht? Wir waren tatsächlich mal fünf Minuten miteinander ausgekommen, und jetzt diese angespannte Stille zwischen uns.

Das Ganze war eine Schnapsidee. Doch dann dachte ich wieder an Carrie, so blass und schmal in ihrem Krankenhausbett, das Bein im Streckverband, ihr rechter Arm in Gips, der Kopf bandagiert, und an so viele Maschinen angeschlossen, dass man den Menschen darunter kaum noch erkennen konnte.

Alles meinetwegen.

Und auf einmal war es ganz egal, ob Rory und ich den Rest der Wanderung in völligem Schweigen und ohne Blickkontakt verbrachten. Ich war nur aus einem einzigen Grund hier, und nicht, um mich mit jemandem anzufreunden oder Smalltalk mit meinem wortkargen Guide zu machen.

Ich wollte diese Tour bis zum Ende gehen, damit Carrie aufwachte. Ich musste daran glauben, dass es möglich war. Denn die Alternative war undenkbar.

Als wir schließlich Camustianavaig erreichten, sah ich mich verwirrt um. Der Ort war winzig, und ich konnte kein einziges B & B oder Hostel entdecken, nur einen kleinen Gemischtwarenladen. »Wo übernachten wir denn heute?«

»Wir zelten am Strand.«

»Oh.« Ich wollte nicht protestieren oder wieder einen Streit vom Zaun brechen, aber am Strand zelten? Mit meinem Knie?

Er sah mich mitleidig an. »In Camustianavaig gibt es keine B & Bs oder Hostels, und bis zum nächsten Ort ist es zu weit. Du musst so schnell wie möglich dein Bein entlasten. Das klappt schon, ich versprech's dir.«

»Na gut.« Ich würde ihm in dieser Hinsicht vertrauen müssen, wie auch in jeder anderen Hinsicht. Aber es würde auf jeden Fall ätzend werden.

Wir durchquerten das Dorf und kamen wenig später an einem mit Steinen übersäten Strand wieder heraus. Das wacklige Laufen auf den kleinen Kieseln tat höllisch weh. Aber ich biss die Zähne zusammen und zwang mich, nicht zu fragen, wann wir endlich anhalten würden. Ich musste stark sein – wenn ich das hier nicht schaffte, würde Rory mich nie im Leben den Rest der Wanderung machen lassen.

Etwas abseits und außer Sichtweite des Dorfes hielten wir an einer Stelle, die nicht allzu steinig war und an der wir größtenteils vor dem Wind geschützt waren. Rory half mir zu einem großen Stein, auf den ich mich vorsichtig setzte. Nachdem ich meinen Rucksack auf dem Boden abgestellt hatte, löste Rory das Zelt und begann, es aufzubauen.

»Kann ich dir helfen?«, fragte ich und zuckte im gleichen Moment zusammen. Ich musste wieder daran denken, was beim letzten Mal passiert war, als ich versucht hatte, mein Zelt aufzubauen.

Als Rory mir einen Blick zuwarf, blitzte etwas in seinen Augen auf – handelte es sich dabei etwa um Humor? »Ich hab das im Griff.«

»Schon gut. Ich bleibe einfach hier sitzen und überwache das Ganze«, sagte ich. Um seine Mundwinkel zuckte es. Okay, vielleicht würde es ja doch nicht so schrecklich werden.

Ich sah zu, wie er schnell und mühelos die Zeltstangen durch die Nylonlaschen steckte und es dann aufrichtete. Anschließend rollte er auch noch meinen Schlafsack und die Isomatte aus.

»Warum gehst du nicht ins Zelt und legst das Bein eine Weile hoch?«

»Okay«, sagte ich.

Er hob eine Braue. »Du willst dich nicht mit mir streiten?«

»Nö. Ich bin müde und habe wunde Füße, und hinlegen klingt im Moment einfach nur wundervoll.«

Er wirkte ein wenig enttäuscht, fast als hätte er auf eine Auseinandersetzung gehofft. Aber er sagte nichts, sondern nahm nur meinen Arm und half mir, ins Zelt zu kommen. Nachdem er meinen Rucksack geholt und neben meinen Füßen abgestellt hatte, streifte er mir Stiefel und Socken ab. Ich zog mir mein Fleece über den Kopf und faltete es zu einem Kissen zusammen, zupfte mein T-Shirt zurecht und ließ mich zurücksinken, während Rory vorsichtig den Rucksack unter mein Bein schob. »Brauchst du noch irgendwas?«

»Nein, danke.«

Er nickte, schlüpfte nach draußen und zog den Reißverschluss der Zeltklappe ein Stück zu. Dankbar für die Gelegenheit, mich auszuruhen, schloss ich die Augen.

***

Die Luft im Inneren des Wagens war vor Spannung regelrecht aufgeladen.

»Ich glaub das einfach nicht«, sagte Carrie. »Ich bitte dich schon seit Jahren, mit mir wandern zu gehen, und immer hast du Nein gesagt. Du wolltest diesen Teil meines Lebens nie mit mir teilen. Und obwohl ich enttäuscht war, habe ich es klaglos hingenommen, weil du meine beste Freundin bist und ich dich liebe. Wir müssen schließlich nicht dieselben Interessen haben. Aber dass du plötzlich einem Typen zuliebe wandern gehst? Das ist mies, Amelia, richtig mies.« Sie ließ sich in den Sitz zurücksinken und verschränkte die Arme vor der Brust.

Ein heftiges Schuldgefühl durchzuckte mich, aber ich drängte es zurück. Adam war seit langer Zeit der erste Mann, an dem ich Interesse hatte, und obwohl ich dem Wandern nach wie vor nichts abgewinnen konnte, hatte ich nicht ablehnen wollen, als er mich auf eine Hiking-Tour eingeladen hatte.

»Weißt du was, Carrie? Du solltest aufhören, dich deswegen wie ein gottverdammtes Kleinkind zu benehmen. Es geht nicht immer nur um dich!«

Sie murmelte etwas vor sich hin, das so klang wie …

Ich drehte mich zu ihr und starrte sie an. »Hast du mich gerade Bitch genannt?«

Sie riss die Augen auf und stützte sich mit beiden Händen auf dem Armaturenbrett ab. »Achtung, Stoppschild!«

Was? Ich fuhr herum und trat mit voller Wucht auf die Bremse, aber ich wusste, dass ich nicht mehr rechtzeitig anhalten konnte.

Lautes Hupen ertönte, zur Rechten blitzte etwas auf und Carrie schrie … dann der Aufprall, splitterndes Glas, das Knirschen von Metall, und der Wagen, der sich überschlug.

Und Carrie hatte aufgehört zu schreien.

Keuchend öffnete ich die Augen und starrte die gewölbte Decke des Zelts an, während ich versuchte, meinen rasenden Herzschlag zu beruhigen. Auch wenn ich nicht zum ersten Mal von dem Unfall träumte, wurde es nicht leichter, damit klarzukommen. Ich holte zitternd Luft und wischte mir die Tränen aus dem Gesicht.

Bei der Erinnerung an Rorys Albtraum – und wie er daraus erwacht war – ertappte ich mich dabei, wie ich mir wünschte, er wäre da gewesen, als ich aus meinem erwachte.

Es dauerte noch eine Weile, bis mein Atem sich endlich beruhigt hatte. Allerdings spürte ich jetzt mein Knie, das inzwischen stark angeschwollen war, umso deutlicher. Es fühlte sich an, als würde es von einer riesigen Hand zusammengequetscht.

Ich setzte mich auf, um mir bequemere Shorts zu angeln, aber ich konnte mein Bein nicht bewegen. Vorsichtig hob ich es mit beiden Händen vom Rucksack. Dabei musste ich die Zähne fest zusammenbeißen, um nicht laut aufzuschreien.

Nachdem ich ein paarmal tief durchgeatmet hatte, zog ich eine Shorts von ganz unten hervor. Dann öffnete ich meine Hose und fing an, sie herunterzuschieben. Doch als ich versuchte, mich hochzustemmen, um sie über den Hintern zu bekommen, rutschte ich mit dem Knie weg, und mir entfuhr ein lauter Schmerzensschrei.

Nicht mal zwei Sekunden später wurde der Reißverschluss

aufgezogen. »Amelia, bist du …?« Rorys Augen weiteten sich vor Schreck und er brach mitten im Satz ab. Er trug Laufshorts und ein T-Shirt mit herausgetrennten Ärmeln – und er sah echt heiß aus. Ich brauchte einen Moment, bis ich kapierte, warum er mich so anstarrte.

Scheiße. Die Hose war halb über meinen Hintern gezogen und das T-Shirt nicht lang genug, um meine Unterwäsche zu verbergen. Während ich hektisch – und absurderweise – versuchte, mich daran zu erinnern, welche Unterwäsche ich heute Morgen angezogen hatte, und dabei nach meinem Fleece griff, um mich zu bedecken, verdrehte ich mir wieder das Knie. »Mist!«

Rory kniete sich hin und legte seine Hand auf meine. »Amelia, lass mich dir helfen.«

Mir helfen, meine Hose auszuziehen?

»Aye, ich werde dir helfen, deine Hose auszuziehen«, sagte er mit einer Stimme, die keinen Widerspruch duldete.

Mein Gesicht brannte wie Feuer und ich schloss die Augen. Ich hatte nicht gemerkt, dass ich die Worte laut ausgesprochen hatte.

»Amelia«, sagte Rory mit ruhiger Stimme, und ich öffnete die Augen. »Ich habe mich in Gegenwart einer verletzten Frau in Unterwäsche durchaus im Griff, wenn es das ist, was dir Sorgen macht.«

Um ehrlich zu sein, machte ich mir mehr Sorgen, wie *ich* auf seine Hände auf meinem Körper reagieren würde, doch ich nickte nur.

Er legte einen Arm um meine Taille, den anderen schob er vorsichtig unter meine Knie, bevor er mich ein Stück hochhob, damit ich mir die Hose über den Hintern ziehen konnte. Nachdem er mich wieder abgesetzt hatte, hakte er die Finger in den Hosenbund und zog die Hose über meine Oberschenkel. Dabei sah er mich die ganze Zeit an.

Der Blick aus seinen Augen, die von einem intensiven Grün waren, durchbohrte mich wie ein Laserstrahl – und entzündete ein heißeres Feuer in meinem Körper, als wenn er auf meinen Schritt gestarrt hätte. Mein Atem ging schneller, und ich spürte, wie mein Herz wild klopfte. Es war wahrscheinlich der erotischste Moment meines Lebens.

Oh, oh – das war nicht gut!

Wo ist das Problem?, hörte ich Carries Stimme in meinem Kopf. Was natürlich nicht sehr hilfreich war.

»Shit«, murmelte er und schaute endlich weg. Als mein Knie freilag, fluchte er wieder – genau wie ich. Es war nämlich mächtig geschwollen.

Von einer Sekunde zur anderen schaltete Rory auf die professionelle Ebene um, streifte mir rasch die Hose ab und zog mir die Shorts an. Nachdem er die elastische Binde von meinem Knie entfernt hatte, hob er mich hoch und trug mich geduckt aus dem Zelt. Die Sonne stand noch hoch am Himmel, ich konnte also nicht allzu lange geschlafen haben.

Ich hatte angenommen, er würde mich auf einem Felsen absetzen und sich um mein Knie kümmern, aber er ging einfach weiter.

»Äh, wo willst du denn hin?«

»Wir müssen dafür sorgen, dass die Schwellung zurückgeht, und ich habe kein Kühlpack mehr.«

Dafür sorgen, dass die Schwellung zurückgeht? Wie wollte er denn … In der Hoffnung, dass ich falsch lag, warf ich einen Blick zur Seite. Nein, ich hatte mich nicht geirrt, wir hielten genau aufs Wasser zu. Auf das *eiskalte* Wasser.

Ich drehte mich wieder zu ihm und grub meine Finger in seine Schulter. »Rory, das Wasser ist saukalt!«

»Aye, ich weiß. Darum hilft es ja auch gegen die Schwellung.«

Ich wusste, dass er recht hatte, aber trotzdem. »Na gut, lass mich runter. Ich laufe den Rest.«

»Nicht mit dem Knie.«

»Rory …«

»Erinnerst du dich daran, dass du dich bereit erklärt hast, meinen Anweisungen zu folgen?«

»Erinnerst *du* dich daran, dass ich gesagt habe, ich könne dir nicht versprechen, mich nicht mit dir anzulegen?« Ich begann, mich hin- und herzuwinden, aber es half nichts.

»Reiß dich zusammen! Es ist doch bloß Wasser.« Ein Glitzern stahl sich in seine Augen, und ich wusste auf einmal, was er vorhatte.

»Wag es nicht, du …«

Meine Schimpftirade wurde abrupt unterbrochen, als er sich hinabbeugte und mich in das eisige schottische Wasser tauchte.

Kalt. Es war so kalt. Ich schnappte nach Luft wie ein Fisch an Land. Verzweifelt klammerte ich mich an Rorys Hals und versuchte, an ihm hochzuklettern, um aus dem Wasser zu kommen.

»Was machst du denn da, du … du …?«, stammelte ich, weil mir keine angemessene Beleidigung einfiel.

»Du brauchtest dringend eine Abkühlung.«

»Was?«, kreischte ich. »*Ich* brauchte eine Abkühlung? Und was ist mit dir? Ich hab doch deinen Blick gesehen, als du mir die Hose ausgezogen hast, du …«

Er zog mich noch enger an sich, die einzige Vorwarnung, bevor er uns beide bis zum Hals ins Wasser tauchte.

»Ich kann nicht fassen, dass du das gerade getan hast«, keuchte ich, als ich wieder sprechen konnte.

»Ich brauchte auch eine Abkühlung.«

Erstaunt über sein Eingeständnis, starrte ich ihn an. Er erwiderte meinen Blick eine ganze Weile, bevor er wegsah. Dann begann er mit langsamen, gleichmäßigen Schritten parallel zum Ufer durchs Wasser zu pflügen. Gegen meinen Willen fing ich an, mich zu entspannen, und lehnte meinen Kopf an seine Halsbeuge.

»Jetzt, wo ich sowieso völlig durchnässt bin, kannst du mich auch runterlassen«, murmelte ich.

»Ich will nicht, dass du das Bein belastest, und ich möchte dich nicht retten müssen, wenn du untergehst.«

»Ich kann schwimmen. Ziemlich gut sogar.«

»Amelia, halt doch einfach mal den Mund und genieß das Wasser.«

Ich starrte ihn ungläubig an. »Es genießen? Bist du verrückt?« Rorys Augen schimmerten in einem ungewöhnlichen Blaugraugrün, und ich konnte meinen Blick gar nicht von ihnen losreißen.

»Wahrscheinlich«, murmelte er. »Aber mal ganz ehrlich, willst du behaupten, dass dieses Wasser dir kein Gefühl von Lebendigkeit gibt?«

Ich war mir nicht sicher, ob das Wasser etwas damit zu tun hatte, aber ich hatte mich tatsächlich noch nie so lebendig gefühlt wie gerade jetzt in seinen starken Armen, dicht an ihn geschmiegt, und im Bann dieser ausdrucksvollen Augen. Nicht einmal unsere Begegnung neulich Nacht war damit zu vergleichen, so leidenschaftlich sie auch gewesen war.

Wenn sich diesmal die Gelegenheit bietet, ihn zu küssen, dann nutze sie, hatte Tommy gesagt. Das war eindeutig die passende Gelegenheit.

Ich konnte Tommys Stimme förmlich hören, der mich dazu aufforderte, endlich loszulegen.

Ich öffnete leicht die Lippen – um etwas zu sagen oder um »loszulegen«, ich wusste es nicht –, doch dann schaute Rory weg, und der Moment war vorbei.

Auch gut. Es würde sowieso alles nur komplizierter machen, wenn wir uns in einer Stunde – oder früher – wieder in die Haare gerieten. Ich entspannte mich in seinen Armen, während er weiter im Wasser hin- und herwatete, als wäre ich ein quengeliges Baby, das er versuchte, in den Schlaf zu wiegen.

Ich blickte auf die Berge, die sich in der Ferne abzeichneten, und auf das funkelnde Wasser um uns herum. »Du hast so ein Glück«, murmelte ich.

Rory kniff verwirrt die Brauen zusammen. »Wie meinst du das?«

»Sieh dich doch mal um. Du wirst dafür bezahlt, dich bei jedem Wetter mitten in dieser wunderschönen Landschaft aufzuhalten. Und du hast die Möglichkeit, das alles durch die Augen so vieler verschiedener Leute wahrzunehmen. Du musst das alles hier lieben.«

Rory erwiderte nichts darauf. Er schaute mich nur an. Auch wenn er manchmal so distanziert war, in seinen Augen entdeckte ich all die Gefühle, die er zu verbergen suchte. Auch wenn ich nicht wusste, was wirklich in seinem Kopf vor sich ging.

Plötzlich war mir, als würde mein Körper ohne mein Zutun handeln. Meine Hand streckte sich langsam aus, und als ich Rorys Wange berührte, flackerte etwas in seinem Blick auf. »Rory?«, flüsterte ich. »Liebst du … es nicht, hier zu sein?« Ich war plötzlich so müde, dass ich Mühe hatte, die Worte auszusprechen.

»Mal mehr, mal weniger«, sagte er schließlich.

Was? »Wie meinst du das?«

Er gab mir keine Antwort. Stattdessen hielt er mich noch fester im Arm und ging zurück in Richtung Ufer. Offenbar wollte er darüber nicht reden.

Als mein Körper aus dem Wasser auftauchte, begann ich zu zittern.

»Warum gehen wir wieder zurück?«, fragte ich. *Und warum klang meine Stimme so verwaschen?*

»Weil deine Lippen blau angelaufen sind«, sagte er und beschleunigte seinen Schritt. »Ich wollte, dass die Schwellung in deinem Knie zurückgeht, und nicht, dass du dir eine Unterkühlung holst.« Als wir das Ufer erreichten, hielt er direkt auf unser Lager zu. Die spitzen Steine schien er nicht mal zu spüren.

Nachdem Rory mich auf einem Felsen abgesetzt hatte, holte er ein kleines Päckchen aus seinem Rucksack. Er öffnete es und schüttelte eine dieser klein zusammengefalteten Rettungsdecken aus, die er um mich wickelte. Während ich mich mit klappernden Zähnen hineinkuschelte, ging er geduckt in mein Zelt und kam mit meinem Rucksack wieder heraus.

»Nimm dir trockene Sachen. Irgendwas Warmes.«

Ich zitterte am ganzen Körper und schaffte es nur mit Mühe, Unterwäsche und etwas zum Anziehen aus meinem Rucksack zu ziehen.

»Und j-jetzt?«

»Jetzt halte ich die Decke vor dich, während du deine nassen Klamotten ausziehst.«

Ich zog die Augenbrauen hoch. »I-im Ernst? Warum kann ich n-nicht einfach ins Zelt g-gehen?«

»Weil du zu sehr zitterst. Du brauchst Hilfe.«

Verdammt, er hatte recht – nicht mal meine Finger wollten mir gehorchen. »Willst du mir vielleicht auch bei meiner Unterwäsche helfen?« Meine Stimme klang gereizter als beabsichtigt.

Zu meinem Erstaunen grinste er. *Oh, an dieses Grinsen könnte ich mich glatt gewöhnen.* »Nur, wenn du ganz lieb Bitte sagst.«

Da hatte ich ihm ja echt eine Steilvorlage geliefert. Aber das würde ich ihm heimzahlen.

Unauffällig warf ich einen Blick in den Halsausschnitt meines T-Shirts. Ich trug meinen dunkelblauen Sport-BH, der mehr von meiner Oberweite bedeckte als die meisten meiner Badeanzüge. Ich ließ die Decke fallen und zog mir das T-Shirt über den Kopf.

Rory riss die Augen so weit auf, dass es unfreiwillig komisch wirkte. »Was machst du da?«

Jetzt war ich mit Grinsen an der Reihe. Ich konnte Carries anerkennendes – und überraschtes – Lächeln förmlich spüren. »Reg dich ab, Rory. Am Strand habe ich wesentlich weniger an. Ich versuche nur, Zeit zu sparen, damit du die Decke nicht länger als nötig hochhalten musst, während ich versuche, mich dahinter so würdevoll wie möglich umzuziehen.«

Meine immer noch steifen Finger unter den Bund meiner Shorts gehakt, ruckelte ich auf dem Felsen hin und her, bis ich sie über meinen Hintern und die Beine hinunterschieben konnte, wobei ich darauf achtete, mein Knie nicht zu berühren.

Als ich aufsah, stockte mir der Atem. Wie er mich gerade ansah … Sein Blick war so intensiv, dass er damit vermutlich sogar Stahl zum Schmelzen gebracht hätte.

»Bist du bereit?«, fragte er und fluchte dann leise.

Es fehlt nicht mehr viel, hätte ich beinahe gesagt. Ich wünschte, ich hätte mich getraut, es laut auszusprechen. Aber ich nickte nur.

Rory wollte gerade nach der Decke greifen, doch ich kam ihm

zuvor. »Vergiss die Decke. Schau einfach kurz … ähm … woanders hin.«

Gehorsam drehte Rory sich um, damit ich meinen Sport-BH ausziehen konnte. Mist, der trockene befand sich außerhalb meiner Reichweite. Ich räusperte mich. »Äh, könntest du mir vielleicht meinen BH geben? Er liegt ganz oben in meinem Rucksack.«

Er murmelte etwas, das wie »Gib mir Kraft« klang, schnappte sich den BH und reichte ihn mir. Den Blick hielt er dabei starr in die Ferne gerichtet.

»Vergiss nicht, es war deine Idee«, murmelte ich, als ich meine Arme durch die Träger schob, ihn zuhakte und dann zurechtrückte. »So, fertig. Das hätte ich wahrscheinlich auch noch in meinem Zelt geschafft.«

»Beim nächsten Mal«, sagte er und reichte mir mein T-Shirt, immer noch mit dem Rücken zu mir.

Ich streifte mir das Shirt über den Kopf und zog es bis zu den Hüften hinunter.

Und jetzt zum lustigen Teil. Ich griff nach der sauberen Unterhose, die ich zum Glück schon vorher aus dem Rucksack geholt hatte. So blieb es Rory – und mir – erspart, dass er sie mir reichen musste.

»Okay, dann lass es uns hinter uns bringen.«

Rory, der sich inzwischen wieder zu mir umgedreht hatte, schnappte sich die Decke und hielt sie vor mich.

»Lass die Decke bloß nicht fallen.«

»Keine Angst. Aber es wäre großartig, wenn du dich ein bisschen beeilen könntest.«

Während ich meinen nassen Slip abstreifte und mich dabei wie beim Ausziehen der Shorts hin und her wand, um mein Knie nicht allzu sehr zu belasten, starrte er auf einen Punkt über meiner Schulter – oder ins Leere.

»Okay, ich werde jetzt aufstehen. Soll heißen, bleib bitte dicht bei mir.« Während er mich hochzog, griff ich mit der freien Hand nach der Decke und schlang sie mir wie ein Handtuch um die Hüften. Dann verlagerte ich mein Gewicht auf den linken Fuß. »Kannst du einen Moment die Decke festhalten?«, bat ich.

Er nickte und langte nach der Decke. Gleichzeitig verstärkte er den Griff um meinen Arm, um mich zu stützen, während ich unter der Decke unbeholfen meinen Slip hochzog. »Mann, was für eine Nummer.«

»Wem sagst du das!«, murmelte er. »Setz dich erst mal wieder hin, bevor du deine Hose anziehst. Ich will mir noch mal dein Knie ansehen.«

Mit unglaublich sanften Fingern tastete Rory mein Knie ab, das deutlich weniger geschwollen wirkte als vorhin. Nachdenklich schaute er auf seine Uhr. »Es ist noch zu früh für eine weitere Ibuprofen, aber du kannst eine nehmen, bevor du schlafen gehst.« Er holte eine Elastikbinde, verband mein Knie und reichte mir dann meine Jogginghose. »Schaffst du das alleine?«

Ich nickte, und während ich sie anzog, schnappte er sich meine nassen Klamotten und fing an, sie auf einigen großen, flachen Steinen zum Trocknen auszubreiten. Einschließlich meiner Unterwäsche. »Hey, das kann ich doch machen«, protestierte ich.

Meine Unterhose in der Hand, sah er mit großen, ungläubigen Augen zu mir auf. »Ist das dein Ernst?«, fragte er gedehnt, mit stärkerem Akzent als sonst. »Es hat dich nicht gestört, dass ich dich darin sehe, und du hattest auch kein Problem damit, sie praktisch vor meinem Gesicht auszuziehen, aber du willst nicht, dass ich sie zum Trocknen auf dem Felsen ausbreite?«

»Das ist etwas anderes«, murmelte ich und kam mir ziemlich albern vor. »Da hast du sie ja nicht berührt.«

»Aye, weißt du, deine feuchte Unterwäsche in der Hand zu halten, ist nicht so erregend, wie du anscheinend denkst«, sagte er. Er wrang sie aus, klatschte sie mit dem Rest meiner nassen Sachen auf den Felsen und holte mir mein Fleece aus dem Zelt. »Zieh das an und bleib zum Aufwärmen in der Sonne.«

Nachdem er mir das Fleece gereicht hatte, zog er sich sein Shirt über den Kopf, wrang es aus und legte es zum Trocknen auf einen Felsen. Ohne sich noch einmal zu mir umzudrehen, ging er mit großen Schritten zurück ins Wasser und watete hinaus, bis es ihm zur Taille reichte. Er wandte sich nach rechts und begann zu schwimmen, als wäre ein Meeresungeheuer hinter ihm her.

Dummerweise hatte ich im Moment nicht die Möglichkeit, mich auf ähnliche Weise abzureagieren. Mir blieb nichts anderes übrig, als auf meinem Felsen sitzen zu bleiben.

KAPITEL NEUNZEHN

RORY

Ich schwamm, bis ich meine Arme kaum noch bewegen konnte. Trotzdem wurde ich die Bilder, die wie eine schmutzige Diashow in meinem Kopf abliefen, nicht los.

Nein, nicht schmutzig, nicht Amelia. Schön, temperamentvoll, dickköpfig – und unglaublich sexy. Als ich ihr im Zelt geholfen hatte, ihre Hose auszuziehen … Ich war noch nie im Leben so erregt gewesen. Es hatte mich meine ganze Willenskraft gekostet, sie nicht zu küssen. Ihrem Blick nach zu urteilen, hätte sie meinen Kuss vielleicht sogar erwidert.

Und dann diese lächerliche Szene, nachdem wir aus dem Wasser gekommen waren – warum hatte ich nicht einfach zugelassen, dass sie sich in ihrem Zelt umzieht? Offenbar wollte ich mich damit selbst quälen. Ich konnte nicht aufhören, daran zu denken, wie sie ihre nassen Shorts und ihr Shirt abstreifte und in dunkelblauem BH und Unterhose vor mir saß wie eine Göttin. *Bist du bereit?*, hatte ich sie gefragt, und erst gemerkt, was ich da gesagt hatte, als die Worte schon ausgesprochen waren. Ihre Lippen hatten sich leicht geöffnet, ihre Wangen rosa verfärbt, und ich hatte die Luft angehalten und gleichzeitig gehofft und gefürchtet, dass sie *Ja* sagen würde.

Als sie protestiert hatte, weil ich ihre nasse Unterwäsche auswringen wollte – ich hatte genau gewusst, dass sie das tun würde –, wäre mir fast herausgerutscht, dass ich es zwar nicht sehr sexy fand, ihre Wäsche zum Trocknen auszubreiten, aber dass es mich fast um den Verstand gebracht hatte, sie darin zu sehen.

Ich musste unbedingt aufhören, an sie zu denken. Amelia vertraute darauf, dass ich ihr half, diese Wanderung durchzustehen. Die Situation auszunutzen – selbst wenn sie mir dafür keine knallte – war nicht Teil unseres Deals.

Seufzend stieg ich ein paar Hundert Meter von unserem Camp entfernt aus dem Wasser und trabte den Strand entlang. Ich hatte es immer noch nicht geschafft, einen klaren Kopf zu bekommen und Amelia aus meinen Gedanken zu verbannen.

Mist! Was hatte ich mir verdammt noch mal dabei gedacht, dieser Aktion zuzustimmen? Und wie sollten wir die nächsten paar Tage überstehen, nur wir zwei?

Amelia saß noch genau dort, wo ich sie zurückgelassen hatte. Ich holte mein Handtuch aus dem Rucksack und trocknete mich ab, wobei mir unangenehm bewusst war, dass sie mich beobachtete.

»Du bist ganz schön lange geschwommen.«

»Ja, ich habe heute noch nicht genug trainiert«, erwiderte ich. Mir war klar, dass das bescheuert klang, aber auf die Schnelle war mir keine bessere Begründung eingefallen. Als sie zu meiner Überraschung nicht darauf einging, hob ich den Kopf.

Sie war kreidebleich geworden und wich meinem Blick aus. Ihre Stimme klang plötzlich ganz piepsig. »Du bedauerst es sicher schon, dass du angeboten hast, mir zu helfen. Ich bringe deinen gesamten Tagesablauf durcheinander – und jetzt hast du auch noch ein hilfloses Mädchen am Hals, das sich nicht mal alleine ausziehen kann.«

Verdammt. Eine Welle der Scham überschwemmte mich. Ich

kniete mich vor sie hin. »Es tut mir leid, Amelia. Ich hätte das mit dem Training nicht sagen sollen. Das ist nicht der Grund, warum ich geschwommen bin. Und ich bereue es nicht, dass ich angeboten habe, dir zu helfen.«

Sie sah mich mit hochgezogener Braue an.

»Wirklich nicht«, wiederholte ich. »Es ist nur … ganz anders als mein sonstiger Tagesablauf, und daran muss ich mich erst mal gewöhnen.«

»Wenn du das sagst«, murmelte sie.

»Ja, so ist es.« Ich richtete mich wieder auf. »Gib mir eine Minute zum Anziehen, und dann fangen wir mit dem Abendessen an. Es wird uns beiden guttun, heute früh schlafen zu gehen. Oh, und Amelia?«

Sie sah auf, immer noch diesen verlorenen Ausdruck im Gesicht. Den musste ich verscheuchen.

»Ich finde, du hast deine Sache richtig gut gemacht, als du dich ausgezogen hast«, sagte ich. »Aber mit ein bisschen Übung kannst du das vielleicht noch perfektionieren.«

Das Leuchten kehrte in ihre Augen zurück und ihre Lippen verzogen sich zu einem Lächeln. »Ich werd's mir merken.«

Nachdem ich kochendes Wasser in die Beutel mit Amelias Rindergulasch und meinem Chinagericht mit Huhn geschüttet hatte, setzte ich mich zum Essen neben sie.

»Und warum der Skye Trail?«, fragte ich nach einer Weile.

»Wie bitte?«

»Ich habe mich nur gefragt, warum eine Amerikanerin, die noch nie in Schottland gewesen ist, ausgerechnet den Skye Trail wandern will.«

Amelia wich meinem Blick aus und stocherte geistesabwesend

in ihrem Gulasch herum, ohne etwas davon zu essen. Als ich ihr die Hand auf den Arm legte, hob sie den Kopf und sah mich mit leerem Blick an. Ich bereute es augenblicklich, dass ich das Thema zur Sprache gebracht hatte.

»Tut mir leid«, murmelte ich. »Wir können auch über etwas anderes reden.«

Sie lächelte leicht und schüttelte den Kopf. »Nein, ist schon okay. Irgendwann letztes Jahr hat sich Carrie einen von diesen DNA-Tests für zu Hause besorgt und dabei herausgefunden, dass sie zu dreißig Prozent Schottin ist.«

Ich sah sie mit offenem Mund an. »Wie kann man denn nicht wissen, dass man so viel schottisches Blut hat?«

Amelia lachte auf und ihre Augen funkelten vergnügt. Ihr ganzes Gesicht strahlte plötzlich und ließ mich Dinge wünschen, auf die ich kein Recht hatte. »Was ist daran so komisch?«, brummelte ich.

»Das Entsetzen in deiner Stimme. Als könntest du dir nichts Schlimmeres vorstellen, als dass jemand nicht weiß, dass er Schotte ist.«

»*Och*, ich kann mir auch nichts Schlimmeres vorstellen. Wir Schotten haben nämlich unseren Stolz, *ye ken*?«, erwiderte ich und übertrieb mit Absicht meinen Akzent, denn der schien ihr ganz gut zu gefallen. Sie blinzelte, und ihre Wangen verfärbten sich zartrosa. Ich räusperte mich. »Egal, erzähl weiter.«

»Äh, ja. Carrie wusste nicht, dass sie schottische Vorfahren hat, weil ihr Großvater mütterlicherseits gestorben ist, als ihre Mutter noch sehr jung war. Das Thema ist also nie zur Sprache gekommen. Um mehr zu erfahren, hat sie sich mit ihrem Familienstammbaum beschäftigt und dabei herausgefunden, dass ihre Familie im frühen neunzehnten Jahrhundert auf Skye lebte, bevor sie nach

New York ausgewandert ist.« Amelia zuckte mit den Schultern. »Tja, und das hat dazu geführt, dass sie die Insel unbedingt sehen wollte. Ich habe vorgeschlagen, die Reise zu unserem College-abschluss zu machen und uns haufenweise Burgen und Männer in Kilts anzuschauen …«

»Du stehst also auf Männer im Kilt?«

»Gibt es irgendjemanden, der das nicht tut? Hast du auch einen?«, fragte sie mit interessiert leuchtenden Augen.

»Aye, selbstverständlich. Der Tartan der Sutherlands ist waldgrün und dunkelblau mit rot, schwarz und weiß.«

»Trägst du ihn auch mal?«

»Ich habe ihn zu ein paar Hochzeiten angezogen, aber er ist wirklich nur für besondere Anlässe. Ich habe ihn übrigens nicht dabei, falls du dich das fragst. Für eine Wanderung ist er nicht besonders praktisch.«

»Das kann ich mir vorstellen, aber er bedeckt auch nicht weniger als die Shorts, die du trägst, oder?«

»Wenn ich nur rumstehe, nicht. Aber sollte ich über eine Baumwurzel stolpern und mich spektakulär auf die Nase legen, würdest du definitiv mehr von mir zu sehen bekommen, als wenn ich Shorts tragen würde … Wenn du weißt, was ich meine.«

Als ihr Blick unwillkürlich zu meinem Schoß wanderte, merkte ich, dass es ein Fehler gewesen war, mit ihr zu flirten, denn ihr durchdringender Blick war so intensiv, dass ich mir vollkommen nackt vorkam. Und mein Körper reagierte entsprechend darauf. Ich musste das Gespräch unbedingt wieder auf unverfängliches Terrain lenken. »Was wolltet ihr in Schottland denn noch so besichtigen?«

Ihre Augen zuckten hoch und ihre Wangen färbten sich rot. »Was?«

»Burgen, Kilts – und was noch?«

»Äh, ja. Wir wollten uns die Landschaft ansehen, Whisky trinken, lauter solche Sachen. Carrie war auch dafür, aber sie hatte so ein verräterisches Funkeln in den Augen, als sie den Reiseführer durchblätterte, den ich gekauft hatte. Ein paar Tage später kam sie dann mit dieser ›super Idee‹ an.«

»Lass mich raten. Sie wollte den Skye Trail gehen.«

Amelia nickte. »Ja. Das kam für mich aus heiterem Himmel, denn ich war davon ausgegangen, dass wir eine Art Roadtrip durch Schottland machen wollten. Carrie schlug schließlich vor, zwei Wochen zu fliegen und eine davon zu wandern. Sie hatte auch schon sämtliche Informationen von *Scotland By Foot* für mich ausgedruckt. Gott, sie war so aufgeregt. Sie redete nur noch davon, wie großartig es sein würde, auf Skye zu wandern.« Amelias Stimme war so leise geworden, dass ich sie kaum verstehen konnte. »Ich hab sie total runtergemacht. Wandern ist echt nicht mein Ding. Eine derartig bergige Strecke wie den Skye Trail hätte ich unmöglich geschafft. Und bestimmt keine ganze Woche. Aber Carrie beharrte darauf, dass wir noch jede Menge Zeit zum Trainieren hätten, aber sie kapierte es einfach nicht. Es ging nicht nur darum, dass ich es mir nicht zutraute … ich wollte es auch nicht. Ich hasste es, zu wandern.«

»Hast du ihr das gesagt?«

»Ja. Und ich hab mich dabei ganz schrecklich gefühlt. Aber ein paar Tage später hatte sie einen neuen Plan ausgeheckt. Sie wollte eine Woche vor mir nach Schottland reisen und den Skye Trail machen. Und wir würden uns dann hinterher treffen und mit dem Auto herumfahren. Ich war total happy, denn so musste Carrie nicht auf die Wanderung verzichten, die sie unbedingt machen wollte, und ich musste nicht achtzig-und-ein-paar-zerquetschte

Meilen über die Isle of Skye latschen. Es war die perfekte Lösung.« Als sie zu mir aufsah, liefen ihr Tränen übers Gesicht. »Bis ich sie fast umgebracht hätte.«

Den verzweifelten Blick in ihren Augen hatte ich im Spiegel schon viel zu oft gesehen. »Rutsch rüber«, sagte ich und stand auf.

Sie sah mich fragend an, aber rückte ein Stück. Ich ging das Risiko ein, setzte mich zu ihr und legte den Arm um sie. Zuerst versteifte sie sich, doch dann ließ sie sich mit einem zitternden Seufzer gegen mich sinken.

Ich drückte sie an mich und atmete den Duft des Shampoos ein, das sie an diesem Morgen benutzt hatte. »Es tut mir leid, dass ich dich gebeten habe, über Carrie zu sprechen.«

»Das muss es nicht. Ich vermisse sie bloß so sehr.« Sie hob ihren Kopf von meiner Schulter und schaute hinaus aufs Meer.

»Wenn du mich fragst, bist du zu Beginn des Skye Trails vielleicht keine Wanderin gewesen, aber du bist verdammt schnell eine geworden.«

Überrascht starrte sie mich an. »Wie kommst du darauf? Ich habe mich doch erst vor ein paar Stunden – wie sagtest du so schön? – auf die Nase gelegt.«

»Ja, aber Verletzungen können jedem passieren. Ich hatte mindestens schon einen Haarriss im Fußgelenk – wahrscheinlich sogar zwei. Plus zahllose verstauchte Knöchel und Muskelzerrungen. So ist das nun mal, wenn man ständig draußen unterwegs ist. Und bevor du gestolpert bist, hast du immerhin dem alten Ben Tianavaig einen Tritt in den Hintern gegeben.«

»Findest du wirklich?«

»Aye, das tue ich.«

»Danke, dass du das gesagt hast«, flüsterte sie.

Nachdem wir den Rest unseres inzwischen kalt gewordenen Essens schweigend aufgegessen hatten, versuchte Amelia aufzustehen.

»Was machst du da?«

Ihr Gesicht lief rot an. »Ich, äh, muss pinkeln.«

»Lass mich dir helfen«, sagte ich, und als ihr Gesicht noch röter wurde, fügte ich hinzu: »Ich meine, lass mich dich dort rüber begleiten.«

»Ich schaff das schon«, entgegnete sie.

Ich zog nur eine Braue hoch, um sie an ihr Versprechen zu erinnern, meine Anweisungen zu befolgen.

»Meinetwegen«, schnaubte sie.

Ich reichte ihr ihre Trekkingstöcke und half ihr auf die Beine. Ohne sie zu stützen, begleitete ich sie, blieb aber dicht an ihrer Seite, für den Fall, dass sie das Gleichgewicht verlor.

Als wir unseren »Pinkelpunkt« hinter einem großen Felsen erreicht hatten, drehte sie sich mit zusammengekniffenen Augen zu mir um. »Du willst mich beim Pinkeln jetzt aber nicht festhalten, oder?«

»Nein, es sei denn, du brauchst Hilfe.«

»Ich komm schon klar.«

Ihre Stimme sagte deutlich, dass sie mich unter keinen Umständen um Hilfe bitten würde, also hob ich die Hände und wich zurück. »Ich warte gleich da drüben. Sag Bescheid, wenn du fertig bist.« Ich entfernte mich ein Stück, damit sie ungestört war.

Kurz darauf humpelte sie um den Felsen.

Auf dem Rückweg kamen wir nur sehr langsam vorwärts. Irgendwann stolperte sie, und obwohl ich sie auffangen konnte, merkte ich, dass Amelia am Ende ihrer Kräfte war. Kurzerhand hob ich sie samt ihren Trekkingstöcken hoch und trug sie zu unserem Lagerplatz. Dass sie überhaupt nicht protestierte, war der beste Beweis dafür, wie erschöpft sie war.

Ich half ihr, sich mit hochgelagertem Bein auf ihre Isomatte zu legen, gab ihr eine weitere Ibuprofen und zog dann den Reißverschluss ihres Schlafsacks zu.

»Versuch, ein bisschen zu schlafen, und wenn du irgendetwas brauchst – insbesondere eine Begleitung zum Klo – dann ruf einfach. Und lauf im Dunkeln nicht alleine herum, auch wenn du dich besser fühlst. Ich wecke dich gegen acht.« Als ich aufstehen wollte, griff sie nach meiner Hand. Überrascht sah ich sie an. Ihr Blick war voller Schmerz und Sorge. »Was ist los?«

»Wie soll ich das schaffen?«

»Wie meinst du das?«

»Das alles!« Sie machte mit der anderen Hand eine Geste, die das Zelt und die ganze Welt einschloss. »Du musstest mich tragen, weil ich nicht mal zwanzig Meter gehen konnte. Wie soll ich so den Rest der Wanderung schaffen? Das ist unmöglich«, sagte sie mit schwacher Stimme.

Ich umschloss ihre Hand mit meiner. »Hey, sieh mich an.« Ich wartete, bis sie es tat. »Du und ich, wir schaffen das, zusammen. Egal, wie lange es dauert. Für Carrie.«

Tränen stiegen ihr in die Augen, und sie nickte. »Für Carrie. Danke«, flüsterte sie. Ihre Stimme zitterte, aber ihre Lippen verzogen sich zu einem kleinen Lächeln. Sie drückte kurz meine Hand und vergrub sich dann tiefer in ihrem Schlafsack. »Gute Nacht, Rory.«

»Gute Nacht, Amelia.«

Ich verließ geduckt ihr Zelt und zog den Reißverschluss nicht ganz zu, damit ich hören konnte, wenn sie nach mir rief.

Nachdem ich unser Lager kontrolliert und mich vergewissert

hatte, dass alles für die Nacht gesichert war, schaute ich noch ein letztes Mal nach Amelia. Sie hatte die Augen geschlossen, den Schlafsack bis zum Hals hochgezogen.

Sie konnte mich vielleicht manchmal nicht ausstehen, sie fühlte sich vielleicht auch manchmal zu mir hingezogen, aber nichts davon zählte in diesem Moment. Amelia vertraute darauf, dass ich ihr half, den Skye Trail zu gehen, und das würde ich tun, auch wenn es mich umbrachte.

Was nicht ganz unwahrscheinlich war.

KAPITEL ZWANZIG

AMELIA

Ich schlief nicht besonders gut, denn selbst bei der kleinsten Bewegung schoss ein heftiger Schmerz durch mein Bein, der mich wieder aufweckte. Und gegen sechs Uhr morgens machte mir meine Blase unmissverständlich klar, dass ich ein Problem bekommen würde, wenn ich nicht bald aufstand.

Seufzend rollte ich mich nach links und drehte mich so, dass ich mich auf mein unverletztes Bein und beide Hände stützen konnte. Dann griff ich mir einen Trekkingstock und stemmte ihn in den Boden. Die Zähne fest zusammengebissen, gelang es mir, mein gesundes Bein unter mich zu ziehen und mich mühsam aufzurichten.

Als ich endlich mein Gleichgewicht wiedergefunden hatte, humpelte ich nach draußen. Der Himmel war grau und schwer, was nichts Gutes für den Tag verhieß.

Ich hinkte die paar Schritte zu Rorys Zelt, dessen Reißverschluss genau wie bei meinem nicht ganz zugezogen war, und warf einen Blick hinein. Rory lag auf dem Rücken, den Schlafsack bis zur Taille hinuntergeschoben. Er schlief tief und fest, der Kiefer entspannt und mit dunklen Stoppeln übersät, die, wie ich wusste, in der Sonne wie Kupfer leuchteten.

Einer seiner muskulösen Arme lag unter seinem Kopf, die andere Hand auf der nackten Brust, und weil das immer noch nicht sexy genug war, war er auch noch beim Lesen eingeschlafen. Unter seiner Hand schaute ein Buch hervor. Die Seiten waren abgegriffen und leicht eselsohrig, eindeutig ein altes Lieblingsexemplar. Obwohl seine Hand den größten Teil des Covers verdeckte, erkannte ich das Buch sofort.

Es handelte sich um *Die Gefährten.* Ich kam regelrecht ins Schwärmen. Die *Der Herr der Ringe*-Trilogie gehörte zu meinen fünf absoluten Lieblingsfilmen. Die Bücher liebte ich mindestens genauso und ich hatte im College sogar mehrere Hausarbeiten darüber geschrieben.

Rory musste das Buch unglaublich wichtig sein, wenn er es mit sich herumtrug, um es in seiner knappen Freizeit zu lesen. Bei diesem Gedanken wäre ich am liebsten ins Zelt gekrabbelt und hätte mich an ihn gekuschelt. *Wetten, du traust dich nicht?*, ertönte Carries Stimme in meinem Kopf.

Führ mich nicht in Versuchung.

Der hartnäckige Druck auf meiner Blase erinnerte mich wieder daran, warum ich hier war und Rory anstarrte. Er hatte gesagt, ich solle ihn wecken, wenn ich pinkeln musste, und er hatte auch gesagt, ich solle im Dunkeln nicht alleine draußen rumlaufen. Aber er sah so friedlich aus, und da es nicht mehr dunkel war, würde ich das schon ohne seine Hilfe hinkriegen. Ich musste an diesem Tag schließlich noch mehrere Meilen zurücklegen – wenn ich nicht mal zwanzig Meter alleine gehen konnte, konnte ich gleich einpacken.

Es dauerte eine Weile, aber mit Hilfe meiner Stöcke schaffte ich es bis zu den Bäumen und zurück. Da ich sowieso nicht mehr würde schlafen können, setzte ich mich vorsichtig auf meinen Felsen und wartete darauf, dass Rory aufwachte.

Es war so still, als hätten die unheildrohenden Wolken den Rest der Welt verschluckt. Während ich gedankenverloren aufs Meer hinaussah, brach die Sonne durch den unteren Rand einer Wolke und ließ goldene Lichtstrahlen auf dem Wasser tanzen. Hätte mich jemand nach meiner Vorstellung von Gott gefragt, hätte ich auf das Schauspiel vor mir gezeigt.

Ich war nicht besonders religiös, aber an diesem frühen Morgen, an diesem stillen Strand, mit den perfekten Lichtstrahlen, die durch die Wolken fielen, war es leicht, an etwas zu glauben.

Einer Eingebung folgend, schloss ich die Augen und hob mein Gesicht zum Himmel. *Bitte lass Carrie wieder gesund werden. Bitte bestraf sie nicht für meinen Fehler. Bitte gib mir die Kraft, diese Wanderung bis zum Ende durchzuhalten. Und bitte lass Rory ein wenig Frieden finden vor dem, was ihn verfolgt.*

Als ich die Augen öffnete, waren die Sonnenstrahlen verschwunden und das Meer wieder von einem eintönigen Grau. War das ein gutes oder ein schlechtes Zeichen?

Ein raschelndes Geräusch, gefolgt vom Ratschen eines Reißverschlusses riss mich aus meinen Gedanken. Als ich mich umdrehte, trat Rory gerade gebückt aus seinem Zelt.

Er trug nur schwarze Laufshorts und seine Haare waren zerzaust. Während ich seinen von unzähligen gewanderten und geschwommenen Meilen gestählten Körper betrachtete, musste ich plötzlich wieder an unsere kurze Unterhaltung über Kilts denken. Unwillkürlich stellte ich mir vor, dass er einen trug … mit nichts darunter. Als er die Arme über den Kopf reckte, rutschten seine Shorts tiefer und enthüllten dabei einen Streifen blasserer Haut. Schlagartig wurde mein Mund trocken.

Ruckartig ließ er die Arme sinken. »Amelia? Warum bist du denn schon auf?«

»Was?«, murmelte ich abwesend. Mein Blick hing wie hypnotisiert an seinem nackten Oberkörper, während er mit lässigen Schritten auf mich zukam.

»Amelia«, sagte er scharf.

Ich blinzelte und wurde knallrot, als mir klar wurde, dass er mich gerade dabei erwischt hatte, wie ich ihn anstarrte. *Oh Gott!* Ich schloss für einen Moment die Augen, bevor ich beschämt aufsah. Sein Gesicht war ebenfalls rot angelaufen. Die ganze Situation war so peinlich, dass mir ein nervöses Kichern entschlüpfte.

»Alles in Ordnung mit dir?«, erkundigte er sich. Seine Stimme hatte einen besorgten Ton angenommen. Offenbar dachte er, ich hätte den Verstand verloren. Was mich aber nur noch mehr zum Lachen brachte.

»Entschuldige«, keuchte ich und wischte mir die Tränen aus den Augen. »Ich habe nur … könntest du vielleicht zurück ins Zelt gehen und wieder rauskommen, damit wir die Szene noch mal drehen können?«

Er lächelte schwach – nur ein leichtes Heben der Mundwinkel, aber es zählte trotzdem. »Ich weiß nicht, was gerade passiert ist, aber es ist schön, dich lachen zu hören. Wie geht's deinem Knie? Und warum bist du überhaupt schon auf?«, fragte er und das Lächeln verschwand so schnell, wie es gekommen war. »Ich habe dir doch gesagt, dass du nicht ohne Hilfe durch die Gegend laufen sollst.«

Ich erstarrte und stellte mich innerlich schon mal auf eine Auseinandersetzung ein. »Ich musste mal aufs Klo, und du hast noch geschlafen.«

Er schickte einen Blick gen Himmel, als würde er dieselbe höhere Macht anrufen, mit der ich zuvor gesprochen hatte. Dann sah er mich streng an. »Du hättest mich wecken sollen, damit ich dir helfe.«

»Das wollte ich aber nicht.«

Seine Augen wurden dunkel vor Wut. »Weil du dickköpfig und stolz bist und lieber hinfällst, als um Hilfe zu bitten!«

»Ja, genauso ist es. Ich falle lieber hin und verschlimmere meine Verletzung, statt um Hilfe zu bitten. Du hast mich durchschaut. Als du angeboten hast, mir beim Rest der Wanderung zu helfen, und ich dankbar akzeptiert habe, hat anscheinend keiner von uns beiden daran gedacht, dass wir die meiste Zeit nicht miteinander auskommen.«

Er starrte mich einen Moment an, dann sackten seine Schultern herab, als hätte ihn der Kampfgeist verlassen.

»Verdammt«, murmelte er und setzte sich neben mich. Plötzlich vergrub er die Hände in den Haaren und zog daran, als bräuchte er den Schmerz, um sich zu beruhigen.

»Hör mal«, sagte er und sah mich direkt an. »Ich hab ja kapiert, dass du nicht von meiner Begleitung zum Klo abhängig sein willst. Aber ich möchte auch nicht, dass du stürzt und weitere Verletzungen riskierst, besonders, wenn ich schlafend im Zelt liege und keine Ahnung habe, dass du da draußen rumirrst. Kannst du das verstehen?«

Ich seufzte. »Das verstehe ich, und es tut mir leid. Es ist nur, dass du …« Nein, das sollte ich besser nicht sagen.

Er legte den Kopf schief. »Dass ich was?«

Sein Blick war so durchdringend, dass ich es ihm nicht verschweigen konnte. »Du hast so friedlich ausgesehen. Und das zum ersten Mal, seit wir uns begegnet sind.« Er wirkte so verblüfft, dass ich schnell weiterredete. »Ich weiß, dass du nicht gut schläfst, und ich konnte den Gedanken nicht ertragen, dich unnötig zu stören.«

Rory sah mich schweigend an. Am liebsten hätte ich mich in

das nächstbeste Loch verkrochen. Ich hätte mich einfach nur entschuldigen und es dabei belassen sollen.

Plötzlich legte er seine Hand auf meine. Ein seltsamer Ausdruck huschte über sein Gesicht. »Danke. Das war … entschuldige, dass ich dich angefahren habe.«

Oh Gott, diese Augen! Zuerst hatten sie vor Wut in einem silbrigen Grau geschimmert – wie geschmolzener Stahl. Als sein Zorn verraucht war, war aus dem Grau ein Graugrün geworden – ähnlich wie die stürmische See. Und jetzt leuchteten sie in einem unglaublich intensiven Grün – wie ein in der Sonne funkelndes Stück Seeglas. In seinem Blick lag eine Verletzlichkeit, die mich nicht losließ.

Bevor ich mich zurückhalten konnte, strich ich ihm eine Locke aus dem Gesicht und ließ meine Hand leicht auf seiner Wange liegen. Rorys Augen weiteten sich und sein ganzer Körper wirkte einen Moment lang angespannt. Doch dann gab er sich meiner Berührung hin.

So verharrten wir ein paar Sekunden lang, bevor ich meine Hand wieder zurückzog, denn mir war klar, dass es gefährlich werden würde, wenn ich es nicht tat.

Ich räusperte mich. »Es tut mir leid, dass ich deine Anweisung nicht befolgt habe. Draußen war es schon hell, und mit den Stöcken fühlte ich mich sicher genug auf den Beinen. Aber du hast recht – es wäre übel gewesen, wenn ich gestürzt wäre.«

Er nickte wie in Zeitlupe, als würde er immer noch verarbeiten, was gerade passiert war. Dann tätschelte er meinen Oberschenkel und stand auf. »Gut, ich denke, das hätten wir geklärt.«

»Das denke ich auch.«

»Bleib einen Moment hier sitzen, ich sehe mir gleich dein Knie an«, sagte er und eilte den Pfad entlang zu den Bäumen. Während ich ihm hinterhersah, fragte ich mich zum tausendsten Mal, warum wir beide uns auf diese Sache eingelassen hatten.

Ein paar Minuten später kam er zurück und schlüpfte in sein Zelt. Als er wieder herauskam, trug er ein T-Shirt. Schade.

»Okay. Dann wollen wir uns mal dein Knie ansehen.« Rory klang plötzlich wieder ganz geschäftsmäßig. Der Moment der Verletzlichkeit war verflogen, als hätte es ihn nie gegeben. Er kniete sich vor mich und schob das Bein meiner Jogginghose hoch, doch das Bündchen am Knöchel ließ sich nicht über mein geschwollenes Knie dehnen. Mit hochgezogenen Brauen sah er mich an.

Ich stand vorsichtig auf und legte ihm beide Hände auf die Schultern. »Tu es.«

Rory zögerte kurz, doch dann tastete er unter meinem T-Shirt nach dem Bündchen meiner Jogginghose, um sie herunterzuziehen.

»Geht das vielleicht noch langsamer?«, murmelte ich und wand mich, als seine Berührungen kleine Feuer in mir entfachten.

»Wenn du darauf bestehst«, sagte er, und seine Lippen verzogen sich zu einem frechen Grinsen.

Ich sog scharf die Luft ein, als seine Daumen langsam über meine Oberschenkel strichen. Die kleinen Feuer breiteten sich explosionsartig zu einem Flächenbrand aus, als jede Faser meines Körpers auf seine Berührung reagierte. Mit klopfendem Herzen und wackligen Beinen, die diesmal nicht auf mein verletztes Knie zurückzuführen waren, umklammerte ich seine Schultern. *Wenn er noch ein bisschen näher käme, wäre sein Mund …*

Seine Hände umfassten meine Oberschenkel und sein Blick war plötzlich so intensiv, dass ich keinen Zweifel daran hatte, dass er das Gleiche dachte wie ich.

»Rory …«, flüsterte ich, ohne zu wissen, ob ich wollte, dass er aufhörte oder weitermachte.

Er blinzelte, und der Bann war gebrochen.

Rasch streifte er die Hose hinunter. Schnell ließ ich seine Schultern los und setzte mich wieder hin. Ich versuchte, die Enttäuschung zu verdrängen, dass er so schnell wieder zur Tagesordnung übergehen konnte, während ich immer noch jede einzelne seiner Berührungen auf meiner Haut spürte.

Nachdem er die Bandage abgewickelt hatte, zog er scharf die Luft ein. Mein Knie war immer noch geschwollen.

»Du weißt, was das heißt?«

»Nein, wa …« Ich folgte seinem Blick zu der sich friedlich kräuselnden See in einigen Metern Entfernung. »Ach, komm. Kann ich nicht einfach noch eine Ibuprofen nehmen oder so was?«

»Das hast du schon. Das kalte Wasser wird mehr helfen.« Er ging in sein Zelt und kehrte mit den Shorts zurück, die ich am Tag zuvor im Meer getragen hatte. »Ich habe gestern Abend deine Sachen reingeholt, bevor ich ins Bett gegangen bin. Du hast schon geschlafen, da wollte ich dich nicht stören.«

»Danke«, murmelte ich und zog mir die Shorts an, die fast trocken waren. Nicht, dass es irgendwas ausgemacht hätte.

Rory hob mich hoch und watete hinaus ins Meer, bis mein Knie unter Wasser war.

Sofort fing ich an, vor Kälte zu zittern. »Hast du es nicht langsam satt, mich durch die Gegend zu schleppen?«

»Noch nicht«, sagte er und lief einfach weiter. »Was hast du eigentlich gegen das Wandern?«

Überrascht sah ich ihn an.

»Du hast gesagt, du würdest es hassen. Das kam mir ziemlich extrem vor.«

Solange wir nicht darüber redeten, was gerade zwischen uns passiert war, war dieses Thema so gut wie jedes andere. »Es war in unserem ersten Jahr auf der Highschool. Carrie und ich hatten uns für den Umweltclub angemeldet, weil es hieß, dass sich das gut in unseren Collegebewerbungen machen würde. Es gefiel mir wesentlich besser, als ich erwartet hatte. Und es gab sogar verschiedene Exkursionen und Säuberungsaktionenen am Strand. Aber dann machten wir im Frühling diese Wanderung auf irgendeinem Berg im Bundesstaat New York. Anders als bei Tommy und dir war die Aktion überhaupt nicht vorbereitet – und es gab nicht mal einen Guide. Uns wurde nur gesagt, wir sollten wieder zum Van zurückkehren, wenn wir die Strecke zurückgelegt hätten. Aber davon abgesehen mussten wir uns alleine durchschlagen.«

Er sah mich entsetzt an. »Sie haben einen Haufen Teenager auf einem Berg sich selbst überlassen?«

»Ja.«

»Das ist nicht in Ordnung. Tommy und ich arbeiten oft mit Jugendlichen. Wir gehen mit ihnen wandern und bringen ihnen bei, wie man sich in der Natur orientiert und überlebt. Irgendwann gehen sie dann natürlich auch auf eigene Faust los, aber erst, nachdem sie mit uns mehrere Tage trainiert haben. Und selbst dann sind wir immer in der Nähe.«

»Ich wünschte, wir hätten damals Guides wie dich und Tommy gehabt. Unsere Gruppe löste sich kurz nach dem Start auf, weil die erfahrenen Schüler rasch davonzogen. Schon bald waren Carrie und ich alleine. Als ich dann Blasen bekam, mussten wir noch langsamer laufen. Carrie meinte, wir sollten umkehren, aber ich wusste, wie sehr sie sich auf die Wanderung gefreut hatte. Da ich ihr den Spaß nicht verderben wollte, sagte ich, das sei schon okay, und wir gingen weiter.« Ich schluckte. »Und dann fing es an zu schütten. Wir drehten sofort um, aber nach kürzester Zeit war der Weg nur noch eine glitschige Matschpampe. Da wir den Pfad nicht mehr erkennen konnten, dauerte es nicht lange, bis wir uns verlaufen hatten. Wir waren stundenlang dort draußen und haben versucht, zum Van zurückzufinden. Es war schrecklich, Rory. Als es dunkel wurde, dachte ich, wir müssten die Nacht dort verbringen und würden erfrieren oder von einem Scheißbären angegriffen werden. Carrie und ich waren bis auf die Knochen durchgefroren, als uns endlich ein Parkranger gefunden hat.«

»Das tut mir leid für euch. Was für ein beschissener Einstieg ins Wandern. Ich hoffe, dass jemand dafür zur Verantwortung gezogen worden ist.«

»Der Lehrer, der für den Umweltclub zuständig war, hat Ärger bekommen, weil er keine ausreichenden Sicherheitsvorkehrungen getroffen hatte. Mir war noch Tage später kalt, und ich hatte wochenlang Albträume. Carrie hingegen entdeckte ihre Liebe fürs Wandern, aber ich schwor, dass ich mir das nie wieder antun würde.« Ich schaute in seine mitfühlenden Augen. »Und trotzdem bin ich hier.«

»Hast du deine Meinung übers Wandern denn in den letzten Tagen geändert? Abgesehen von deinem verletzten Knie?«

Ich dachte daran, wie ich mich gefühlt hatte, als ich den Gipfel des Ben Tianavaig erreicht hatte: das Gefühl von Stolz, das überwältigende Erfolgserlebnis, der Adrenalinrausch, ganz oben auf einem Berg zu stehen, während der Wind einen umtost und die frische Luft die Lungen füllt – all die Empfindungen, die sogar Erschöpfung und Schmerz verdrängt hatten.

»Vielleicht hasse ich es jetzt nicht mehr ganz so sehr.«

»Das ist doch schon mal ein Anfang«, sagte er lächelnd.

Oh Mann, ich würde mich nie an dieses Lächeln gewöhnen.

Es war wie ein seltenes Geschenk – das inzwischen vielleicht gar nicht mehr so selten war. Und dieses freche Grinsen von vorhin – das wollte ich auch wieder sehen.

»Wir sollten langsam aufbrechen. Danke, dass du mir diese Geschichte erzählt hast. Nur damit du's weißt, ich werde mein Bestes geben, damit du das Wandern liebst, bevor wir das Ende des Skye Trails erreicht haben.«

»Versuchen kannst du's ja«, erwiderte ich, obwohl man ehrlicherweise sagen musste, dass er keine besonders schlechten Startbedingungen mehr hatte.

»Abgemacht.«

Kurz darauf trug er mich aus dem Wasser und setzte mich wieder auf meinem Felsen ab.

Und mein einziger Gedanke war, wie sehr ich es vermisste, in seinen Armen zu liegen – eiskaltes Wasser hin oder her.

KAPITEL EINUNDZWANZIG

AMELIA

»Brauchst du meine Hilfe, um dich, äh … anzuziehen?«, fragte Rory, nachdem er mein Knie neu verbunden hatte.

»Nein, das schaff ich schon.« Und wenn es eine Stunde dauerte. Ich hätte es nicht ausgehalten, seine Hände wie vorhin auf meinem Körper zu spüren, zumindest, wenn nichts darauf folgte.

Das Anziehen dauerte zwar keine Stunde, aber eine ganze Weile. Mit Socken und Stiefeln in der Hand, humpelte ich schließlich aus dem Zelt. Es war unmöglich, sie ohne Hilfe anzuziehen. Während Rory mir die Socken und Stiefel überstreifte, stürzte die Realität auf mich ein. Es würde schrecklich werden, mit dem immer noch geschwollenen Knie den ganzen Tag auf den Beinen zu sein.

»Bist du bereit zum Aufbruch?«, fragte Rory, während wir frühstückten.

Ich nickte nur, denn ich wusste, wenn ich Ja sagte, würde er mir anhören, dass ich Angst hatte, nicht mal ansatzweise bereit zu sein.

Nachdem Rory die Zelte abgebaut und verstaut hatte, half er mir, meinen Rucksack aufzusetzen. Als ich mich an das Gewicht gewöhnt hatte, reichte er mir meine Stöcke. »Okay«, sagte er und hob seinen Rucksack auf, »unser Ziel ist, heute bis nach Sligachan zu kommen, wo im Hotelrestaurant nicht nur ein richtiges Essen auf dich wartet – eins, das nicht aus der Tüte kommt –, sondern auch ein Getränk für Erwachsene. Außerdem kannst du dort – nach einer heißen Dusche – in einem richtigen Bett schlafen. Na, klingt das nicht motivierend?«

»Klingt super.«

»Aye, finde ich auch. Aber du sagst mir Bescheid, wenn du eine Pause brauchst, ja?«

»Mach ich.«

»Und wenn wir es heute nicht bis Sligachan schaffen, dann schaffen wir es eben nicht, okay? Mir ist es lieber, wir bewegen uns in einem langsamen, aber gleichmäßigen Tempo und schlafen notfalls eine weitere Nacht draußen, anstatt dass ich dich völlig fertigmache und du dich morgen nicht mehr bewegen kannst.« Offenbar war ihm klar geworden, wie zweideutig der Satz gerade war, denn seine Wangen färbten sich rot. »So hab ich das nicht gemeint«, murmelte er.

Das glaubte ich ihm sofort, aber seine Worte beschworen bei mir alle möglichen unanständigen Bilder herauf, und ich fragte mich, ob bei ihm ein ähnliches Kopfkino ablief.

»Glaub mir, wenn du mich so fertigmachst, dass ich mich morgen nicht mehr bewegen kann, wirst du das schon merken«, erwiderte ich mit einem breiten Grinsen.

Einen Moment lang starrte er mich fassungslos an. Als er sich schließlich kopfschüttelnd abwandte und dabei etwas vor sich hinmurmelte, das entweder ein Gebet oder ein Fluch war, musste ich lachen. Es machte Spaß, ihn so durcheinander zu sehen – und es lenkte mich vorübergehend von meinen Sorgen ab.

Als er mich lachen hörte, schaute er kurz zu mir zurück, verdrehte die Augen und grinste dann. »Komm, lass uns gehen.«

Die ersten paar Meilen waren wir auf der Straße unterwegs. Hatte ich mich gestern noch beschwert, wie unbequem es war, in

Wanderstiefeln auf Asphalt zu laufen, war ich heute dankbar für den festen Untergrund.

Wir gingen trotzdem ziemlich langsam, und obwohl mein Knie gut durchzuhalten schien, bestand Rory darauf, mich »für alle Fälle« am Oberarm zu stützen. Aber ich konnte seine Anspannung spüren und wusste, dass es für ihn mit seinen langen, gesunden Beinen nahezu unmöglich war, diese Geschwindigkeit beizubehalten.

Nach ungefähr einer Meile hielt ich es nicht mehr aus. »Rory, bleib mal einen Moment stehen.«

»Was ist los? Brauchst du eine Pause?«

»Nein, alles okay. Und ich glaube, ich komme auch ganz gut klar, ohne dass du mich am Arm festhältst.«

Es war faszinierend, die Folge an Gefühlen zu beobachten, die sich auf seinem Gesicht abwechselten. Zuerst Erleichterung, dann Schuldbewusstsein, dann Zweifel. Er schüttelte den Kopf. »Und wenn du hinfällst?«

»Dann hilfst du mir hoch, knurrst ›Hab ich's nicht gesagt?‹, und dann überlasse ich dir für eine Weile wieder meinen Arm.«

Seine Mundwinkel wanderten leicht nach oben. »Na, gut. Aber sag mir Bescheid, wenn ich zu schnell gehe, ja?«

»Versprochen.«

Jetzt, wo er mich nicht mehr am Arm festhielt, fiel mir das Laufen wesentlich leichter – auch wenn ich seine Berührung vermisste. Außerdem kam ich so auch etwas schneller voran, und obwohl es nicht mal ansatzweise sein normales Tempo war, war es für Rory anscheinend auch angenehmer.

Schweigend liefen wir nebeneinander her. Aber nach einer Weile fing die Stille an, mir auf die Nerven zu gehen. »Erzähl mir von Tommy«, platzte ich heraus.

Überrascht sah er zu mir herüber. »Warum?«

»Weil du jetzt mit Erzählen dran bist. Ich hab dir schon von meiner Katastrophenwanderung berichtet.«

Er entspannte sich sichtlich. »Was möchtest du denn wissen?«

Warum du so komisch reagierst. »Wie lange kennt ihr beiden euch schon?«

»Ich kenne ihn schon seit der Grundschule, aber Freunde sind wir erst Jahre später geworden. Eigentlich ist er derjenige, der mich für die freie Natur und fürs Wandern begeistert hat. Ich habe es, genau wie du, gehasst.«

»*Du* hast es gehasst?« Ich hatte einen guten Grund dafür, aber er hatte diese unglaubliche Landschaft als Spielplatz gehabt. »Wieso das denn?«

»Es ist … kompliziert«, sagte er nach einer Weile. »Ich war für mein Alter relativ klein und nicht besonders gut in allem, was mit Sport zu tun hatte. Und ich konnte nie mithalten mit … Es war einfach eine harte Zeit für mich.«

So viel dazu. Anscheinend nicht gerade sein Lieblingsthema. »Und wie hat Tommy dich dafür begeistert?«

Rory gab mir keine Antwort, und die Stille wurde zunehmend unangenehm. Er lief wie auf Autopilot, mit den Gedanken offenbar ganz weit weg.

Plötzlich gab mein Knie nach. Rory packte meinen Arm und riss mich mit einem Ruck hoch, bevor ich auf dem Asphalt aufschlug. »Lass uns eine Pause machen.«

»Alles okay. Ich hab bloß eine Spurrille in der Fahrbahn übersehen.«

»Ich weiß. Wir kommen gleich zu dem Punkt, wo wir von der Straße auf einen Weg abbiegen. Wir ruhen uns ein bisschen aus und gehen dann weiter.«

Es war sinnlos, mich mit ihm anzulegen. Außerdem tat mir das Knie weh, und mein anderes Bein war überlastet, weil es mehr arbeiten musste, um mich aufrecht zu halten. Ich brauchte die Pause. Also nahm ich meinen Rucksack ab, setzte mich auf einen Felsen und starrte aufs Wasser hinaus.

Rory ließ sich neben mir auf einem anderen Felsblock nieder. »Ich war als Jugendlicher ziemlich verkorkst«, sagte er plötzlich.

Verwundert über dieses unerwartete Eingeständnis sah ich zu ihm hinüber. Sein Blick war unverwandt aufs Meer gerichtet.

»Ich bin in den meisten Fächern durchgefallen, hab mich in schlechter Gesellschaft rumgetrieben, in der Schule Schlägereien vom Zaun gebrochen und wurde öfter vom Unterricht suspendiert. Aber dadurch änderte sich auch nichts«, flüsterte er. »Nur einem einzigen Menschen war ich nicht völlig egal, meiner Literaturlehrerin in der Schule, Mrs MacDougall.«

Er schwieg einen Augenblick, und ein Lächeln, das fast ein bisschen traurig wirkte, umspielte seine Lippen. »Ich hatte immer schon gerne geschrieben, aber es nie jemandem gezeigt. Mein Dad … er fand, Schreiben sei etwas für Mädchen.« Er zeichnete beim letzten Wort mit den Fingern Anführungszeichen in die Luft und verzog angewidert den Mund. »Deswegen habe ich mich geschämt, es jemandem zu zeigen. Aber Mrs Mac war toll. Sie hat sich für mich interessiert, weißt du? Und sie war die Erste, die mich ermutigt hat, weiterzuschreiben. Sie kannte mich ja vorher schon … wusste über … mich Bescheid. Und als … alles den Bach runterging und ich in der Schule nur noch Ärger machte, habe ich trotzdem immer die Hausaufgaben für ihren Unterricht erledigt, weil ich sie nicht enttäuschen wollte.«

Ich stellte mir den jungen Rory vor, der sich eine toughe Fassade zugelegt hatte und auf alles und jeden losging, mit Ausnahme dieser Lehrerin. Was hatte ihn nur auf diesen Weg gebracht?

»Irgendwann, nachdem ich wieder etwas angestellt hatte, bekam ich einen Schulverweis. Aber das war mir zu dem Zeitpunkt auch vollkommen egal. Doch als Mrs Mac es herausfand, brachte sie die Schulleitung dazu, mir noch eine Chance zu geben, indem sie sich bereit erklärte, für mich zu bürgen. Sie sagte zu mir, ich stünde jetzt an einer Wegkreuzung, und ich könnte entweder so weitermachen wie bisher und als Loser enden – oder noch schlimmer, tot in irgendeiner Gasse – oder ich könnte die Hand ergreifen, die mir gereicht wurde, und zulassen, dass sie mir half, mein Leben wieder in den Griff zu kriegen. Da war ich fünfzehn.«

So viel hatte er noch nie über sich erzählt. Mir war klar, dass sich hinter dieser Geschichte noch viel mehr verbarg, was er nicht erwähnte, aber ich wagte es nicht, ihn zu unterbrechen.

»Lange Zeit war mir alles egal, sogar ob ich lebte oder starb. Nein, das stimmt nicht – ich *wollte* sterben«, flüsterte er, während er die Hände auf den Oberschenkeln zu Fäusten ballte. Fast so, als wollte er seine Gefühle zurückdrängen. Gefühle, die drohten, hervorzubrechen – und die auf keinen Fall an die Oberfläche kommen durften.

Ich blinzelte die Tränen weg und legte zögernd meine Hand auf seine, auch wenn ich damit rechnete, dass er sie wegziehen würde.

Doch das tat er nicht. Stattdessen öffnete er seine Faust und umklammerte meine Hand.

»Ich wollte sterben«, wiederholte er, ohne mich anzusehen. »Aber wie bei allem anderen auch hatte ich zu viel Angst, es durchzuziehen. Was ziemlich paradox ist, wenn man bedenkt, dass das Motto des Sutherland Clans ›Sans Peur‹ lautet, ›Ohne

Furcht‹. Kein Wunder, dass mein Vater mich gehasst hat wie die Pest.«

Der Gedanke daran, wie unglaublich einsam und verloren sich Rory gefühlt haben musste, brach mir das Herz. »Rory, das heißt nicht, dass du zu viel Angst hattest, sondern dass du ganz tief drinnen nicht sterben wolltest, nicht wirklich. Du wolltest leben; du brauchtest nur jemanden, der dir half, das zu erkennen.«

Seine Lippen wanderten ganz leicht nach oben. »Vielleicht. Jedenfalls war Mrs Mac der Meinung, dass Tommy der Richtige sein könnte, um zu mir durchzudringen. Und sie hatte recht. Tommy ist zwei Jahre älter als ich, aber er wusste …« Er unterbrach sich kurz und fuhr dann fort: »Er wusste, was ich durchmachte.« An seinem Zögern erkannte ich, dass es nicht das war, was er ursprünglich hatte sagen wollen.

Rory zog seine Hand weg und stand auf. »Um es kurz zu machen, Tommy sorgte dafür, dass ich in die Gruppe der Jugendlichen kam, mit denen er fast jedes Wochenende wandern ging. Zuerst weigerte ich mich – es war, als würde eine Wunde wieder aufgerissen, und das konnte ich nicht ertragen. Aber Tommy gab nicht auf, und dann begann es mir tatsächlich zu gefallen, auch wenn ich mich noch so sehr dagegen wehrte. Es war ein Programm, das Jugendliche aus ganz England dazu motivieren sollte, rauszugehen und sich für die Natur zu engagieren, für die Allgemeinheit, und so weiter. Ich blieb dabei, bekam Auszeichnungen, erwarb verschiedene Qualifikationen und fasste auch in der Schule wieder Fuß.«

»Und jetzt arbeitest du mit diesen Jugendlichen.«

»Aye, ich wollte etwas zurückgeben. Ich verdanke Mrs Mac und Tommy alles. Ich weiß nicht, was aus mir geworden wäre, wenn sie nicht gewesen wären. Sie haben mir das Leben gerettet.« Er räusperte sich. »Jedenfalls habe ich meinen Realschulabschluss gemacht und schließlich die Zulassung als Bergführer bekommen. Und Tommy und ich sind seitdem die dicksten Freunde.«

Mir war klar, dass noch etwas anderes dahintersteckte, aber ich wusste auch, dass er nicht mehr erzählen würde. Jedenfalls nicht im Moment. Dass er mir so viel anvertraut hatte, war eine Überraschung – und verdammt viel mehr als das, womit ich nach meiner simplen Bemerkung »Erzähl mir von Tommy«, gerechnet hatte. Ich fragte mich, was zu so viel Schmerz und Verzweiflung geführt hatte, dass er es immer noch mit sich herumschleppte.

Es war nicht fair, dass er in seinem Leben schon so viel hatte durchmachen müssen.

»Ich bin froh, dass du Tommy hast, und dass du Mrs Mac hattest. Manchmal kann ein einziger Mensch im Leben eines anderen alles verändern. Schreibst du noch?«

»Während der Hauptsaison habe ich keine Zeit dafür, aber in der Nebensaison, in den langen Nächten, ja. Überwiegend Kurzgeschichten, aber ich spiele auch noch mit ein paar anderen Sachen herum. Ich notiere mir die Ideen in meinem Handy, damit ich sie nicht vergesse. Egal, wir müssen los. Der Himmel gefällt mir gar nicht.«

Und tatsächlich. Während Rory mir von sich und Tommy erzählt hatte, hatte sich der Himmel dunkelgrau gefärbt. Die tief hängenden Wolken waren schwer von Regen und sahen aus, als würden sie jeden Moment ihre Schleusen öffnen.

Was sie wahrscheinlich auch tun würden.

KAPITEL ZWEIUNDZWANZIG

RORY

Der Himmel verhieß tatsächlich nichts Gutes, so ähnlich wie vor ein paar Tagen auf dem Bergkamm. »Zieh deine Regensachen an und die Schutzhülle über deinen Rucksack, bevor wir aufbrechen«, sagte ich zu Amelia und befolgte dann eilig meine eigene Anweisung. Es war nicht nur eine notwendige Vorsichtsmaßnahme, sondern auch eine willkommene Ablenkung. Unser Gespräch hatte eine unerwartete Wendung genommen.

Was machte sie nur mit mir? Erst mit ihrer Bemerkung heute Morgen, warum sie mich nicht geweckt hatte, und jetzt … Was an ihr brachte mich nur dazu, ihr alles anvertrauen zu wollen? Jedes gottverdammte dunkle Detail aus meiner Vergangenheit, Dinge, die außer Tommy niemand wusste – und Dinge, die nicht einmal er wusste.

Erzähl mir von Tommy, hatte sie gesagt und sofort hatte mich eine überwältigende Eifersucht überfallen. Nach dem, was heute Morgen zwischen uns war … nachdem sie mich mit den Augen regelrecht verschlungen hatte, nachdem sie mein Gesicht berührt hatte, und nachdem ich ihr geholfen hatte, ihre Hose auszuziehen – nach all dem hatte sie nichts Besseres zu tun, als sich nach *Tommy* zu erkundigen?

Aber als sie dann gesagt hatte, sie hätte mich nur darum gebeten, um ein Thema zu haben, über das wir reden konnten, war es, als hätten sich alle Schleusen geöffnet. Ich hatte ihr tatsächlich erzählt, dass ich damals sterben wollte – etwas, das ich Tommy nie anvertraut hatte, obwohl er es wahrscheinlich vermutete.

Ich durfte mich nicht noch einmal so aus der Reserve locken lassen. Ich musste Amelia bis ans Ende des Skye Trails bringen, damit sie zu ihrem und ich zu meinem Leben zurückkehren konnte.

Genau in dem Moment, wo wir von der asphaltierten Straße auf den Weg abbogen, der am Loch Sligachan entlangführte, begann es sintflutartig zu regnen. Mist. Der Weg war schon schwierig genug, weil wir mehrere Bäche überqueren mussten. Aber bei diesem Regen – und besonders nach dem Wolkenbruch von vor ein paar Tagen – würden sie alle überflutet sein. Und wir konnten auch nicht viel schneller laufen, ohne Amelia in Gefahr zu bringen. Uns blieb also nichts anderes übrig, als weiterzugehen und zu versuchen, so schnell wie möglich nach Sligachan zu kommen.

Nach einer Weile erreichten wir den ersten Bach. Es war ein kleiner, recht schmaler Wasserlauf mit Steinen darin, die die Überquerung erleichterten – es sei denn, man hatte ein verletztes Knie und es schüttete wie aus Eimern. Ich hüpfte auf den ersten Stein und drehte mich dann zu Amelia um. »Du trittst genau dahin, wo ich hintrete, okay? Die Steine werden ein bisschen glitschig sein, aber ich halte dich.«

»Okay«, sagte sie leise und blickte auf den schnell dahinströmenden Bach.

»Reich mir deine Stöcke.«

Ihr Blick schoss zu mir hoch. »Was?«

»Sie helfen dir nicht bei der Überquerung, wahrscheinlich machen sie die Sache nur schlimmer. Du wirst dich an meinem Arm festhalten und ich mich an deinem.«

Ich bereitete innerlich schon meine Antwort auf ihren Einwand vor, aber sie reichte mir nur wortlos die Trekkingstöcke. Schnell befestigte ich sie an meinem Rucksack und nahm ihren Arm kurz über dem Ellenbogen. »Okay, und jetzt hältst du dich genauso an mir fest.« Sie umklammerte meinen Unterarm, als wäre er eine Rettungsleine.

Ich testete den nächsten Stein, um sicherzugehen, dass er sich nicht bewegte. »Okay«, sagte ich, als ich einen festen Stand hatte, »jetzt ganz vorsichtig. Mit dem linken Fuß zuerst. Keine Angst, ich hab dich.«

Sie machte mit dem linken Fuß einen Schritt nach vorn und setzte dann den rechten auf, wobei sie nur ein klein wenig schwankte.

»Gut! Jetzt der nächste. Immer zuerst mit dem linken Fuß«, wies ich sie an und innerhalb kürzester Zeit waren wir auf der anderen Seite.

Sichtbar erleichtert, schloss Amelia die Augen.

»Ich lass deine Seifenblase ja nur ungern platzen, aber das war bloß der erste von mehreren Bächen, die wir heute noch überqueren müssen.«

Sie nickte, und ihre Lippen verzogen sich zu einem leichten Lächeln. »Schon klar, aber beim ersten Mal ist es immer am schlimmsten, nicht? Jetzt weiß ich ja, was auf mich zukommt.«

Das hier war nur ein kleiner Bach, und das Schlimmste lag definitiv noch vor uns. Aber ich hatte nicht vor, ihre Zuversicht zu erschüttern. Als sie heute Morgen mit ihren Stiefeln in der Hand aus dem Zelt gekommen war, hatte sie völlig verängstigt ausgesehen, aber sie war tapfer und unermüdlich weitergegangen, ohne sich zu beschweren.

»Ich bin so stolz auf dich, Amelia.«

Überrascht zog sie die Augenbrauen hoch und ihre Wangen röteten sich. »Was? Wieso?«

»Weil du dich großartig schlägst und eine tolle Einstellung an den Tag legst, obwohl dein Knie vermutlich höllisch wehtut und der Weg zurzeit echt beschissen ist.«

»Was bleibt mir für eine Wahl?«, flüsterte sie.

Ich hob sanft ihr Kinn, sodass ich ihr in die Augen schauen konnte. »Du hattest die Wahl, aufzugeben. Und das hast du nicht getan, auch wenn jeder andere in deiner Situation sich so entschieden hätte.«

Sie schnaubte spöttisch. »Die meisten Leute würden sagen, dass ich total bescheuert bin, die Sache durchzuziehen.«

»Und ich sage, dass du tapfer und willensstark bist. Wem wirst du glauben, mir oder ›den meisten Leuten‹?«

Sie grinste. »Tja, wenn du mich so fragst …«

»Genau.«

Ich hielt sie wieder am Arm, als wir weitergingen. Nach zwei weiteren Bachüberquerungen, jede schlimmer als die zuvor, begann sie zu straucheln. »Du bist dran«, sagte ich.

»Womit?«, fragte sie mit zusammengebissenen Zähnen.

»Mir eine Geschichte zu erzählen. Ich brauche ein bisschen Ablenkung«, fügte ich hinzu und benutzte dabei ihre Worte von vorhin. »Erzähl mir eine von deinen Lieblings-Carrie-Storys. Ich möchte mehr über die Frau erfahren, die ich diesmal leider nicht kennenlernen konnte, was ich aber hoffe, nächstes Mal nachholen zu können.«

Sie blinzelte, und ich erhaschte einen kurzen Blick auf ein paar Tränen, bevor sie sich ein zittriges Lächeln abrang. »Ich habe dir doch erzählt, dass Carrie und ich uns schon kennen, seit wir Kinder waren, stimmt's?«

»Aye.«

»Carrie war immer die Abenteuerlustigere von uns beiden. Sie hat ständig versucht, mich zu überreden, bei ihren verrückten Ideen mitzumachen.«

»Und, hast du?«

Sie grinste. »Fast jedes Mal. Sie hat diesen bestimmten Blick. Er ist schwer zu beschreiben, aber er geht ungefähr so …«

Amelia senkte den Kopf, schob die Unterlippe leicht vor, als würde sie schmollen. Dann schaute sie unter ihren langen Wimpern hervor zu mir auf und blinzelte langsam.

Bei der Vorstellung, Amelia würde mich so ansehen und mich bitten … Hastig riss ich meinen Blick von ihr los und richtete meine Aufmerksamkeit wieder auf den Weg. »Ich, äh, glaube dir sofort, dass man ihr unmöglich widerstehen kann.«

»Bei den Typen, mit denen sie zusammen war, hat es jedenfalls super funktioniert.«

Ich räusperte mich. »Aye, kann ich mir denken. Aber du wolltest mir doch eigentlich eine Geschichte erzählen.«

»Stimmt.« Sie plapperte lebhaft drauflos und erzählte eine Anekdote über einen verrückten Roadtrip, den sie unternommen hatten, um eine Band in drei verschiedenen Städten entlang der Ostküste der USA spielen zu hören. Ich hätte hinterher nicht sagen können, wie die Band hieß oder in welchen Städten sie waren oder sonst irgendwas. Das Einzige, woran ich denken konnte, war, wie sehr ich mich zu ihr hingezogen fühlte.

***

Der Rest des Nachmittags verlor sich unter einem nassen, grauen Schleier. Es regnete unaufhörlich, und die Überquerung der Bäche wurde von Mal zu Mal schwieriger. Das war genau das, was ich brauchte, um den Kopf freizubekommen und meine Aufmerksamkeit auf den Weg zu richten, wo sie auch hingehörte.

Der Wind hatte ebenfalls aufgefrischt und die Oberfläche des Sees in ein Meer aus Schaumkronen verwandelt. Die Cuillins – die Bergkette südlich von Sligachan – waren wolkenverhangen und kaum zu erkennen.

Es sah nicht danach aus, als würde sich das Wetter in nächster Zeit bessern. Wir würden noch zwei Flüsse überqueren müssen, bevor wir nach Sligachan kamen. Ich wollte mir gar nicht vorstellen, in welchem Zustand sie waren.

»Wie kommst du zurecht?«, fragte ich, während wir uns durch den Matsch kämpften.

»P-prima. Alles … b-bestens.«

Das klang nicht gut. Überhaupt nicht gut. »Bleib mal einen Moment stehen.«

»W-wir m-müssen in … B-bewegung b-bleiben«, stieß sie hervor.

Ich hielt sofort an und verstärkte meinen Griff um ihren Arm, damit sie stehen blieb, und drehte sie zu mir herum. Ihr Gesicht war leichenblass und ihre Lippen vor Kälte blau angelaufen.

»Verdammt, warum hast du mir nicht gesagt, dass du eine Pause brauchst?«

»W-weil wir nirgendwo rasten k-können, bis wir nach S-Sligachan kommen. Es gibt keine Schutzhütte!«

»Amelia, ich trage einen Unterschlupf auf meinem Rücken! Und du auch.«

Ich blickte mich um. Ein paar Meter vom Weg entfernt befand sich ein Felsblock, der von einer relativ ebenen Fläche umgeben war. Ich führte sie zu diesem Felsen, drängte sie sanft, sich hinzusetzen, und nahm meinen Rucksack ab.

»W-was machst d-du da?«

»Ich werde das Zelt aufbauen, und dann machen wir eine kurze Pause.«

»Hier?«

»Aye. Du kannst nicht weitergehen, bevor du dich nicht aufgewärmt hast.«

»Aber …«

»Keine Widerrede.«

Innerhalb kürzester Zeit hatte ich mein Zelt aufgebaut. Ich hatte das schon unzählige Male getan, im hellen Tageslicht und in stockdunkler Nacht und bei jedem Wetter – Regen, Graupel, Schnee, Wind –, sodass es im Handumdrehen stand. Es ging so schnell, dass ich mir im Geiste in den Hintern trat, weil ich nicht schon früher daran gedacht hatte, sondern erst, nachdem Amelia halb erfroren war.

Ich rollte unsere Isomatten aus, um etwas zum Sitzen zu haben. Dann trug ich Amelia ins Zelt. Dass sie überhaupt nicht protestierte, machte mir Sorgen.

Nachdem ich unsere Rucksäcke hereingeholt hatte, half ich Amelia aus der nassen Regenkleidung und breitete sie über ihren Rucksack aus, bevor ich dasselbe mit meiner tat. Unsere Stiefel stellte ich in der kleinen »Dreckschleuse« direkt am Zelteingang ab.

Anschließend rollte ich meinen Schlafsack aus und breitete ihn wie eine Decke über Amelia. Sie drehte sich sofort auf die linke Seite. Ich schlüpfte hinter ihr unter die Schlafsack-Decke und wickelte sie enger um uns. Schnell zog ich Amelia an mich und rubbelte mit den Händen über ihre Arme. Aber sie zitterte immer noch.

Mir war klar, dass es nur eine Möglichkeit gab, Amelia zu wärmen, auch wenn ich gehofft hatte, es würde nicht so weit kommen.

Ich zog Fleece und T-Shirt über den Kopf. Das war der einfache Teil. »Amelia, ich muss dir jetzt dein Shirt ausziehen.«

Sie nickte. »K-kalt, Rory.«

»Ich weiß. Ich werde dich wärmen.«

»W-warum b-bist du so nett zu mir?«

»Manchmal kann ich auch nett sein. Aber sag's nicht weiter.«

»Okay.«

Vorsichtig zog ich ihr erst das Fleece und dann das T-Shirt aus, sodass sie nur noch ihren BH anhatte. Es war ein Sport-BH, wie der von gestern, aber diesmal lila. Genau wie der andere bedeckte er mehr als ein normales Bikinioberteil. Und genau wie der andere war er sexyer als alles, was ich jemals gesehen hatte, und versetzte meinen ganzen Körper in Aufruhr.

Sie friert sich zu Tode, während du sie anstarrst, du Idiot. Schnell presste ich sie wieder an mich. Amelia schnappte sich mein Handgelenk, zog meinen Arm noch weiter um sich herum und murmelte »Danke«.

»Gern geschehen. Jetzt entspann dich einfach.«

Dieses Mal, Haut an Haut, funktionierte es besser, und ganz langsam hörte sie auf zu zittern.

Während ich dem Regen lauschte, der aufs Zelt prasselte, betete ich, dass er bald aufhören würde. Wir konnten vielleicht noch eine Stunde im Zelt bleiben, aber nicht länger, wenn wir heute noch Sligachan erreichen wollten. Und die Überquerung der Bäche würde auch ohne Regen verdammt schwierig werden.

Wenig später rührte sich Amelia und kuschelte sich noch enger an mich. »Warm«, murmelte sie.

Aye, unter anderem. Verflucht, ich musste dringend unsere Position verändern, sonst würde sie in zwei Sekunden fuchsteufelswild auf mich sein. Herumrollen konnte ich sie nicht, weil sie wegen ihres verletzten Knies auf der linken Seite liegen musste. Also kletterte ich über sie hinweg auf die andere Seite, ohne dabei gegen ihr Knie zu stoßen. Vorsichtig legte ich mich neben ihr auf den Rücken und zog sie an mich, sodass ihr Kopf auf meinem Arm lag.

Amelia rutschte noch näher, legte ihre Hand auf meine Brust und kuschelte sich noch enger an mich. Ich schloss die Augen und atmete ihren Duft ein. Warme Luft strich über meine Haut, als Amelia etwas murmelte. Zu leise, um es zu verstehen. Ich berührte ihre Wange – warm, Gott sei dank – und hob ihr Kinn ein wenig an. »Was hast du gesagt?«

»Immer ziehst du mir die Klamotten aus«, murmelte sie. »Nächstes Mal bin ich dran«, fügte sie mit heiserer Stimme hinzu. Natürlich wusste ich, dass sie nicht mit Absicht so verführerisch klang, aber der Effekt war der gleiche. Offenbar fantasierte sie. Mist.

»Amelia, kannst du mich hören?«, fragte ich und rüttelte sie an der Schulter.

»Klar kann ich dich hören. Du schreist ja laut genug.«

Ich stieß erleichtert die Luft aus. Sie klang genau wie sonst – fantasierte sie vielleicht doch nicht? »Weißt du, wo du bist?« Keine Reaktion. »Amelia?«

Sie seufzte. »Wir sind in deinem Zelt, irgendwo auf dem Weg nach Sligachan, und machen eine Pause, damit ich mich aufwärmen kann. Und du sprichst ziemlich laut mit mir.«

Okay, sie fantasierte definitiv nicht. »Deine Haut fühlt sich nicht mehr so kalt an wie vorhin. Ist dir jetzt wieder warm?«

Sie öffnete die Augen und warf mir unter ihren Wimpern hervor einen Blick zu, genau wie vorhin, als sie über Carrie gesprochen hatte. »Oh, ja. Und wie«, sagte sie.

Bevor sie meinen Kopf zu sich heranzog und ihre Lippen auf meinen Mund presste.

KAPITEL DREIUNDZWANZIG

AMELIA

Ich küsste ihn.

Dort, in unserem warmen Kokon, Haut an Haut, nachdem die Kälte endlich aus meinen Knochen verschwunden war, und der Regen die Welt um uns herum ausblendete. Ich wollte unbedingt wissen, wie es sich anfühlte, wenn er hellwach war und wir beide wussten, was wir taten.

Einen Herzschlag lang wurde er ganz still. Dann erwiderte er meinen Kuss – als hätte er sich sein ganzes Leben danach gesehnt.

Die Außenwelt verblasste – bis auf den Klang unseres Atems, die Berührung unserer Lippen und Zungen, das leise Stöhnen, als wir uns wieder und wieder küssten. Ich erschauerte, aber diesmal nicht vor Kälte.

Ich grub meine Finger in seine wundervollen Haare, die zwar vom Regen feucht, aber trotzdem herrlich weich waren. Er veränderte seine Position, sodass ich teilweise unter ihm lag. Seine Hand fuhr zärtlich über meine Haut. Ich schloss die Augen und verlor mich in seiner Berührung – bis er sich schwer atmend von meinem Mund losriss.

Verwirrt öffnete ich die Augen. Warum hörte er auf?

»Rory …?«

»Wir müssen los. Jetzt, wo der Regen aufgehört hat.«

Und tatsächlich, draußen war es still. Wie hatte er das überhaupt mitbekommen? Ich hatte nicht das Geringste gemerkt, während wir uns küssten, als gäbe es kein Morgen.

Er reichte mir mein T-Shirt und schaute weg, während ich es anzog. Als hätte er es mir nicht eine halbe Stunde zuvor abgestreift, als wären seine Hände nicht gerade eben noch über meinen Körper gewandert. Nachdem wir unsere Regensachen und Stiefel wieder angezogen hatten, half er mir hoch, und wir verließen das Zelt.

Der Regen hatte sich zu einem leichten Nieseln abgeschwächt. Ich saß auf dem Felsen, während Rory schnell und effizient – wie immer – unsere Ausrüstung einpackte. Ein paar Minuten später quälten wir uns wieder den Weg entlang. Ohne ein einziges Wort miteinander zu wechseln. Als wäre unser Intermezzo im Zelt nichts als ein Traum gewesen.

Der Pfad vor uns war durch den starken Regen zu einer einzigen Matschpampe geworden, und ich war dankbar für Rorys stützende Hand, während wir schweigend dahintrotteten. Immer wieder ließ ich die Szene im Zelt in meinem Kopf ablaufen wie einen Film – na ja, eher wie einen Kurzfilm. Spürte den Druck seiner Lippen, seine rauen Fingerkuppen, die über meine nackte Haut glitten, seinen Körper, der sich gegen meinen presste.

Ob in seinem Kopf wohl der gleiche Film ablief?

Kurz darauf hörte ich ein Stück voraus ein donnerndes Geräusch.

»Rory, was ist das?«

Er sah mich mit finsterer Miene an. »Der Fluss.«

»Einer, den wir überqueren müssen?«, fragte ich, obwohl ich die Antwort bereits kannte.

»Aye.«

Als wir das Ufer erreichten, begann mein Herz wild zu klopfen.

Die bisherigen Bäche waren schlimm genug gewesen – und von Mal zu Mal schlimmer –, aber das hier war eindeutig mehr als ein Bach. »Wie sollen wir denn da rüberkommen?«

»Auf die gute, alte Art. Laufen.«

»Was?«

»Keine Angst, es ist nicht so tief, dass man nicht stehen könnte. Wir werden bloß nass werden. Also noch nasser. Die gute Nachricht ist, dass es von hier bis Sligachan nur noch ungefähr eine Meile ist.«

»Und die schlechte?« Denn es gab immer eine schlechte Nachricht.

»Nach diesem hier kommt noch ein Fluss.«

Ich betrachtete einen Moment das dahinströmende Wasser. »Na ja, wenigstens sind wir dann schon komplett durchnässt.«

Seine Lippen verzogen sich zu einem Lächeln. »So ist es. Bleib kurz hier, während ich mal vorteste.«

Nachdem er seinen Rucksack abgesetzt hatte, stapfte er ohne zu zögern in den Fluss und watete langsam hindurch. Dabei korrigierte er gelegentlich ein wenig seinen Kurs. Am tiefsten Punkt reichte ihm das Wasser nur bis zur Mitte der Oberschenkel. Aber es floss ziemlich schnell, und er kam einmal ins Stolpern.

Am anderen Ufer angekommen, kletterte er heraus und türmte einige Steine übereinander. Was machte er da? Als der Haufen ungefähr zwanzig Zentimeter hoch war, watete er wieder zurück.

»Wofür sind die Steine?«

»Man nennt es einen Cairn. Daran können wir uns bei der Überquerung orientieren. Mit Ausnahme einer Stelle, die ungefähr nach zehn Schritten kommt, ist das Wasser nie höher als bis zur Mitte meiner Oberschenkel. Ich bringe unsere Sachen rüber und hole dich dann ab.«

»Okay«, sagte ich. Seine Erfahrung und seine Zuversicht gaben mir etwas Mut.

Rory trug erst seinen und danach meinen Rucksack, an dem er die Trekkingstöcke befestigt hatte, ans andere Ufer. Dann war ich an der Reihe.

Wie zuvor hielt er mich am Oberarm fest, während ich mich an seinen Unterarm klammerte. »Langsam jetzt. Das Schlimmste, was passieren kann, ist, dass du nass wirst. Wenn du willst, kann ich dich auch tragen.«

Ich hätte nichts dagegen gehabt, wenn er mich auf die Arme genommen und mich eng an seine Brust gepresst hätte, aber … »Nein. Danke für das Angebot, aber ich schaff das schon. Wie du schon gesagt hast, das Schlimmste, was passieren kann, ist, dass ich nass werde – also noch nasser.«

»Na, dann los.«

Rory war um einiges größer als ich, sodass mir das Wasser fast bis zur Taille reichte. Dadurch kamen wir nur langsam voran, aber wir durchquerten den Fluss ohne besondere Zwischenfälle.

Mühsam kämpften wir uns Schritt für Schritt weiter den Pfad entlang, der durch den Regen inzwischen nahezu verschwunden war. Aber schließlich erreichten wir auch den zweiten Fluss, den wir genau wie den ersten vorsichtig und ohne Probleme überquerten.

Danach ging es noch ein Stück quer über das Gelände eines Campingplatzes, bevor wir auf der Straße wieder herauskamen. Und dann ragte auf einmal das Sligachan Hotel vor uns auf, so prächtig und einladend wie ein Märchenschloss.

Wärme. Eine Dusche. Richtiges Essen. Ein weiches Bett. Himmlisch.

KAPITEL VIERUNDZWANZIG

RORY

Als wir unsere Herberge erreichten, sagte uns die Besitzerin, sie hätte nichts mehr frei. Eine große Wandergruppe, die an diesem Abend eigentlich zelten wollte, hatte beschlossen, sich vier Wände, ein Dach über dem Kopf und richtige Betten zu gönnen, nachdem bei der heutigen Tour alle völlig durchnässt worden waren. Die Duschen hätten wir gegen eine Gebühr benutzen können, aber es gab keine Übernachtungsmöglichkeit.

Amelia gab ein leises Geräusch von sich, und als ich zu ihr hinüberschaute, sah sie aus, als könnte sie nur noch mit Mühe die Tränen zurückhalten. Den ganzen Tag über war sie so stark gewesen, hatte trotz Schmerzen, Kälte und Nässe tapfer, entschlossen und mit Humor durchgehalten, und jetzt sollte sie nicht mal in einem warmen Bett schlafen können?

Nicht, wenn ich es verhindern konnte. »Mrs Anderson, könnten Sie drüben im Hotel anrufen und fragen, ob sie noch etwas frei haben?« Die Zimmer dort waren teuer, aber das war mir die Sache wert.

»Aye, natürlich, Schätzchen.« Sie wählte eine Nummer und sprach kurz, dann deckte sie die Sprechmuschel ab und blickte zu uns auf. »Sie haben noch ein Doppelzimmer frei.«

Sie nannte einen Preis, der zwar hoch war, aber nicht so hoch wie an einem Samstagabend. Doch das wäre mir auch egal gewesen – ich hätte jeden Preis bezahlt, damit Amelia ein weiches Bett bekam. »Wir nehmen es«, sagte ich, ohne zu zögern. »Danke.«

Die Erleichterung in Amelias Augen war jedes Pfund wert, das ich für dieses Zimmer ausgab. »Ich werde hier in der Herberge duschen und mich dann zum Abendessen mit dir im Hotel treffen«, sagte ich.

Sie runzelte die Stirn. »Hier duschen? Was redest du denn da?«

»Für ein paar Pfund kann man hier duschen, auch wenn man zeltet.«

»Das weiß ich – ich habe das Schild gelesen. Aber warum willst du zelten? Wir haben doch ein Zimmer.«

»Nein, *du* hast ein Zimmer.«

»Du willst es nicht mit mir teilen?«

»Ein Doppelzimmer bedeutet in der Regel ein Doppelbett, und nicht zwei Einzelbetten.«

»Ich weiß, was es bedeutet. Und ich werde auf keinen Fall eine nette kuschlige Nacht in einem echten Bett verbringen, während du in deinem Zelt auf dem harten Boden vor dich hin bibberst.«

»Ich habe schon unter wesentlich schlechteren Bedingungen gecampt – und mein Schlafsack ist warm.« Das stimmte alles.

»Warum stellst du dich deswegen so an?«

»Entschuldigen Sie uns bitte einen Moment«, sagte ich zu Mrs Anderson, die uns interessiert zuhörte, und führte Amelia in die andere Ecke des Raums. »Ich kann mir kein Bett mit dir teilen. Du bist eine zahlende Kundin, und das ist nicht angebracht.« Das stimmte ja auch.

Sie schnaubte verächtlich. »Erstens wird es sowieso keiner erfahren. Und zweitens hast du vor noch nicht mal einer Stunde deine Hände überall auf meinem Körper gehabt, oder hast du das schon vergessen? Ich glaube, das ›nicht angebracht‹ haben wir zwei Meilen und ein paar Flüsse hinter uns gelassen.«

Wie hätte ich das vergessen können? Ich konnte immer noch ihre Lippen schmecken, und ich musste immer wieder daran denken, wie richtig sich ihr Körper an meinem angefühlt hatte. Doch so sehr ich mir auch gewünscht hätte, der Anziehung zwischen uns nachzugeben und in diesem gemütlichen Zelt mit ihr zu schlafen, hatte ich es nicht fertiggebracht. Amelia war halb erfroren gewesen, fast vollkommen weggetreten. Der Kuss war zwar von ihr ausgegangen, und sie schien auch bereit gewesen zu sein, einen Schritt weiterzugehen, aber ich konnte nicht sicher sein, ob sie in diesem Moment völlig zurechnungsfähig war. Es hatte mich all meine Selbstbeherrschung gekostet, mich von ihr loszureißen.

»Es wird nicht noch einmal vorkommen«, murmelte ich. Meine Aufgabe war es, dafür zu sorgen, dass sie den Rest der Strecke ohne weitere Verletzungen zurücklegte, und nicht, mich mit einem Mädchen einzulassen, das in ein paar Tagen wieder verschwunden sein würde.

Ihre Wangen liefen rot an. »Ob es noch einmal vorkommt oder nicht, hat nichts damit zu tun, dass du das Zimmer mit mir teilst«, fauchte sie.

»Amelia, es tut mir leid, aber wir können nicht …«

Ihre Augen funkelten vor Wut. »Rory, verflucht noch mal! Ich werde mich dir nicht aufdrängen! Die Botschaft ist angekommen, okay? Und da du offenbar nichts mit mir zu tun haben willst, dürfte es dir doch nicht schwerfallen, das verdammte Bett mit mir zu teilen. Aber wenn du damit nicht klarkommst, dann schlaf in Gottes Namen in deinem blöden Zelt.« Sie drehte sich um und stolzierte humpelnd zum Anmeldetresen.

Ich sah ihr einen Moment lang nach, dann ging ich nach draußen und lief unruhig auf und ab. Während ich auf die Berge starrte, konzentrierte ich mich auf meinen Atem und versuchte, meine Gefühle unter Kontrolle zu kriegen.

Amelia dachte, ich würde sie nicht wollen, dabei war es genau andersherum. Ich wollte sie so sehr, dass ich unbedingt auf Abstand bleiben musste. Durch sie wurden meine Gefühle nach langer Zeit wieder lebendig – egal, ob wir uns stritten oder uns Geschichten erzählten, ob ich sie im eisigen Wasser an mich presste oder mich im Schlafsack an sie kuschelte und sie küsste, bis die Welt um uns herum versank.

Sie hatte mein Herz wieder zum Schlagen gebracht, aber sie hatte auch die Macht, es zu zerstören.

Hinter mir fiel die Tür zu, und Amelia stapfte in Richtung Hotel, mit hoch erhobenem Kopf und kerzengeradem Rücken, ganz die tapfere, streitlustige Frau, die sie war.

Und obwohl ich wusste, dass ich bei meinem ursprünglichen Plan bleiben und draußen zelten sollte, folgte ich ihr.

KAPITEL FÜNFUNDZWANZIG

AMELIA

Kaum waren wir in unserem Zimmer, stöpselte ich mein Handy zum Aufladen ein. Seit wir die Herberge verlassen hatten, hatte Rory kein Wort mehr mit mir gewechselt, aber da er mir zum Zimmer gefolgt war, ging ich davon aus, dass der Reiz eines warmen Betts größer war als seine Angst, ich könnte mich wieder auf ihn stürzen.

In meinem ganzen Leben hatte ich mich noch nicht so gedemütigt gefühlt, und das Schlimmste war, dass es meine eigene Schuld war. Was hatte ich mir nur dabei gedacht, in aller Öffentlichkeit einen solchen Streit vom Zaun zu brechen? Als ich zum Anmeldetresen zurückgekehrt war, um meinen Rucksack zu holen, hatten die Leute, die sich im Empfangsbereich aufhielten, mich unverhohlen angestarrt. Daraufhin hatte ich ihnen meinen arrogantesten New-York-Blick zugeworfen.

Als ich mich bei Mrs Anderson für ihre Hilfe bedanken wollte, hatte sie mir ein freundliches Lächeln geschenkt. »Das ist doch selbstverständlich, Liebes. Geh einfach zum Empfangstresen des Hotels. Sie erwarten dich dort.« Sie hatte kurz gezögert und dann mit leiser Stimme hinzugefügt: »Wenn du mich fragst, ich glaube, du täuschst dich in dem jungen Rory.«

Da hatte sie wahrscheinlich recht. Rorys Reaktion auf mich im Zelt war verdammt real gewesen. Die Frage war nur, warum er dagegen ankämpfte. Darüber musste ich nachdenken – aber zuerst musste ich unter die Dusche.

Ich drehte mich zu ihm um. Er sah verstört und unglücklich aus. Dann waren wir ja schon zu zweit. »Macht es dir etwas aus, wenn ich zuerst dusche?«

Er schüttelte den Kopf. »Natürlich nicht. Ich gehe solange in die Bar, damit du ungestört bist. Aber wir müssen über etwas reden.«

»Keine Angst, ich werde dich nicht im Schlaf anfallen.«

Er seufzte. »Das meinte ich nicht. Sieh mal, der Tag heute war ziemlich hart für dich, und auf dem Rest der Tour wird es wahrscheinlich noch schlimmer, besonders wenn es weiter regnet. Ich finde, du solltest darüber nachdenken, in Sligachan aufzuhören. Es ist kein Problem, von hier aus wegzukommen.«

Ich schüttelte schon den Kopf, bevor er den Satz überhaupt beendet hatte. »Nein, ich gebe nicht auf.«

»Amelia, bitte. Wenn du dein Knie weiterhin so strapazierst, trägt es womöglich einen dauerhaften Schaden davon. Wenn du hier aufhörst und dich darum kümmerst, kannst du ein andermal wiederkommen und den Skye Trail gehen.«

Er hatte recht – ich wusste, dass er recht hatte. Aber ich konnte jetzt nicht aufgeben. »Das geht nicht. Jetzt oder nie. Du hältst mich vielleicht für verrückt, aber es ist so … ich habe solche Angst, dass Carrie nicht wieder aufwacht, wenn ich die Wanderung nicht beende.«

Völlig erschöpft ließ ich mich auf die Stuhlkante sinken, erst unser Streit in der Herberge, und nun das.

Rory kniete sich vor mich hin. »Ich halte dich nicht für verrückt. Entschlossen, mutig und höllisch stur, aber nicht verrückt. Nie im Leben.«

Ich musste mich zwingen, meinen Blick von seinen unergründlichen Augen abzuwenden. Er klang so aufrichtig, aber all die schönen Worte waren nutzlos, wenn er sich weigerte, mir zu helfen. Ich musste diese Wanderung beenden. Wenn er jetzt absprang, blieb mir nichts anderes übrig, als einen anderen Guide zu finden. Es wäre nicht das Gleiche, aber ich durfte seinetwegen nicht scheitern. Vielleicht kannte Mrs Anderson ja jemanden, den ich anheuern konnte.

Er legte seine Hand auf meine. »Ich habe versprochen, dass ich dir helfe, und ich werde mein Wort nicht zurücknehmen.«

Hoffnungsvoll suchte ich wieder seinen Blick. »Wirklich?«

Ein Lächeln umspielte seine Lippen. »Zumal du es sowieso tun wirst.«

Ich spürte, wie mein Gesicht heiß wurde. War ich so leicht zu durchschauen?

Bevor ich etwas sagen konnte, fügte Rory hinzu: »So brauche ich mir wenigstens keine Sorgen machen, dass du irgendeinen inkompetenten Blödmann engagierst, um den Skye Trail zu Ende zu gehen. Aber ich musste dich fragen.«

»Danke. Ich weiß es zu schätzen, dass du auf mich aufpasst.« Auch wenn er der frustrierendste Mann der ganzen Insel und wahrscheinlich des gesamten Landes war.

Er stand auf. »Brauchst du Hilfe mit … irgendwas … bevor ich gehe?«

Ich fragte mich, was er wohl sagen würde, wenn ich ihn bat, mir beim Ausziehen zu helfen. Wahrscheinlich würde er es aus reinem Pflichtgefühl sogar tun, aber das wollte ich nicht. Sollte er mich noch einmal ausziehen, dann nur deshalb, weil wir der Anziehung zwischen uns nachgaben. »Nein. Passt schon. Danke.«

»Hör mal, es tut mir leid wegen vorhin …«

»Ich brauche jetzt wirklich eine heiße Dusche, Rory«, schnitt ich ihm das Wort ab. Ich hatte keine Lust auf seine Entschuldigungen. Wenn er sich seine Gefühle für mich nicht eingestehen konnte, gab es nichts mehr zu sagen.

Er nickte nur und verließ das Zimmer.

KAPITEL SECHSUNDZWANZIG

RORY

Ich überließ Amelia ihrer Dusche und ging zur Bar. Ich hatte nicht erwartet, dass sie sich bereit erklären würde, die Wanderung abzubrechen, aber ich hatte sie fragen müssen. Das war nur verantwortungsbewusst. *Klar, du hast dich bis jetzt ja auch so unglaublich verantwortungsbewusst verhalten.*

Erschöpft ließ ich mich auf den Barhocker sinken und wartete darauf, dass Gavin mich bemerkte. Als es so weit war, breitete sich ein Grinsen auf seinem Gesicht aus. »Sutherland!« Er kam um die Bar herum und zog mich in eine feste Umarmung.

»Gut, dich zu sehen, Mann«, sagte ich und erwiderte seine Umarmung. Gav war in Tommys Alter und arbeitete hier schon genauso lange als Barkeeper wie ich als Wanderführer auf Skye. Er hatte sogar ein paarmal an unseren Tagestouren teilgenommen.

»Ich hatte gehofft, dass du auftauchst. Tommy hat gesagt, du würdest zurückbleiben, um einem Mädchen zu helfen, das sich verletzt hat? Das hat mich überrascht – bis er erwähnt hat, dass sie hübsch ist.«

Hübsch war das falsche Wort, um Amelia zu beschreiben. Ich dachte an ihren Schlafzimmerblick, bevor sie mich geküsst hatte, den Schwung ihrer Lippen, die leichte Röte auf ihren Wangen, die zarte Wölbung ihrer Brüste. Nein, *hübsch* war definitiv eine Untertreibung.

»Rory?« Gav sah mich fragend an, er wartete immer noch auf eine Reaktion von mir.

Ich verdrehte die Augen und setzte eine Coolness auf, die ich nicht empfand. »Sie hat einen wichtigen Grund, die Wanderung zu beenden, und ich habe angeboten, ihr zu helfen. Die Tatsache, dass sie hübsch ist, hat nichts damit zu tun.«

»Wenn du das sagst.« Er wich lachend meiner Faust aus, mit der ich auf seinen Arm gezielt hatte, und ging zurück hinter die Bar. »Und, wo ist die hübsche Kleine? Ich würde sie gerne kennenlernen.«

»Sie duscht gerade in unserem Zimmer …« *Mist. Warum hatte ich das jetzt gesagt?* Kaum waren mir die Worte entschlüpft, bedauerte ich sie auch schon – vor allem, als ich sah, wie Gavs Gesicht aufleuchtete.

»*Unser* Zimmer, ja? Gut gemacht, Alter!«

»Es ist nicht so, wie du denkst.« *Aber es könnte so sein, wenn du dir nicht selbst im Weg stehen würdest.*

»Dann hast du also kein Interesse an ihr? Tommy schien das anders zu sehen.«

»Tommy braucht dringend ein Hobby, das nichts mit mir zu tun hat«, murmelte ich.

»Aye, stimmt, aber wir reden hier über dich und nicht über ihn. Was ist schon dabei? Ihr seid beide erwachsen.«

»Du weißt, warum ich mich von den Frauen in meinen Wandergruppen fernhalte.«

»Rory, nicht jede Frau ist wie Emma«, sagte Gav in ruhigem Ton.

Gav hatte Emma ein paarmal getroffen und mir geraten, die Finger von ihr zu lassen, weil er das Gefühl hatte, dass mit ihr irgendetwas nicht stimmte. Aber ich hatte seine Warnung ignoriert. Und als dann alles den Bach runtergegangen war – und sie mich fast meinen Job gekostet hätte –, hatte er mir immer wieder nachgeschenkt, mir einfach nur zugehört und mich dann auf seinem Sofa pennen lassen. Er hatte kein einziges Mal gestichelt: »Hab ich's dir doch gesagt.« Gav war wirklich ein guter Freund.

»Sorry, Rory«, fuhr er fort. »Ich wollte dir nicht reinreden oder Emma wieder ins Spiel bringen. Aber ich weiß, dass sie eine üble Nummer mit dir abgezogen hat, und dass du seitdem niemanden mehr so richtig an dich rangelassen hast.«

»Seit Emma habe ich bestimmt nicht wie ein Mönch gelebt.« Ich war vielleicht nicht wie Tommy, der in fast jedem Ort ein Mädchen hatte, aber ich war auch nicht völlig enthaltsam gewesen.

Er nickte. »Aye, ich weiß. Du warst hier und da mal mit einem Mädchen zusammen. Aber du hast keine näher an dich rangelassen. Na ja, vielleicht an deinen heißen Körper, aber nicht an den ganzen Mann«, fügte er hinzu und wackelte mit den Augenbrauen.

Ich warf einen Bierdeckel nach ihm, aber er wich ein Stück zurück, sodass ich ihn nicht erwischte. »Okay. Spaß beiseite«, sagte er auf einmal ganz ernst. »Das hast du wirklich nicht.«

Ich seufzte. »Amelia ist mir schon viel nähergekommen als irgendjemand anders seit … Ewigkeiten. Aber sie ist niemand, den man nach ein paar Tagen einfach wieder vergessen kann. Und ›nur ein bisschen Spaß haben‹ kann ich nicht, nicht mit Amelia. Sie und ich teilen uns ein Zimmer für die Nacht, und das ist alles.« *Und wie soll das funktionieren?*

Gav holte zwei kleine Gläser aus dem Regal und goss in jedes einen Fingerbreit Talisker Storm. »Der geht auf mich«, erklärte er, schob mir eins davon rüber und nahm sich das andere.

»Slàinte«, sagte ich und stieß mit Gav an. Der torfige Whisky war wie ein alter Freund, dessen tröstliche Wärme sich in mir ausbreitete.

Die Bar füllte sich immer mehr. Ich bestellte noch einen Magners Cider, den ich langsam trank. Ab und zu wechselte ich ein Wort mit Gav, wenn er mal einen ruhigen Moment hatte, blieb ansonsten aber für mich.

Nachdem ich Scarlet kurz darüber informiert hatte, wo wir waren und dass Amelia sich ganz gut hielt, tippte ich eine Nachricht an Tommy.

Sind in Sligachan. Amelia geht's soweit gut. Übrigens, Gav glaubt, dass ich ›wegen einer hübschen Kleinen‹ zurückgeblieben bin, schönen Dank auch. Du weißt, dass er mich jetzt ewig damit aufziehen wird.

Tommys Antwort kam ein paar Minuten später. *Hey Mann, ich hab nur gesagt, dass du ausgestiegen bist, um einem Mädchen zu helfen, das sich verletzt hat. Er hat gefragt, ob sie hübsch ist – hätte ich da lügen sollen?*

Egal, mit der Gruppe alles okay?

Sind jetzt in Elgol – treffen uns gleich zum Abendessen. Die Klippen waren nach dem Regen von gestern echt übel, also seid bloß vorsichtig, wenn ihr dorthin kommt.

Thx. Wir lassen es langsam angehen.

Übernachtet ihr in der Herberge?

Mist. Ich hätte natürlich lügen und Ja sagen können, aber Tommy würde es über Gav auf jeden Fall rausbekommen. **Die Herberge war ausgebucht. Haben das letzte Zimmer im Hotel gekriegt.**

Du teilst es dir mit Amelia? Alter!

Ich hab ihr gesagt, ich würde im Zelt schlafen. Aber sie hat drauf bestanden. Wir kommen damit klar. Wenn wir uns nicht vorher umbringen.

Kann's kaum erwarten, ALLES darüber zu hören.

Verpiss dich!

Bleib locker. Warum versuchst du nicht einfach, ein bisschen Spaß zu haben?

Tschüss, Tommy.

Ich legte das Handy weg und starrte in mein Glas. Sofort wanderten meine Gedanken zu Amelia. Wie kam sie bloß auf die Idee, ich hätte kein Interesse an ihr? Sie musste doch spüren, wie sehr ich sie wollte.

Tommy und Gav würden mir vermutlich raten, mir nicht den Kopf zu zerbrechen, sondern eine kurze Affäre mit Amelia zu genießen, falls sie dazu bereit war, und mich am Ende der Wanderung zu verabschieden.

Aber ganz ehrlich, das wollte ich nicht. Ich konnte es auch nicht. Nicht mit ihr. Ich hatte Amelia schon näher an mich herangelassen als irgendeinen anderen Menschen, und wenn wir jetzt weitermachten, würde ich nur noch mehr darunter leiden, wenn sie wieder verschwand. Und diesen Schmerz würde ich nicht noch einmal durchstehen.

Ich warf wieder einen Blick auf mein Handy. Es war ungefähr eine Stunde her, seit ich Amelia im Zimmer zurückgelassen hatte. Ich trank den Rest meines Ciders und verabschiedete mich von Gav. »Bis später, Mann!«

Langsam lief ich zum Zimmer zurück. Selbst wenn Amelia immer noch sauer auf mich war, glaubte ich nicht, dass sie auf eine richtige Mahlzeit verzichten würde.

Als ich vor dem Zimmer stand, klopfte ich leise an die Tür. »Amelia, kann ich reinkommen?«

»Ja«, ertönte ihre gedämpfte Stimme.

Ich zog die Karte durch den Schlitz und stieß die Tür auf. Amelia saß in den Jeans und dem schwarzen Top, die sie am ersten Abend getragen hatte, auf der Bettkante. Ihre Haare fielen in lockeren Wellen über ihre Schultern, die kraftlos nach unten hingen. Sie sah völlig fertig aus. Als mein Blick auf das Handy fiel, das in ihrer Hand lag, zog sich etwas in meinem Magen zusammen. *Oh, nein.* Schnell schloss ich die Tür hinter mir und ging zu ihr. »Ist was mit Carrie?«

Sie schüttelte den Kopf. »Nein.« *Gott sei dank.* »Aber ich dachte …«

Ich zögerte einen Moment, bevor ich mich neben sie setzte und ihre Hand nahm. »Was hast du gedacht, Liebes?«

Der Kosename war mir einfach so herausgerutscht, aber entweder hatte sie es nicht bemerkt, oder es war ihr egal, denn sie reagierte nicht mal drauf. Als sie zu mir aufsah, glänzten Tränen in ihren schokoladenbraunen Augen, und in diesem Moment wünschte ich, sie würde mich böse ansehen, denn mit ihrer Wut konnte ich besser umgehen als mit der Traurigkeit, die gerade in ihrem Blick lag.

»Ich hatte gehofft, wenn ich nach zwei Tagen mein Handy wieder einschalte, dann wäre da eine Nachricht, dass Carrie aufgewacht ist, oder wenigstens, dass ihr Zustand sich verbessert hat. Aber da ist nichts – keine verpassten Anrufe, keine Nachrichten, nichts. Es ist dumm von mir, ich weiß. Aber ich hatte einfach gehofft …«

Als ihre Stimme versagte, rückte ich näher und legte meine Arme um sie.

Nach unserem Streit von vorhin hatte ich mit Widerstand gerechnet, aber sie schmiegte sich ohne zu zögern an mich. Ich fuhr mit der Hand über ihre seidenweichen langen Haare, um sie ein wenig zu trösten, auch wenn ich wusste, dass das nicht ausreichen würde. Sie stieß ein paarmal zitternd den Atem aus, war aber ansonsten ganz still.

Nach ein paar Minuten löste sie sich aus meiner Umarmung

und setzte sich auf. Ihre Augen waren leicht gerötet und immer noch feucht. Und trotzdem war sie unglaublich schön. Mehr als jemals zuvor wünschte ich, zwischen uns könnte es anders sein.

»Beim Wandern ist es nicht weiter schwer, sich nur darauf zu konzentrieren, einen Fuß vor den anderen zu setzen, weißt du?« Sie sah auf ihre Hände hinab. »Aber am Ende des Tages, wenn ich Zeit zum Nachdenken habe, dann …«

Ihre Stimme wurde immer leiser und schließlich verstummte sie ganz, aber ich wusste genau, was sie sagen wollte.

»Dann drückt es dich nieder wie ein Bleigewicht.«

Sie sah mich an. »Ja.«

»Hör mal, du darfst die Hoffnung nicht aufgeben. Vergiss nicht, keine Nachrichten sind gute Nachrichten. Carries Zustand hat sich vielleicht nicht verbessert, aber er hat sich auch nicht verschlechtert.«

»Ich weiß. Und ich habe sie auch nicht aufgegeben. Ich hatte bloß einen schwachen Moment, kennst du das?«

»Und ob. Glaub mir.«

Sie sagte nichts drauf, fragte nicht mal, wieso ich wusste, was sie meinte. Aber wenn ich es ihr erzählte, würde es ihr dadurch auch nicht besser gehen.

Ich stand auf. »Es wird langsam Zeit für einen Drink, findest du nicht?«

»Unbedingt!«

»Ich spring nur schnell unter die Dusche, und dann können wir los.«

Sie lächelte. »Ich hoffe, ich habe dir noch etwas heißes Wasser übrig gelassen.« Es war nur ein kleines Lächeln, das ihre Augen nicht ganz erreichte, aber nach all ihren Tränen war es, als würde die Sonne hervorbrechen.

Ich holte mir ein paar Klamotten zum Wechseln aus meinem Rucksack und ging in Richtung Badezimmer.

»Rory?«

Ich drehte mich um. »Ja?«

»Danke, dass du mir zugehört hast.«

»Ich werde dir immer zuhören, Amelia. Egal, was zwischen uns läuft. Ich bin immer für dich da, wenn du mich brauchst. Okay?«

Diesmal schenkte sie mir ein echtes Lächeln, und ich lächelte zurück. »Ich brauche nicht lange zum Duschen, und dann können wir in der Bar was trinken und zu Abend essen.«

»Bei ›was trinken‹ bin ich definitiv dabei. Lass dir Zeit – ich bin hier, wenn du aus der Dusche kommst.«

Wie sich herausstellte, ließ ich mir tatsächlich Zeit. Nach der durchdringenden Kälte war das heiße Wasser die reinste Wohltat. Ein paar Minuten stand ich mit geneigtem Kopf einfach nur unter dem Strahl und genoss das Gefühl, mit dem das Wasser über meinen müden Körper strömte.

Es fühlte sich merkwürdig intim an, nach Amelia die Dusche zu benutzen. Als ich das Bad betrat, war alles noch voller Dampf, und es roch nach ihrem Shampoo. Ich wusch mir die Haare, seifte mir die Hände ein und begann, mir den Schmutz des Tages abzuschrubben. Und versuchte, mir dabei nicht vorzustellen, wie Amelia kurz zuvor das Gleiche getan hatte …

Nein. Stopp! Wie abartig war das denn, scharf auf sie zu sein, während sie eben noch wegen Carrie geweint hatte? Das was Amelia brauchte, war ein Freund, und ich würde dieser Freund sein – wenn sie das wollte.

Und dabei würde es auch bleiben.

Seufzend stellte ich das Wasser auf kalt – so kalt wie möglich. So viel zu meiner entspannenden Dusche.

KAPITEL SIEBENUNDZWANZIG

AMELIA

Während Rory in der Dusche war, rief ich Carries Mutter an.

Sie ging sofort ran. »Amelia, geht es dir gut? Ich habe mir Sorgen gemacht, als ich gestern nichts von dir gehört habe.«

»Hallo, Helen. Alles okay. Wir hatten bloß kein Netz.«

»Ich weiß, du hast mir gesagt, dass der Empfang unregelmäßig sein würde, aber du kennst mich ja. Ich kann einfach nicht anders, als mir um meine Mädchen Sorgen zu machen«, sagte sie mit brüchiger Stimme.

Sofort füllten sich meine Augen mit Tränen. »Ich weiß«, stieß ich hervor. »Wie geht es Carrie?«

Sie seufzte. »Unverändert, Süße. Sie liegt immer noch reglos da. Aber sie lebt, und ihr Zustand ist stabil«, fügte sie mit gewollt munterer Stimme hinzu. »Das ist alles, was im Moment zählt. Wir haben ihr heute die Haare gewaschen, und dann durfte ich sie ihr flechten. Sie sieht so hübsch aus. Die Schnitte in ihrem Gesicht sind fast nicht mehr zu sehen, das heißt, dass ihr Körper sich selbst heilt. Sie wird bald aufwachen. Ich weiß es. Wir müssen einfach daran glauben.«

»Ich glaube ganz fest daran. Kann ich kurz mit ihr sprechen?«

Genau in diesem Moment kam Rory in Khakihose und Polohemd aus dem Bad. Er zeigte auf sich, dann auf die Tür und zog fragend die Augenbrauen hoch. *Soll ich rausgehen?* Ich schüttelte den Kopf. *Nein.*

Ein gedämpftes Geräusch war zu hören. »Okay, ich halte den Hörer jetzt an ihr Ohr«, sagte Helen.

»Hey, Ree. Ich bin gerade im Sligachan Hotel. Heute war es ziemlich hart – es hat fast den ganzen Nachmittag in Strömen geregnet, und wir mussten einen Haufen Bäche und Flüsse durchqueren, die ziemlich vollgelaufen waren. Ich habe noch nie so gefroren, nicht mal auf dieser schrecklichen Wanderung mit dem Umweltclub damals. Aber vor ein paar Minuten hatte ich eine herrliche heiße Dusche, und ich werde heute Nacht in einem warmen Bett schlafen, also ist alles gut. Halt durch, Ree! Ich liebe dich, und ich vermisse dich, und wir sehen uns bald.«

Ich holte zitternd Luft und sagte dann etwas lauter: »Hey, Helen, ich muss Schluss machen.«

Wieder ertönte das gedämpfte Geräusch, und ich wusste, dass sie sich das Telefon ans Ohr hielt. »In Ordnung, Süße. Pass gut auf dich auf.«

»Mach ich. Ich versuche morgen wieder anzurufen, aber mach dir bitte keine Sorgen, wenn es nicht klappt, ja?«

»Ich werd's versuchen. Und vergiss nicht, dich bei deiner Mom zu melden.«

»Schon erledigt.« Bevor Rory ins Zimmer zurückgekommen war, hatte ich ihr eine E-Mail geschrieben; die Knieverletzung hatte ich allerdings nicht erwähnt.

Nachdem ich mich von Helen verabschiedet hatte, lief ich ins Bad, verriegelte die Tür, ließ mich auf den Toilettendeckel sinken und fing an zu schluchzen. Es machte mich fertig, Helens aufgesetzte Heiterkeit zu hören und mit einer Carrie zu sprechen, die nicht antwortete – und die es vielleicht nie wieder tun würde.

Schließlich wischte ich mir die Tränen aus den Augen und stellte mich vor den Spiegel, um mein Make-up mithilfe des kleinen Sets aufzufrischen, das noch auf der Ablage lag.

Ich holte noch mal tief Luft und verließ dann das Bad. Rory warf mir einen besorgten Blick zu, sagte aber nichts. Das musste er auch nicht. Vielleicht würde er mir eines Tages seine Geschichte anvertrauen, und dann könnte ich die Freundlichkeit, die er mir gegenüber heute gezeigt hatte, erwidern.

Ich rang mir ein Lächeln ab, das wahrscheinlich ziemlich zombiemäßig aussah. »Bist du bereit? Ich könnte jetzt wirklich einen Drink gebrauchen.«

Kaum hatten wir die Bar betreten, kam der schnuckelige Barkeeper mit den dunklen Haaren und den freundlichen blauen Augen mit einem strahlenden Lächeln zu uns herüber. »Du musst Amelia sein«, sagte er. Und zu Rory gewandt: »Sie ist genauso hübsch, wie Tommy gesagt hat.«

»Ähm, danke«, sagte ich mit knallrotem Kopf.

Rory verdrehte die Augen. »Amelia, das ist mein Freund Gavin. Ein echt netter Typ, aber ein unverbesserlicher Casanova, also nimm dich vor ihm in Acht. Gav, das ist Amelia. Benimm dich!«

»Hör nicht auf ihn«, sagte Gavin. »Er weiß bloß nicht, wie man Spaß hat.«

Mit seiner freundlichen und charmanten Art erinnerte er mich an Tommy. Er zog Rory noch ein bisschen auf und reichte uns dann die Speisekarten. Wir nahmen sie mit zu einer der Sitznischen an der Wand und ließen uns dort nieder.

»Weißt du schon, was du nimmst? Hier ist alles richtig gut.«

»Ich nehme die Gemüsecremesuppe und den Shepherd's Pie«,

sagte ich, nachdem ich die Speisekarte durchgeblättert hatte. »Nach diesem Tag will ich nur noch heiße Gerichte.«

»Klingt gut. Ich geh dann mal bestellen. Was möchtest du trinken?«

»Was nimmst du?«

»Wahrscheinlich Whisky.«

»Haben sie hier auch den, den du in deinem Flachmann hattest – war das gestern?«

»Talisker Storm? Aye, ich hab vorhin schon einen getrunken. Hat er dir geschmeckt?«

»Oh, ja.« Er war rauchig und stark, und ich mochte es, wie er einen von innen wärmte. Außerdem erinnerte es mich daran, wie er auf Rorys Lippen geschmeckt hatte, als ich ihn nach seinem Albtraum geküsst hatte. *Nein, denk bloß nicht daran.*

»Okay.« Er stand auf. »Ich bin gleich zurück.«

»Warte, ich bezahle.« Ich kramte in meinem Portemonnaie nach meiner Kreditkarte.

»Wir teilen uns die Rechnung.«

»Nein. Du hilfst mir, meinen lahmen Arsch über die ganze Insel zu schleppen, und du bezahlst das Zimmer. Da ist es ja wohl das Mindeste, dass ich das Essen übernehme.« Als er protestieren wollte, legte ich meine Hand auf seine. »Rory, bitte lass mich das machen.«

Er musterte mich einen Moment und nickte dann. »Na gut. Danke.« Er steckte die Karte ein und ging zur Bar.

Das Abendessen verlief wesentlich besser, als ich nach unserem vorherigen Wortwechsel befürchtet hatte. Das Essen war großartig, genau wie der Whisky.

Rory blieb bei unverfänglichen Themen und schilderte mir ungewöhnliche Erlebnisse, die er beim Wandern gehabt hatte. Einige von ihnen waren so haarsträubend, dass er sie garantiert ausgeschmückt hatte, aber das hatte er so geschickt gemacht, dass ich nicht sagen konnte, was stimmte und was nicht.

Nach der zweiten Runde Drinks – und nachdem wir uns zum Nachtisch eine Portion Sticky Toffee Pudding geteilt hatten, der einfach nur himmlisch schmeckte – überrollte mich eine Welle der Erschöpfung.

Rory stand auf und streckte mir die Hand hin. »Dann wollen wir dich mal ins Bett bringen.«

Obwohl ich wusste, dass es nicht so gemeint war, wie es geklungen hatte, wurde mir bei seinen Worten ganz warm. Ich starrte seine ausgestreckte Hand an und sah ihm dann ins Gesicht. Er wirkte irgendwie gequält.

»Du kannst nicht beides haben, weißt du«, sagte ich.

»Das versuche ich auch gar nicht. Ich meinte nur, dass du aussiehst, als würdest du gleich umfallen, wenn du dich nicht bald hinlegst. Ich bin direkt hinter dir.«

Dankbar nahm ich seine Hand und ließ mich von ihm auf die Füße ziehen. Er reichte mir den Trekkingstock, den er mir als Gehhilfe aufgedrängt hatte, obwohl ich mir total albern vorkam, ihn hier drinnen zu benutzen.

Wir hielten noch kurz an der Bar, um uns von Gavin zu verabschieden. Er umarmte mich so herzlich, als wären wir seit einem Jahr befreundet und hätten uns nicht erst vor einer Stunde kennengelernt.

Dann machten Gavin und Rory diese Männersache, wo sie sich kurz umarmen und sich dabei auf den Rücken klopfen. »War super, dich mal wieder zu sehen, Rory«, sagte Gavin. »Und wegen vorhin. Ich hab's kapiert, aber du solltest über das nachdenken, was ich dir gesagt habe.«

»Gav«, knurrte Rory. *Was war das denn?*

Gav hob die Hände und wich einen Schritt zurück. »Ich habe nur gesagt, du solltest darüber nachdenken.«

»Auf das Thema lass ich mich nicht noch mal ein.« Rory schnaubte. »Du bist genau wie Tommy.«

»Und, ist das so schlecht? Der Typ kennt dich besser als jeder andere – dich selbst wahrscheinlich eingeschlossen. Man könnte sich keinen besseren Freund wünschen.«

Rory seufzte. »Aye, das weiß ich. Aber wir müssen jetzt wirklich gehen. Es war ein langer Tag, und wenn das Wetter anhält, steht uns morgen ein noch längerer bevor. Hättest du vielleicht einen Eisbeutel für mich?«

»Na klar«, sagte Gavin und füllte einen Gefrierbeutel mit Eiswürfeln, den er Rory in die Hand drückte.

»Danke, Gav. Bis bald.« Nachdem sie sich noch einmal umarmt und auf den Rücken geklopft hatten, ging Rory zur Tür.

»Ich hoffe, dein Knie ist bald wieder besser, Amelia«, sagte Gavin. »Und keine Sorge, bei diesem Kerl bist du in den besten Händen.«

Das wusste ich nur zu gut, aber er hatte es wahrscheinlich anders gemeint, als es bei mir angekommen war. Deswegen lächelte ich ihn bloß an und dankte ihm für das Eis. »Ich hoffe, wir sehen uns irgendwann mal wieder«, sagte ich.

Er warf einen kurzen Blick zu Rory, der an der Tür auf mich wartete, und zwinkerte mir dann zu. »Das werden wir«, erwiderte er mit einem frechen Grinsen. *Was sollte das denn jetzt heißen?*

Während ich immer noch grübelte, was Gavin damit gemeint hatte, folgte ich Rory zurück zu unserem Zimmer. »Danke, Rory.«

Er sah mich überrascht an. »Wofür?«

»Dass du mich von … allem … ablenkst mit deinen Geschichten. Ich weiß das wirklich zu schätzen.«

»Ich bin froh, dass ich für dich da sein konnte.« Er zögerte einen Moment. »Ich will mir gar nicht vorstellen, wie schwierig es für dich sein muss, mit Carries Mutter zu sprechen.«

»Sie hasst mich nicht«, flüsterte ich. »Carries Vater auch nicht, und ich weiß nicht, warum. Ich habe ein gottverdammtes Stoppschild übersehen, und ihre Tochter könnte meinetwegen sterben. Wie können sie mich nicht hassen?«

»Weil sie dich schon dein ganzes Leben lang kennen und wissen, wie sehr du Carrie liebst, und dass du sie nie absichtlich verletzen würdest. Unfälle passieren nun mal, und sie haben beschlossen, dich nicht dafür verantwortlich zu machen. Du kannst froh sein, dass du sie hast, und sie können froh sein, dass sie dich haben.«

Aus der plötzlichen Bitterkeit in seiner Stimme schloss ich, dass er genau die gegenteilige Erfahrung gemacht hatte. Ich fragte mich, ob er mir jemals davon erzählen würde.

Ein paar Minuten später saß ich in Shorts und meinem Schlafshirt auf dem Bett und kühlte mein Knie, das auf einigen Zierkissen hochgelagert war.

»Wie fühlt sich dein Knie an?«, fragte Rory, der auf einem Sessel am Fenster saß und mit seinem Handy beschäftigt war. Er hatte sich ebenfalls umgezogen und trug jetzt ein T-Shirt und die Shorts, in denen er letzte Nacht geschlafen hatte. Ich musste mich zusammenreißen, ihn nicht die ganze Zeit anzustarren.

»Es schmerzt. Aber das Eis tut gut. Danke, dass du Gavin danach gefragt hast. Ich habe überhaupt nicht daran gedacht, ihn darum zu bitten.«

»Weil du dich inzwischen an ein Tauchbad im Meer gewöhnt hast?«

»Vielleicht.«

Er grinste. »Gib's zu, statt des Eisbeutels würdest du viel lieber mit mir 'ne Runde schwimmen gehen.«

Mein Lächeln verschwand, als ich daran dachte, wie er mich in den Armen gehalten hatte und mit mir durchs eisige Wasser gewatet war, damit die Schwellung in meinem Knie zurückging … und wie er mich im Zelt geküsst hatte und dann wieder zur Tagesordnung übergegangen war, als hätte es ihm nichts bedeutet. »Eigentlich möchte ich nur, dass du aufhörst, mit mir zu flirten, wenn du mich gar nicht willst.«

Ich schnappte mir den Eisbeutel und stand unbeholfen auf. »Ich werde dann mal …«, begann ich, wurde aber unterbrochen, als er quer durch den Raum auf mich zustürmte, mein Gesicht mit beiden Händen umschloss und mich küsste, bis mir die Luft wegblieb.

Der Eisbeutel fiel zu Boden, als ich ihm die Arme um den Hals schlang und ihn schwindelig vor Glück zurückküsste. *Er wollte mich also doch!* Ohne den Kuss zu unterbrechen, hob er mich hoch und trug mich zum Bett. Ich spürte, wie die Matratze unter mir leicht nachgab, als Rory sich über mich beugte.

Meine Hände wanderten über seine Schultern, und ich zog ihn noch näher an mich heran. Als er seine Finger, seine Lippen und seine Zunge über meine Haut tanzen ließ, drängte ich mich seiner Berührung entgegen, wollte, dass er mich nie wieder losließ …

Und schrie vor Schmerz auf, als er sein Gewicht verlagerte und dabei gegen mein verletztes Knie stieß.

Es war, als hätte jemand einen Eimer Eiswasser über uns ausgeschüttet. Sein wunderbar warmes Gewicht verschwand von einer

Sekunde zur anderen, als er sich mit einem Fluch zurückzog und aufstand. »Entschuldige! Alles in Ordnung?«

Ich holte tief Luft und stieß sie langsam wieder aus, als der Schmerz nachließ. »Nichts passiert«, sagte ich und streckte die Arme nach ihm aus.

Aber er schüttelte nur den Kopf und ging auf die andere Seite des Zimmers, um so viel Abstand wie möglich zwischen uns zu bringen. »Ich kann nicht. Ich hätte niemals …« Er wandte sich ab und fuhr sich mit beiden Händen durch die Haare.

»Warum?«, fragte ich tonlos. *Ich dachte, wir hätten diesen On-Off-Scheiß jetzt endlich hinter uns gelassen, aber da habe ich mich wohl geirrt.*

Er drehte sich um. Sein Haar stand wild in alle Richtungen ab, seine Lippen waren leicht geschwollen von unseren Küssen und seine Brust hob und senkte sich so heftig, als wäre er gerade einen Berg hinaufgestürmt – wobei er niemals außer Atem war, wenn er einen Berg hinaufstürmte. »Ich werde in meinem Zelt schlafen«, stieß er hervor und machte einen Schritt auf seinen Rucksack zu.

»Sei kein Idiot«, zischte ich. »Komm in dieses verdammte Bett. Ich verspreche dir auch, die Finger von dir zu lassen.«

»Amelia …«

Aber ich ließ ihn gar nicht erst ausreden. Abrupt knipste ich die Lampe aus, drehte mich auf die Seite und rutschte so weit rüber, wie ich konnte, ohne aus dem Bett zu fallen – was nicht sehr weit war –, während mein Körper noch von seinen Berührungen brannte.

Nach einer Weile spürte ich, wie sich die Matratze senkte, als er ins Bett stieg. Mehrere Minuten lang lag ich einfach nur da und wartete darauf, dass mein Zorn verrauchte, doch es half nichts. Seufzend drehte ich mich auf den Rücken. »Warum?«, fragte ich leise. »Ich bin mir nämlich ziemlich sicher, dass du mich genauso sehr willst wie ich dich.«

Er lachte freudlos. »Nach dem, was eben passiert ist, steht das ja wohl außer Frage.«

»Es ist dir aber nicht besonders schwergefallen, einfach aufzuhören.«

»Weil ich dir wehgetan habe!«

»Für einen kurzen Moment.«

»Lange genug, um mich daran zu erinnern, wo wir sind und wer du bist. Das hat mich wieder zur Vernunft gebracht.«

»Super, das ist genau das, was ich hören wollte«, fauchte ich und blinzelte die Tränen weg. »Ich bin froh, dass wir das geklärt haben.«

»Ich habe mich falsch ausgedrückt«, sagte er leise. »Amelia, wir können nicht zusammen sein. In ein paar Tagen ist die Wanderung zu Ende, und dann kehrst du nach Hause und in dein Leben zurück.« Seine Hand fand meine in der Dunkelheit. »Egal, wie sehr wir beide es uns wünschen, wir dürfen das nicht tun.«

Ich atmete tief durch. »Rory, es bleiben uns noch – drei, vielleicht vier gemeinsame Tage? Wir sind nur zu zweit, außer uns ist niemand da, der uns dafür verurteilen oder kritisieren könnte. Wir sind beide erwachsen. Warum können wir nicht einfach … zusammen sein? Ich meine, bis unsere Wandertour vorbei ist? Ich lebe in New York, und in ein paar Monaten fange ich in Miami einen neuen Job an. Ich könnte sowieso nicht hierbleiben.«

Die Stille zwischen uns war fast mit Händen zu greifen. Meine Wangen brannten vor Scham. Verlegen räusperte ich mich. »Okay, vergiss, was ich gesagt habe. Ich hab's verstanden. Es ist okay.«

»Nein, du hast es nicht verstanden.«

»Dann erklär's mir!«

»Es würde nicht reichen«, sagte Rory leise, während er mit dem Daumen über meinen Handrücken streichelte.

»Was?«

»Drei oder vier Tage mit dir würden nicht reichen, Amelia. Obwohl ich dich erst so kurz kenne, weiß ich genau, dass du mit einer kurzen Affäre und einem freundlichen Händeschütteln zum Abschied nicht glücklich wärst.«

»Das stimmt nicht.«

»Doch. Und du weißt, dass es stimmt.«

Resigniert schloss ich die Augen. Er hatte recht. Eine kurze Affäre war auch bei meinen bisherigen Beziehungen nie mein Ding gewesen, und zwischen Rory und mir war schon jetzt viel mehr, als je zwischen mir und einem meiner Ex-Freunde gewesen war. Dann gab es also nichts mehr zu sagen.

Gerade, als ich ihm meine Hand entziehen wollte, verstärkte er seinen Griff. »Und ich … ich wäre auch nicht glücklich damit«, fügte er hinzu.

Ich erstarrte. Was sagte er da?

Er seufzte. »Ich hatte eine Freundin. Emma. Sie war letztes Jahr in meiner Wandergruppe auf dem West Highland Way. Sie war mit ein paar Freunden aus London hochgekommen, um die Tour zu machen. Es sollte eine Art Geburstagsausflug sein, da sie alle gerade zwanzig geworden waren. Emma hat vom ersten Moment an mit mir geflirtet. Sie war hübsch, sie war lustig, und ich mochte sie. In der dritten Nacht, als alle anderen nach zwei anstrengenden Tagen hintereinander früh auf ihr Zimmer und ins Bett gegangen waren, klopfte sie an meiner Tür. Ich hätte ihr Gute Nacht sagen und die Tür zumachen sollen – schließlich war ich der Guide und sie eine Kundin. Aber ich tat es nicht.«

Oh, nein. War ihr etwas zugestoßen? Mitfühlend drückte ich seine Hand.

Zu meiner Überraschung gab er einen unterdrückten Laut von

sich, der fast wie ein Lachen klang. »Das ist keine tragische Geschichte, Amelia. Es tut mir leid, wenn ich dich beunruhigt habe.«

»Ist es nicht?«

»Nein. Emma ist nicht der Grund für meine Albträume. Lass mich erst mal weitererzählen, ja?«

»Okay.«

»Nach der Tour hatte ich eine Woche frei, also fuhr ich zu ihr nach London. Wir hatten eine tolle Zeit. Sie war klug und witzig, und wenn ich mit ihr zusammen war, habe ich nicht an … an etwas anderes gedacht.«

Ich wusste, dass er damit die Dinge meinte, die ihn bis in den Schlaf verfolgten.

»Während des ersten Monats haben wir uns ein paarmal gesehen, und wir hatten jedes Mal eine schöne Zeit. Aber das war am Anfang der Saison. Als es dann mit den Wandertouren richtig losging, war ich den ganzen Tag unterwegs und hatte kaum noch frei. Und damit kam sie nicht klar. Sie rief mich ständig an, und wenn ich mich abends nicht meldete – was in der Regel daran lag, dass ich mit der Gruppe zum Essen war oder schlief –, drehte sie völlig durch. Sie warf mir vor, ich würde mit den weiblichen Teilnehmern meiner Wandergruppen rummachen. Was ich niemals getan hatte.«

Nein, das würde er nicht tun. »Ich glaube dir«, sagte ich.

Er lachte trocken. »Ich wünschte, sie hätte das auch getan. Aber Emma war davon überzeugt, dass es immer ein Mädchen in der Gruppe gab, das es auf mich abgesehen hatte. Und weil ich mich mit ihr eingelassen hatte, hieß das für sie automatisch, dass ich mich mit jeder einlassen würde.« Rory stieß geräuschvoll die Luft aus. »Ich hätte das Ganze einfach beenden sollen, aber ich hasste es, dass sie so von mir dachte. Und … ich wollte sie nicht verlieren. Also habe ich mir eine Woche freigenommen, um sie zu besuchen – was sie erst mal zu beruhigen schien. Aber nach meinem Urlaub war alles wieder wie vorher, und sie warf mir immer öfter vor, ich würde sie betrügen. Tommy und Gav konnten nicht verstehen, warum ich nicht mit ihr Schluss machte. Ich hätte es tun sollen, aber ich wollte nicht, dass sie es für ein Schuldeingeständnis hielt. Ich war ständig unglücklich. Und natürlich wirkte sich das auch auf meine Arbeit und auf meine Freundschaft mit Tommy aus. Ich war sauer auf ihn, weil er mir ein paar Dinge gesagt hatte, die ich nicht hören wollte.«

Für Tommy musste es frustrierend gewesen sein, mit anzusehen, dass Rory wegen Emma völlig neben der Spur war, und er ihm nicht helfen konnte.

»Und Ende September, fast am Ende der Saison, tauchte Emma plötzlich bei einer Wandertour in den West Highlands auf. Es war am dritten Tag, und wir hatten wie immer zum Mittagessen an diesem Hotel am Loch Lomond haltgemacht. Ich unterhielt mich gerade mit einer der Frauen – deren Freund zu dem Zeitpunkt auf dem Klo war – und auf einmal war Emma da. Sie kreischte los, sie hätte ja gewusst, dass ich sie betrüge, und jetzt hätte sie den Beweis. Genau in dem Moment kam natürlich der Freund zurück und hörte Emmas Wutausbruch.«

»Oh, Mist.« Ich konnte mir lebhaft vorstellen, wie das abgelaufen war.

Er lachte bitter. »Aye, das kannst du laut sagen. Er glaubte Emma sofort – was eine Menge über die Beziehung zu seiner Freundin aussagt – und wollte mir eine reinhauen.«

»Echt jetzt?«

»Ja. Ich konnte dem Schlag ausweichen, und er hat sich auch später bei mir entschuldigt, aber da war der Schaden schon angerichtet. Innerhalb einer Minute hatte Emma meine Autorität in der Gruppe untergraben. Ich machte auf der Stelle mit ihr Schluss. Dann rief ich Tommy an, der in dieser Woche freihatte, und bat ihn, den Rest der Wanderung für mich zu übernehmen. Er war sofort dazu bereit, obwohl ich ihm ein paar üble Sachen an den Kopf geknallt hatte, als wir uns das letzte Mal gesehen hatten. Ich wartete, bis er da war, stellte ihn der Gruppe vor und verschwand dann, so wütend, dass ich nicht mehr klar denken konnte.«

»Das tut mir wirklich leid, Rory«, sagte ich und drückte seine Hand. »Am liebsten würde ich Emma eine runterhauen. Du kannst das nicht tun, aber ich könnte es, oder?«

Er lachte, und diesmal war es ein echtes Lachen. »Ich sehe gerade vor mir, wie du auf sie zugehst, mit vor Wut geröteten Wangen und hasserfülltem Blick. Du musst ihr nicht mal eine runterhauen, deine rechtschaffene Empörung würde völlig ausreichen.«

»Deine Erfahrung mit Emma war echt beschissen«, sagte ich leise, »aber ich weiß nicht genau, was das mit uns zu tun hat.«

»Ihr Verhalten – und mein *Fehl*verhalten – hätte für SBF ziemlich schlimme Folgen haben können. Die Leute bezahlen nicht, um mit einer Gruppe zu wandern, wo die Guides ihre persönlichen Probleme mitbringen. Abgesehen davon ist *Scotland By Foot* noch ein relativ junges Unternehmen, das auf Mundpropaganda angewiesen ist. Wir hatten wirklich Glück, dass die anderen Teilnehmer der Gruppe sich anständig verhalten und keine negativen Kommentare gepostet oder SBF online runtergemacht haben. Aber Scarlet hat sich noch Wochen, nachdem die Wanderung beendet war, Sorgen gemacht. Und sie war ziemlich sauer auf mich. Aber das war noch nicht mal das Schlimmste.«

Was denn noch?

»Auch wenn Emma sich als Katastrophe erwiesen und mich fast meinen Job und meine Freunde gekostet hatte, für eine Weile hatte ich doch jemanden, zu dem ich nach Hause kommen konnte. Jemanden, der mich vermisste, wenn ich nicht da war. Jemanden, mit dem ich es mir an einem Wintertag drinnen gemütlich machen und Filme gucken konnte. In der Zeit, in der wir zusammen waren, habe ich mich nie einsam oder allein gefühlt. Und als ich dann plötzlich tatsächlich alleine war, fühlte es sich total mies an.«

Das erklärte so vieles.

»Aber mein Leben ist auch nicht wirklich geeignet für eine ernsthafte Beziehung. Ich bin immer unterwegs, habe in der Hauptsaison fast jede Woche eine Wandergruppe und mache in der Nebensaison Wochenendtouren mit Kunden oder Teenagern. Ich wohne zusammen mit Tommy und einem Haufen anderer Typen in einer heruntergekommenen Bude in Fort William. Natürlich gibt es ein paar Mädchen, mit denen ich ab und zu mal unverbindlichen Sex habe, aber sie wollen nicht mehr, und ich auch nicht – jedenfalls nicht mit ihnen. Aber mit dir ist es etwas anderes. Ich habe dir schon Dinge anvertraut, die ich noch nie jemandem erzählt habe, nicht mal Tommy. Mit dir würde ich mehr wollen, aber ich – wir – können das nicht haben. Und mich auf dich einzulassen, für die wenigen Tage, die uns noch bleiben, nur um dann wieder alleine zu sein, sobald du weg bist – das halte ich einfach nicht aus.«

Seine Worte waren gleichzeitig elektrisierend und niederschmetternd. »Und jetzt? Sollen wir etwa so tun, als wäre nichts zwischen uns?«, flüsterte ich. Jedes Mal, wenn er mich berührte, stand mein Körper in Flammen. Wie konnten wir das ignorieren?

»Uns bleibt nichts anderes übrig«, sagte er traurig. »Wenn die Wanderung zu Ende ist, verabschieden wir uns voneinander, und du kehrst in dein Leben zurück. Vielleicht schreiben wir uns ab und zu mal eine E-Mail. Und vielleicht kommst du eines Tages zurück nach Schottland, und wir treffen uns auf einen Drink. Mehr kann zwischen uns nicht sein.«

Ich konnte mir vorstellen, dass es genauso ablaufen würde, wie er es eben beschrieben hatte. Aber es tat so weh, zu akzeptieren, dass all das, was zwischen uns gewesen war, sich in Zukunft auf eine gelegentliche E-Mail beschränken würde.

»Es tut mir leid, Amelia«, murmelte er.

»Mir auch. Ich wünschte, wir könnten wieder zurück zu dem Punkt, wo wir uns gehasst haben.«

»Ich habe dich niemals gehasst, aber ich muss zugeben, dass ich mich mehr als einmal wie ein arrogantes Arschloch verhalten habe.«

»Aber warum warst du dann so unfreundlich zu mir, wenn du nichts gegen mich hattest?«

»Weil ich fand, dass du regelrecht davon besessen warst, Fotos zu machen, um sie dann in den sozialen Medien zu posten. Das steht für mich in totalem Widerspruch zum Sinn einer solchen Wanderung, wo man draußen in der Natur ist und diesen ganzen Technologiescheiß einfach mal für eine Woche hinter sich lässt. Außerdem dachte ich, du wärst zu unerfahren für diese Wanderung, und ich hatte Angst, dass du dich verletzen könntest. Aber vielleicht hat es mir auch einfach nur gefallen, wie du aussahst, wenn du mich angeblafft hast«, räumte er ein, was mir einen kleinen Schauer durch den Körper jagte. »Und warum hast du mich gehasst?«

»Das hab ich nicht.«

»Und warum hast du dann ständig Streit gesucht?«

Ich seufzte. »Wenn ich mich mit dir gezofft habe, habe ich nicht an Carrie gedacht. Und ich habe mich wieder lebendig gefühlt, zum ersten Mal seit dem Unfall.«

»Wir beide sind schon ganz schön verkorkst«, murmelte er.

»Das kannst man wohl sagen.«

»Wenn du willst, kann ich wieder zum arroganten Arschloch mutieren.«

»Und ich könnte mich wieder mit dir anlegen.«

»Das wird sowieso passieren.«

Das brachte mich zum Lachen. »Da hast du wahrscheinlich recht. Wie wär's, wenn wir einfach versuchen, miteinander auszukommen und unsere gelegentlichen Streitereien zu genießen?«

»Abgemacht«, sagte er und drückte kurz meine Hand. Er zögerte noch einen Moment, doch dann ließ er mich los und drehte sich auf die Seite, weg von mir. »Gute Nacht, Amelia. Schlaf gut.«

»Nacht.« Ich rollte mich auf meine linke Seite und machte mich so klein wie möglich, um ihn bloß nicht zu berühren. *Schlaf gut,* hatte er gesagt. Als ob ich schlafen könnte, wenn er zehn Zentimeter von mir entfernt lag.

Seinem gleichmäßigen Atem nach zu schließen, schlief er eine Stunde später tief und fest, während ich immer noch hellwach war und meine Gedanken einfach nicht zur Ruhe kamen. Ich hatte mich ihm in einer Weise angeboten wie noch nie zuvor einem Mann, den ich erst so kurz kannte, und er hatte mich so gentlemanlike abblitzen lassen, dass ich ihm noch nicht mal böse sein konnte.

Plöztlich bewegte sich die Matratze, und ich wurde gegen eine Mauer aus Hitze gepresst, als Rory sich im Schlaf wieder zu mir drehte und seinen Arm um mich legte. Ich versuchte, ein Stück von ihm wegzurutschen, aber dafür war nicht genug Platz.

Das würde die längste Nacht meines Lebens werden.

Warum hatte ich ihn nicht einfach in seinem Zelt schlafen lassen?

KAPITEL ACHTUNDZWANZIG

RORY

Es goss in Strömen und der Regen prasselte wie heftige Trommelschläge auf die Nylonwände des Zelts. Doch die Welt im Inneren war eine völlig andere: trocken und warm, mit dem Geruch nach Frühling und Sonnenschein.

Langsam beugte sie sich über mich, und ihr langes Haar fiel über meine nackte Haut und kitzelte mich. Ich sog scharf die Luft ein, als sich ihre Hüften eng an meine pressten und mich nur noch ein paar Lagen Stoff von ihr trennten.

Sie küsste mich und neckte mich mit ihrer Zunge, bevor sie sich wieder von mir löste. Ein Lächeln umspielte ihre Lippen, als sie sich aufsetzte und auf mich herabsah. Ihr Blick war fest auf mich gerichtet, während sie nach hinten griff, ihren BH öffnete und …

An dieser Stelle wachte ich auf. Anders als meine anderen Träume in letzter Zeit ließ er mich nicht angsterfüllt und voller Schuldgefühle zurück. Stattdessen war mein Körper von dem lebendigsten Traum, den ich seit langer Zeit gehabt hatte, schmerzhaft erregt.

Als ich neben mir ein leises Seufzen hörte und sich kurz darauf ein warmer Körper an mich kuschelte, riss ich die Augen auf. *Was war das?*

Erst jetzt fiel mir wieder ein, wo ich war. Ich lag in einem viel zu schmalen Bett im Sligachan Hotel, eng an Amelia geschmiegt und das Gesicht in ihren Haaren vergraben. Mein rechter Arm lag auf ihrer Taille und meine Hand berührte beinahe ihre Brust. Ihre Hand umfasste meine, als hätte sie meinen Arm um sich herumgezogen und sie dann nicht wieder losgelassen.

Wir hätten uns nicht näher sein können, es sei denn, wir wären nackt gewesen.

Ich musste dringend von ihr abrücken, auch wenn es das Letzte war, was ich tun wollte. Aber ich konnte nicht so eng umschlungen mit ihr liegen bleiben. Nicht, nachdem ich sie so hatte abblitzen lassen.

Vorsichtig löste ich mich von ihr und schlich mich aus dem Bett. Es war noch ziemlich früh – das Licht, das durchs Fenster fiel, war das blasse Grau der Morgendämmerung – aber ich wusste auch, dass ich nicht mehr einschlafen würde. Nicht, wenn mein Körper sich so nach ihr verzehrte.

Die Vertiefung in der Matratze, wo ich so dicht neben ihr gelegen hatte, war immer noch zu sehen, und ich fragte mich, wie es wohl wäre, mit ihr im Arm aufzuwachen, mit ihr zu schlafen, während die Nacht langsam in den Tag überging.

Gestern war ich definitiv zu weit gegangen. Aber als Amelia wieder davon anfing, dass ich angeblich nichts von ihr wollte, musste ich ihr einfach zeigen, wie sehr sie sich irrte. Wie sehr ich sie begehrte. Eigentlich hatte ich nur vorgehabt, ihr einen Kuss zu geben, doch als sie sich an mich gepresst und meinen Kuss erwidert hatte, hatte ich mich mitreißen lassen.

Ich musste wieder daran denken, wie sie sich unter mir angefühlt, wie ihr Körper auf meine Berührung reagiert hatte. Wäre ich nicht gegen ihr verdammtes Knie gestoßen, hätte der Abend mit Sicherheit anders geendet. Aber was ich zu Amelia gesagt hatte, war die Wahrheit. Ich konnte den Gedanken nicht ertragen, mit ihr zusammen zu sein und sie dann gehen lassen zu müssen. Sie war eine wunderbare Frau, die für die, die sie liebte, alles tun würde, selbst, wenn sie sich dabei in Gefahr brachte. Sie war eine Frau, die ich lieben könnte. Eine Frau, bei der ich am Boden zerstört wäre, wenn ich sie verlieren würde.

Aber Amelia war hier, um den Skye Trail zu beenden und dann zu ihrem Leben in den Vereinigten Staaten zurückzukehren. Es war sinnlos, mich mit solchen Gedanken zu quälen.

Ich ließ mich in den Sessel unter dem Fenster sinken und starrte hinaus auf die Berge. Unser heutiger Streckenabschnitt würde uns am Bla Bheinn vorbeiführen, dem Berg, der mein Leben unwiderruflich verändert hatte. Der Ursprung meiner Albträume. Und der Grund, warum ich Monat für Monat, Jahr für Jahr, Wandergruppen über den Skye Trail führte. Ich durfte nicht vergessen, was damals geschehen war und warum ich das alles tat.

Ich musste nur irgendwie diesen Tag durchstehen und den Bla Bheinn ohne Zwischenfall passieren. Danach würden wir auf die Zielgerade einbiegen und den Skye Trail mit ein bisschen Glück in drei Tagen schaffen. Amelia würde nach Hause fliegen und ich könnte endlich wieder in mein normales Leben zurückkehren.

Als Amelia im Schlaf ein leises Geräusch von sich gab, riss ich meine Gedanken vom Berg los und sah zu ihr rüber. Ihre dunklen Haare waren auf dem weißen Kissenbezug ausgebreitet, ihr Gesicht wirkte so unglaublich entspannt, ihre Lippen leicht geöffnet …

Ich seufzte innerlich. Die nächsten drei Tage würden die reinste Folter werden.

KAPITEL NEUNUNDZWANZIG

AMELIA

Ich öffnete die Augen, weil mir plötzlich so kalt war, als hätte mir jemand die Decke weggezogen. Aber nein, sie war noch da. Doch als ich mich auf den Rücken drehte, sank ich in eine Kuhle in der Matratze, die noch warm war, als ob … na ja, als ob Rory sich von hinten an mich gekuschelt hätte und gerade erst aufgestanden wäre.

Das Zimmer war in silbernes Morgenlicht getaucht, und Rory saß in dem Sessel am Fenster, beide Hände in seinem widerspenstigen Haar vergraben.

»Alles in Ordnung mit dir?«

Er zuckte zusammen, hob langsam den Kopf und drehte sich zu mir. »Ja, konnte bloß nicht mehr schlafen.« Er fuhr sich mit den Händen übers Gesicht und stand auf. »Ich wollte dich in ein paar Minuten wecken, aber wenn du schon wach bist, lass uns doch mal dein Knie ansehen.«

Er setzte sich auf die Bettkante und legte mein Bein behutsam auf seinen Schoß. Seine Hände auf meiner Haut weckten wieder Erinnerungen an letzte Nacht, auch wenn seine Berührung längst nicht so intim war. Er wickelte die Bandage ab und stupste sanft gegen mein Knie. »Die Schwellung ist ein bisschen zurückgegangen. Wie fühlt es sich an?«

Ich beugte das Bein ein paarmal vorsichtig, stand dann auf und lief im Zimmer herum. »Es tut längst nicht mehr so weh. Ich meine, es ist noch nicht wieder berauschend, aber auf jeden Fall schon besser.«

»Gut.« Er rutschte vom Bett und warf einen Blick auf sein Handy. »Es ist schon fast sieben. Ich verbinde dein Bein jetzt wieder, und dann sollten wir sehen, dass wir in die Gänge kommen. Bis nach Elgol sind es fast zwölf Meilen. Dafür werden wir den ganzen Tag brauchen. Und da nachher wieder Regen angesagt ist, werden wir bestimmt möglichst schnell dort ankommen wollen.«

»Super. Ich kann's gar nicht erwarten, nass und durchgefroren zu sein und mich miserabel zu fühlen. Ist es okay, wenn ich zuerst ins Bad gehe? Ich brauche auch nicht lange.«

»Mach ruhig. Eigentlich kannst du dann auch gleich deine Regenklamotten anziehen.«

Nicht mal eine halbe Stunde später waren wir auch schon unterwegs. Wir überquerten eine malerische alte Steinbrücke, von der aus man einen atemberaubenden Blick auf ein tief eingeschnittenes Tal zwischen den Bergen hatte. Auf der Brücke hielt ich kurz an, um ein paar Fotos zu machen. Die letzten hatte ich gestern vor der Durchquerung der Bäche und Flüsse geknipst, weil ich Angst hatte, das Handy könnte mir sonst ins Wasser fallen.

»Das ist ein sehr berühmter Ausblick«, sagte Rory. »Und er ist noch berühmter, wenn die Brücke auf dem Foto mit drauf ist. Gib mir mal dein Handy und stell dich da drüben hin.« Er deutete auf die rechte Seite der Brücke. Als ich die richtige Position erreicht hatte, drehte ich mich zu ihm um. »Sag ›Sligachan‹.«

Grinsend tat ich ihm den Gefallen, und er schoss ein paar Fotos, bevor er mir das Handy zurückgab. »Ich habe eine Nahaufnahme von dir gemacht und dann noch eine weggezoomte, damit man den Hintergrund erkennen kann. Das Tal Glen Sligachan trennt die Black Cullins zur Rechten – so genannt, weil sie aus schwarzen vulkanischen Felsen bestehen – von den Red Cullins – die aus Granitgestein sind, das rötlich schimmert, wenn das Licht darauf trifft. Das war deine Geologiestunde für heute.«

»Mach ein Selfie mit mir«, platzte ich heraus. Ich hatte nicht viele Bilder von ihm. Die, die ich hatte, waren überwiegend welche, die ich heimlich von ihm geknipst hatte, während ich so tat, als würde ich die Landschaft fotografieren. Aber ich wollte wenigstens *ein* gutes Foto von ihm haben.

»Klar. Lass mich das machen, mein Arm ist länger als deiner.« Er lehnte sich neben mich an die Steinmauer und beugte sich dicht zu mir, bevor er ein paar Aufnahmen machte.

»Danke, Rory«, sagte ich, während ich die Fotos durchklickte.

»Gern geschehen. Wollen wir weiter?«

Plötzlich erklang eine fröhliche Stimme hinter uns. »Sollen wir vielleicht ein Foto von euch beiden machen?«

Überrascht drehten wir uns um und sahen zwei Frauen mittleren Alters, die uns amüsiert anlächelten. Offenbar hatten sie uns schon eine Weile beobachtet.

»Aye, das wäre toll, danke«, sagte Rory und reichte ihnen erst mein Handy und dann sein eigenes. »Könnten Sie auch noch eins mit meinem Handy machen?« Bei dem Gedanken, dass er eine Erinnerung an mich haben wollte, wenn die Wanderung vorbei war, vollführte mein Herz einen glücklichen kleinen Hüpfer.

Nachdem die beiden ein paar Fotos von uns gemacht hatten, machten wir auch welche von ihnen. Die beiden Frauen bedankten sich und wanderten in zügigem Tempo weiter. Rory reichte mir meine Trekkingstöcke und dann folgten wir ihnen. Allerdings etwas langsamer. Wir überquerten die Brücke und traten durch ein Tor, hinter dem der eigentliche Weg begann.

Der Himmel über dem Tal war dunkel und bedeckt, und die Berggipfel zu beiden Seiten verschwanden im Nebel. Es war ein beeindruckendes Erlebnis gewesen, auf dem Trotternish Ridge zu stehen und zu sehen, wie sich die Berge zu beiden Seiten erstreckten. Aber zwischen dem Marsco auf der linken und dem Sgùrr nan Gillean auf der rechten Seite hindurchzuwandern und beinahe senkrecht zu ihren imponierenden Wänden und wolkenverhangenen Gipfeln aufzublicken? Das war einfach der Wahnsinn.

Ich schoss ein paar Fotos, bevor ich die Landschaft auf mich wirken ließ. Diesem Ort wurde kein Bild auch nur ansatzweise gerecht.

»Alles okay?«, fragte Rory, nachdem ich vielleicht zum zehnten Mal in ebenso vielen Minuten stehen geblieben war, um mit offenem Mund die Berge anzustarren. »Ist was mit deinem Knie?«

»Nein. Ich hätte mir nur nicht träumen lassen, dass es einen Ort wie diesen gibt. Nie im Leben.«

»Glen Sligachan ist verdammt eindrucksvoll.«

Ich schüttelte den Kopf. »Nicht nur das Tal. Ganz Skye. Ich meine, ich habe *Der Herr der Ringe* und *Game of Thrones* gesehen, die an außergewöhnlichen, malerischen Orten gedreht worden sind. Natürlich wusste ich, dass diese Orte irgendwo auf der Welt existieren. Und ich wusste auch, dass Schottland eine ziemlich beeindruckende Landschaft hat. Aber ich hätte nie …« Ich brach ab, weil ich nicht wusste, wie ich meine Gedanken in Worte fassen sollte.

»Nie was?«

»Ich hätte mir nie träumen lassen, was es in mir auslösen würde, hier zu sein und inmitten all dieser Schönheit zu stehen. Klar, die

Landschaft war von Anfang an spektakulär, aber in den ersten paar Tagen bin ich wahrscheinlich so darauf konzentriert gewesen, einen Fuß vor den anderen zu setzen, so viele Fotos wie möglich zu machen, und zu versuchen, mich für Carrie an jede Einzelheit zu erinnern, dass ich gar nicht dazu gekommen bin, sie richtig wahrzunehmen. Und jetzt, wo ich es tue, wird es mir schwerfallen, ins flache Long Island und noch flachere Miami zurückzukehren.«

Ich könnte hierbleiben. Der Gedanke schoss mir durch den Kopf – überraschend und ungebeten. Entschieden schüttelte ich ihn ab. Mir war klar, dass ich nicht hierbleiben konnte. Mein Leben spielte sich in den Staaten ab, wo ich für einen Eiskaffee nie mehr als zehn Minuten gehen musste und wo meine Familie und Carrie waren. Und mein neuer Job. Ich versuchte, mir die breiten Strände von Miami, die palmengesäumten Boulevards, das in der warmen Sonne glitzernde Meer vorzustellen, aber unwillkürlich musste ich auch an die Menschenmassen und den Lärm denken. An die schwüle Hitze und die hohe Luftfeuchtigkeit im Sommer …

»Diese Orte haben ihre eigene Schönheit.«

Ich zuckte mit den Schultern. »Kann sein. Aber es ist nicht dasselbe.«

»Stimmt, aber ich bin voreingenommen«, sagte er mit einem Lächeln.

Ich versuchte, es zu erwidern, aber es gelang mir nicht. Schweigend liefen wir weiter bergauf.

Es vergingen ein paar Minuten, in denen ich mich die Schlucht hochkämpfte, bis Rory die Stille zwischen uns brach. »Du hast noch nie erwähnt, was du in Miami eigentlich vorhast.«

»Es … es fällt mir schwer, daran zu denken. Carrie und ich wollten nämlich zusammen dort hinziehen und in einem Hotel anfangen, das gerade neu eröffnet hat. Aber wenn sie nicht aufwacht, wie kann ich dann nach Miami gehen?«

»Du solltest es tun, weil es genau das ist, was sie von dir erwarten würde. Sie würde wollen, dass du mit deinem Leben weitermachst.«

»Aber dann würde ich mich immer fragen, ob ich ihren Traum lebe oder meinen«, sagte ich leise. Jetzt war es raus – das, was ich noch niemandem eingestanden hatte, nicht einmal mir selbst.

Er blieb stehen. »Hey, sieh mich an.«

Ich tat es und blickte in diese unglaublichen Augen.

»Carrie würde wollen, dass du glücklich bist.«

»Woher willst du das wissen?«

»Weil du sie mir die ganze Zeit beschrieben hast. Es kommt mir vor, als würde ich sie kennen. Und ich weiß, dass sie mir recht geben würde, wenn sie hier wäre. Okay?«

Ich nickte. »Okay.« Er strahlte so eine Gewissheit aus, dass ich ihm fast alles geglaubt hätte.

»Also, erzähl mir von dem Job.«

»Ich werde in einem Hotel arbeiten, das in South Beach neu aufmacht, einem der Hot Spots von Miami. Am Anfang werde ich überwiegend an der Rezeption eingesetzt, aber es gibt ziemlich viele Aufstiegsmöglichkeiten. Mein eigentliches Ziel ist es, in den Tourismusbereich einzusteigen, also Exkursionen oder Aktivitäten für die Gäste zu organisieren – Segeln, Parasailing, Scuba Diving, Ausflüge zu den Keys und den Everglades. Ich hoffe, dass ich den Job als Sprungbrett nutzen kann, um in Zukunft nicht nur für das Hotel zu arbeiten, sondern auch Touren für Reisende anzubieten, die die Gegend um Miami besuchen.«

»Klingt, als wärst du ganz begeistert davon. Ich glaube, du musst dir keine Sorgen machen, dass es nur Carries Traum ist. Gordon aus unserer Gruppe hat erwähnt, dass er in diesem Bereich arbeitet. Hast du mit ihm schon mal gesprochen?«

»Hab ich. Er hat mir seine Visitenkarte gegeben und gesagt, er würde sich freuen, mich zu treffen, wenn ich nach Florida komme. Das fand ich sehr nett von ihm.«

»Ja, er war ein richtig netter Typ.«

Als wir wenig später einen Aussichtspunkt erreichten, von dem aus man auf zwei Lochans – laut Rory kleine Seen im Landesinneren – hinunterblicken konnte, machten wir eine kurze Pause. Nachdem wir eine Kleinigkeit gegessen hatten, marschierten wir auch schon wieder los.

»Bis nach Elgol sind es noch ungefähr acht Meilen«, sagte Rory, während er die furchteinflößenden Wolken über unseren Köpfen betrachtete, die sich im Laufe des Morgens nicht aufgelöst hatten, wie sie es sonst manchmal getan hatten. »Wir sollten uns beeilen.«

Schweigend liefen wir eine Weile nebeneinander her. Links von uns tauchte ein weiterer Berg auf, dessen Gipfel sich in den Wolken verbarg. »Und wie heißt der hier?«

Ohne hinzusehen, murmelte Rory etwas, das wie *Bla-vejn* klang, und beschleunigte seine Schritte.

Ich überlegte kurz, einen Zahn zuzulegen, um ihn einzuholen, aber der Pfad war eben genug, sodass ich ohne seine Hilfe auskam. Also folgte ich ihm in meinem Tempo. Natürlich wunderte ich mich über den plötzlichen Stimmungswechsel, aber ich glaubte nicht, dass es daran lag, dass ich irgendetwas Falsches gesagt hatte.

Als er sich irgendwann umblickte, stutzte er kurz, als er merkte, dass ich immer weiter zurückgefallen war. Mit großen Schritten eilte er zu mir zurück. »Könntest du ein bisschen schneller gehen? Es wird jeden Moment anfangen zu schütten.«

Er hatte recht. Die Luft fühlte sich schwer und elektrisch aufgeladen an, so wie bei uns zu Hause im Juli oder August, wenn wir bei fünfunddreißig Grad hundertprozentige Luftfeuchtigkeit hatten und ein Gewitter in der Luft lag.

Ich beschleunigte meinen Schritt, aber nur ein wenig, denn ich wollte mein Knie nicht überlasten, solange es noch angeschlagen war. Links von uns ragte immer noch der Bla Bheinn in die Höhe, aber Rory sah nicht einmal hin. Er konzentrierte sich nur auf den Pfad vor uns, auf den Himmel oder auf mich. Hastig durchquerten wir nicht weniger als fünf Bäche, die alle zu einem ziemlich großen See zu unserer Rechten führten.

Und dann rissen mit einem mächtigen Donnerschlag die Wolken auf und es begann, in Strömen zu regnen, als wäre im Himmel ein großer Damm gebrochen.

»Wir müssen uns beeilen«, rief Rory, nahm mich fest am Arm und schleppte mich praktisch den Weg entlang.

Wir eilten weiter, stapften durch einen weiteren Bach und quälten uns durch ein Moor, wo sich der Morast an unseren Stiefeln festsaugte, als wollte er uns für immer dabehalten. Und die ganze Zeit schüttete es wie aus Eimern, und am Himmel polterte und rumorte es.

»Sind fast da!«, schrie Rory, als der Pfad endlich in einer Bucht endete. Das Meer wogte und war mit weißen Schaumkronen übersät.

Fast da? Wir konnten unmöglich schon zwölf Meilen zurückgelegt haben. Doch dann fiel mein Blick auf eine kleine Hütte ein Stück den Strand hinunter. »Bitte sag mir, dass wir dorthin gehen!«

»Ja, das ist die Schutzhütte an der Camasunary Bay. Wir werden uns dort unterstellen und abwarten, bis das Gewitter vorbeizieht. Wir sind noch ungefähr vier Meilen von Elgol entfernt.«

Nachdem wir die Schutzhütte erreicht hatten, öffnete Rory die Tür und scheuchte mich ins Innere des Steinbaus.

Für einen Moment blieb ich einfach stehen. Ich war so erleichtert, drinnen zu sein, dass ich fast geheult hätte.

Rory berührte mich an der Schulter. »Amelia?« In seinen Augen lag ein besorgter Ausdruck.

Ich lächelte ihn an. »Keine Angst, ich bin bloß froh, endlich raus aus dem Regen zu sein.«

Er erwiderte mein Lächeln. »Ja, ziemlich raues Wetter da draußen. Komm, ich helfe dir mit deinen Stiefeln.«

Nachdem wir die nassen Regensachen ausgezogen und zum Trocknen im Eingangsbereich aufgehängt hatten, betrat ich den Hauptraum. »Die Hütte ist nicht abgeschlossen?«, fragte ich, während ich mir mit den Händen über die Arme rubbelte, um mich aufzuwärmen. »Ich meine, ich will mich nicht beschweren, ich bin bloß überrascht.«

»Aye, das ist der Sinn der Sache. Diese Hütte wird von der Mountain Bothies Association genau zu diesem Zweck instand gehalten – damit Wanderer hier Schutz suchen können.«

Neugierig sah ich mich um. Der vordere Raum hatte ein Panoramafenster, das einen großartigen Ausblick auf die sturmgepeitschte Bucht bot. Darunter war ein Bord angebracht, auf dem sich eine Kaffeekanne, eine Schachtel mit Teebeuteln, ein Kartenspiel und ein paar andere zusammengewürfelte Gegenstände befanden. An der gegenüberliegenden Wand standen zwei Tische mit Bänken. Durch eine Tür gelangte man in ein weiteres Zimmer mit großzügigen Stockbetten. Jedes von ihnen hatte ungefähr die Breite eines Doppelbetts, und es gab noch eine zusätzliche schmale Pritsche entlang der linken und hinteren Wand. In diesem Raum konnte eine größere Anzahl Menschen übernachten.

»Sieh mal, was ich gefunden habe«, sagte Rory plötzlich und hielt eine kleine Flasche Whisky hoch. »Sie ist noch nicht geöffnet, und diese Nachricht klebte darunter.« Er zeigte mir einen Zettel.

Für die nächsten Leute, die diese Schutzhütte nutzen – dies soll helfen, euch warm zu halten. Slàinte!

»Zu ein oder zwei Schlückchen davon würde ich nicht Nein sagen«, erwiderte ich.

»Ich auch nicht. Aber lass uns erst mal einen Kaffee trinken und unsere Sandwiches essen, und dann sehen, ob es nicht vielleicht doch aufklart.«

Rory begann, mit dem Campingkocher herumzuhantieren, während ich die Sandwiches auspackte, zu denen er die Köchin des Sligachan Hotels unter Einsatz seines nicht unbeträchtlichen Charmes überredet hatte.

Während wir den Kaffee tranken und unser spätes Mittagessen verzehrten, schaute ich aus dem Fenster. »Sieht nicht so aus, als würde es bald aufhören.«

Er seufzte. »Nein, stimmt.« Er warf einen Blick auf seine Uhr. »Lass uns abwarten, wie es in einer Stunde ist. Wenn es bis dahin nicht aufgeklart hat, müssen wir hier übernachten und uns morgen früh auf den Weg nach Elgol machen. Ich möchte diesen Weg nicht im Dunkeln gehen.«

Nachdem wir mit dem Kartenspiel in der Hütte ein paar Runden Gin Rommé gespielt hatten – und ich dreimal hintereinander gewonnen hatte –, wollte Rory draußen nach Handyempfang suchen, um zu sehen, ob sich das Wetter bessern würde. Er zog sich seine Stiefel an, schnappte sich seine Regenjacke und verschwand vor die Tür. Fünf Minuten später kam er zurück und schüttelte den Kopf.

»Es gießt immer noch, und es sieht nicht so aus, als würde sich das bald ändern. Ich habe gerade auch eine Nachricht von Tommy bekommen, die er schon vor ein paar Stunden abgeschickt hat – der Empfang hier draußen ist ziemlich unzuverlässig. Sie sind in Torrin, und er schreibt, dass das Unwetter die ganze Nacht anhalten soll. Morgen soll es besser werden. Wir können es uns also gemütlich machen.«

Ich hatte nichts dagegen. Die acht Meilen, die wir heute zurückgelegt hatten, hatten mich an die Grenzen meines Durchhaltevermögens gebracht. Es war mir sehr recht, für heute Schluss zu machen und mir den Regen durchs Fenster anzusehen.

Da die Schutzhütte keine Toilette hatte, schlüpfte ich schnell in meine Stiefel und warf meine Jacke über, um kurz nach draußen zu gehen. Wieder zurück, zog ich mir Jogginghose, T-Shirt und Fleecepulli an, nicht zu vergessen ein Paar dicke Socken. In der Schutzhütte gab es weder Strom noch Heizung und auch keinen Kamin. Aber dafür vier Wände und ein Dach, und das war alles, was zählte.

Rory zeigte auf die Flasche Whisky. »Gibt es einen Grund, noch länger damit zu warten?«

»Ich hatte gehofft, dass du das sagen würdest.«

»Das wird uns jedenfalls warm halten«, murmelte er, während er eine Tasse aus seinem Rucksack kramte. Dann schenkte er eine großzügige Portion Whisky ein und reichte sie mir. »Ladys first.«

Ich prostete ihm zu, nahm einen Schluck und reichte ihm die Tasse. Er leerte sie und schenkte nach.

Wir setzten uns wieder an unseren Tisch, und ich teilte die

Karten für eine Runde *War* aus, was uns eine Weile beschäftigen würde. Während wir spielten, nahm ich noch einen Schluck. Ich könnte mich daran gewöhnen, Whisky zu schlürfen, während ich dem strömenden Regen draußen lauschte. Alles, was noch fehlte, war ein Feuer.

»Also, *Der Herr der Ringe,* Buch oder Film?« Ich hatte das Gefühl, es war an der Zeit, uns den wirklich wichtigen Dingen zu widmen.

»Puh, das ist eine schwierige Frage.« Er nahm mir die Tasse ab und drehte sie zwischen den Fingern. »Ich denke, ich entscheide mich für den Film«, sagte er nach einer Weile. »Ich liebe die Bücher, besonders *Die Gefährten,* aber die Verfilmung ist einfach genial. Und du?«

»Ich liebe die Bücher auch, aber die Filme gehören zu meinen absoluten Lieblingsfilmen. Die Extended Versions selbstverständlich.«

»Selbstverständlich. Wie kommst du eigentlich darauf?«

»Ich habe gesehen, dass du *Die Gefährten* dabeihast.«

Er runzelte die Stirn. »Wann hast du das gesehen?«

»Neulich Morgen, als ich alleine aufs Klo gegangen bin, während du noch geschlafen hast. Als ich in dein Zelt geschaut habe, warst du mit dem Buch in der Hand eingeschlafen. Du musst es sehr mögen, wenn du es mit dir herumschleppst.«

»Stimmt«, sagte er, kippte den Whisky hinunter und schenkte noch mal ein.

Ich spürte, dass er nicht weiter darüber reden wollte. Also schnappte ich ihm die Tasse weg, und nachdem ich einen Schluck getrunken hatte, wechselte ich das Thema. »Was für Musik magst du?«

»Classic Rock, das volle Programm. Ich höre zu selten Radio, um zu wissen, was in den Charts läuft. Und du? Warte, lass mich raten.«

Ich lehnte mich zurück und verschränkte die Arme vor der Brust. Da würde er nie drauf kommen.

»Glam Metal Bands aus den Achtzigern?«

Ich starrte ihn mit offenem Mund an. »Wie hast du das denn erraten?«

Er grinste. »Du hast beim Wandern manchmal gesungen oder gesummt. Ich glaube, ich habe Guns N' Roses gehört, Def Leppard, vielleicht sogar Poison? Auf jeden Fall Bon Jovi.«

»Moment mal, du hast mich singen hören? Ich dachte, das hätte ich nur in Gedanken getan.«

»Nicht immer, obwohl ich natürlich auch versuche, meine Fähigkeit des Gedankenlesens zu perfektionieren. Lederhosen und lange Haare. Darauf stehst du also?« Er fuhr sich mit der Hand durch seine Haare, die zum Glück nicht ganz so lang waren, und wackelte anzüglich mit den Augenbrauen.

Fleecepullover und Cargoshorts taten's für mich auch, aber das wusste er wahrscheinlich. »Nicht zu vergessen, den Guyliner.«

Er hatte gerade einen Schluck Whisky genommen und schlug sich gerade noch rechtzeitig die Hand vor den Mund, bevor er ihn wieder ausspuckte. »Wie könnte ich den vergessen? Ich hab welchen in meinem Rucksack, aber ich trag ihn nicht so gern beim Wandern, weil er mir immer in die Augen läuft, wenn ich schwitze.«

Ich grinste. »Das kenn ich, glaub mir.«

Den Rest des Nachmittags spielten wir weiter Karten und machten Smalltalk, während es draußen unablässig regnete. Zum Abendessen gab es wieder Gulasch und ein Hühnchenfertiggericht, aber diesmal reichten wir die Packungen hin und her, ohne dass sich einer daran störte, dass wir im Essen des anderen herumstocherten.

Rory war immer schweigsamer geworden, und trotz unserer lockeren Unterhaltung von vorhin und obwohl er mich nach dem Essen beim Kartenspielen wieder öfter schlug, wuchs seine Anspannung im Laufe des Abends. Wortlos goss ich ihm noch etwas Whisky ein und schob ihm die Tasse über den Tisch zu. Er stürzte ihn regelrecht hinunter, ohne ihn erst im Mund zu bewegen und den Geschmack zu genießen.

»Rory, was ist los?«

Er blickte auf und lächelte mich an, aber das Lächeln drang nicht bis zu seinen Augen. »Nichts. Mir geht's gut.«

»Gibt es etwas, das ich wissen sollte, bevor wir die Nacht hier verbringen?« Wenn er nervös war, weil wir hier übernachteten, wollte ich das wissen.

Er zog die Augenbrauen zusammen und legte den Kopf schief. »Nein. Die Schutzhütte ist erst letztes Jahr gebaut worden und gut isoliert. Warum fragst du?«

»Weil du mir so angespannt vorkommst.«

»Mir geht's gut«, wiederholte er.

Doch der tiefe Schluck Whisky, der seinen Worten folgte, war eindeutig ein Zeichen, dass dem nicht so war.

KAPITEL DREIßIG

RORY

Mir geht's gut, hatte ich zu Amelia gesagt. Sogar zweimal in den letzten beiden Minuten.

Aber das stimmte nicht. Das Kartenspielen und unser Smalltalk hatten die Dämonen eine Weile in Schach gehalten, doch als draußen die Dunkelheit hereinbrach, stürzte alles wieder auf mich ein.

Das war auf der Etappe nach Elgol immer so – zu viele schlechte Erinnerungen. Es wurde nie leichter. Und das wollte ich auch gar nicht.

Ich wünschte, wir hätten nach Elgol weitergehen können, statt hier rumzuhängen, aber das war unmöglich. Wenn ich allein gewesen wäre, hätte ich mich von dem Gewitter nicht aufhalten lassen, aber Amelia hatte in den letzten Stunden ziemlich zu kämpfen gehabt. *Und dein Voranstürmen war auch nicht gerade hilfreich, du Idiot.* Nein, war es nicht, aber selbst wenn ich es nicht getan hätte, hätte sie sich nicht noch vier Meilen weiterschleppen können, zumal die Klippen noch vor uns lagen.

Am liebsten hätte ich den Rest der Whiskyflasche auf ex getrunken, um alles zu vergessen, aber das hätte nichts gebracht. Ich konnte nicht vergessen, egal, wie viel Alkohol durch meine Adern schwamm. Das hatte ich schon probiert – mehr als einmal.

Als die Nacht hereinbrach, holte ich unsere Schlafsäcke und Isomatten aus den Rucksäcken und ging in den hinteren Raum.

Ich breitete Amelias Sachen auf dem unteren Bett aus und meine auf dem oberen. Ich würde es nicht noch einmal aushalten, sie so dicht bei mir zu haben, eng an ihren Körper geschmiegt aufzuwachen, ihren Duft einzuatmen, und unfähig, mein Verlangen nach ihr zu verbergen.

Als ich in den vorderen Raum zurückkehrte, musterte sie mich mit einem durchdringenden Blick.

»Du solltest noch mal nach draußen gehen, bevor es völlig dunkel ist.«

Einen Moment lang sah sie mich nachdenklich an, als wollte sie etwas sagen, doch dann nickte sie und stand auf. Ihr Gang war schon etwas sicherer als vorhin, aber ihre fest zusammengepressten Lippen verrieten mir, dass ihr Knie immer noch schmerzte.

Sie schlüpfte in Jacke und Stiefel und wagte sich nach draußen in den Regen. Dann war ich an der Reihe. Der Regen hatte immer noch nicht nachgelassen, was den Weg morgen matschig und schwierig machen würde, selbst wenn es wie angekündigt aufklaren sollte.

Als ich wiederkam, saß Amelia am Tisch. »Meinst du, heute taucht noch jemand hier auf?«, fragte sie.

»Nein. Es ist fast dunkel und es schüttet seit Stunden. Alle, die sich auf dieser Etappe der Wanderung befunden haben, sind nach Sligachan zurückgekehrt, als das Unwetter angefangen hat, sonst wären sie inzwischen schon hier. Ich werde mich jetzt mal hinlegen. Ich bin ziemlich fertig, und wir können nicht viel machen, wenn es hier drinnen erst mal dunkel ist. Unsere Taschenlampen sollten wir lieber nicht benutzen, wenn es nicht unbedingt nötig ist.«

»Okay, ich lege mich auch bald hin.«

»Wenn du heute Nacht aufs Klo musst, nimm eine Taschenlampe mit und sei vorsichtig. Und wenn du dich auch nur das kleinste bisschen unsicher fühlst, weck mich auf, ja?«

»Mach ich.«

»Gute Nacht.«

»Nacht.«

Ich ging in den hinteren Raum und zog mir meine Schlafshorts an, dann kletterte ich die Leiter hoch und kroch in meinen Schlafsack. Das Klatschen von Karten auf Holz verriet mir, dass Amelia offenbar den letzten Rest Tageslicht ausnutzte, um Solitär zu spielen.

Draußen regnete es unaufhörlich weiter. Der Wind rüttelte an den Fenstern, der strömende Regen prasselte aufs Dach, ... Es klang verdammt ungemütlich. In Gedanken schickte ich ein riesiges Dankeschön an die Mountain-Bothy-Leute für diesen Unterschlupf. Ohne sie hätten wir einen harten Nachmittag und Abend gehabt.

Ein Weilchen später kam Amelia herein, den Strahl ihrer Taschenlampe mit der Hand abgedeckt, um mich nicht zu wecken. Ich hätte ihr sagen können, dass sie sich nicht die Mühe zu machen brauchte, aber ich tat so, als würde ich schlafen. Als sie sich auf dem unteren Bett niederließ, ertönte ein unterdrücktes Stöhnen. Dann ein Klicken, und der Raum war in völlige Dunkelheit getaucht.

Es folgte ein leises Rascheln, als sie in ihrem Schlafsack herumrutschte, und ein leises Seufzen, als sie endlich die optimale Schlafposition gefunden hatte. Ich sah sie regelrecht vor mir, wie sie sich in den Schlafsack kuschelte, die Hand unterm Kinn, die Schultern von ihren langen Haaren umspielt, und die dichten, dunklen Wimpern wie winzige Fächer auf der seidigen Haut unter ihren Augen ausgebreitet ... Am liebsten wäre ich die Leiter hinuntergeklettert und hätte mich zu ihr gelegt. Die Berührung ihrer Hand gespürt, meine Finger in ihren Haaren vergraben, meine Lippen auf diese zarten Wimpern gedrückt. Meinen Körper an sie geschmiegt und sie spüren lassen, wie sehr ich mich nach ihr sehnte …

Doch ich tat nichts von alledem.

»Gute Nacht, Rory«, flüsterte sie.

Ich antwortete nicht.

Endlich erreichte ich stolpernd den Gipfel. Nachdem ich über eine Stunde lang geklettert war, gegen den Wind angekämpft und ihre Rufe – die einen höhnisch, die anderen flehend – erfolgreich ignoriert hatte, hatte ich es endlich geschafft. Aber mir blieb nur ein kurzer Moment, um mich triumphierend umzusehen, bevor ich vollkommen von dichtem Nebel eingehüllt wurde.

Ich erstarrte. Wo war der Rand?

Ich hatte es bis nach oben auf den Gipfel geschafft, nur um jetzt völlig hilflos zu sein. Ich konnte nichts sehen, konnte mich nicht bewegen, und ich hatte furchtbare Angst, in den Tod zu stürzen.

»Rory, wo bist du?«

Erleichtert schloss ich die Augen. Er hatte mich gefunden. »Hier! Ich bin ganz oben!«

»Du hast es bis auf den Gipfel geschafft! Ich wusste, dass du es kannst!« Ich konnte das Lächeln in seiner Stimme hören, und meine Brust schwoll vor Stolz. »Halt durch, ich bin fast da.«

»Sei vorsichtig. Hier ist alles voller Nebel. Ich kann nichts sehen.«

»Keine Sorge. Wir warten einfach, bis es aufklart, und dann steigen wir zusammen ab. Bleib einfach, wo du bist. Hörst du mich? Bleib, wo du bist, und ich komme zu dir.«

»Okay«, sagte ich, meine Stimme kaum mehr als ein Flüstern.

Ich war vollkommen blind. Mein Atem ging schneller und schneller, und mein Herz schlug so heftig, dass es wehtat. Wenn ich ihn doch bloß sehen könnte, dann würde es mir besser gehen. Aber der Nebel war zu dicht.

»Rory, sprich mit mir.«

»Ich habe Angst«, keuchte ich und wand mich innerlich, als ich hörte, wie jämmerlich ich klang. Wenn er *das gehört hätte, hätte er mich deswegen auch noch verhöhnt.*

»Ich weiß. Atme ganz ruhig. Durch die Nase ein – Luft anhalten – durch den Mund aus – Luft anhalten. Und noch mal. Schaffst du das? Ich bin fast da, versprochen. Rühr dich nicht vom Fleck und atme.«

Und das tat ich, genau wie er gesagt hatte. Durch die Nase einatmen, durch den Mund ausatmen und zwischendurch kurz die Luft anhalten. Ich fand einen Felsbrocken, an dem ich mich festklammerte.

Plötzlich verschwand der Nebel, und ich sah sein Gesicht. Er lächelte und machte einen Schritt auf mich zu, den Blick fest auf mich gerichtet. »Da bist du ja.« Und dann …

»Schhh, Rory. Es ist alles gut.« Eine kühle Hand berührte meine Wange, dann wurde ein Reißverschluss geöffnet und etwas Weiches kuschelte sich an mich. Ich griff danach – nach ihr – und hielt mich an ihr fest. »Alles in Ordnung«, murmelte sie. »Einfach atmen.«

Ich machte einen tiefen, zittrigen Atemzug. »Amelia?«

»Ja, ich bin's. Du hast geträumt.«

Irgendetwas stimmte nicht – abgesehen von meinem Albtraum. »Ich liege im oberen Bett.«

»Ich weiß.«

»Du bist hier raufgeklettert?«, fragte ich überflüssigerweise.

»Bin ich. Es war sehr, sehr weit. Und diesmal habe ich nicht mal einen Kuss bekommen«, witzelte sie und erinnerte mich damit an das letzte Mal, als sie mich aus einem Albtraum geweckt und ich sie geküsst hatte. Als könnte ich das vergessen.

Amelia kuschelte sich unter dem Schlafsack, der inzwischen wohl mehr eine Decke war, an mich und fuhr immer wieder mit den Fingern durch mein Haar. Ich schloss die Augen und ließ mich von ihr beruhigen. Es war so anstrengend, ständig gegen das Bedürfnis anzukämpfen, von ihr berührt zu werden.

»Rory?«

»Hmm?«

»Willst du mir nicht erzählen, was passiert ist? Was dich so quält?«

Mein Herz setzte für einen Moment aus und begann dann schneller zu schlagen. Ich öffnete die Augen und starrte an die Decke. »Ich … ich weiß nicht, ob ich das kann.« Ich hatte mit niemandem mehr darüber gesprochen, seit ich es vor drei Jahren Scarlet anvertraut hatte. Und selbst da hatte ich ihr nur das Nötigste berichtet.

»Aber vielleicht hilft es dir, darüber zu reden. Hier im Dunkeln. Fang einfach an. Tu so, als wäre ich gar nicht da.«

Als ob das so einfach wäre, mit ihrem Körper so dicht an meinem, ihrem Duft, der mich umgab, ihrer Hand in meinem Haar.

»Ich … ich möchte nicht, dass du schlecht von mir denkst«, flüsterte ich.

Ihre Hand löste sich aus meinen Haaren und strich mir sanft über die Wange. Sie drehte mein Gesicht zu sich, und ich konnte ihren Blick auf mir spüren. »Rory, hör mir zu. Meine beste Freundin liegt im Koma, weil ich nicht richtig aufgepasst habe. Ich bin die Letzte, die schlecht von dir denken würde. Sag mir, was los ist.«

Erzähl es ihr. Du hast es so lange in dir verschlossen. Erzähl es ihr einfach.

Ich nahm ihre Hand von meiner Wange und umklammerte sie wie einen rettenden Anker.

Und dann erzählte ich ihr, was damals passiert war.

KAPITEL EINUNDDREIßIG

AMELIA

»Ich habe dir doch von meinem Vater erzählt«, begann Rory.

»Ja. Du hast gesagt, dass er dich schikaniert hat, weil du gerne gelesen und geschrieben hast und nicht so gerne draußen warst.« Was mich richtig wütend gemacht hatte …

»Stimmt. Für ihn war ich so eine Art Freak. Er konnte einfach nicht verstehen, warum ich nicht wie mein Bruder Connor war, der immer draußen herumlief und überall raufkletterte, wo er nur konnte. Mein Vater hat deswegen ständig auf mir rumgehackt. Und meine Mum meinte nur, ich solle mich ihm gegenüber respektvoll verhalten. Ich nehme es ihr immer noch übel, dass sie mich damals nicht verteidigt hat. Die Einzige, die sich für mich eingesetzt hat, war meine Literaturlehrerin, Mrs MacDougall.«

»War das die Frau, die an dein Talent zum Schreiben geglaubt hat und wollte, dass du dein Leben änderst?«

»Das weißt du noch?«

»Natürlich, ich erinnere mich an alles, was du gesagt hast«, erwiderte ich. Als ich merkte, wie das klang, zuckte ich zusammen. »Ich meine, ich …«

»Ich erinnere mich auch an alles, was du gesagt hast, Amelia«, unterbrach er mich, sein warmer Atem an meiner Wange. »Sogar an das, was du am ersten Tag erzählt hast.«

Bei seinen Worten, die er ohne Zögern oder Scham ausgesprochen hatte, überlief mich ein Schauer. Ich räusperte mich. »Egal, was wolltest du sagen?«

»Als ich fünfzehn war, bevor … es passiert ist, reichte Mrs Mac eine meiner Kurzgeschichten bei einem Schulwettbewerb ein, und ich gewann. Mein Vater war furchtbar wütend auf sie, weil sie mich zum Schreiben ermutigt hatte, und bei Connors Schulabschlussfeier sind dann die Fetzen geflogen. Ihr Ehemann, Captain MacDougall – ein Mann, den ich mir zum Vater gewünscht hätte –, ist dazwischengegangen und hat mir anschließend gesagt, ich sei bei ihnen jederzeit willkommen. Das hat mein Vater ihm offenbar besonders übel genommen. Jedenfalls musste er nun, nachdem auch andere mitbekommen hatten, was für ein Mistkerl er war, dringend etwas für sein Ego tun. Deswegen ist er an dem Wochenende nach Connors Schulabschluss mit uns beiden nach Skye zum Wandern gefahren.«

Das klang nach einer vorprogrammierten Katastrophe, aber ich wollte ihn nicht unterbrechen.

»Das Wetter war das ganze Wochenende wechselhaft, mit heftigen Regenschauern, die wie aus dem Nichts niedergingen – genau wie du es diese Woche erlebt hast. Sie verwandelten die Wege in Schlammpisten und machten die Berge tückisch. Aber meinem Vater war das vollkommen egal. Wir bestiegen den Quiraing, was, wie du dir wahrscheinlich vorstellen kannst, bei Wind und Regen echt übel war.«

»War das dort, wo ich am zweiten Tag fast umgepustet worden wäre?« Ja, der Quiraing war auch ohne Sturm und Regen eine echte Herausforderung.

»Aye, dort, wo du fast dein Handy fallen gelassen hast. Am nächsten Tag sind wir die Schlucht bei Sligachan hinaufgestiegen, genau wie du und ich heute. Nur dass wir den Weg über den

Marsco genommen haben, während wir beide nur daran vorbeigelaufen sind. Mein Vater war erbarmungslos, er verhöhnte mich, weil ich am Berg zu langsam war, oder weil ich bei der Überquerung eines Flusses zu lange zögerte. Connor sagte ihm immer wieder, er solle damit aufhören, aber mein Vater hat nicht auf ihn gehört. Das hat er nie.« Ich spürte, wie Rory neben mir schluckte. »Wir waren also auf dem Pfad, der durch die Schlucht führt, und passierten gerade den Bla Bheinn. Die Sonne kam heraus, und der Berg lag da, direkt vor mir, und ich dachte, scheiß drauf, den kletter ich jetzt rauf. Wenn ich meinem Vater beweise, dass ich das schaffe, obwohl ich es nicht will, hat er keinen Grund mehr, mich weiter zu schikanieren, und ich muss nicht noch mal mit ihm wandern gehen.«

Ich musste wieder daran denken, wie merkwürdig Rory sich verhalten hatte, als wir am Bla Bheinn vorbeigelaufen waren. Er hatte den Berg nicht mal ansehen können.

»Als mein Vater und Connor den Weg verließen, um zu pinkeln, begann ich, den Bla Bheinn hochzuklettern. Mein Vater brüllte mir hinterher, dass ich umdrehen solle, dass es idiotisch sei, mich auf eigene Faust auf den Weg zu machen – und dass ich sowieso auf halber Strecke kneifen würde. Und dann rief Connor, ich solle auf ihn warten. Aber ich wusste, wenn mein Bruder mir half, würde es meinen Vater nur darin bestärken, dass ich nicht ›Manns genug‹ war, es alleine zu schaffen, deswegen kletterte ich einfach weiter. Es war schwieriger, als ich gedacht hatte, denn es gibt dort einen falschen Gipfel, von dem aus man die Felsen hinunter- und dann wieder hinaufklettern muss, um zum echten Gipfel zu kommen. Ich schaffte es schließlich bis ganz nach oben. In dem Moment war ich so stolz auf mich. Es hatte auch viel mehr Spaß gemacht, als ich gedacht hatte. Aber dann …

tauchte wie aus dem Nichts der Nebel auf, und innerhalb von Sekunden konnte ich nichts mehr sehen. Es war … als würde jemand eine Decke über einen werfen. Und weil ich nicht mehr erkennen konnte, wo die Felsen steil abfielen, hatte ich Angst, mich zu bewegen, Angst zu fallen. Ich bekam Panik.«

Rorys Atem beschleunigte sich, als wäre er wieder dort, oben auf dem Berg, im Nebel. Ich drückte seine Hand fester, während mich eine schreckliche Vorahnung überfiel.

»Dann hörte ich Connor nach mir rufen. Als ich ihm sagte, dass ich auf dem Gipfel bin, lobte er mich: Er hätte gewusst, dass ich es schaffe, und er sei so stolz auf mich. Es war ein unglaubliches Gefühl – aus dem Mund meines Vaters hätte ich das nie gehört. Ich habe Connor immer verehrt. Er war mein Held, mein Retter. Mein Bruder.«

Ich schloss die Augen, als könnte ich so seine Worte ausblenden. Aber ich wusste es. Oh Gott, ich wusste, was jetzt kam.

»Als ich ihm sagte, dass ich nichts sehen könne, rief er mir zu, ich solle mich nicht bewegen, er würde mich holen kommen. Ich war kurz davor, vor Angst durchzudrehen, also befahl er mir, ruhig zu atmen. ›Durch die Nase einatmen – Luft anhalten – durch den Mund ausatmen – Luft anhalten. Und noch mal.‹ Er wiederholte es mehrmals und versuchte, mich so zu beruhigen, bis er bei mir war.«

Genau das hatte Rory zu mir auch gesagt, als ich mir das Knie verletzt hatte und vor Schmerzen keine Luft mehr bekam.

»Ich fand einen Felsbrocken, an den ich mich völlig verängstigt klammerte. Plötzlich lichtete sich der Nebel für einen Moment, und ich sah Connor, schon ganz nah. Er lächelte mich an, den Blick fest auf mich gerichtet, während er auf mich zukletterte. Und dann …«

Er brach ab, und ich spürte, dass er am ganzen Körper zitterte.

Oh, Gott. Bitte, sprich nicht weiter.

»Dann machte er noch einen Schritt und trat dabei auf einen Stein. Aber … der war locker, und Connor rutschte mit dem Fuß weg. Er sah so verblüfft aus – er hatte sich solche Sorgen um mich gemacht, dass er nicht darauf geachtet hatte, wo er hintrat. Ich streckte ihm die Hand hin. Seine Finger streiften meine, aber ich war nicht nah genug, und meine Arme waren nicht lang genug, und …«

Nein, nein, nein …

»… und da ist er abgestürzt«, flüsterte Rory.

Ich konnte seinen Schmerz so gut nachvollziehen, als wäre es mein eigener. Er tat mir so unendlich leid.

»Er ist abgestürzt, obwohl ich ganz in seiner Nähe war. Und ich konnte es nicht verhindern, konnte ihn nicht erreichen. Ich habe nur geschrien und geschrien und geschrien. Als mein Vater endlich kam, hatte ich keine Stimme mehr. Ich konnte nur noch auf den Felsvorsprung ungefähr fünf Meter unter uns deuten, wo Connor blutüberströmt lag. Und dann begann mein Vater zu schreien.«

Rory holte zitternd Luft. Ich hielt seine Hand fest und wartete, dass er weitersprach.

»Connor hat nicht geschrien. Er ist stumm den Berg hinuntergestürzt und hat sich den Kopf an einem Felsen eingeschlagen. Daran ist er … gestorben. Der Sturz selbst hätte ihn nicht umgebracht. Aber dieser blöde, beschissene Felsen … Es dauerte Stunden, bis die Bergrettung endlich da war, und ich konnte nur noch hilflos zusehen, wie sie zu meinem Bruder hinunterkletterten und seine Leiche bargen.«

Rory klang so unglaublich verzweifelt, dass sich meine Augen mit Tränen füllten. Was für eine sinnlose, furchtbare Tragödie, nur weil ein Junge seinem Vater etwas beweisen wollte. Einem Vater, der ihn nie so lieben würde, wie er seinen Bruder geliebt hatte.

Ich stützte mich auf den Ellbogen, beugte mich über ihn und strich ihm sanft die Haare aus dem Gesicht. »Es tut mir so leid«, flüsterte ich und presste meine Lippen auf die Tränenspuren, die auf seinen Wangen glitzerten.

Als er mich an den Schultern packte, war ich überzeugt, dass er mich von sich wegschieben wollte …

… aber er zog mich an sich und küsste mich, als wären meine Lippen seine Erlösung, seine Rettung.

Ich erwiderte seinen Kuss. Wenn er es wollte, würde ich seine Erlösung sein. Und ich könnte noch so viel mehr für ihn sein, wenn er es nur zulassen würde.

Aber im Moment konnte ich ihm vielleicht etwas von seiner Trauer nehmen. Als er mit der Zunge sanft über meine Lippen fuhr, öffnete ich mich ihm, vertiefte den Kuss. Er riss sich von meinem Mund los und bedeckte meine Kehle mit Küssen.

»Rory«, murmelte ich, während mein Körper durch das Gefühl seiner Lippen auf meiner erhitzten Haut zum Leben erwachte. Er erstarrte und wich zurück. »Rory?«, sagte ich noch einmal, aber diesmal war es eine Frage.

»Ich … das können wir nicht tun. Nicht so.«

Behutsam legte ich meine Hände um sein Gesicht und blickte ihm in die Augen. Ich wünschte, ich hätte sie in der Dunkelheit sehen können, aber ich war mir sicher, dass sie vor Verlangen in einem intensiven Grün leuchteten. »Doch, das können wir. Genau so.«

Er nahm meine Hände in seine. »Amelia, das geht nicht. Ich

möchte dich nicht ausnutzen, und so fühlt es sich für mich gerade an.«

»Das tust du nicht. Lass mich dir etwas von deinem Schmerz nehmen, nur für kurze Zeit. Und dafür nimmst du mir etwas von meinem. Das hat nichts mit Ausnutzen zu tun – wir haben uns von Anfang an zueinander hingezogen gefühlt. Und die Gründe, aus denen wir uns dagegen gewehrt haben, zählen jetzt nicht mehr.«

Er gab einen verzweifelten Laut von sich, und ich presste meinen Mund wieder auf seine Lippen.

Als Rory mich zurückküsste und seine Zunge über meine glitt, verspürte ich ein Ziehen in der Magengrube.

Er drehte mich auf den Rücken und fuhr mit den Händen über meine Taille, ließ seine Finger unter mein Fleece und mein T-Shirt wandern. Doch dann hielt er inne und sah mir in die Augen, als würde er um Erlaubnis bitten. Ein Lächeln und ein leichtes Nicken waren alles, was er brauchte. In einer einzigen fließenden Bewegung zog er mir beide Kleidungsstücke über den Kopf. Ich fröstelte, als die kühle Luft meine Haut berührte, aber die Wärme, die sein Körper ausstrahlte, vertrieb die Kälte.

Seine Hände liebkosten meine Brüste durch den Stoff des BHs hindurch. »Welcher ist es?«, fragte er.

»Was?«

»Welcher BH? Der dunkelblaue oder der violette? Es ist zu dunkel, um es erkennen zu können.«

Zu einem anderen Zeitpunkt wäre es mir vielleicht merkwürdig vorgekommen, dass er sich an die Farbe meiner BHs erinnerte. Aber nicht jetzt. »Violett«, keuchte ich, während er mich weiterhin streichelte.

Er presste seine Lippen auf meine linke Schulter. Seine Hände wanderten über meine Rippen zum Rücken, um meinen BH zu öffnen.

Ich vergrub meine Finger in seinem Haar und drängte mich an ihn. Durch diese Bewegung wurde mein Unterleib eng an seinen gepresst, und als ich spürte, wie sehr er mich begehrte, sog ich scharf die Luft ein.

Er erstarrte. »Hab ich dir wehgetan? Dein Knie?«

»Alles okay.« Es schmerzte, aber das war mir egal. »Bitte hör nicht auf. Diesmal nicht.«

»Nein, diesmal nicht.« Rory streifte die Träger des BHs über meine Arme und zog ihn mir aus. Ich nahm undeutlich wahr, wie er irgendwo unter mir auf dem Boden landete. »Ich wünschte, ich könnte dich im Dunkeln sehen«, murmelte Rory, während er mit den Fingerspitzen die Form meiner Brüste nachfuhr und genüsslich jede Kurve streichelte, bis ich erzitterte – und das nicht wegen der Kälte.

Mein Körper stand in Flammen. Ich musste ihn spüren, Haut an Haut.

Als hätte er meine Gedanken gelesen, zog Rory sein Shirt aus.

Zuerst noch langsam und schüchtern erkundete ich mit den Fingern seinen Oberkörper. In diesem Moment war ich froh, dass es in der Hütte so dunkel war und er meine roten Wangen nicht sehen konnte.

Ich fühlte mich in seinen Armen so unglaublich geborgen, spürte eine tiefe innere Verbundenheit, die ich noch nie zuvor mit jemand anders erlebt hatte. Plötzlich wurde mir klar, dass ich Rory vertraute. Dass ich ihm sogar mein Leben anvertraut hätte. Und so hielt ich ihn nicht auf, als er seine Finger sanft unter das Bündchen meiner Jogginghose schob und sie langsam herunterzog. Er hielt inne, als er im selben Moment wie ich merkte, dass er auch meine Unterhose erwischt hatte.

Kein Zögern mehr.

Ich legte meine Hände auf seine, und zusammen befreiten wir mich von Jogginghose und Unterwäsche. Und dann ihn. Er warf seine Sachen irgendwohin und erkundete mit seinen Fingern und seinem Mund, was er mit seinen Augen im schwachen Licht des Mondes nicht sehen konnte. Mein ganzer Körper zitterte vor Lust.

KAPITEL ZWEIUNDDREIßIG

RORY

Ich fuhr mit der Hand ihren Rücken entlang und musste über ihre Reaktion lächeln, als ich sie berührte. Wir hörten nicht auf, uns zu küssen und uns gegenseitig zu streicheln. Doch es dauerte nicht lange, bis das Langsame, Tastende in etwas anderes überging …

***

Ich öffnete die Augen und blickte auf Amelia hinunter, wir beide völlig außer Atem. Ich stützte mich auf die Ellbogen, damit ich sie nicht erdrückte, küsste ihre Lippen, ihre Stirn und ihre Wangen, und kehrte dann zu ihrem Mund zurück.

Nachdem wir wieder unter meinen Schlafsack gekrochen waren, drückte ich sie ganz dicht an mich und fuhr mit den Fingern durch ihr Haar, um die zerzausten Strähnen zu entwirren. Ihre Fingerspitzen zogen träge Kreise auf meiner Brust.

»Das war … Danke«, sagte ich und verfluchte mich innerlich für meine Unbeholfenheit. *Danke? Wer zum Teufel sagte »Danke« nach einer Erfahrung wie dieser?* »Ich meine, danke, dass du mir zugehört hast. Und dass du mir das Gefühl gegeben hast, wieder lebendig zu sein.« *Halt doch endlich den Mund.*

»Ich fand's auch gar nicht so übel«, murmelte sie.

Ich grinste. »Tommy wird sich freuen.«

Sie drehte leicht den Kopf. »Wieso?«

»Er hat gemeint, ich solle uns beiden eine Chance geben.« Sie kicherte, etwas, das ich von ihr bis jetzt noch nicht gehört hatte – aber gerne wieder hören würde. »Was ist?«

»Als wir uns verabschiedet haben, hat er mir geraten, dich zu küssen, wenn sich eine Gelegenheit ergeben sollte. Ich glaube, er spielt Amor. Jedenfalls bin froh, dass er mich akzeptiert.«

»Glaubst du, Carrie würde mich auch akzeptieren?«

»Aber ja! Ich kann förmlich hören, wie sie gerade sagt: ›Na bitte, geht doch, Süße!‹ Sie wäre so stolz auf mich.«

»Warum? Ich meine, abgesehen von dem Offensichtlichen?«

»Und das wäre?«

»Dass du mit so einem netten, gut aussehenden Typen zusammen bist, natürlich«, neckte ich sie.

»Ja, klar. Logisch«, spottete sie und schnipste mit dem Zeigefinger gegen meine Brust. Dann schwieg sie einen Moment, während ihr Finger nun wieder Kreise auf meiner Brust zog. »Ich bin nur … also, sie ist die Extrovertierte, nicht ich. Sie wäre in dein Zimmer gekommen, wie Emma es in dieser Nacht getan hat, aber ich hätte mich nicht getraut. Ich hätte mir nur vorgestellt, wie es wäre, an deine Tür zu klopfen. Aber ich hätte es nie im Leben getan.« Sie stieß einen leisen Seufzer aus. »Aber diese ganze Sache mit Carrie hat mir gezeigt, dass das Leben sich von einem Moment auf den anderen ändern kann, und dass ich nicht länger diejenige sein möchte, die sich zurücklehnt und nur zusieht. Ich möchte Erfahrungen sammeln. Ich möchte mutig sein und das tun, wonach mir ist, nicht immer nur abwarten und zögern und mir den Kopf über alles zerbrechen.«

»Du warst sehr mutig, als du nach deiner Verletzung darauf bestanden hast, die Wanderung zu beenden.«

»Das war das erste Mal.«

»Dass du mutig warst? Das sehe ich aber anders.«

»Wie meinst du das?«

»Ich finde, es war verdammt mutig von dir, dich für den Skye Trail zu entscheiden. Und das auch noch so kurzfristig und ohne entsprechende Erfahrung im Wandern.«

»Lügner. Du hast mich für eine verwöhnte Zicke gehalten, die hier draußen nichts zu suchen hat.«

»Am Anfang, ja. Aber das war, bevor ich den Grund dafür kannte. Bevor ich wusste, dass du das alles für Carrie machst. Und das finde ich sogar noch mutiger. Du hast dich aus deiner Komfortzone rausbewegt, um für jemand anders achtzig Meilen über Berge und an Klippen entlang zu wandern, und das bei Regen und Wind und Kälte.«

»Hast du mir deswegen angeboten, mir zu helfen, den Skye Trail zu beenden? Weil du mich mutig fandest? Oder war es wegen …« Sie brach ab, aber ich wusste, was sie sagen wollte.

»Wegen Connor?«

»Ja.«

»Beides. Du hast gesagt, Carrie wäre wie eine Schwester für dich, und mein Bruder … er hat mir unglaublich viel bedeutet. Ich würde alles tun – einfach *alles* –, um ihn zurückzubekommen. Deshalb kann ich auch so gut verstehen, warum du das alles auf dich nimmst. Aber natürlich habe ich auch deine Tapferkeit bewundert. Das tue ich immer noch.«

»Danke. Es bedeutet mir viel, dass du das sagst.«

Ich küsste sie auf die Stirn, während ich eine ihrer Locken um meinen Finger zwirbelte. Es war so schön, hier mit ihr zu liegen, und sie einfach nur im Arm zu halten. Das letzte Mal, dass ich das erlebt hatte, dass ich jemandem so nahe war, war schon viel zu lange her.

»Rory?«

»Hmm?«

»Soll ich noch mal mutig sein?«

Und dann ließ sie ihren Worten Taten folgen.

KAPITEL DREIUNDDREIßIG

AMELIA

Ich lag in Rorys Armen, meinen Kopf auf seiner Brust. »Darf ich dich etwas fragen?«

»Natürlich.«

»Warum arbeitest du ausgerechnet auf dieser Tour als Guide? Scarlet würde dich doch bestimmt nicht dazu zwingen, oder?«

»Ich zwinge mich selbst dazu. Oder zumindest habe ich das am Anfang getan.«

»Als eine Art Strafe?«

»Ja, so ungefähr. Die ersten Male waren … schwierig. Aber ich musste es tun. Ich musste mir den Schmerz und die Schuldgefühle immer wieder in Erinnerung rufen. Es half mir, weiterzumachen, wenn nichts anderes mehr ging.«

Ich wusste, was Rory meinte. Im Grunde genommen hatte ich mich aus ähnlichen Beweggründen dafür entschieden, an Carries Stelle den Skye Trail zu wandern und dabei jegliche Unterstützung abzulehnen. Ich wollte – *musste* – die Wanderung für sie beenden. Aber ich wollte es auch für mich tun, um mir später, wenn ich die Fotos der einschüchternden Gipfel und Glens und der furchteinflößenden Klippen betrachtete, sagen zu können: »Das habe ich geschafft. Ich bin die ganze Strecke gewandert.«

Und mit Rorys Hilfe würde ich das auch tun.

»Ist es irgendwann leichter geworden?«

»Ja. Aber die Albträume sind geblieben, und manchmal löst irgendetwas einen Flashback aus.«

»Zum Beispiel als Tommy neulich fast abgestürzt wäre?«

»Genau. Seit damals bin ich auch nicht mehr am Bla Bheinn gewesen. Ich kann ihn nicht mal ansehen, wie du wahrscheinlich bemerkt hast. Aber eines Tages«, flüsterte er, fast als würde er mit sich selbst sprechen, »eines Tages, in nicht allzu ferner Zukunft, werde ich wieder hinaufsteigen. Das muss ich tun. Für Connor – und für mich.«

»Magst du mir ein bisschen über ihn erzählen?«, fragte ich zaghaft. »Wenn es für dich nicht zu schmerzlich ist.«

»Weißt du«, sagte er, während er mit einer meiner Locken spielte, »es ist seltsam. In den letzten Tagen habe ich mehr über Connor gesprochen als all die Jahre zuvor. Tommy war sein bester Freund …«

»Ach, ja? Hat Mrs Mac euch deswegen zusammengebracht?«

»Ja. Sie hatte das Gefühl, er würde mich verstehen. Besser als jeder andere.«

Die beiden hatten wirklich eine Menge zusammen durchgemacht, und ich war so froh, dass sie sich hatten. Was wäre sonst aus Rory geworden?

»Tommy und ich reden ab und zu über Connor, wenn wir ein paar Pints getrunken haben und in wehmütiger Stimmung sind. Aber sonst? Es gibt niemanden, mit dem ich über ihn sprechen könnte. Die einzigen Konstanten in meinem Leben sind Tommy und Scarlet, und Gav, wenn ich auf Skye bin. Und jetzt du. Und das Schlimmste habe ich dir schon erzählt, es kann also nicht noch schmerzlicher werden. Was möchtest du denn wissen?«

Oh Gott, er klang so einsam. Und er sprach auch noch so beiläufig darüber, als hätte er kein Recht, etwas anderes zu erwarten.

Es brach mir regelrecht das Herz, ihn so zu sehen. »Erzähl mir deine Lieblingsgeschichte von ihm.«

Er musste nicht lange überlegen. »Ich erinnere mich, wie Connor mir beigebracht hat, Steine übers Wasser hüpfen zu lassen. Das war an dem See, wo wir aufgewachsen sind, bevor wir nach Glasgow zogen. Ich war sieben und er war neun. Ich weiß noch, dass ich ihn so lange angebettelt habe, es mir beizubringen, bis er irgendwann nachgegeben und mich losgeschickt hat, um den perfekten Stein zu finden. Aber er lehnte jeden ab, den ich ihm brachte: zu höckerig, zu dick und so weiter. Schließlich fing er selbst an zu suchen und fand einen flachen Stein von der Größe meiner Hand. Er hatte eine purpur-graue Färbung, durch die eine silberne Ader lief – der schönste und glatteste Stein, den ich jemals gesehen hatte.« Rory strich abwesend über meinen Arm. »Aber als ich danach greifen wollte, hielt Connor – der mit seinen neun Jahren größer war als ich – den Stein so hoch, dass ich ihn nicht erreichen konnte. Und als ich versuchte, ihn mir zu schnappen, rannte er davon. Ich lief ihm hinterher, aber er entwischte mir immer wieder, und irgendwann fing ich vor lauter Wut an zu weinen. Schließlich hatte er doch Mitleid mit mir und gab mir den Stein, aber in dem Moment kam mein Vater nach draußen. Er hatte geschlafen, und wir hatten ihn aufgeweckt.«

»Oh, nein«, murmelte ich.

»Aye. Er wollte wissen, ob ich mich verletzt hätte. Als ich Nein sagte, wurde er wütend. ›Warum zum Teufel heulst du dann?‹, fragte er. ›Wie oft habe ich dir schon gesagt, echte Männer weinen nicht?‹ Als ich nichts darauf antwortete, wurde er noch lauter. Er schrie mich regelrecht an. ›Ich habe dich etwas gefragt! Warum heulst du, verdammt noch mal?‹ In dem Moment hat sich Connor schützend vor mich gestellt. ›Es ist meine Schuld‹, sagte er.

›Ich habe ihm seinen Stein nicht gegeben.‹ Doch mein Vater ignorierte ihn. Er griff um Connor herum und packte mich am Arm. ›Wegen einem verdammten Stein heulst du wie ein kleines Mädchen?‹ Natürlich weinte ich dadurch noch mehr. Er riss mir den Stein mit Gewalt aus der Hand und warf ihn in den See. ›Jetzt hast du wenigstens einen Grund zum Heulen‹, sagte er, während er mich von sich stieß.«

»Dein Vater ist ein echter Kotzbrocken«, knurrte ich, voller Mitgefühl für diesen kleinen Jungen. »Aber ich bin trotzdem neugierig, warum das deine Lieblingsgeschichte von Connor ist.«

»Dazu komme ich gleich«, sagte Rory. »Nachdem er mich losgelassen hatte, lief ich zum Haus, wo meine Mutter in der Tür stand. ›Na toll, lauf doch heulend zu deiner Mama, kleines Mädchen‹, rief mein Vater mir hinterher. Meine Mum versuchte, mich in den Arm zu nehmen, aber ich schob mich an ihr vorbei und rannte in das Zimmer, das Connor und ich uns teilten. Ich wusste, dass mein Vater mich nur noch mehr hassen würde, wenn ich zuließ, dass meine Mutter mich wie ein kleines Kind tröstete. Aber kurz darauf hörte ich, wie mein Vater mit Connor schimpfte – und das tat er sonst nie. Er schrie immer nur mich an. Also stürmte ich aus dem Zimmer, um nachzusehen, was los war. Connor war klitschnass und zitterte am ganzen Körper, und mein Vater brüllte ihn an, er solle in unser Zimmer gehen und bis zum nächsten Morgen nicht mehr herauskommen. Ich folgte ihm. ›Warum bist du nass?‹, fragte ich ihn. Er griff wortlos in seine Shorts und reichte mir etwas.«

Rory räusperte sich. »Es war ein perfekt geformter purpur-grauer Stein, durch den eine silberne Ader lief.«

»Connor hat im See nach deinem Stein getaucht?« Ich biss mir auf die Lippe, um nicht zu weinen. Rory und sein Bruder waren unzertrennlich gewesen, und es war so unfair, dass Connor gestorben war.

»Aye. Ich weiß noch, dass ich ihn geschockt angestarrt habe und wissen wollte, warum er das getan hat. Der See war an dieser Stelle nicht allzu tief, aber trotzdem. ›Der Stein gehörte dir. Er hätte ihn dir nicht wegnehmen dürfen, weil ich gemein zu dir war‹, sagte Connor mit einem Schulterzucken, als wäre es nichts Besonderes, in einem eiskalten See nach einem blöden Stein zu suchen. Ich kann immer noch das Wasser des Sees riechen, das aus seinen Klamotten tropfte, und den sauberen Geruch der Decke, die er um uns schlang, als er mich umarmte. Wir beide hielten fest zusammen gegen einen Vater, der ihn über alles liebte und mich für einen schwachen, schreckhaften Weichling hielt, der es nicht mal wert war, dass man ihn anspuckte. Tja, das ist meine liebste Erinnerung an meinen Bruder.«

Ich drückte meine Lippen auf seine Brust. »Obwohl dein Vater so ein Arschloch war, ist das eine schöne Geschichte. Erzähl mir mehr – wie war Connor, als er älter war?«

»Er musste sich immer bewegen. Ich konnte stundenlang in der gleichen Haltung mit einem Buch irgendwo sitzen – das tue ich übrigens immer noch –, aber er wurde schon nach fünf Minuten unruhig. Die einzige Ausnahme war *Der Herr der Ringe*. Wir liebten die Filme, und ich brachte ihn dazu, die Bücher zu lesen, nachdem Mrs Mac sie mir empfohlen hatte. Er mochte *Die Gefährten* am liebsten.«

Deswegen trug er also das Buch mit sich herum, und deswegen hatte er so schnell das Thema gewechselt, als ich ihn darauf angesprochen hatte.

Ich hatte es toll gefunden, dass er ausgerechnet dieses Buch las. Es hatte ihn für mich noch attraktiver gemacht. Aber zu wissen, dass es Connors Lieblingsbuch gewesen war, änderte alles. Rory las es zur Erinnerung an seinen Bruder, um ihm dadurch nahe zu sein. Es tat mir so unendlich leid für ihn.

»Connor war echt klug, auch wenn er nicht gerne Bücher gelesen oder für den Unterricht gelernt hat«, fuhr Rory fort. »Er konnte sich alles merken, was man ihm sagte, auch wenn es aussah, als würde er gar nicht zuhören. Das hat seine Lehrer wahnsinnig gemacht.« Rory gluckste leise. »Er hat mir öfter erzählt – sehr stolz übrigens –, dass er im Unterricht nur rumgealbert hat, und wenn die Lehrerin ihn daraufhin aufforderte, zu wiederholen, was sie gerade gesagt hatte, wusste er immer genau, worüber sie gesprochen hatte. Ihre Versuche, ihn dadurch in Verlegenheit zu bringen, sind also jedes Mal gescheitert.«

Ich lächelte und stellte mir Connor als eine etwas jüngere Ausgabe von Rory vor, ohne die Trauer, die er ständig mit sich rumschleppte, aber mit dem gleichen respektlosen Grinsen, das ich nun schon ein paarmal gesehen hatte, und mit diesem verschmitzten Funkeln in den Augen. Wahrscheinlich war er bei den Lehrern beliebt gewesen, egal, wie anstrengend er war.

»Ich wünschte, ich hätte ihn kennengelernt«, sagte ich.

»Ja, das wünschte ich auch. Er hätte dich gemocht.« Rorys Stimme klang so traurig, dass ich mich noch enger an ihn kuschelte.

Er räusperte sich. »Connor liebte es, draußen zu sein. Egal, zu welcher Jahreszeit, oder wie schlecht das Wetter war. Bei Kälte zog er sich warme Klamotten an und bei nasser Witterung Regensachen, und dann verschwand er, zum Wandern in die Berge, zum Geländelauf, zum Eisklettern – was auch immer. Er hatte gerade mit der Ausbildung zum Bergführer angefangen.«

»Machst du diesen Job, weil Connor das eigentlich vorhatte?«, fragte ich.

Als Rory daraufhin schwieg, wünschte ich sofort, ich könnte meine Worte wieder zurücknehmen. Die Frage war zu persönlich gewesen.

»Nein«, sagte er schließlich. »Ich mache ihn, weil ich nach Connors Tod Gefallen daran gefunden habe, und ich …« Er brach verunsichert ab.

»Es tut mir leid. Ich hätte dich das nicht fragen sollen.«

»Ist schon in Ordnung. Es ist nur … bis jetzt hat mir noch nie jemand diese Frage gestellt, und ich bin mir plötzlich nicht mehr sicher.«

Nun zerbrach er sich auch noch den Kopf darüber, ob er dieses Leben, diesen Beruf aus Schuldgefühl gewählt hatte. *Super gemacht, Amelia.*

»Schließ die Augen«, sagte ich.

»Okay.«

»Jetzt stell dir den Skye Trail vor. Was sind die drei Dinge, die du daran am meisten liebst?«

»Wenn ich unter den Felsformationen des Quiraing stehe, wenn mir oben auf dem Trotternish Ridge die Sonne ins Gesicht scheint und mir der Wind die Haare in die Augen bläst, und wenn ich am Ende der Welt in Rubha Hunish bin, umgeben von blauem Meer und tauchenden Walen.«

Ich legte ihm die Hand auf die Lippen. »Ich kann das Lächeln auf deinen Lippen spüren, wenn du daran denkst. Und da ich all das mit eigenen Augen gesehen habe, weiß ich, wie wundervoll und unglaublich es ist.«

Er nahm meine Hand und küsste meine Fingerspitzen, eine nach der anderen. Mein Atem ging schneller, als mein Körper darauf reagierte.

»Ähm, okay«, stieß ich hervor und widerstand der Versuchung, mich noch enger an ihn zu schmiegen, »und jetzt zähl mir drei Dinge auf, die du am Skye Trail nicht so toll findest.«

»Die Strecke über den Trotternish Ridge wegen Starkwind auf der Hälfte abbrechen zu müssen, Flüsse zu überqueren, wenn sie wegen des Regens Wildwasser führen, und mit einer schwierigen Gruppe klarzukommen, die alles infrage stellt, was ich mache.«

Ich sah vor meinem inneren Auge, wie Rory, ohne mit der Wimper zu zucken, eine Gruppe triefend nasser, durchgefrorener und nervöser Wanderer sicher den Bergkamm hinunterführte. »Könntest du dir trotz der unanganehmen Dinge vorstellen, etwas anderes zu machen?«

»Nein«, sagte er, ohne zu zögern. Er klang erleichtert. »Ich *muss* draußen sein und wandern. Dort fühle ich mich Connor am nächsten. Ich kann ihn auf dem Bergkamm stehen sehen, durchnässt vom Regen und mit diesem breiten Grinsen auf dem Gesicht, oder wie er den Glamaig in den Red Cuillins hinaufstürmt. Aber es ist nicht nur, weil Connor das alles so sehr geliebt hat, ich selbst liebe es auch. Und wenn ich mir mein Leben vorstelle, wie es wäre, wenn Connor nicht … also, wenn er noch leben würde … Ich habe immer gern gelesen und geschrieben. Das heißt, ich hätte wahrscheinlich irgendeinen Schreibtischjob angenommen. Manchmal stelle ich mir vor, wie es wäre, in einem Büro zu sitzen, wo die Wände von allen Seiten auf einen einpressen, wo einem die Decke auf den Kopf drückt und wo man nur recycelte Luft einatmet, dazu das ständige Surren der Neonröhren und den ganzen Tag auf einen Computerbildschirm zu starren … Ich glaube, das würde mich umbringen, Amelia.«

Das würde es mit Sicherheit – er war für weite, offene Räume und frische Luft gemacht, mit Adlern, die über ihn hinwegsegelten, nicht für die erstickenden Begrenzungen eines kleinen Büros.

»Das ist das Leben, das ich will, so einsam es manchmal auch ist.« Zärtlich legte er seine Hand an meine Wange und fuhr mir mit dem Daumen über die Lippen. »Danke, dass du mich dazu gebracht hast, es so zu betrachten. Und dass du nach Connor gefragt hast. Sonst hatte ich immer einen Knoten im Bauch, wenn ich an ihn gedacht habe, aber jetzt? Ich bin traurig, aber es ist nicht diese überwältigende, lähmende Trauer, die mich früher fast in die Knie gezwungen hat. Ich *wollte* dir von ihm erzählen, und das bedeutet mir sehr viel.«

Vielleicht begann er endlich, Connors Tod und seine eigenen Schuldgefühle richtig zu verarbeiten. Und wenn ich ihm dabei helfen konnte, war allein das diese Reise wert gewesen. »Triffst du … deine Eltern eigentlich manchmal?«

»Nein. Wenn ich an sie denke, ist da nur diese … Leere. Als wären sie gesichtslose Menschen, die ich vor einer Ewigkeit gekannt habe, zu einer anderen Zeit, an einem anderen Ort. Ich habe sie seit Jahren nicht gesehen. Nach Connor … Mein Vater …« Ihm versagte die Stimme.

Tröstend drückte ich seine Hand. »Du musst nicht darüber reden. Nach dem, was du mir über ihn erzählt hast, kann ich es mir lebhaft vorstellen. Hat er dir wehgetan?«

»Nicht körperlich. Fast wünschte ich, er hätte es getan, das wäre zumindest eine emotionale Reaktion gewesen. Aber da kam gar nichts, und das war unendlich viel schlimmer. Ich habe dir ja schon erzählt, dass ich damals anfing, in der Schule Ärger zu machen …« Rorys Stimme war nur noch ein Flüstern. »Weißt du, ich wollte nur, dass sie sich wieder daran erinnern, dass ich auch noch da war. Aber sie ignorierten mich. Egal, was ich anstellte. Es war, als hätte jemand die Erinnerung an ihren anderen Sohn gelöscht. Wie im letzten Band von *Harry Potter*, wo Hermine das

Gedächtnis ihrer Eltern verändert, damit sie sie vergessen und sich in Sicherheit bringen.«

»Oh, Rory.« Mir fehlten die Worte.

»Ich hätte sie gebraucht. Wenigstens meine Mum. Connor war mein Bruder, und ich war am Boden zerstört, weil ich schuld an seinem Tod war. Aber meine Mutter hat sich bloß in ihre eigene Trauer zurückgezogen, und das war's. Und mein Vater – für den war ich gestorben. Genauso tot wie Connor. Er sah einfach durch mich hindurch, als wäre ich gar nicht da. Es war fast besser gewesen, als er mich verhöhnt und niedergemacht hatte. Nach Connors Tod war ich völlig auf mich allein gestellt.«

Am liebsten hätte ich seine Eltern getroffen, um ihnen zu sagen, was ich von ihnen hielt, und sie zu schütteln, bis ihnen die Zähne klapperten. Ich wusste ja schon, dass sein Vater ein Tyrann und ein Arschloch war, aber seine Mutter? Wie konnte sie sich von ihrem eigenen Kind lossagen – ihrem einzigen überlebenden Kind?

»Was mit Connor passiert ist, war nicht deine Schuld.«

»Doch, ist es. Er ist unter ungünstigsten Bedingungen auf den Bla Bheinn gestiegen, weil ich spontan hochgeklettert bin. Ich konnte den Spott meines Vaters nicht mehr ertragen und wollte ihm nur einmal beweisen, dass ich … Wenn ich bei ihnen geblieben wäre, würde Connor heute noch leben.«

Ich musste ihm irgendwie klarmachen, dass er nichts für Connors Tod konnte. »Als du mit dem Aufstieg begonnen hast, war es doch noch nicht neblig, oder?«

»Nein, der Himmel war klar.«

»Woher hättest du es wissen sollen? Und wieso hättest du die Sticheleien deines Dads ignorieren sollen? Du warst ein Kind, und er war dein Vater. Er hätte der Klügere sein müssen. Wenn irgendjemand die Schuld an Connors Tod trägt, dann er. Er hat dich dazu getrieben, den Berg zu besteigen – er hat dir zwar hinterhergerufen, dass du zurückkommen sollst, dich aber gleichzeitig provoziert, indem er behauptet hat, dass du es sowieso nicht schaffen würdest. Und wer sagt denn, dass die Sache anders ausgegangen wäre, wenn du nicht dabei gewesen wärst?«

»Sie wären nicht …«

»Sie wären nicht auf den Bla Bheinn gestiegen?«

»Doch, wären sie. Er ist ein Munro, ein Berg, der über dreitausend Fuß hoch ist. Mein Vater führte eine Liste aller Munros, die er schon ›abgehakt‹ hatte.«

»Das heißt, sie wären sowieso hinaufgeklettert, weil das Wetter gut war. Und das bedeutet, dass sie ebenfalls vom Nebel überrascht worden wären, und dann hätte genau das Gleiche passieren können. Du darfst dir nicht die Schuld dafür geben, Rory.«

Er holte stockend Luft. Offenbar hatte er das noch nie so gesehen.

Ich berührte zärtlich seine Wange und wischte die Feuchtigkeit darauf fort.

Er nahm meine Hand und drückte seine Lippen darauf. »Danke«, flüsterte er, als hätte ich ihm ein wertvolles Geschenk gemacht.

In dem Moment fühlte ich mich ihm so nah wie noch nie.

KAPITEL VIERUNDDREISSIG

RORY

Tommy predigte mir schon seit Jahren, dass Connors Tod nicht meine Schuld war. Ich hatte ihm nie geglaubt. Aber Amelia, die mich noch nicht mal eine Woche kannte, hatte es irgendwie geschafft. Zum ersten Mal ließ ich den Gedanken zu, dass Connors Tod vielleicht tatsächlich nicht meine Schuld war.

Eine schwere Last schien plötzlich von mir abzufallen. Ich presste ihre Hand an meine Lippen, unfähig, etwas anderes als *Danke* zu sagen, aus Angst, sonst völlig die Fassung zu verlieren.

»Bist du bei deinen Eltern aus- und mit Tommy zusammengezogen?«

»Nicht sofort. Ein paar Monate, nachdem sich Mrs Mac in der Schule für mich eingesetzt hatte, bin ich zu den MacDougalls gezogen. Es war nichts Offizielles, es ist einfach so passiert. Eines Tages stand der Captain bei uns vor der Tür und sagte, ich solle eine Tasche packen.« Ich lächelte, als ich daran zurückdachte. Es war der erste Lichtblick nach Connors Tod. »Ich erinnere mich an jede Einzelheit dieses Tages; an den strömenden Regen draußen, während im Haus eine ohrenbetäubende Stille herrschte. An Captain MacDougalls selbstbewusstes Klopfen an der Tür, und wie er mit wehendem Mantel eintrat, als wäre er hier zu Hause. In dem Moment kam er mir vor wie ein Racheengel, der mich aus der Hölle rettete. Er schrieb seine Telefonnummer und Adresse auf einen Zettel, legte ihn auf den Küchentisch und sagte zu meinen Eltern, sie könnten mich gerne zurückholen, wenn sie bereit seien, sich wieder wie Eltern zu verhalten. Aber das haben sie nie getan.«

Amelia schnappte nach Luft. »Wie kannst du darüber nur so sachlich sprechen, Rory?«

Ich zuckte mit den Schultern. »Ich hatte fast sieben Jahre Zeit, damit klarzukommen. Bei den MacDougalls bin ich knapp sechs Monate geblieben, und mit sechzehn bin ich dann bei Tommy eingezogen. Er war damals achtzehn, und von da an habe ich an den Wochenenden meine Ausbildung als Wanderführer gemacht. Mit den Touren, und indem ich nach der Schule in einem Buchladen gejobbt habe, habe ich mein Geld verdient. Unsere Wohnung war eine Bruchbude, und wir haben uns nicht gerade gesund ernährt, aber Tommy hat auf mich aufgepasst.«

»Und das tut er immer noch«, sagte Amelia.

»Aye. Ich liebe ihn wie einen Bruder. Es laut auszusprechen fühlt sich irgendwie an, als würde ich Connor untreu werden, aber es ist nun mal so.«

Sie schüttelte den Kopf. »Das würde Connor bestimmt nicht denken, Rory. Im Gegenteil. Er wäre froh, dass sein bester Freund auf seinen kleinen Bruder aufpasst.«

»Vielleicht hast du recht. Als ich achtzehn war, habe ich meine Eltern jedenfalls noch mal getroffen, im Supermarkt. Sie haben mich angeschaut, als wäre ich ein Geist. Wahrscheinlich weil ich Connor so ähnlich sehe. Es ist ein komisches Gefühl, dass ich inzwischen älter bin, als er jemals sein wird.«

»Haben sie irgendetwas gesagt?«

»Nein, sie haben mich nur angestarrt. Meine Mutter – für einen Moment sah es so aus, als wollte sie etwas sagen. Ich habe einen Schritt auf sie zugemacht, aber dann hat mein Vater sie weggezogen. Sie hat sich noch einmal umgeschaut, und das war's dann.« Die Erinnerung daran tat immer noch verdammt weh.

»Es tut mir so leid für dich«, flüsterte Amelia. »Nicht nur, dass du deinen Bruder verloren hast, sondern noch viel mehr, dass deine Eltern dich verstoßen haben. Ihren süßen, klugen Jungen.« Als sie die Arme um mich schlang, spürte ich ihren stockenden Atem und ihre Tränen.

Ich streckte die Hand aus, um sie fortzuwischen. »Es hat noch nie jemand meinetwegen geweint«, stieß ich hervor und versuchte, den Kloß in meiner Kehle hinunterzuschlucken.

»Das hätte aber jemand tun sollen! Ich kann nicht glauben ...«

Ich küsste sie, lange und intensiv, und schnitt damit ihre ärgerliche Bemerkung ab. »Danke«, murmelte ich an ihren Lippen. Und dann zog ich sie an mich ...

Als ich aufwachte, ging gerade die Sonne auf und färbte den Himmel rosa – ein willkommener Anblick nach zwei Tagen Regen. Ein warmer, weicher Körper kuschelte sich an mich.

Die letzte Nacht war einfach unbeschreiblich gewesen. Läge Amelia jetzt nicht in meinem Arm, hätte ich das alles für einen Traum gehalten. Angefangen von meinem Albtraum und der Scham, Amelia von Connor zu erzählen, bis hin zu ihrer warmen Umarmung, die zuerst tröstend gewesen war und dann ...

Heiß. Sexy. Das genaue Gegenteil von tröstend.

Wie sie auf mich reagiert hatte, wie sich ihr Körper angefühlt hatte. Wie sie mich mit ihren Händen, ihren Lippen berührt hatte. Was für Empfindungen sie wieder und wieder in mir ausgelöst hatte – nicht nur mit ihrem Körper, sondern auch mit ihrem Mitgefühl, ihrem Verständnis, ihren Tränen ...

Der Schmerz über Connors Tod war noch da – und das würde

er immer sein –, aber es hatte sich gut angefühlt, über meinen Bruder zu reden, und sogar über einige dieser Erinnerungen zu lachen.

Ich blickte auf Amelia hinunter, die neben mir lag, den Kopf an meiner Schulter und die Hand auf meiner Brust. Die dunklen Schatten unter ihren Augen – vor Erschöpfung, Furcht, Sorge, Schmerz – waren verblasst.

Sie murmelte etwas im Schlaf und kuschelte sich noch enger an mich, sodass ihr Atem meine Brust kitzelte. Als eine Locke über ihr Gesicht fiel, strich ich sie zurück und zwirbelte die weichen Strähnen zwischen meinen Fingern.

Obwohl ich Amelia erst seit ein paar Tagen kannte, war das zwischen uns weit mehr als nur körperliche Anziehung. Meine Gefühle für sie gingen viel tiefer. Ich mochte sie – sehr sogar. Ich unterhielt mich gerne mit ihr über Bücher und Musik. Und ich liebte es, mit ihr zu streiten … egal, worüber. Sie war der erste Mensch seit Tommy, dem ich die *ganze* Geschichte anvertraut hatte, und anstatt mich zu verurteilen, hatte sie mir nichts als Verständnis entgegengebracht.

In all der Zeit, in der ich mit Emma zusammen war, hatte ich nie das Bedürfnis verspürt, ihr von Connor zu erzählen. Ich hatte ihre Gesellschaft genossen – für eine Weile – und ich war gerne mit ihr zusammen gewesen, war verliebt in das Bild, das ich mir von ihr gemacht hatte. Aber sie hatte mein wahres Ich nie kennengelernt – was Amelia bereits in kürzester Zeit gelungen war. Sie wusste mehr über mich, als Emma nach einem halben Jahr Beziehung über mich erfahren hatte.

Die wenigen Mädchen, mit denen ich vor und nach Emma zusammen war, kannte ich entweder vom Sehen oder sie waren Freundinnen von Tommys aktuellen Flammen. Ich vergewisserte mich immer, dass sie das Gleiche suchten wie ich: einen kurzen Flirt ohne weitere Verpflichtungen. Keine tiefschürfenden Gespräche, kein Austausch von Hoffnungen und Träumen. Ein oder zwei Nächte Spaß miteinander, zum Schluss ein Abschiedskuss, und das war's.

Aber das hier war anders. Amelia war anders. Ich hatte versucht, auf Abstand zu ihr zu gehen, aber offenbar ließ mich meine Willensstärke im Stich, wenn es um sie ging. Wenn sie für den Rest des Skye Trails mit mir zusammen sein wollte, dann sollte es so sein – wir würden uns so nahe sein, wie sich zwei Menschen nur sein konnten, und ich würde unseren Abschied so lange wie möglich hinauszögern. Und dann würde ich ihr Lebewohl sagen.

Es würde mich umbringen.

Aber es war die Sache wert.

KAPITEL FÜNFUNDDREISSIG

AMELIA

Als ich aus dem besten Schlaf der ganzen Woche erwachte, wurde ich von hellem Sonnenschein begrüßt, der durchs Fenster hereinströmte und Rorys Haare wie eine Flamme aufleuchten ließ. Seine Finger wanderten langsam über meine Arme, während er mich beobachtete, und seine grau-grünen Augen funkelten mit der Morgensonne um die Wette.

Es war aufregend und geheimnisvoll gewesen, im Dunkeln mit ihm zusammen zu sein, aber es war wunderbar, ihn bei Licht zu sehen. Vor allem beim Anblick seiner nackten Brust und seiner Bauchmuskeln musste ich wieder daran denken, wie es sich angefühlt hatte, ihn zu berühren.

Er küsste mich – süß und zärtlich, ganz anders als die leidenschaftlichen Küsse, die wir nur wenige Stunden zuvor getauscht hatten. Ich wäre mehr als bereit gewesen, dort wieder anzuknüpfen, aber als ich ihn noch näher ziehen wollte, wich er zurück.

»Wir müssen reden, Amelia«, sagte er mit ernstem Blick.

Mir rutschte das Herz in die Kniekehlen. Das war noch nie ein guter Anfang für ein Gespräch gewesen.

»Letzte Nacht war … ein Geschenk. Durch dich habe ich mich endlich wieder lebendig gefühlt, nachdem in mir so lange nur Leere war.«

Als ich mich aufsetzte, zuckte ich kurz zusammen. Mein Knie tat immer noch weh. »Höre ich da ein *Aber*?«

Er setzte sich ebenfalls auf und nahm meine Hand. »In ein paar Tagen werden wir die Wanderung in Broadford beenden, und kurz darauf sitzt du in einem Flugzeug zurück nach New York.«

»Ich weiß.« Das war mir nur zu bewusst.

Rory schluckte. »Ich weiß, dass ich neulich Abend gesagt habe, dass ich nicht nur für ein paar Tage mit dir zusammen sein könnte. Dass es nicht reichen würde. Aber wenn es für dich okay ist, hätte ich lieber das als gar nichts.«

In seinen Augen tobte ein Strudel von Gefühlen. Hoffnung, Zweifel, Furcht, Verunsicherung. Und noch etwas anderes, noch Intensiveres. Und darauf konzentrierte ich mich.

»Rory, das Leben ist kurz. Diese Redensart ist so abgelutscht, dass sie kaum noch eine Bedeutung hat. Ich habe jedenfalls nie groß darüber nachgedacht, und ich wette, das hast du als Fünfzehnjähriger auch nicht getan – bis dieser Satz eine ganz neue Bedeutung für dich bekommen hat. Und vor ein paar Wochen auch für mich. Das Leben *ist* kurz, und in einem unachtsamen Moment kann es sich unwiderruflich ändern oder einem entrissen werden. Wir müssen es leben, solange wir können. Ich möchte nicht nach Hause fliegen und bedauern, dass ich die Zeit mit dir nicht bis zum Letzten ausgekostet habe.« Ich grinste ihn an. »Ganz zu schweigen davon, dass Carrie mich umbringen würde.«

Er lächelte. »Ich schätze, dann habe ich meine Antwort.«

»Ja, ich schätze, das hast du.«

Nach unserem Frühstück, das aus Porridge und Kaffee bestand, packten wir unsere Sachen.

»Wir haben heute einen langen Weg vor uns«, sagte Rory. »Bis nach Elgol sind es ungefähr vier Meilen. Aber ein Teil der Strecke führt über einen teilweise weggespülten Klippenpfad, sodass wir sehr langsam gehen müssen. Und dann sind es ungefähr noch zehn Meilen bis Torrin. Ich würde gerne die Hälfte der Strecke zwischen Elgol und Torrin schaffen, bevor wir für die Nacht haltmachen.«

Also ungefähr neun Meilen heute. Mein Knie fühlte sich etwas besser an, aber nach dem gewaltigen Regen von gestern würde die Strecke kein Zuckerschlecken werden.

»Wir können unsere Vorräte in Elgol aufstocken und dann heute Abend am Strand in der Nähe von Kilmarie zelten«, fuhr er fort. »Hast du noch genug Wasser?«

»Noch zwei Liter ungefähr.« Ich hatte in Sligachan meine Vorräte aufgefüllt und noch nicht viel davon getrunken, als uns das Unwetter überrascht – und abgelenkt – hatte. Ich wusste, dass das nicht gut war, aber es war gar nicht so leicht, sich aufs Wandern zu konzentrieren und gleichzeitig das Trinken nicht zu vergessen, besonders wenn man nicht mal Durst hatte.

»Ich habe ungefähr genauso viel. In Elgol können wir uns neues Wasser besorgen. Und wir können dort auch zu Mittag essen – es gibt da ein nettes Café. Das Handynetz im Ort müsste so gut sein, dass du online gehen oder telefonieren kannst, um dich nach Carrie zu erkundigen.«

»Danke, das wäre toll. Vielleicht gibt es gute Neuigkeiten.«

»Das hoffe ich«, sagte er mit sanfter Stimme und strich mir mit dem Daumen über die Wange. »Bereit zum Aufbruch?«

Ich warf einen letzten Blick zu dem schlichten Etagenbett, auf dem wir eine solch unvergessliche Nacht verbracht hatten – eine Nacht voller Traurigkeit und voller Leidenschaft. Ich holte mein

Handy heraus und machte schnell ein Foto davon, und dann von Rory, als ich sah, dass er es genauso wehmütig betrachtete wie ich.

Wir liefen am Ufer entlang nach Süden, auf einem Weg, der durch den Regen vom Vortag so aufgeweicht war, dass er eher einem Sumpf glich und wir nur sehr langsam vorankamen.

Jedes Mal, wenn Rory meine Hand nahm, um mir an einer schwierigen Stelle zu helfen, hielt er sie noch ein wenig länger fest und streichelte zärtlich mit seinem Daumen über meinen. Und wenn ich gelegentlich nach seinem Arm griff, um mich zu stützen, lehnte ich mich an ihn, atmete seinen Geruch ein und genoss das Gefühl seines starken Unterarms unter meiner Hand.

Den größten Teil des Weges machte mir mein Knie kaum Probleme, aber an einer Stelle trat ich auf das falsche Grasbüschel und schaffte es nur noch in letzter Sekunde, mich mit dem Trekkingstock abzufangen. Danach stützte Rory mich für den Rest der Strecke durchs Moor.

Ich hatte nichts dagegen. Genauso wenig, wie ich etwas dagegen hatte, dass er mich hin und wieder anlächelte. Davon abgesehen, verbrachten wir die meiste Zeit schweigend, da wir uns beide auf den Weg konzentrieren mussten.

Inzwischen war es in der Sonne ziemlich warm geworden. Ich zog mein Fleece aus, und als ich mich zu Rory umdrehte, um ihn etwas zu fragen, verschlug es mir regelrecht die Sprache.

Er hatte ebenfalls sein Fleece ausgezogen und wischte sich gerade mit dem Saum seines T-Shirts über das Gesicht. Seine Shorts waren nach unten gerutscht, sodass seine Bauchmuskeln und ein Streifen blasser Haut unter seinem Bauchnabel zu sehen waren. Sofort musste ich daran denken, wie meine Hände vor ein paar

Stunden über seinen Sixpack gewandert waren – und was danach gefolgt war.

»Augen nach oben, Benson.«

Ich zuckte erschrocken zusammen. Als ich aufblickte, sah ich, dass Rory mich angrinste. »Was?«

»Der Boden hier ist zwar ein bisschen morastig, aber ich bin bereit, wenn du es bist.«

Das war definitiv als Scherz gemeint, seine Stimme locker und sexy. Aber ich hatte das Gefühl, wenn ich darauf eingestiegen wäre und ihm den kleinsten Wink gegeben hätte, wären wir gleich hier übereinander hergefallen.

Ich hätte nichts dagegen gehabt.

»Die Vorstellung hat was«, erwiderte ich, »aber du warst derjenige, der gesagt hat, dass wir einen langen Tag vor uns haben.«

»Aye, stimmt.« Er seufzte bedauernd. »Aber es könnte unsere Belohnung sein, wenn wir es bis zur Teatime nach Kilmarie schaffen.«

»Abgemacht.«

Wir quälten uns weiter durch den Matsch. Nach einer Weile erreichten wir endlich trockeneren Grund, als wir einen grasbewachsenen Abhang hinaufstiegen. Dann kam der Klippenweg – wenn man ihn überhaupt so nennen konnte – in Sicht.

Er sah furchteinflößend aus.

»Äh, Rory? Bitte entschuldige meine Ausdrucksweise, aber willst du mich verdammt noch mal verarschen?«

»Keine Sorge, wir lassen es langsam angehen. Achte nur auf deine Füße und sag mir Bescheid, wenn du eine Pause brauchst. Und vielleicht solltest du nicht nach unten schauen«, fügte er hinzu.

»Super, danke für den Tipp.« Ich machte noch ein paar Schnappschüsse für Carrie, denn solange wir oben auf den Klippen waren, würde ich auf keinen Fall stehen bleiben, um Fotos zu knipsen. Außerdem würde sie es mir sowieso nicht abnehmen, dass ich aus freien Stücken einen Fuß auf diesen »Weg« gesetzt hatte.

»Ich gehe als Erster. Pass genau auf, wo ich hintrete.«

»Okay.«

Ich blieb ihm dicht auf den Fersen. Langsam und vorsichtig suchte ich mir einen Weg über loses Geröll und abbröckelnde Stellen, während ich versuchte, möglichst nicht in den steilen Abgrund und auf die schäumende See hinunterzublicken.

Dann blieb ich kurz stehen, während Rory den nächsten Abschnitt überquerte. Das Gewicht auf dem linken Fuß, machte er mit dem rechten einen tastenden Schritt – und in diesem Moment gab der Boden unter ihm nach und er stürzte aus meinem Blickfeld.

»Rory«, schrie ich, machte einen Satz nach vorne und versuchte irgendwie, ihn zu fassen zu bekommen. *Oh Gott, oh Gott …*

»Bleib zurück – ich bin okay!« Mit beiden Händen umklammerte er die Kante der Klippe und zog sich daran hoch. Seine kräftigen Unterarme dehnten sich unter dem Gewicht seines Körpers und seines schweren Rucksacks.

Als ich letzte Nacht mit den Händen über diese Unterarme gefahren war, hatte ich die Wölbungen seiner Sehnen und Muskeln unglaublich sexy gefunden. Ich liebte es, mit welcher Leichtigkeit er mich auf der Wanderung immer hochgehoben hatte, wie er mich gehalten hatte, als wir uns liebten.

Letzte Nacht waren seine Arme sexy gewesen, jetzt retteten sie ihm das Leben.

Ich bewegte mich zentimeterweise vorwärts und prüfte dabei immer wieder den Boden, bis ich mit ausgestrecktem Arm die Lasche oben auf seinem Rucksack erreichen konnte.

Nachdem Rory sich mit meiner Hilfe das letzte Stück hochgezogen hatte, entfernten wir uns hastig von der bröckeligen Kante. Mir entfuhr ein lautes Schluchzen, und ich umarmte ihn so fest, dass ich ihn fast umgeworfen hätte.

Seine starken Armen zogen mich an seine Brust. »Schh, mir ist nichts passiert.« Doch dann zuckte er zusammen und sog zischend die Luft durch die Zähne.

Ich wich erschrocken zurück. »Du bist verletzt!«

Er schüttelte den Kopf und ließ ein paarmal die Schulter kreisen. »Keine Angst, ich hab mir nur die Schulter ein bisschen gezerrt. Ist nicht weiter schlimm.«

»Ich dachte …« *Ich dachte, ich hätte dich verloren, nachdem ich dich doch gerade erst gefunden habe.* Und weil ich diese Worte nicht laut aussprechen konnte, nahm ich sein Gesicht in meine Hände und gab ihm einen Kuss, in den ich all meine Angst und all meine Erleichterung legte.

Er erwiderte meinen Kuss und lehnte dann seine Stirn gegen meine.

»Hier können wir nicht weitergehen, Rory«, sagte ich. *Keine. Chance.*

»Nein, können wir nicht. Wind und Regen müssen hier gestern übel zugeschlagen haben – es ist mehr weggespült worden, als ich gedacht habe.«

»Gibt es noch einen anderen Weg nach Elgol?«

»Von hier aus nicht.« Er sah über mich hinweg in die Ferne und nickte einmal, als wollte er sich etwas bestätigen. Dann wandte er sich wieder zu mir. »Aber es gibt noch einen anderen Weg nach Torrin, auf dem man Elgol umgehen kann. Wir können die Strecke über den Bla Bheinn nehmen.«

Ich starrte ihn mit offenem Mund an. Dieser Berg hatte Connor getötet, Rorys Familie auseinandergerissen und ihn selbst fast zerstört.

Auf meine Stöcke gestützt, stand ich auf. »Nein. Auf keinen Fall. Wir können doch nach Sligachan zurückgehen und …«

»Und was?«, fragte er und stand ebenfalls auf. »Die Wanderung abbrechen? Nein, das werden wir nicht tun. Ich habe dir versprochen, dass du den Skye Trail bis zum Ende gehst.«

»Das ist es nicht wert! Es ist doch nur eine dumme Wanderung, zu der ich mich aus einer dummen Laune heraus entschlossen habe! Das kann ich nicht von dir verlangen.« Ich konnte den Gedanken nicht ertragen, dass er sich meinetwegen seiner schlimmsten Angst stellen musste.

»Das tust du doch gar nicht«, sagte er und umfing meine Hände mit seinen. »Du musst mich nicht darum bitten, Amelia. Ich möchte es tun. Du musst diese Wanderung beenden, die du nicht aus einer Laune heraus, sondern für Carrie begonnen hast, und ich …«, er unterbrach sich und schluckte trocken. »Ich muss den Bla Bheinn ersteigen. Für meinen Bruder. Für mein fünfzehnjähriges Ich, das zusammen mit ihm dort oben gestorben ist. Danach war ich nur noch wie eine leere Hülle, bis Tommy und Mrs Mac mich aus meiner Trauer rausgeholt haben. Ich habe dir letzte Nacht gesagt, dass ich mich dem endlich stellen muss, und ich wüsste niemanden, mit dem ich das lieber täte.«

Sein Blick war so durchdringend und flehend, dass ich ihm nicht wirklich widersprechen konnte. Und vielleicht musste er sich tatsächlich seiner Angst stellen, um sich davon befreien zu können. Um endlich mit sich Frieden zu schließen.

Ich drehte mich um und betrachtete den imposanten Gipfel. »Aber der Bla Bheinn ist über dreitausend Fuß hoch – kann ich das mit meinem Knie überhaupt schaffen?«

»Ach, das ist doch nur ein kleiner Huckel«, sagte er. Sein schwacher Versuch, witzig zu sein, wirkte auf uns beide nicht sehr überzeugend. »Wir lassen es langsam angehen. Der Berg ist steil, das heißt der Abstieg wird ziemlich schwierig werden. Wenn wir das Ganze abbrechen müssen, werden wir das tun, aber ich glaube, dass du es schaffen kannst.« Er schüttelte den Kopf. »Nein, ich *weiß*, dass du es schaffst. Überleg doch nur mal, wie weit du seit dem ersten Tag gekommen bist, wo du Blasen von deinen Stiefeln hattest und kaum den Aufstieg vom Rubha Hunish bewältigt hast. Du bist über den Trotternish Ridge gewandert, du hast all diese Flüsse durchquert. Das hier ist nur eine weitere Herausforderung.«

Seine Stimme klang so ehrlich und überzeugt, dass meine Brust vor Stolz anschwoll. Ich konnte förmlich spüren, wie ich mich aufrichtete, als hätte jemand oben an meinem Rückgrat an einem Faden gezogen.

Doch dann sah er zu Boden. »Es sei denn, du traust mir das nicht zu. Ich würde dir das nicht übel nehmen … nachdem ich dir erzählt habe, was passiert ist, nach meinen Albträumen …«

Ich hob sein Kinn, sodass ich ihm in die Augen schauen konnte. »Rory, als du mir angeboten hast, die Wanderung mit mir zu beenden, habe ich dir gesagt, dass ich dir vertraue – und daran hat sich nichts geändert. Nicht das kleinste bisschen.«

Als ich ihn in die Arme schloss, lehnte er sich mit einem Seufzer an mich. »Danke, dass du das gesagt hast.«

Ich beugte mich ein Stück zurück und strich ihm das Haar aus den Augen. »Kennst du nach all den Jahren noch den Weg?«

Er nickte. »Aye, ich kenne den Weg. Ich sehe ihn jedes Mal in meinen Träumen.«

KAPITEL SECHSUNDDREIßIG

RORY

Wir müssen den Weg über den Bla Bheinn nehmen. Ich möchte es tun …

Ich konnte nicht glauben, dass ich die Worte tatsächlich gesagt hatte. Und das, ohne dass meine Stimme zitterte, und ohne mich dabei zu übergeben. Gestern Abend hatte ich Amelia zwar noch erzählt, dass ich den Bla Bheinn demnächst besteigen würde – und das hatte ich auch ernst gemeint – aber dabei hatte ich mir natürlich vorgestellt, dass Tommy mich begleiten würde und dass ich vorher genug Zeit hätte, mich innerlich darauf einzustellen.

Konnte ich das jetzt wirklich durchziehen? Noch dazu mit Amelia, und ohne auszuflippen? Hatte ich das Recht, sie dem auszusetzen? Sie würde bestimmt Verständnis dafür haben, wenn ich meine Meinung änderte.

Ich starrte zum Bla Bheinn hinauf, der sich nur etwa zwei Meilen entfernt gestochen scharf vom wolkenlosen blauen Himmel abhob. Dann blickte ich hinunter in Amelias warme braune Augen, die so viele Gefühle widerspiegelten – Vertrauen, Sorge – um mich? – und noch etwas anderes, das ich nicht ohne Weiteres identifizieren konnte, aber das mein Herz schneller schlagen ließ. Es war derselbe Ausdruck, den ich heute Morgen gesehen hatte, als sie aufgewacht war.

Wenn dieser Blick bedeutete, dass sie auch nur einen Bruchteil dessen für mich empfand, was ich für sie empfand, dann konnte ich es schaffen. Dann würde ich es schaffen. Ich würde uns über diesen verdammten Berg und auf der anderen Seite wieder hinunterbringen, und vielleicht konnte ich dann endlich aufhören, der Vergangenheit nachzuhängen, und anfangen, in die Zukunft zu blicken.

»Wir müssen nach Camasunary zurück«, sagte ich. »Ganz vorsichtig jetzt.« Auf eine Wiederholung des Moments, wo die Klippe unter meinem Fuß weggebrochen war, konnte ich gut verzichten. In dem Sekundenbruchteil, der zwischen meinem Sturz und der Erkenntnis lag, dass es mir gelingen würde, mich alleine wieder hochzuziehen, konnte ich nur daran denken, dass Amelia hier draußen alleine wäre, wenn ich fiel. Und auch wenn sie nicht völlig hilflos war, hatte sie doch den gefährlichen Nachteil, dass sich der Notfall-Transponder in meinem Rucksack befand. Da war die Route über den Bla Bheinn eindeutig besser, als ständig befürchten zu müssen, dass einer von uns abstürzte.

Wir gingen an den Klippen entlang langsam zurück und folgten dann der Uferlinie. Anstatt den Weg nach links zur Schutzhütte zu nehmen, wandten wir uns nach rechts, wo wir mehrere Bäche durchqueren mussten. Zum Glück lagen ein paar große Steine im Wasser, sodass wir es trockenen Fußes ans andere Ufer schafften.

Und dann ragte die steile Südwand des Bla Bheinn vor uns auf. »Lass uns vor dem Aufstieg eine kurze Pause machen. Hast du noch Müsliriegel übrig?«

»Ich glaube schon«, sagte Amelia, kramte in ihrem Rucksack herum und zog einen hervor, der leicht zerdrückt, aber noch genießbar aussah.

»Gut – iss den und trink etwas Wasser. Und ich möchte, dass du daran denkst, beim Aufstieg zu trinken.«

»Mach ich.« Sie sah nervös aus – wenn auch nicht ansatzweise so nervös, wie ich mich fühlte. Dabei war der Himmel in alle Richtungen klar und der Pfad eigentlich recht unproblematisch. Zumindest, bis man in die Nähe des Gipfels kam.

»Ist es okay, wenn ich einen Blick in deinen Rucksack werfe?«, fragte ich.

Sie legte den Kopf schief. »Äh, sicher. Von mir aus.«

Ich durchwühlte ihren Rucksack, holte erst ihren Kulturbeutel heraus und dann ein zerlesenes Buch, das ich interessiert umdrehte. »*Outlander?* Ach, hast wohl gehofft, den schönen Jamie Fraser hier draußen zu treffen?«, sagte ich mit übertriebenem schottischen Akzent und genoss ihr wohliges Aufseufzen.

»Du hast es gelesen?«, fragte sie und sah mich neugierig an.

»Aye. Nachdem die zigste Frau auf einer meiner Wanderungen mit hoffnungsvollem Blick gefragt hat, wo denn ›die flüsternden Steine aus *Outlander*‹ seien, habe ich es schließlich gelesen, um zu sehen, worum sie so einen Wirbel machen.«

Amelia zog ihre Sonnenbrille ein Stück hinunter und betrachtete mich langsam von oben bis unten. So, wie mein Körper darauf reagierte, hätten es genauso gut ihre Hände sein können. Ihre Lippen öffneten sich leicht, und die Lust schoss wie ein heißer Strahl durch meinen Körper. Himmel, was dachte sie sich bloß dabei?

»Amelia?«, stieß ich zwischen zusammengebissenen Zähnen hervor.

Sie zuckte zusammen und suchte meinen Blick. Eine zarte Röte überzog ihre Wangen. »Äh, entschuldige, hast du etwas gesagt?«

Ich starrte sie an und versuchte, meinen Körper unter Kontrolle zu bekommen. »Nein, aber ich wüsste zu gerne, woran du eben gedacht hast.«

Sie lächelte. »Vielleicht erzähl ich dir das später. Hat es dir gefallen?«

Himmel, ja! »Dein Blick, als würde ich nackt vor dir liegen, und du würdest mit deinen Händen über meinen Körper streichen? Ja, das hat mir gefallen.«

»Ich meinte eigentlich das Buch. Mochtest du *Feuer und Stein*?«

Wir redeten immer noch über das verdammte Buch? »Ich fand's ganz okay. Ich hab die *Outlander*-Reihe bis zum dritten Band gelesen und bin dann irgendwie davon abgekommen. Und du? Hoffst du, Jamie Fraser zu finden?«

»Vielleicht. Aber ich habe etwas anderes gefunden.«

»Oh, und das wäre?«

»Einen realen, gut aussehenden rothaarigen Schotten.«

»Und wie ist er so im Vergleich zu Mr Fraser?«

»Schwer zu sagen …«

Für ein paar Minuten herrschte Schweigen, während ich sie küsste und ihr die Vorteile eines realen Schotten demonstrierte. »Ich frage dich noch einmal«, sagte ich, als ich mich von ihr löste. »Wie ist dein echter Schotte im Vergleich zu Jamie?«

»Gar nicht mal so schlecht«, stieß sie atemlos hervor. »Aber ich glaube, ich müsste ihn im Kilt sehen, um ganz sicher zu sein.«

»Ich werde sehen, was sich machen lässt«, sagte ich mit einem Grinsen und fuhr mit der Bestandsaufnahme ihres Rucksacks fort. Ich nahm einen kleinen Stapel ordentlich gefalteter Kleidungsstücke und einige andere Sachen heraus und stopfte sie zusammen mit dem Buch und ihrem Kulturbeutel in meinen Rucksack.

»Was tust du da?«

»Ein paar von deinen Sachen in meinen Rucksack packen, um deinen leichter zu machen.«

»Ich schaff das schon, Rory. Ich hab das die ganze Woche geschafft.«

»Aye, ich weiß, dass du es kannst. Aber ich möchte nicht, dass du so viel Gewicht tragen musst. Nicht bei diesem Aufstieg. Also, keine Diskussion«, fügte ich mit einem Lächeln hinzu, das wahrscheinlich eher einer Grimasse ähnelte. Dass sie mir nicht widersprach, hieß, dass sie sich Sorgen machte. Ich drückte ihren Oberschenkel. »Es wird alles glattgehen. Wie ich schon sagte, wir sehen mal, wie der erste Teil des Aufstiegs läuft. Und wenn du zu starke Schmerzen hast, brechen wir ab, gehen nach Sligachan zurück und lassen uns etwas anderes einfallen. Keine Heldentaten, okay?«

»Okay.«

Fünf Minuten später, nachdem ich den Verband um ihr Knie kontrolliert hatte, brachen wir auf. Der Weg war ziemlich steil, mit einem Anstieg von über vierhundert Metern auf der ersten Meile. Wir kamen nur langsam voran, Amelia, weil sie auf ihre Trekkingstöcke angewiesen war, und ich, weil ich vorauslief, um mögliche Hindernisse auszukundschaften, und dann wieder zu ihr zurückkehrte, um an ihrer Seite zu gehen.

»Lass uns hier eine Rast einlegen«, sagte ich nach einer Weile.

Amelia sank dankbar auf einen Felsen und trank einen Schluck Wasser.

»Wie geht es dir?«, fragte ich besorgt.

»Eigentlich ganz gut«, erwiderte sie. »Es ist anstrengend, und ich weiß, dass ich nur langsam vorankomme, aber mein Knie macht mir bisher keine großen Probleme.«

»Fühlst du dich gut genug, um weiterzugehen?«

»Ja.« Sie sah mich über ihre Sonnenbrille hinweg an. »Was ist mit dir?«

»Mir geht's gut.« Und das stimmte. Es war ein schöner Tag, und bis jetzt war der Aufstieg problemlos verlaufen. Vielleicht würde ja alles glattgehen.

Als ich vor all den Jahren hier heraufgestiegen war, war ich so darauf konzentriert gewesen, den Gipfel zu erklimmen und meinem Vater zu beweisen, dass ich es schaffen konnte, dass ich nicht einmal aufgeblickt hatte. Ich hatte nur auf den Boden unter meinen Füßen geachtet.

Jetzt, wo ich immer ein Stück vorausging, um den Pfad zu checken, und dann langsam neben Amelia herlief, konnte ich endlich die Schönheit der Landschaft um mich herum wahrnehmen: die zerklüfteten Felsen, das grüne Gras, den Blick auf das blaue Wasser des hinter uns liegenden Loch Scavaig.

Schließlich erreichten wir den Bergkamm, der uns den größten Teil der Strecke bis zum Gipfel begleiten würde. Nach einer weiteren Pause folgten wir dem Pfad, wobei wir immer wieder kurz stehen blieben, um einen Schluck Wasser zu trinken. Wir redeten nicht viel, fragten uns höchstens gegenseitig, ob alles okay war.

Als der Weg steiler wurde, wusste ich, dass wir nur noch etwa zweihundert Meter vom falschen Gipfel entfernt waren. Ab da würde es schwierig werden, denn wir mussten erst einen steinigen Pfad hinunterklettern, bevor es danach zum echten Gipel hinaufging.

Von Westen her trieben dunkle Wolken heran, und der Wind hatte aufgefrischt. Wir mussten uns beeilen. Ich lief ein paar Meter zurück und nahm Amelia am Arm.

»Was soll das? Mir geht's gut!«

»Ich weiß, und du hältst dich großartig. Aber wir müssen schneller gehen.« Ich versuchte, ruhig zu bleiben, aber ich glaube, das gelang mir nicht besonders gut, denn nach einem raschen Blick in

Richtung Westen riss sie erschrocken die Augen auf und ließ zu, dass ich sie stützte, als wir den Bergkamm hinaufeilten.

»Wir sind schon fast oben!«, rief Amelia ein paar Minuten später aus. »Sieh mal – wir müssen nur noch dieses letzte Stück schaffen!«

»Das ist nicht der richtige Gipfel.«

»Was? Oh, jetzt erinnere ich mich wieder, dass du gesagt hast, es gäbe einen falschen Gipfel.«

»Ja. Wir sind jetzt auf einer Höhe von 926 Metern. Der eigentliche Gipfel ist mit 928 Metern nicht viel höher, aber dazwischen liegt eine schmale Schlucht. Gib mir deine Stöcke. Es ist einfacher für dich, wenn du ohne sie hinunterkletterst.«

Nachdem ich die Stöcke auf die kürzeste Länge zusammengeschoben hatte, befestigte ich sie hinten auf ihrem Rucksack. »Okay, diesen Abschnitt wirst du auf dem Hintern runterrutschen. Setz dich einfach auf einen Felsen, streck deinen linken Fuß aus, stütz dich ab und rutsch von da aus zum nächsten Felsen. Und so weiter. Aber immer mit dem linken Fuß zuerst.«

Ich richtete meine gesamte Aufmerksamkeit darauf, Amelia zu helfen, den Abstieg in die Schlucht zu bewältigen. Erleichtert atmete ich auf, als wir ohne Zwischenfall unten ankamen. Doch dann blickte ich hoch zu dem Pfad, der auf den echten Gipfel führte. Er war klar zu erkennen, aber die Nebelfetzen, die wir vorhin weit unter uns gesehen hatten, wirbelten jetzt um uns herum.

Mein Herz begann zu hämmern, und mein Atem ging nur noch in schweren Stößen. Obwohl wir keine Zeit verlieren durften, war ich dankbar, dass Amelia stehen geblieben war, um schnell ein paar Fotos zu machen. Ich brauchte eine Minute für mich.

Ich schloss die Augen und konzentrierte mich auf meinen Atem. Wie ein Mantra sagte ich mir immer wieder: *Ich schaffe das. Ich bin*

Bergführer mit langjähriger Erfahrung. Ich bin den Skye Trail unzählige Male unter allen möglichen Bedingungen gegangen. Ich habe Munros in ganz Schottland bestiegen. Das hier ist nur einer von ihnen. Ich weiß, was ich tue.

Zwei Hände legten sich auf meine Schultern. Als ich die Augen öffnete, sah ich Amelias hübsches Gesicht vor mir, ihre Augen wie zwei Teiche geschmolzener Schokolade. In ihrem Blick lag keine Besorgnis, keine Angst, dass ich es vermasseln würde.

»Du schaffst das, Rory! *Keine Angst*, richtig? Ist das nicht das Motto eures Clans?«

»Sans Peur. Das weißt du noch?«

»Natürlich. Ich habe dir doch gesagt, dass ich mir alles gemerkt habe, was du mir erzählt hast. Übrigens«, sagte sie mit einem Lächeln. »Das ist jetzt vielleicht nicht der richtige Zeitpunkt, aber ich mag es, wenn du Französisch sprichst. Noch viel besser finde ich es aber, wenn du etwas auf Gälisch sagst.«

Ich grinste sie an. »Wenn wir das hier hinter uns haben, spreche ich die ganze Nacht Gälisch mit dir, auch wenn ich hauptsächlich die Namen der Berge und ein paar Flüche kenne.«

»Vielleicht morgen. Ich habe nicht vor, heute Nacht allzu viel zu reden«, sagte sie mit verheißungsvoller Stimme und vielsagendem Blick.

Mein Lächeln wurde breiter. »Tja, dann sollten wir sehen, dass wir bald ankommen.«

Sie nahm meine Hand. »Zusammen. Für Connor. Und für dich.«

Ein paar Minuten später erreichten wir Hand in Hand den Gipfel des Bla Bheinn.

Ich hatte es geschafft – ich hatte uns ohne Zwischenfall hier hochgebracht.

All die Gefühle, die ich die letzten sieben Jahre unterdrückt hatte, brachen nun über mich herein. Vor meinen Augen verschwamm alles und ich sank zitternd und schwer atmend auf die Knie, meine Beine so wackelig wie die eines neugeborenen Lamms.

Amelia legte die Arme um mich, und ihre Lippen streiften meine Stirn. »Du hast es geschafft, Rory«, sagte sie.

Ja, ich hatte es geschafft. Ich zog sie an mich und küsste sie so lange, bis mein Körper nicht länger vor Erleichterung zitterte, sondern aus einem ganz anderen Grund.

Ich küsste sie ein letztes Mal und löste mich dann sanft von ihr. »Geh und mach deine Fotos für Carrie.« Es gab noch etwas, das ich tun musste.

»Bin schon weg«, sagte sie mit einem Grinsen. Sie rappelte sich vorsichtig auf, setzte ihren Rucksack ab und holte ihr Handy heraus.

Nachdem ich mir über die Augen gewischt hatte, stand ich ebenfalls auf und streifte den Rucksack ab. Dann ließ ich meinen Blick über den Boden wandern und hob ein paar Steine auf.

»Oh, mein Gott, Rory, das ist ja unglaublich!« Mit offenem Mund starrte sie wie hypnotisiert auf die Cuillins und Loch Savaig, die trotz der immer dichter werdenden Wolken deutlich sichtbar waren. Amelia drehte sich langsam im Kreis und machte ein Video von dem Ausblick.

Nein, *sie* war unglaublich. Ich legte die Steine auf den Boden und nahm mein Handy heraus. »Amelia«, rief ich.

Mit einem breiten Lächeln auf dem Gesicht drehte sie sich um. Grinsend schoss ich ein Foto von ihr, bevor ich mich neben sie stellte und einen Arm um sie legte. Schnell machte ich ein Selfie, erst mit meinem und dann noch eins mit ihrem Handy. Ich wollte unbedingt eine Erinnerung an diesen Moment haben.

Eine Weile genoss ich den Ausblick mit Amelia, doch dann ging ich wieder zurück zu den Steinen, die ich abgelegt hatte. Ich hob sie auf und kniete mich neben einen Felsen.

»Halte durch!« Plötzlich verschwand der Nebel, und ich sah sein Gesicht. Er lächelte und machte einen Schritt auf mich zu, den Blick fest auf mich gerichtet. »Da bist du ja.« Noch ein Schritt. Und dann …

Ich legte die Hand auf die verwitterte Oberfläche des Felsens, der sich dort vermutlich schon seit Tausenden von Jahren befand, und an den sich ein völlig verängstigter Fünfzehnjähriger verzweifelt geklammert hatte, während er voller Entsetzen zusehen musste, wie sein Bruder starb. Als ich die Augen schloss, sah ich Connors friedliches Gesicht vor mir. Es wirkte beinahe, als würde er schlafen. Wäre da nicht das kleine Blutrinnsal und die graue Blässe seiner Haut gewesen. Bei der Erinnerung daran überlief mich ein Schauer. Schnell verdrängte ich das Bild und stellte mir stattdessen vor, wie er mich kurz vor seinem Tod angelächelt hatte. Stellte mir sein übliches freches Grinsen vor. So wollte ich ihn in Erinnerung behalten.

»Ich vermisse dich so unglaublich, Connor«, sagte ich leise, während ich die Steine, die ich gesammelt hatte, auf der flachen Oberseite des Felsens zu einem kleinen Stapel aufeinanderschichtete. Dann griff ich in die Reißverschlusstasche meiner Cargoshorts und holte einen flachen Stein hervor.

Amelia, die sich vorsichtig genähert hatte und jetzt neben mir stand, schnappte überrascht nach Luft. »Ist das … Rory, ist das der Hüpfstein, den Connor für dich aus dem See gefischt hat, als ihr Kinder wart?« Sie betrachtete den flachen, runden Stein, den ich aus meiner Tasche geholt hatte.

»Ja, das ist er.«

»Du hast ihn die ganze Zeit mit dir herumgetragen?«

»Dadurch war … war er mir immer nahe, weißt du? Als würde er auf mich aufpassen. Aber jetzt möchte ich ihm den Stein zurückgeben.«

Ich berührte den purpur-grauen Stein mit den Lippen und platzierte ihn vorsichtig oben auf dem Stapel. »Es tut mir so leid, Connor. Es tut mir so leid, dass ich an diesem Tag alleine hier raufgestiegen bin und dass du mir folgen musstest, weil ich mich wie ein Idiot verhalten habe. Und es tut mir so leid, dass ich in all der Zeit nicht wieder hergekommen bin. Ich habe versucht, dir nahe zu sein, indem ich das tue, was du geliebt hast – und was ich inzwischen auch liebe.« Ich schluckte den Kloß in meinem Hals hinunter. »Es war echt hart ohne dich.«

Durch einen Tränenschleier hindurch sah ich zu Amelia hinüber und streckte die Hand aus. Sie ergriff sie, und ich merkte, wie sie ebenfalls ihre Tränen wegblinzelte. Ich blickte wieder den Steinhaufen an. »Aber … ich denke, ich komme jetzt klar. Und ich verspreche dir, bald zurückzukehren.«

Plötzlich begann die silberne Ader im Stein in einem seltsamen Licht zu erglühen. Mir lief ein Schauer über den Rücken, und ich hörte, wie Amelia nach Luft schnappte. Was zum …?

Mir war klar, dass es nur ein Sonnenstrahl war, der durch die schiefergrauen Wolken gedrungen war und den Stein an der richtigen Stelle getroffen hatte, sodass die Ader aufleuchtete. Aber es war fast, als wäre Connor hier. Und vielleicht war er das ja auch. »Ich liebe dich auch, Bruder«, flüsterte ich. »Leb wohl.«

Genau in diesem Moment erlosch das Licht im Stein. Ich brauchte eine Weile, bis mir klar wurde, dass es nicht Connor war, der sich verabschiedet hatte, sondern der Nebel, der sich um uns zusammenzog.

Außer Amelia, die meine Hand mit mörderischem Griff umklammerte, konnte ich nichts mehr erkennen – weder den Weg, auf dem wir den Gipfel erreicht hatten, noch den Weg, den wir auf der anderen Seite hinuntersteigen mussten.

Und erst recht nicht die Felskante, wo der Berg steil abfiel.

Oh Gott, es passierte schon wieder.

Es war genau wie in meinem Albtraum, dieses Gefühl, vom Nebel eingehüllt zu sein, völlig orientierungslos und unfähig, mich zu bewegen. Und diese furchtbare Angst, von der Bergflanke zu stürzen.

»Rory«, flüsterte Amelia mit zitternder Stimme, »was machen wir denn jetzt?«

»Ich weiß es nicht.« Doch ich hatte die Worte kaum ausgesprochen, als ich Connors Stimme so deutlich in meinem Kopf hörte, als würde er vor mir stehen.

Du weißt es nicht? Du bist kein unerfahrener, verängstigter Junge mehr, der von seinem Vater gemobbt wird. Du bist ein gottverdammter Bergführer. Du hast schon Gruppen durch wesentlich schlechteres Wetter gelotst, und du vergisst auch nicht mit einem Schlag alles, was du gelernt hast, nur weil das hier der Bla Bheinn ist. Du weißt genau, was zu tun ist.

»Rory?«

Dein Mädchen verlässt sich darauf, dass du ihr hilfst, diese Wanderung zu beenden. Und jetzt tu, was nötig ist, um euch beide von diesem gottverdammten Felsen runterzuschaffen!

KAPITEL SIEBENUNDDREIẞIG

AMELIA

Im einen Moment starrte ich noch durch einen Tränenschleier hindurch auf einen leuchtenden Stein, von dem ich geschworen hätte, dass es Connors Geist war, der sich von Rory verabschiedete, und im nächsten auf dichten Nebel, der wie aus dem Nichts aufgetaucht war.

»Rory?« Seine Hand fühlte sich plötzlich ganz starr und klamm an.

Oh, nein! Nicht jetzt. Nicht hier, auf dem Gipfel des Berges, der ihm alles genommen hatte. Nicht nach dieser herzzerreißenden, wunderschönen Abschiedsrede.

Ich wusste – wusste hundertprozentig –, dass wir uns auf ebenem Gelände befanden, und dass, obwohl wir in Richtung Felskante blickten, hinter uns noch jede Menge Platz war. Aber diese Kante nicht sehen zu können, fühlte sich an, als wäre man im Dunkeln unter Wasser und hätte jedes Gefühl dafür verloren, wo es nach oben ging. Auf einmal war ich mir auch gar nicht mehr so sicher, dass wir tatsächlich in Richtung Kante blickten. Möglicherweise hatten wir uns umgedreht, als wir nachsehen wollten, wo der geheimnisvolle Lichtstrahl herkam. Und vielleicht befand sich die Kante in Wirklichkeit zur Rechten oder direkt hinter uns.

Innerhalb von Sekunden konnte ich nichts mehr sehen, hatte Rory gesagt, als er mir vom Bla Bheinn erzählte. *Es war … als würde jemand eine Decke über einen werfen. Und weil ich nicht mehr erkennen konnte, wo die Felsen steil abfielen, hatte ich Angst, mich zu bewegen, Angst zu fallen.*

Genauso fühlte ich mich jetzt.

»Rory? Alles okay?«

Er umklammerte immer noch meine Hand, und sein Blick war merkwürdig starr.

»Rory?« Keine Reaktion. Mist, hatte er etwa wieder einen Flashback? »Bitte, sag mir, dass mit dir alles in Ordnung ist. Dieser Nebel macht mir eine Höllenangst.«

Endlich sah er mich an … und er lächelte. »Alles okay, Liebste, ich weiß, was zu tun ist.«

Sein Lächeln kam so unerwartet, dass ich einen Moment brauchte, um zu realisieren, was er gesagt hatte. *Ich weiß, was zu tun ist.* Natürlich, er war Bergführer, er war dafür ausgebildet. Es war garantiert nicht das erste Mal, dass ihn der Nebel auf einem Berg überraschte. Das hier war immerhin Schottland.

»Wir setzen uns einfach hin«, sagte er.

»Was?«

Er kniete sich neben mich. »Halt dich an mir fest und setz dich hin.«

»Bist du sicher, dass das eine gute Idee ist?«

»Aye, hier kann uns nichts passieren. Tu einfach, was ich dir sage.«

Obwohl ich mich mit den Händen auf seinen Schultern abstützte und mich vorsichtig zu Boden sinken ließ, zuckte ich zusammen, als der Schmerz durch mein Knie schoss. »Okay, und jetzt?«

»Jetzt warten wir ab, bis sich der Nebel wieder lichtet.«

»Und wie lange dauert das? Ich meine … verschwindet er normalerweise genauso schnell, wie er gekommen ist?«

»Schwer zu sagen – manchmal ja, manchmal nein. Aber die Wolken sind rasch über den Himmel gezogen, deswegen hoffe ich, dass es so weit aufklart, dass wir absteigen können.«

»Und wenn nicht?«

»Das wird es.« Er sagte das mit solcher Überzeugung, dass ich ihm glaubte. Außerdem blieb mir sowieso nichts anderes übrig.

»So einen Nebel wie diesen habe ich schon einmal erlebt«, sagte ich. »Zu Hause mit Carrie.« Bis eben hatte ich nicht mehr daran gedacht.

»Erzähl mir davon«, bat er.

»Es war vor ein paar Jahren auf Long Island, wo es zwar nicht gerade viele Berge und hügeliges Gelände gibt, dafür aber sehr schöne Strände. Die auf der Südseite gehen auf den Atlantischen Ozean hinaus, und Lido Beach ist Carries und mein Lieblingsstrand. Einmal sind wir im Frühling dorthin gefahren, um einen Spaziergang zu machen. Es war ein milder, aber bewölkter Nachmittag, und außer uns war niemand dort. Und von einer Minute auf die andere waren wir völlig von Nebel eingehüllt. Man konnte nichts sehen – nicht den Sand, nicht das Meer, rein gar nichts. Wir waren wie gelähmt vor Angst. Ich meine, wir befanden uns nicht auf einem Berggipfel, wo man in so einer Situation …«

»… hinunterstürzen konnte«, beendete Rory meinen Satz und drückte meine Hand. »Es ist okay, du kannst das ruhig sagen.«

Ich lehnte mich an seine Schulter. »Gut. Wir waren nur am Strand. Das Schlimmste, was uns passieren konnte, war, ins kalte Wasser zu stolpern und nasse Füße zu bekommen. Aber wir standen stocksteif da und hielten uns wie verängstigte Kinder an den Händen. Wir hatten Angst, den Weg zurückzugehen, den wir gekommen waren, weil wir dachten, dass wir den Pfad durch die Dünen nicht finden würden. Alles in allem blieben wir vielleicht eine halbe Stunde dort, mit feuchten Klamotten und vor Kälte zitternd, bis der Nebel sich so weit gelichtet hatte, dass wir den Rückweg antreten konnten.« Ich sah lächelnd zu ihm auf. »Wahrscheinlich ist es dumm, die beiden Situationen miteinander zu vergleichen.«

»Nein, überhaupt nicht. Wir fürchten das Unbekannte, und plötzlich nichts mehr sehen zu können, ist mächtig viel Unbekanntes. Ich bin froh, dass ihr zusammen dort wart, du und Carrie.«

»Ich auch. Und, Rory? Ich bin froh, dass ich heute bei dir war, auch wenn es meine Schuld ist, dass du diese Route nehmen musstest.«

»Was redest du da? Wieso sollte es deine Schuld sein?«

»Wenn ich nicht darauf bestanden hätte, nach meiner Knieverletzung die Wanderung fortzusetzen, würdest du jetzt nicht zwei Tage hinter der Gruppe herhinken. Du hättest problemlos den Pfad nehmen können, der an den Klippen entlangführt, und wärst nicht mal in die Nähe des Bla Bheinn gekommen.«

Er schüttelte den Kopf. »Amelia, ich wusste, dass ich irgendwann gezwungen sein würde, die Route über diesen Berg zu nehmen. Wenn man bedenkt, wie oft ich Wandergruppen auf dem Skye Trail führe, ist es eigentlich erstaunlich, dass es nicht eher passiert ist.« Er lachte. »Irgendwie habe ich mir immer vorgestellt, Tommy und Gav würden mich mit billigem Bier abfüllen, mich überreden, auf den Bla Bheinn zu steigen, und mich dann hier hochschleifen, bevor ich wieder nüchtern genug bin, um zu protestieren.«

Sein Lächeln verschwand, und als er mich ansah, hatten seine

Augen den sanftgrünen Schimmer von Seeglas. Er strich mir eine Haarsträhne hinters Ohr und fuhr mir dann mit dem Daumen zart über die Wange.

»Amelia, ich wäre mit niemandem lieber hier als mit dir. Deinetwegen kann ich an meinen Bruder denken – und über ihn reden –, ohne von Trauer und Schuldgefühlen erdrückt zu werden. Ich weiß nicht, wie ich das jemals wiedergutmachen kann.«

»Das musst du nicht.« Ich legte die Hand auf seinen Oberschenkel und blinzelte die plötzlich aufsteigenden Tränen weg. »Aber wenn du darauf bestehst, fallen mir vielleicht doch ein paar Möglichkeiten ein.«

Ein anzügliches Grinsen war die Antwort. »Oh, ich bestehe unbedingt darauf.«

***

Die nächste Stunde verbrachten wir damit, uns zu unterhalten. Während Rory mir noch ein paar Geschichten über Connor erzählte, berichtete ich ihm von Miami.

»Es ist schön dort. Man kann das ganze Jahr über an den Strand gehen. Es gibt nicht viele Wandermöglichkeiten, aber Carrie hatte schon angefangen, sich nach anderen Outdoor-Aktivitäten für uns umzusehen, Sporttauchen zum Beispiel.«

»Mein Kumpel Tristan, Mrs Macs Sohn, ist Sporttaucher. Nach allem, was er davon erzählt hat, bin ich sicher, dass es dir gefallen wird.«

Das würde es bestimmt, aber an Miami zu denken, machte mich traurig. Keine zerklüfteten Bergketten, die sich gegen den Himmel abhoben, keine aus dem Meer aufragenden Felsformationen, die aussahen wie aus einer anderen Welt, keine zerklüfteten Gipfel, halb eingestürzt durch Bergrutsche vor ewigen Zeiten. Keine nebelverhangenen Schluchten, keine saphirblauen Seen. Keine Spur von bergigem Gelände.

Und kein Rory.

»Aber für mich klingt Miami ein bisschen eintönig«, fuhr er fort. »Ich meine, findest du es nicht etwas langweilig, dass dort das ganze Jahr über das gleiche Wetter herrscht? Wirst du den Schnee nicht vermissen?«

Die Frage war nicht schwer zu beantworten. »Bäh, Schnee in New York ist grässlich. Er ist nur schön, wenn er frisch gefallen ist. Aber dann wird er ganz schnell schmutzig, und die Straßen sind tückisch glatt. Nein, das werde ich bestimmt nicht vermissen.«

»Du solltest Skye im Winter sehen, wenn die Cuillins in eine Schneedecke gehüllt sind, die im Sonnenlicht funkelt. Um dich herum nichts als blauer Himmel und weißer Schnee, und du atmest diese kalte, klare Luft ein und fühlst dich einfach nur … lebendig.«

Ich schloss die Augen, um es mir besser vorstellen zu können: Rory, in dicken Wintersachen, mit einer Eisaxt in der Hand und Klettereisen an den Stiefeln, erreicht den Gipfel des Munros. Der Schnee ist makellos und unberührt, weil er seit dem letzten Schneefall als Erster hier oben ist. Seine Wangen und seine Nasenspitze sind von der Kälte gerötet. Er dreht sich um, strahlt von einem Ohr zum anderen und streckt eine behandschuhte Hand aus …

Nach mir.

Moment mal. Was? Ich würde im Winter keine Munros in Schottland erklimmen, sondern in Miami mit Carrie am Strand sein, die Beachvolleyballspieler abchecken oder vielleicht paddleboarden, während wir uns über unsere Freunde zu Hause amüsierten, die in der Kälte zitterten.

Ich durfte nicht vergessen, dass ich nur wegen Carrie hier war. Und in ein paar Tagen würde ich zu ihr zurückreisen, um das Leben zu beginnen, das dort auf mich wartete.

Von Traurigkeit überwältigt, sah ich auf meine Hände hinunter. »Carrie und ich wollten in ein paar Wochen nach Miami, um uns eine Wohnung zu suchen.« Ich holte tief Luft. »Falls sie aufwacht.«

Er hob sanft mein Kinn, sodass sich unsere Blicke trafen. »Das wird sie«, sagte er mit fester Stimme. »Wenn du nach Hause kommst, hast du ein solches Abenteuer hinter dir, dass ihr gar keine andere Wahl bleibt, als aufzuwachen, damit du ihr alles haarklein erzählen kannst.«

»Ich hoffe, du hast recht«, flüsterte ich, während er mich sanft an sich zog. So verharrten wir eng umschlungen, jeder in seine eigenen Gedanken versunken, bis der Nebel sich schließlich auflöste.

Wir holten unsere Rucksäcke, und ich entfernte mich ein paar Meter, während Rory sich ein letztes Mal von Connor verabschiedete, indem er mit den Fingern erst sein Herz und dann den Stein berührte. »Soraidh leat, mo bhràthar. Leb wohl, Bruder«, murmelte er.

Ich hatte das Gefühl, dass er bald hierher zurückkehren würde.

Der Abstieg war eine echte Herausforderung – einer der schwierigsten Abschnitte der ganzen Wanderung. Zu unserer Linken fielen die Felsen nahezu senkrecht ab, und der Weg nach unten führte ohne einen erkennbaren Pfad über felsigen Grund. Nachdem ich die ersten Minuten noch versucht hatte, mich wie ein normaler Mensch in aufrechter Haltung an den Abstieg zu machen, gab ich schließlich auf und rutschte auf dem Hintern nach unten, bis wir einen deutlich erkennbaren Weg erreichten, der erst zu einer Straße und dann zu einem Parkplatz führte.

Noch nie in meinem ganzen Leben war ich so glücklich gewesen, eine asphaltierte Straße zu sehen.

»Bis nach Torrin sind es noch zwei Meilen die Straße entlang«, sagte Rory. »Dort gibt es ein nettes Café und ein paar B & Bs. Es ist zwar erst Nachmittag, aber ich glaube, mir reicht's für heute. Wir könnten früh zu Abend essen – das Café schließt um fünf – und dann …«

Und dann … »Alles klar! Ich bin dabei.«

Genau wie er gesagt hatte, erreichten wir eine knappe Stunde später das kleine Dorf. Da es mitten in der Woche war, fanden wir ein B & B, das noch etwas frei hatte, ein hübsches Zimmer im zweiten Stock, mit eigenem Bad und einem spektakulären Ausblick auf den Bla Bheinn, den nahegelegenen Loch Slapin und die Red Cuillins.

Und mit einem breiten Doppelbett.

KAPITEL ACHTUNDDREIßIG

RORY

»Ich glaube, anders als in Sligachan müssen wir uns hier keine Sorgen machen, dass einer von uns aus dem Bett fallen könnte«, sagte Amelia.

»Nein, ich glaube, hier kommen wir gut klar«, stimmte ich ihr zu. Das Bett wurde vom Sonnenlicht, das durch ein Dachfenster hereinfiel, wie von einem Spotlight angestrahlt.

Als müsste ich extra darauf hingewiesen werden, was Amelia und ich auf diesem Bett tun konnten …

Ich räusperte mich, sah weg und versuchte, mich damit abzulenken, dass ich ihre Sachen aus meinem Rucksack nahm. »Äh, warum gehst du nicht als Erste unter die Dusche? Ich muss mich noch bei Scarlet und Tommy melden.« Oder ich würde sie auf dieses Bett werfen und vergessen, dass wir im Café etwas essen wollten – genauso wie alles andere.

Amelia lächelte mich an. »Danke. Ich fühle mich völlig verdreckt«, sagte sie nur. Anscheinend hatte sie nichts von meinem inneren Aufruhr bemerkt. Sie stöpselte ihr Handy ans Ladegerät und verschwand im Badezimmer. Ich hörte gerade noch ihren begeisterten Ausruf wegen der luxuriösen Handtücher, bevor sich die Tür hinter ihr schloss.

Ich ließ mich langsam auf den Sessel in der Ecke sinken und holte mein Handy heraus. Sowohl Scarlet als auch Tommy hatten mir eine Nachricht geschickt. Sie hatten die Wanderung erfolgreich beendet und wollten nun wissen, wo wir waren.

Nachdem ich mein Handy ebenfalls ans Ladegerät gestöpselt hatte, rief ich Scarlet an. Sie ging schon beim zweiten Klingeln ran. »Rory! Wo bist du? Wie geht es Amelia?«

»Hi, Scarlet. Wir sind in Torrin und übernachten heute hier. Amelia geht es soweit ganz gut. Sie war …« *Tapfer, stark, wundervoll, unglaublich – alles zusammen.* »… super und hat gut durchgehalten.«

»Wie lange werdet ihr noch brauchen?«

»Zwei Tage, schätze ich. Wahrscheinlich werden wir morgen Abend in Boreraig zelten und übermorgen in Broadford ankommen.« *Und ich bin noch nicht bereit, mich von ihr zu verabschieden.*

»Okay. Das klingt, als hättest du alles unter Kontrolle.«

»Soweit man das bei dem Wetter auf Skye sagen kann, ja«, erwiderte ich trocken. »Wo wir gerade davon sprechen, die Klippen zwischen Camasunary und Elgol sind unpassierbar. Das Unwetter hat jede Menge Erde weggespült.«

»Danke für die Info. Ich gebe das weiter und werde auch die Leute von der Bergrettung informieren. Moment mal … heißt das, dass ihr die Strecke über den Bla Bheinn genommen habt?«, fragte sie zögernd. Scarlet wusste von meinem Bruder und hatte meinen Wunsch, niemals dort hinaufzusteigen, respektiert.

»Ja, haben wir.«

»Bist du okay?«

»Ja, mir geht es gut. Es ist mir nicht leichtgefallen, aber ich bin froh, dass ich's endlich getan habe.« Ich erzählte ihr nicht, dass der Nebel uns aufgehalten hatte – sie hätte sich nur unnötig Sorgen gemacht, auch wenn schon alles vorbei war und wir es gut hinter uns gebracht hatten. »Wir sind beide ziemlich geschafft.«

»Das kann ich mir vorstellen. Ist Amelia mit dem Aufstieg gut zurechtgekommen?«

»Ja, ist sie. Wir haben es langsam angehen lassen.«

»Gut. Klingt, als hätte sie sich echt tapfer geschlagen. Und du auch, Rory. Ich bin wirklich stolz auf dich. Erholt euch erst mal und meldet euch, wenn ihr in Broadford angekommen seid.«

»Machen wir.«

Ich verabschiedete mich von Scarlet und rief als Nächstes Tommy an. Er war schon dran, bevor ich überhaupt das Freizeichen gehört hatte. »Rory! Wo zum Teufel steckst du?«

»Hallo erst mal. Wir sind in Torrin.« Ich hörte das Klirren von Gläsern im Hintergrund. »Bist du wieder in Sligachan?«

Theoretisch hätte Tommy auch in einem Pub in Broadford sein können, aber da er es hasste, allein zu sein, nahm ich an, dass er bei Gav war.

»Aye, Gav und ich gönnen uns ein paar Pints und zerreißen uns über dich das Maul.« *Na, toll.* »Ihr seid in Torrin?«

»Aye, wir sind erst vor Kurzem angekommen.«

»Wir haben uns gerade mit ein paar Leuten unterhalten, die behaupten, dass der Weg von Camasunary nach Elgol nach dem Unwetter unpassierbar ist. Sie sind nach Sligachan zurückgegangen.«

»Ich weiß. Ich habe eben mit Scarlet telefoniert, um sie auf den neuesten Stand zu bringen. Bei der Gelegenheit habe ich es ihr erzählt, damit sie die Information weitergeben kann. Ich bin beinahe von der verdammten Klippe gestürzt.«

»Himmel, Rory. Bist du verletzt?«

»Alles bestens. Ich hab mir nur ein bisschen die Schulter gezerrt und ein paar Kratzer abbekommen, ansonsten ist alles gut.«

»Aber wie seid ihr dann nach Torrin gekommen? Habt ihr einfach gesagt *Scheiß drauf* und seid von Sligachan aus getrampt?«

»Nein.«

»Moment mal, willst du damit sagen …«

»Wir haben die Route über den Bla Bheinn genommen.«

Stille. Dann: »Bist du okay?« Scarlet hatte dieselbe Frage gestellt, aber bei Tommy würde ich mit Bluffen nicht durchkommen.

»Jetzt ja. Es war … hart, aber als ich dort oben war, war es, als ob …«

»Als ob?«

»Als ob Connor bei mir gewesen wäre, und es fühlte sich irgendwie richtig an, weißt du?« Das traf nicht einmal ansatzweise das Gefühl, das ich auf dem Gipfel verspürt hatte, aber ich wusste, dass Tommy es verstehen würde.

»Aye, ich weiß«, sagte er mit leiser Stimme.

»Ich musste es tun, Tommy.«

»Nach all der Zeit hätte ich nie im Leben gedacht …«

»Sei mir nicht böse.«

»Was? Warum sollte ich dir denn böse sein?«

»Ich weiß, dass du mit mir da raufwolltest, und ich habe dir jedes Mal, wenn du gefragt hast, eine Abfuhr erteilt. Und beim letzten Mal …«

Auch wenn Tommy nicht mit eigenen Augen gesehen hatte, was Connor zugestoßen war, fiel es ihm nicht leicht, die Strecke über den Bla Bheinn zu nehmen. Er hatte mit mir zusammen dort hinaufsteigen wollen, um Connor die Ehre zu erweisen, doch dazu war ich nicht in der Lage gewesen. Das letzte Mal, als er mich gefragt hatte, hatte ich ihn wütend angefahren, ich würde ihm schon Bescheid sagen, wenn ich so weit sei, und er solle mich damit nicht ständig nerven.

»Ich bin dir nicht böse, Rory«, sagte er leise. »Ich wollte, dass du da hochgehst, weil mir immer klar war, dass du dich dem noch einmal stellen musst, bevor du das Ganze hinter dir lassen kannst. Und ich wollte nicht, dass du dabei alleine bist. Ich bin einfach nur froh, dass du es getan hast, und dass jemand dabei war, den du liebst.«

»Was?« *Hatte er gerade gesagt …?*

»Du hast mich ganz richtig verstanden. Versuch gar nicht erst, es abzustreiten. Dieser Berg ist dein Albtraum gewesen – das Ungeheuer, das im Dunkeln über dir geschwebt hat. Und das seit Jahren. Du hättest dich nie im Leben spontan dazu entschieden, dich dem zu stellen – es sei denn für jemanden, den du liebst.«

Plötzlich sah ich Amelia vor mir: ihre vor Ärger geröteten Wangen, als ich sie am ersten Tag der Wanderung angefahren hatte, die Ehrfurcht in ihren Augen, als wir auf dem Bergkamm gestanden und den Adler beobachtet hatten, der unter uns dahinsegelte, die Tränen, die ihr übers Gesicht gelaufen waren, als sie mir berichtete, was Carrie zugestoßen war. Ihre vor Wut funkelnden Augen, als ich über meinen Vater gesprochen hatte, und wie sie meinetwegen geweint hatte, als ich ihr von Connor erzählte. Ihr tapferes Lächeln, als sie sich am Knie verletzt hatte, das Vertrauen, das sie mir geschenkt hatte, als ich sagte, dass uns im Nebel nichts passieren würde, ihr weicher Körper, der sich an mich kuschelte, ihre Lippen auf meinen …

In unserer kurzen gemeinsamen Zeit hatten wir schon so viel miteinander geteilt: Streitereien, Furcht, körperliche Anstrengung, Trauer, Triumph, Leidenschaft, Freundschaft.

Und ich wollte noch viel mehr mit ihr teilen.

Ich wollte mit ihr auf den Ben Nevis steigen, sie vor Lachen kreischen hören, wenn ich sie an einem warmen Sommertag in einen kalten See tauchte, wollte mit ihr die Sonne über den Red Cuillins aufgehen sehen, nachdem wir die Nacht im Zelt verbracht hatten, mir mit ihr an einem kalten Winterabend unter einer warmen Decke vor einem knisternden Feuer einen Flachmann mit Whisky teilen.

Ich wollte sie jeden Tag beim Aufwachen in den Armen halten.

»Rory, bist du noch da?«

»Ja.«

»Du streitest es also nicht ab?«

Ich seufzte. »Nein.« Es war sinnlos, die Wahrheit weiterhin zu leugnen.

Ich war in Amelia verliebt.

So unmöglich es schien, war es doch irgendwie passiert. Dass Tommy mich nicht damit aufzog, machte es nur noch realer.

»Und was wirst du jetzt tun?«, fragte er.

»Wie meinst du das?«

»Mach jetzt nicht einen auf begriffsstutzig. Du weißt genau, was ich meine.«

Natürlich wusste ich, was er meinte. »Ich werde gar nichts tun. In den Staaten wartet ein toller Job auf sie, den sie zusammen mit ihrer Freundin antreten wird.«

»Und das war's dann? Wenn ihr nach Broadford kommt, schüttelst du ihr die Hand, sagst, es hat dich gefreut, ihre Bekanntschaft zu machen, und übergibst sie dann an Scarlet, die sie zurück nach Fort William bringt – natürlich nachdem du ihr eine Freundschaftsanfrage auf Facebook geschickt hast?«

Der Gedanke daran fühlte sich an, als würde mir jemand ein Messer in die Brust stoßen. Der Schmerz war so real, dass mir das Atmen schwerfiel. »Was soll ich denn tun, Tommy? Wie ich schon sagte, sie hat einen …«

»… ›tollen Job in Aussicht‹. Ja, ich hab's beim ersten Mal verstanden.«

»Warum fragst du dann überhaupt?«

»Weil du schon viel zu lange alleine bist.«

»Ich bin nicht alleine – ich habe doch dich.« Mir war klar, dass ich klang, als wäre ich schwer von Begriff, aber ich wollte dieses Gespräch nicht führen.

»Sei kein Idiot, Rory. Du weißt genau, was ich meine. Und ich werde nicht mit dir schlafen, auch wenn du ganz lieb Bitte sagst.«

»Natürlich weiß ich, was du meinst, Tommy. Glaub mir, ich habe nicht vergessen, wie einsam ich gewesen bin, und auch nicht, wie lange.«

»Wenn du in sie verliebt bist, und wenn auch nur der Hauch einer Chance besteht, dass sie für dich ebenfalls etwas empfindet, dann solltest du sie nicht einfach gehen lassen, ohne wenigstens einen Versuch zu wagen. Sonst wirst du es ewig bereuen.«

»Ich will darüber jetzt nicht nachdenken.«

»Wo ist das Problem? Ihr seid erst in Torrin, du hast also noch einen ganzen Tag Zeit, um darüber nachzudenken«, sagte er mit ironischem Unterton.

»Zwei«, murmelte ich.

»Wie bitte?«

»Zwei Tage.« *Nur noch zwei Tage.* »Wir übernachten hier in Torrin in einem B & B und morgen zelten wir, also sind wir übermorgen in Broadford. Ich will nicht, dass sie mit ihrem Knie die zwölf Meilen an einem Tag macht.«

»Ein B & B? So so. Teilt ihr euch etwa ein Zimmer?«

Ich verdrehte die Augen. »Aye, wir teilen uns ein Zimmer. Bist du jetzt zufrieden?«

»Ja, und Gav auch. Er wollte nämlich mit mir wetten, dass ihr das macht, aber ich habe mich nicht darauf eingelassen. Er hat dir übrigens grünes Licht gegeben.«

»Ihr seid echt zwei Spinner«, sagte ich kopfschüttelnd.

»Ja, sind wir. Wo ist sie jetzt?«

»Unter der Dusche.«

Er stöhnte übertrieben. »Und warum um alles in der Welt hängst du dann noch mit mir am Handy? Grüß sie von mir, wir sehen uns dann in zwei Tagen in Broadford.«

»Okay. Bis dann.«

»Und Rory?«

»Ja.«

»Sieh zu, dass du unter die Dusche kommst.«

»Verdammt, Tommy«, murmelte ich, während mein Körper bei der Vorstellung in Aufruhr geriet.

Er lachte immer noch, als ich das Gespräch beendete. Ich warf einen Blick auf die Badezimmertür, hinter der nach wie vor das Wasser lief, mit dem Amelia sich den Schmutz und Schweiß der letzten zwei Tage abspülte.

Sieh zu, dass du unter die Dusche kommst, hatte Tommy gesagt.

Aye, es wurde höchste Zeit.

KAPITEL NEUNUNDDREIßIG

AMELIA

Ich stand unter dem Strahl der Dusche und ließ das heiße Wasser seine wundersame Wirkung tun. Es kam mir vor, als würde jeder einzelne Muskel meines Körpers schmerzen. Zum Glück hatte Rory beschlossen, heute schon so früh Feierabend zu machen, viel weiter hätte ich nicht mehr laufen können.

Plötzlich klopfte es, und die Badezimmertür wurde geöffnet. Mist, ich hatte mich noch nicht mal eingeseift, geschweige denn, mir die Haare gewaschen. »Bin gleich so weit«, rief ich und griff nach dem Shampoo. »Tut mir leid, Rory. Ich weiß, ich brauche ewig. Aber ich beeil mich.«

Da ich nicht gehört hatte, dass er wieder gegangen war, stellte ich das Shampoo hin, linste um den Vorhang herum – und erstarrte.

Rory stand direkt vor mir. Und er hatte nur seine Boxershorts an.

Ohne ein Wort zu sagen, zog ich wie in Zeitlupe und ganz bewusst den Vorhang zurück – und überraschte mich dabei selbst mit meiner Kühnheit.

Rory ließ seinen Blick so langsam über meinen nackten Körper wandern, dass mir ganz heiß wurde.

»Ich finde, du hast etwas zu viel an«, sagte ich.

Seine Lippen verzogen sich zu einem trägen Lächeln. Während

er seine Boxershorts abstreifte, konnte ich nicht anders, als ihn mit Blicken zu verschlingen – beginnend bei seinen schönen Haaren, seinem attraktiven, schlanken Körper bis zu den Füßen und dann langsam wieder nach oben.

Als seine Augen plötzlich aufleuchteten, merkte ich, dass ich mir unbewusst über die Lippen geleckt hatte. Ohne noch länger zu zögern, stieg er zu mir unter die Dusche und drängte mich gegen die Wand, seine Lippen pressten sich so heiß und hungrig auf meine, dass es mir den Atem verschlug.

Er drückte sich noch enger an mich, seine Hände glitten über meine Schultern, über meinen Rücken, bis hinunter zur Taille, während ich meine Finger in seine feuchten Locken krallte. Ich stöhnte leise, als er seinen Mund von meinem löste und seine Lippen dem Weg folgten, den seine Hände zuvor genommen hatten.

Ich ließ meine Finger seinen Körper hinunterwandern und lächelte, als er scharf die Luft einsog. »Du hast angefangen«, sagte ich.

»Ja, hab ich«, erwiderte er. Seine Augen leuchteten so grün, so intensiv, dass ich nicht wegschauen konnte. Und es auch gar nicht wollte.

Langsam zog ich ihn wieder näher zu mir heran und fuhr ihm mit den Fingern durch die nassen Haare. Seine Lippen pressten sich erneut auf meinen Mund. Doch nach wenigen Minuten löste er sich widerwillig von mir und lehnte seine Stirn an meine.

Er seufzte leise. »Amelia, wir sollten … Ich finde, das war ein ziemlich heftiger Tag, und wir sollten …«

»Du hast recht«, sagte ich leise und versuchte, nicht zu enttäuscht zu klingen. »Und ich bin noch nicht mal sauber.«

»Dann sollten wir das schleunigst ändern, bevor das Wasser kalt wird.« Er gab mir einen letzten, unglaublich sanften Kuss, der beinahe verletzlich wirkte, bevor er sich von mir löste und nach dem Haarshampoo griff. »Dreh dich um, ich mach das«, sagte er. Nachdem er etwas Shampoo in seine Hand gedrückt hatte, massierte er es vorsichtig in meine Haare ein. Es war zwar nur eine kleine Geste, aber sie berührte etwas tief in mir und machte mich gleichzeitig unbeschreiblich glücklich und unglaublich traurig.

Er drehte mich wieder herum, sodass ich unter dem Wasserstrahl stand, aber als ich die Hand hob, um ihm mit dem Zeigefinger sanft über die Lippen zu streichen, trat er einen Schritt zurück und schüttelte den Kopf. »Besser nicht, sonst kommen wir hier nie wieder raus.«

»Ich könnte mir durchaus etwas Schlimmeres vorstellen.«

Rory lachte leise. »Das Café schließt um fünf. Als ich ins Bad gekommen bin, war es kurz nach halb vier«, sagte er. »Also, wenn du schon wieder ein Instant-Essen möchtest …?«

»Na gut, eins zu null für dich«, murmelte ich. Ich starb fast vor Hunger und wollte mir auf keinen Fall die Chance auf ein richtiges Essen entgehen lassen.

Schnell griff ich nach dem Shampoo. »Jetzt bist du dran.«

Da Rory deutlich größer war als ich, musste er sich mit gesenktem Kopf vor mich hinstellen, damit ich an seine Locken kam. Das führte unglücklicherweise – oder glücklicherweise, je nach Betrachter – dazu, dass sein Gesicht sich genau auf Höhe meines Dekolletés befand. Als er seine Lippen auf meine feuchte Haut presste, wiederholte ich seine Worte. »Besser nicht, sonst kommen wir hier nie wieder raus.«

Mit einem Glucksen löste er sich von mir.

Nachdem wir uns gegenseitig eingeseift und gewaschen hatten, nahm Rory meine Hand und zog mich aus der Dusche, wo er mich sofort in ein weiches Badetuch wickelte und mich trocken rubbelte, bevor er selbst nach einem Handtuch griff.

Wenig später waren wir beide startklar. Bevor wir das Zimmer verließen, checkte ich noch mal kurz mein Handy. Keine neuen Nachrichten. Seufzend steckte ich das Telefon in meine Tasche. »Ich rufe Carries Mom nach dem Essen an.«

»Bist du sicher? Du kannst sie auch jetzt anrufen. Wir haben noch ein bisschen Zeit.«

»Ich weiß, aber ich möchte in Ruhe mein Essen genießen«, sagte ich und ging nach draußen.

Wir schlenderten zu einem kleinen, mit blauen Schindeln gedeckten Café, wo wir zwei große Schalen Gemüseeintopf und dazu selbst gebackenes, knuspriges Brot bestellten. Die einfache Mahlzeit war köstlich – das Beste, was ich seit langer Zeit gegessen hatte.

Obwohl es so ein schöner Abend war, war Rory ungewöhnlich still, und in seinem Blick lag ein nachdenklicher und abwesender Ausdruck, den ich mir nicht recht erklären konnte. Schließlich hatte er mich vor noch nicht mal einer Stunde unter der Dusche überrascht und mich geküsst.

»Ist alles okay?«, fragte ich vorsichtig.

Er schaute von seiner Suppe auf und lächelte mich an, aber das Lächeln erreichte nicht ganz seine Augen. »Ja. Ich glaube, ich bin bloß müde. Es war ein … langer Tag.«

In diesem Moment wünschte ich, ich könnte seine Gedanken lesen. Dachte er an Connor? Bereute er das, was zwischen uns war? War es vielleicht etwas ganz anderes? Oder war er wirklich nur erschöpft?«

Als ich die Stille nicht länger aushielt, wechselte ich das Thema.

»Hast du vorhin mit Tommy gesprochen? Sind sie schon in Broadford?«

Wenn alles gut gegangen war, müsste der Rest der Gruppe den Skye Trail inzwischen beendet haben, und ich fragte mich unwillkürlich, wie es den anderen in den letzten Tagen ergangen war. Ich hatte Molly, Megan, Pat und Linda gerade erst kennengelernt, als sich unsere Wege auch schon wieder getrennt hatten. Es war schade, dass wir nicht den ganzen Skye Trail hatten zusammen gehen können.

»Oh, aye«, sagte Rory mit einem Lächeln. Und diesmal war es echt. Es kräuselte seine Augenwinkel und ließ mein Herz vor Freude hüpfen. »Sie sind gut angekommen, und Tommy hängt bei Gav in Sligachan ab. Ich soll dich von ihm grüßen.«

»Das ist süß von ihm«, sagte ich und tunkte ein Stück Brot in meine Suppe.

»Süß? Pah! Gav wollte Tommy dazu überreden, mit ihm zu wetten, dass wir beide im Bett landen.«

»Die beiden brauchen dringend ein Hobby. Und was meinst du mit ›er wollte ihn dazu überreden‹?«

»Tommy hat sich geweigert, dagegen zu wetten.«

Wenn man bedachte, was er vor ein paar Tagen – vor einer gefühlten Ewigkeit – zu uns gesagt hatte, war das nicht wirklich überraschend. »Ich habe das Gefühl, dass Tommy ziemlich viel daran liegt, dass wir zusammenkommen.«

Rory trank einen Schluck von seinem Bier. »Er mag dich. Das hat er von Anfang an getan – sogar noch vor mir.«

Ich fuhr mir mit der Zunge über die Lippen. »Und jetzt?«

»Jetzt was?«, fragte er und tauchte seinen Löffel in die Suppe.

»Magst du mich jetzt?« Das klang ziemlich teeniemäßig und war angesichts dessen, was wir noch vor Kurzem getan hatten, eine ziemlich dumme Frage, aber auf einmal musste ich es unbedingt wissen.

Seine Hand erstarrte auf halbem Weg zu seinem Mund. Er legte den Löffel zurück in die Schale und nahm meine Hand. »Aye, ich mag dich«, sagte er, den Blick fest auf mich gerichtet. »So sehr, dass ich nicht weiß, wie ich mich in zwei Tagen von dir verabschieden soll«, fügte er so leise hinzu, dass ich ihn kaum verstehen konnte.

»Ich auch nicht«, erwiderte ich flüsternd.

Er führte meine Hand an seine Lippen und küsste meine Finger, dann drehte er sie herum, sodass meine Handfläche sich an seine Wange schmiegte. Ich fuhr mit dem Daumen über sein Stoppelkinn und sah ihm in die Augen. So verharrten wir einen Augenblick, bevor Rory seufzend meine Hand losließ und sich wieder auf seine Suppe konzentrierte.

»Du hast mir noch gar nicht erzählt, warum du mich mit den Augen verschlungen hast, als ich vorhin deinen Rucksack ausgeräumt habe«, sagte er auf einmal.

Ich spürte, wie mein Gesicht heiß wurde. »Ach, das.«

»Aye, das. Raus mit der Sprache.«

»Du hast gesagt, du hättest *Outlander* gelesen. Und plötzlich hatte ich ein Bild vor Augen, wie du in deinem Zelt liegst, den Kopf auf dem Rucksack und den Schlafsack um deine nackte Taille zusammengeschoben. In der einen Hand das Buch, und die andere auf deinem Bauch.«

Er runzelte die Stirn. »Ich verstehe nicht, warum dich die Vorstellung, dass ich lese, so anmacht.«

Ich verdrehte die Augen. »Es hat mich angemacht, dass du *Outlander* gelesen hast. Ich wäre schon fast zu dir in den Schlafsack gekrochen, als ich gesehen habe, dass du mit den *Gefährten* in der

Hand eingeschlafen bist. Und *Outlander* ist tausendmal sexyer als *Der Herr der Ringe.«*

Plötzlich fiel ein Schatten über den Tisch. »Entschuldigen Sie die Störung, aber brauchen Sie noch etwas, bevor wir in ein paar Minuten schließen?«, fragte die Besitzerin, eine hübsche, mollige Frau in den Fünfzigern.

»Sollen wir uns ein paar Sandwiches für später einpacken lassen?«, fragte Rory an mich gewandt. »Wir könnten sie mit zum Loch Slapin nehmen und uns den Sonnenuntergang ansehen.«

»Oh, das ist eine entzückende Idee!«, sagte die Frau. »Heute Abend wird er bestimmt besonders schön, jetzt wo der Himmel über dem Bla Bheinn endlich aufgeklart hat.«

»Klingt super«, sagte ich, und wir gaben unsere Bestellung auf.

Ein paar Minuten später kam sie mit einer großen Papiertüte in der Hand wieder. »Einmal Thunfisch mit Mayonnaise auf Mehrkornbrot und einmal Truthahn und Avocado auf Ciabatta. Ich habe auch noch ein paar Äpfel und zwei Tüten Chips dazugetan. Alles für ein anständiges Picknick am Ufer des Loch Slapin.«

Während die Besitzerin wieder zurück zur Theke eilte, wandte sich Rory mit gesenkter Stimme an mich. »Wenn es dir lieber ist, könnten wir auch zurück in unser Zimmer gehen. Ich ziehe mich aus und lese *Outlander*, und du kannst mir dabei zusehen.«

»Wenn du laut daraus vorliest und mich ein Video davon machen lässt, bin ich dabei. Wetten, das würde sich wie ein Lauffeuer verbreiten?«

»Abgemacht.«

Ich grinste. Rory hatte einen großartigen Sinn für Humor, den er normalerweise viel zu gut verbarg.

Mit zwei Coffee to go liefen wir zurück zum B & B. Während

Rory schon rauf ins Zimmer ging, schlenderte ich zu einer Bank in der Nähe, um Helen anzurufen.

»Hey, Helen. Wie geht es Carrie heute?«

»Keine Veränderung, Liebes«, antwortete Helen. Die Erschöpfung war ihr deutlich anzuhören. »Ihre Verletzungen heilen weiter, aber sie liegt immer noch im Koma. Wie geht es dir? Bitte erzähl mir etwas Erfreuliches. Wie läuft's mit dem Skye Trail? Du müsstest es inzwischen fast geschafft haben, oder?«

»Ja, wir sind beinahe am Ziel. Wir müssten in zwei Tagen in Broadford ankommen.« Ich versuchte, fröhlich zu klingen, obwohl das für mich nichts Gutes war. Am liebsten hätte ich ihr von Rory erzählt, aber ich wusste, dass diese Story kein Happy End haben würde. In nur zwei Tagen würden Rory und ich getrennte Wege gehen. Stattdessen berichtete ich ihr von unserer Wanderung. »Es war eine unglaubliche Erfahrung, Helen. Die Landschaft hier ist atemberaubend und das Wetter total unberechenbar – wir hatten bereits ziemlich heftigen Regen und Wind, was uns ein paar ausgesprochen interessante Momente beschert hat – aber ich möchte keinen von ihnen missen.«

Noch während ich die Worte aussprach, spürte ich, wie viel Wahrheit sie enthielten. Ich würde keine einzige Minute dieser Erfahrung hergeben wollen – nicht einmal die Knieverletzung. *Vor allem* nicht die Knieverletzung, denn wenn das nicht passiert wäre, hätte ich nie diese besondere Zeit mit Rory erlebt, wäre ihm nie so nahegekommen.

»Das ist wunderbar, Süße. Ich weiß, dass du nicht lange reden kannst – lass mich das Telefon für einen Moment an Carries Ohr halten.«

Kurz darauf hörte ich ihre gedämpfte Stimme. »Okay, du kannst jetzt sprechen.«

»Hey, Ree«, sagte ich so leise, dass Helen es nicht hören konnte. »Ich habe deiner Mom gerade erzählt, dass unsere Wanderung fast beendet ist. Ich werde dir alles haarklein berichten, wenn ich nach Hause komme, aber ich wollte dir erzählen, dass ich, äh … jemanden getroffen habe. Sein Name ist Rory, er ist einer der Tourguides, und wir sind, na ja … irgendwie zusammen.«

Carrie hatte eine Schwäche für Liebesgeschichten – für die anderer Leute fast noch mehr als für ihre eigenen – und im Laufe der Jahre hatten meine langweiligen Freunde sie sogar noch mehr enttäuscht als mich. Vielleicht würde sie ja aufwachen, wenn ich ihr von Rory erzählte.

»Er ist so ernst, und zu Anfang mochte ich ihn nicht mal besonders, aber sein Leben war bisher nicht einfach. Und er hat ein paar schlimme Erfahrungen machen müssen. Andere Typen hätte das zu wütenden und verbitterten Menschen gemacht oder sie völlig zerstört, aber bei ihm ist das nicht passiert. Er ist freundlich und stark und mutig und so schön, erst recht mit diesen Augen, die je nach seiner Stimmung ihre Farbe verändern.«

Normalerweise sind sie graugrün wie die ruhige See; sie schimmern sogar noch etwas intensiver, wenn er besorgt oder aufgewühlt ist. Silbrig grau, wenn er wütend ist. Leuchtend grün, wenn er mich anschaut, als wäre ich das Schönste, was er je gesehen hat, wenn er mich berührt, als würde er ohne das Gefühl meiner Haut unter seinen Fingern sterben, wenn er mich küsst, als könnte nur ich ihm die Luft schenken, die er zum Atmen braucht.

»Und ich … ich glaube, ich liebe ihn. Nein – ich weiß, dass ich ihn liebe. Mir ist schon klar, was du jetzt denkst – wie kann sie ihn lieben, wo sie ihn doch erst ein paar Tage kennt? Aber es waren ein paar ziemlich intensive Tage, in denen wir jede freie Minute zusammen verbracht haben, und ich weiß es einfach. Ich wünschte, ich wüsste, wie es ihm geht. Jedenfalls bin ich mir ziemlich sicher, dass ihm etwas an mir liegt – dieser Ausdruck in seinen Augen, wenn wir … also, den kann man nicht faken.«

Ich lief unruhig auf und ab, zu aufgewühlt, um stillzusitzen. Das Ziehen in meinem Knie ignorierte ich. »Ich habe ihm vorgeschlagen, dass wir nur für die Zeit der Wanderung zusammen sind. Keine Versprechungen, keine Pläne für hinterher. Nach dieser Woche würden wir beide wieder in unser Leben zurückkehren. Rory hat versucht, mir das auszureden, aber ich wollte ihn so sehr, und ich wusste, dass es ihm genauso ging. Und weil sich das Leben von einem Augenblick zum andern ändern kann, wollte ich nicht nach Hause kommen und bedauern, dass ich die Chance verpasst habe, mit ihm zusammen zu sein, auch wenn es nur für ein paar Tage war.« Ich seufzte. »Aber du kennst mich, eine kurze Affäre ist nichts für mich. Ich wusste das auch, aber es war mir egal. Ich dachte, es würde genügen. Aber jetzt …« Meine Augen füllten sich mit Tränen. »Was soll ich bloß tun, Carrie? Uns bleiben nur noch zwei Tage, dann ist die Wanderung vorbei. Und das reicht mir nicht. Ich wünschte, du könntest mir sagen, was ich jetzt tun soll. Wenn ich mich von ihm verabschieden muss …« Ich brach ab, unfähig, den Satz zu beenden.

… wird mein Herz in tausend Stücke brechen.

»Bitte wach auf und sag mir, was ich tun soll«, flüsterte ich. Ich schloss die Augen und lauschte auf irgendetwas, das darauf hindeutete, dass sie mich gehört hatte, dass sie dabei war, aufzuwachen.

Aber das einzige Geräusch war das stetige Piepen der Monitore.

KAPITEL VIERZIG

RORY

Während Amelia telefonierte, kehrte ich in unser Zimmer zurück, warf mich aufs Bett und starrte an die Decke.

Noch zwei Tage. Das war alles, was mir blieb, bevor meine Zeit mit Amelia endete. Selbst wenn ich sie überzeugen konnte, länger zu bleiben, schob es das Unvermeidliche nur eine Weile hinaus. Sie musste zurück zu Carrie, zu ihrem neuen Job in einer neuen Stadt, wo immer Sommer war.

Zu einem Leben, das mich nicht miteinschloss.

Es hätte eine lockere Affäre werden sollen – zwei Erwachsene, die sich einig waren, ein paar Tage Spaß miteinander zu haben, und das war's.

Aber jetzt? Ich wünschte fast, wir hätten uns nicht darauf eingelassen. Amelia hatte mich dazu gebracht, wieder etwas zu empfinden, wieder daran zu glauben, dass ich auch ein wenig Glück verdiente. Aber in wenigen Tagen würde sie weg sein – und dann war ich wieder allein. Sie würde mir zwar ein paar wundervolle Erinnerungen hinterlassen, an denen ich mich festhalten konnte, aber das war auch alles, was mir von ihr bleiben würde … Erinnerungen.

Vermutlich war es besser, schon jetzt den Rückzug anzutreten, damit mir der Abschied in Broadford nicht so schwerfallen würde. Wenn Amelia zurück ins Zimmer kam, würde ich ihr sagen, dass wir nur noch Freunde sein konnten. Dass die Zeit mit ihr großartig gewesen war, und dass ich es vermissen würde, mit ihr zusammen zu sein, aber dass ich es tun musste, bevor wir beide uns noch weiter gefühlsmäßig aufeinander einließen. Bevor ich mich vergaß und ihr gestand, dass ich sie liebte.

Ich würde die Besitzerin des B & B um ein eigenes Zimmer bitten oder, wenn keines frei war, auf dem Boden schlafen. Szenen wie die vor ein paar Stunden in der Dusche durfte es nicht mehr geben. Keine leidenschaftlichen Küsse, kein Streicheln über ihre Wange, ihre Arme, ihre Haare. Ich würde nicht mehr beobachten, wie ihre unergründlichen braunen Augen sich weiteten und noch dunkler wurden, würde nicht mehr ihre Lippen auf meinen spüren …

Ich konnte das durchziehen. Ich hatte weitaus Schlimmeres ertragen und überlebt. Und sie auch.

Als ich Schritte im Flur hörte, stand ich entschlossen vom Bett auf und wappnete mich für das, was ich tun musste.

Und dann kam sie mit Tränen in den Augen und hängenden Schultern ins Zimmer und warf sich in meine plötzlich ausgestreckten Arme.

Ohne zu zögern, drückte ich sie fest an mich. Und als ich den Duft ihrer Haare einatmete, wusste ich, dass ich das Letzte aus jeder Minute herausholen würde, die uns noch blieb.

***

Nachdem Amelia mir versichert hatte, dass Carries Zustand sich nicht verschlechtert hatte und dass sie bloß von ihren Gefühlen überwältigt worden war, führte ich sie zum Bett und hielt sie einfach nur im Arm.

Irgendwann schliefen wir beide ein. Als ich nach einer Weile wieder aufwachte, war es bereits ziemlich spät. Ich wollte unbedingt dieses Sunsetpicknick machen, wollte noch mehr gemeinsame Erinnerungen mit Amelia sammeln, um dann – nachdem sich unsere Wege getrennt haben – daran zurückdenken zu können. Sanft rüttelte ich Amelia an der Schulter. Sie öffnete die Augen und blinzelte mich verwirrt an. »Ist es schon Morgen?«

Ich lächelte. »Nein, aber die Sonne geht bald unter. Hast du immer noch Lust auf ein Picknick am See?«

Mit einem Mal war sie hellwach. »Ja, das würde ich wahnsinnig gerne machen.« Sie stieg aus dem Bett und zog ihre Wanderstiefel an.

Am Loch Slapin gab es eine ideale Stelle mit direktem Blick auf den Bla Bheinn. Dort machten wir es uns auf einer Decke, die wir uns im B & B geliehen hatten, gemütlich und aßen die Sandwiches aus dem Café, während die Sonne langsam hinter dem Berg verschwand und ihn in einen feurigen Glanz hüllte. Plötzlich musste ich an Connor denken. Ich stellte mir vor, dass er dort oben war und auf uns herunterlächelte. Eine Hand legte sich auf meine – und als ich zu Amelia hinüberschaute, entdeckte ich in ihrem Blick einen verständnisvollen Ausdruck. Sie schien genau zu wissen, woran ich gerade dachte.

Ich legte meinen Arm um ihre Schulter und hielt sie zärtlich fest, während der Abendhimmel vom leuchtenden Gelb des Sonnenuntergangs zu Lavendelfarben und Grau wechselte, ehe die Farben der Dämmerung verblassten und einem tiefen Dunkelblau und schließlich Schwarz wichen. Um uns herum erwachten die Sterne am mondlosen Himmel funkelnd zum Leben. Mit Einbruch der Nacht wurde es auch kälter, und gegen elf kehrten wir schließlich zum B & B zurück.

Am nächsten Morgen brachen wir nach einem erfrischenden Bad im See und einem Brunch im Café erst ziemlich spät auf. Die Strecke zwischen Torrin und Broadford war nicht weiter schwierig, und wir hätten die rund zwölf Meilen wahrscheinlich locker an einem Tag geschafft, aber ungefähr auf halber Strecke gab es einen Ort, an dem ich mit Amelia im Zelt übernachten wollte, weswegen wir uns Zeit ließen und das langsamere Tempo genossen. Ab und zu entfernten wir uns auch vom eigentlichen Weg, um die Küstenlinie zu erforschen, bevor wir wieder zu unserer ursprünglichen Route zurückkehrten.

Der Pfad führte ein Stück ins Landesinnere, weg von der Küste. Er wand sich sanft hügelaufwärts und gab nach einer Linkskurve den Blick auf eine Handvoll Ruinen und eingestürzte Mauern frei.

»Wo sind wir hier?«, hauchte Amelia.

»Das war einst die Siedlung Suisnish.«

»Was ist hier passiert?«

»Die Highland Clearances, also die Entvölkerung der Highlands. Angefangen hat alles mit der Schlacht bei Culloden im Jahre 1746. Die Engländer brannten nach dem Sieg gegen die Jakobiten die schottischen Dörfer als Vergeltung für die Rebellion nieder und nahmen den Clans ihre Kultur und ihre Macht. Für die Grundbesitzer wurde es daraufhin zunehmend profitabler, das Land zur Schafzucht zu nutzen, anstatt es an die Bauern zu verpachten. Und das führte schließlich dazu, dass ganze Siedlungen zerstört und ihre Bewohner gewaltsam vertrieben wurden. Suisnish ist eins dieser Dörfer, genauso wie Boreraig, ein paar Meilen weiter. Beide wurden im Herbst 1853 niedergebrannt und die Menschen schutzlos der Kälte überlassen.«

Amelia ging zu dem ersten Trümmerhaufen und fuhr ehrfürchtig mit den Händen über die von Flechten überzogenen Steine.

»Ich sehe sie vor mir«, murmelte sie auf einmal, »die Menschen, die hier gelebt haben. Die Kinder, die am Ufer spielen, die Frauen, die lachend und tratschend die Wäsche aufhängen, die Männer, die auf dem Feld arbeiten. Es wird kein leichtes Leben gewesen sein, aber das einzige, das sie seit Generationen kannten. Und dann unversehens vertrieben zu werden, zusehen zu müssen, wie das Haus bis auf die Grundmauern niederbrennt, nachdem man mit den wenigen Habseligkeiten, die man in letzter Sekunde greifen konnte, in die eiskalte Nacht hinausgestürmt war, das Baby im Arm und die alte Großmutter an der Hand …«

Amelia schüttelte traurig den Kopf. »Weißt du, bei uns in den Staaten haben wir dieses romantische Bild von Schottland. In unserer Vorstellung galoppieren gut aussehende Krieger im Kilt auf ihren Pferden über heidekrautbedeckte Hügel und rebellieren gegen die bösen Engländer. Wir kommen her, trinken Whisky, lauschen dem Dudelsack, besichtigen Burgruinen, unternehmen Wanderungen und vergessen dabei ganz, dass hier früher Menschen lebten, die in dieser schönen Landschaft um ihr Überleben kämpfen mussten. Und viele von ihnen haben es nicht geschafft. Sie sind vor Hunger und Kälte gestorben, nachdem sie zusehen mussten, wie ihre Häuser niederbrannten. Jetzt ist es hier so friedlich, aber ich kann beinahe den Rauch riechen und ihre Schreie hören.«

Sie drehte sich zu mir um und wischte sich über die Augen. »Warum schaust du mich so an?«

Weil ihre Worte direkt meinem Kopf entsprungen zu sein schienen.

»Dieser Teil der Strecke ist schon immer anstrengend für mich gewesen«, sagte ich. »Nicht körperlich, aber gefühlsmäßig. Schottland hat eine brutale und blutige Geschichte, und man findet immer einen Ort in der Nähe, wo es angeblich spukt. Es gibt eine Menge Sehenswürdigkeiten, die wesentlich spektakulärer sind als Suisnish, zum Beispiel die Gewölbe in Edinburgh, das Schlachtfeld von Culloden oder Glencoe. Doch hier, an diesem ruhigen, abgelegenen Küstenabschnitt, war die Vergangenheit schon immer viel präsenter, kamen mir die Geister fast real vor. Auf diesem Teil des Skye Trails bekomme ich jedes Mal eine Gänsehaut. Ab und zu spürt es auch einer der Teilnehmer aus meinen Gruppen, aber immer, wenn ich hier bin, empfinde ich genau das, was du gerade gesagt hast.«

Hand in Hand gingen wir von einem eingestürzten Hof zum nächsten und erwiesen jedem einzelnen unseren Respekt. Ein leichter Nebel, der vom Wasser her herantrieb und durch die Ruinen strich, ließ die zerstörte Siedlung noch unheimlicher wirken. Als wären die Geister näher als jemals zuvor.

Nach einer kurzen Rast verließen wir Suisnish und folgten dem Weg, der ein paar Meilen zunächst durch Heidekraut und dann hinunter zur Küste führte, vorbei an einigen Wasserfällen, die von den hohen Klippen über uns herabstürzten, bis wir schließlich nach Boreraig kamen, einem Dorf, das dasselbe Schicksal wie Suisnish ereilt hatte. Die Gebäude waren hier noch etwas intakter, besaßen deswegen aber nicht weniger Ausstrahlung. Und obwohl es ziemlich unheimlich war, hatte ich schon immer hier zelten wollen, um mich der Vergangenheit nahe zu fühlen.

»Würde es dir etwas ausmachen, heute Nacht hierzubleiben?«, fragte ich.

Sie sah mich mit großen Augen an. »In einer der Ruinen?«, fragte sie mit leicht panischem Unterton.

»Nein, wir würden ein Stück von den Ruinen entfernt zelten. Wie man sieht, bieten sie sowieso keinen Schutz.«

»Dann ist es für mich okay«, sagte sie, sichtlich erleichtert. »Ich möchte mir hier nicht unbefugt Zutritt verschaffen, verstehst du?« Sie lächelte verlegen.

»Ja, das kann ich verstehen. Gut, dann baue ich jetzt mal das Zelt auf.«

Es würde unsere letzte Nacht auf dem Skye Trail sein.

KAPITEL EINUNDVIERZIG

AMELIA

Während Rory das Zelt aufbaute, schlenderte ich durch die Ruinen von Boreraig. Das langsamere Tempo heute war für mein Knie eine regelrechte Erleichterung gewesen, und im Gegensatz zu den anderen Tagen, wo ich abends immer total erschöpft war, hatte ich jetzt Lust, mich umzusehen.

Die Gebäude bestanden größtenteils nur noch aus Wänden – die Dächer waren wahrscheinlich mit Stroh gedeckt gewesen, das beim Kontakt mit einer Fackel sofort in Flammen aufgegangen war.

Ich betrat einen der größeren Bauten, der intakter war als die meisten anderen. Als ich durch die Überreste der Räume streifte und auf einmal wieder Nebelfetzen um mich herumwirbelten, lief mir ein Schauer über den Rücken. Nebel war in Schottland wirklich keine Seltenheit, aber hier, an diesem Ort, hatte ich das Gefühl, als würden die Geister der unrechtmäßig enteigneten Menschen mich beobachten.

»Okay, ich verschwinde dann mal«, flüsterte ich, duckte mich unter einem Türsturz hindurch und ging zu unserem Lagerplatz zurück. Ich war froh, dass Rory das Zelt ein Stück von den Ruinen entfernt und näher am See aufgebaut hatte.

Nachdem wir unser letztes »Dinner aus der Tüte« – Rindfleisch Szechuan und Hühnchen Pad Thai – gegessen hatten, setzten wir uns an den See und tranken kleine Schlucke aus Rorys Flachmann. Die Besitzerin des B & B in Torrin hatte ihn netterweise aus ihren Talisker-Vorräten aufgefüllt.

»Wann fliegst du zurück nach New York?«, fragte er, als er mir den Flachmann reichte.

»Am sechzehnten, ziemlich früh am Morgen.« *Viel zu bald.*

»Heute ist der … dreizehnte. Das heißt, wenn wir morgen ankommen, bleibt uns noch ein Tag, um dich runter nach Glasgow zu bringen …«

»Uns?« *Er wollte mich begleiten?*

»Ich dachte, ich könnte dich vielleicht hinfahren, wenn das für dich okay ist. Es sei denn, du hast ein Zugticket gebucht oder so.«

»Nein, für die Nacht auf den sechzehnten habe ich ein Hotelzimmer in der Nähe des Flughafens reserviert, und ich hatte vor, mit dem Zug runterzufahren, aber bis jetzt habe ich mir noch keine Fahrkarte gekauft.« Selbst wenn ich eine Zugfahrkarte gehabt hätte, hätte ich sie mit Freuden verfallen lassen, um einen weiteren Tag mit ihm verbringen zu können. »Hast du denn ein Auto?«

»Ja. Na ja, Gav hat eins. Das werde ich mir von ihm leihen. Ich meine, nur wenn du es aushältst, noch einen Tag mit mir zu verbringen …«

»Ich würde mich durchaus überzeugen lassen«, sagte ich, während sich ein überwältigendes Glücksgefühl in mir ausbreitete. Ein zusätzlicher Tag – und eine weitere Nacht – mit Rory.

Er nahm mir den Flachmann aus der Hand, schraubte ihn zu und stellte ihn beiseite. »Könnte ich dich hiermit überzeugen?«, fragte er und küsste meine Stirn.

Als er ein Stück zurückwich, schüttelte ich den Kopf. »Tut mir leid, ich fürchte, dazu braucht es schon etwas mehr.«

»Hiermit?« Er legte die Hand unter mein Kinn und küsste mich auf die rechte Wange, dann drehte er meinen Kopf, bevor er einen weiteren Kuss auf meine linke Wange hauchte.

»Nein«, flüsterte ich. »Ich brauche mehr.«

Er nickte. »Ich glaube, ich verstehe. Wie wär's damit?« Er neigte mein Gesicht zu sich und eroberte meine Lippen mit einem langsamen, zärtlichen Kuss …

Ich hatte eigentlich vorgehabt, abzuwarten, wie weit er dieses Spielchen treiben würde, aber in dem Moment, als unsere Lippen sich berührten, war ich verloren. Ich legte meine Hände um seinen Nacken und zog ihn näher heran, während ich den Mund öffnete, um seine Zunge mit meiner zu berühren.

Als er sich dieses Mal zurückzog, war die Sonne schon fast untergegangen und hüllte ihn in eine feurige Aura.

»Habe ich dich also doch noch überzeugt?«

»Ja«, antwortete ich atemlos und zog seinen Kopf wieder zu mir herunter.

***

Ich saß am See und schaute hinauf in den glitzernden Nachthimmel. Es war so schön hier, so friedlich.

Ein leises Rascheln ertönte und jemand setzte sich neben mich. »Hey, Lady.«

Erstaunt blickte ich zur Seite. Das war nicht die Person, die ich erwartet hatte. »Carrie? Bist du es wirklich?«

Sie gab mir keine Antwort, legte bloß den Kopf in den Nacken und blickte nach oben. »Ich habe noch nie einen solchen Himmel gesehen«, sagte sie nachdenklich. »Das ist wirklich magisch. Ich kann verstehen, dass du hier nicht wieder wegwillst. Bei uns zu Hause muss man ziemlich weit reisen, um einen so klaren Sternenhimmel sehen zu können.« Sie drehte sich zu mir. »Und ich glaube, du müsstest auch ziemlich weit reisen, um bei uns jemanden wie Rory zu finden.«

»Du hast ihn gesehen?«

Sie blickte wieder in den Himmel. »Das musste ich nicht. Ich sehe dich. Seit unserer Kindheit steht dir jeder Gedanke und jede Empfindung ins Gesicht geschrieben. Ich habe es bereits in deiner Stimme gehört, als du mir von ihm erzählt hast, und jetzt sehe ich es auch in deinen Augen.«

»Was soll ich bloß tun, Carrie? Ich liebe ihn. Ich weiß, es klingt verrückt – ich kenne ihn erst seit einer Woche. Aber es ist die Wahrheit.«

»Das weiß ich.«

»Also, was soll ich tun? Mein Leben findet dreitausend Meilen von hier entfernt statt.«

»Du wirst ein paar schwierige Entscheidungen treffen müssen.«

»Echt super, danke! Wenn du mir schon so geheimnisvoll in meinen Träumen erscheinst, könntest du mir wenigstens was Hilfreiches sagen.«

Sie grinste. »Sorry, Süße. Mein Rat lautet: Wenn ich einen Mann wie ihn neben mir liegen hätte und nur noch ein paar Tage mit ihm verbringen könnte, würde ich garantiert nicht schlafen. Du solltest jetzt besser aufwachen.«

»Aber wenn ich aufwache, bist du nicht mehr da. Und du fehlst mir so sehr, Carrie.«

Sie drückte mir einen Kuss auf die Stirn und zog sich dann zurück. »Du fehlst mir auch. Aber du solltest jetzt aufwachen. Wach auf!«

Ich schreckte aus dem Schlaf hoch. »Carrie?«, flüsterte ich. Doch ich bekam keine Antwort. Es war nur ein Traum gewesen.

Seufzend drehte ich mich auf den Rücken und fuhr mir mit der Hand über das Gesicht. Rory schmiegte sich eng an mich und seine Hand glitt zu meiner Brust, während sein Atem meine Haare in sanfte Bewegung versetzte.

Ich hob seine Hand und presste meine Lippen auf seine Finger, bevor ich sie wieder hinlegte und mit meiner umschloss. Er murmelte etwas im Schlaf und kuschelte sich noch enger an mich.

Gerade als ich wieder die Augen schließen wollte, bemerkte ich es – ein flackerndes grünes Licht vor dem Zelt. Ich blinzelte ein paarmal, doch das Licht war immer noch da, grün und unheimlich.

Oh, Mist! Warum hatten wir auch ausgerechnet neben diesen gruseligen Ruinen gezeltet?

»Rory, wach auf!«, zischte ich und setzte mich abrupt auf. »Rory!«

»Wassn los?«, nuschelte er.

Ich versetzte ihm einen Stoß gegen die Schulter. »Die Geister sind da!« Ich merkte selbst, wie albern das klang, aber wir waren nur ein paar Meter von den Ruinen entfernt, und dort draußen war dieses verdammte grüne Licht.

Er öffnete die Augen. »Was redest du da?«

»Sieh doch!«

Er setzte sich auf und schaute in Richtung Zeltklappe, wo das seltsame Licht durch den teilweise geöffneten Reißverschluss zu sehen war.

Plötzlich war er hellwach. Er strampelte sich aus dem Schlafsack, stand auf und griff nach seinen Shorts. »Komm, lass uns gehen!«, sagte er mit einem breiten Grinsen auf dem Gesicht.

»Gehen? Wohin?«

»Nach draußen. Schnell, zieh dich an – und schnapp dir dein Handy.«

Mein Handy? »Spinnst du? Ich geh doch nicht da raus zu den Geistern!«

Sein Grinsen wurde noch breiter. »Das sind keine Geister. Vertrau mir.«

Ich war zwar immer noch skeptisch, aber Rory klang so aufgeregt, dass ich ihm folgte. Schnell zog ich meine Klamotten an, schlüpfte in meine Flip-Flops und kroch zum Zelteingang. »Ich hoffe, da draußen treiben sich keine verfluchten Geister rum, sonst …«

Als ich aus dem Zelt trat, verschlug es mir beim Anblick der grünen Wirbel, die am Himmel flimmerten und tanzten, die Sprache. »Oh, mein Gott«, hauchte ich.

»Das ist die Aurora Borealis, das Nordlicht. Es ist ausgesprochen selten, dass man es so spät im Frühjahr noch sieht.«

Als wir unten am See ankamen, nahm ich mein Handy, stellte es auf Video aufnehmen und schwenkte es langsam über den Himmel und den See, der das wirbelnde grüne Licht reflektierte. »Oh, Carrie, ich wünschte, du könntest es sehen. Aber vielleicht hast du das schon und wolltest deswegen, dass ich aufwache.«

Während der Wanderung hatte ich immer wieder mal Carries Stimme in meinem Kopf gehört. Doch jetzt spürte ich sie zum ersten Mal hier bei mir. Wer weiß, vielleicht war sie ja die ganze Zeit da gewesen und hatte jeden einzelnen spektakulären Blick durch meine Augen wahrgenommen. Und wenn es tatsächlich durch irgendwelche übernatürlichen Umstände möglich war, dass sie mich auf dieser Reise begleitete, dann bedeutete das vielleicht auch, dass es die richtige Entscheidung gewesen war, hierher zu kommen und den Skye Trail zu gehen. Und vielleicht wartete sie ja schon auf mich, wenn ich nach Hause kam.

In diesem Moment, mit diesem magischen Anblick vor Augen,

hätte ich alles geglaubt. Ich beendete die Aufnahme und schoss noch ein paar Fotos, auf denen die Erscheinung wahrscheinlich nicht so gut rüberkommen würde, bevor ich mein Handy wieder in die Tasche schob. Ich hatte genug Bilder für Carrie. Jetzt wollte ich diesen wunderschönen Augenblick selbst – und nur für mich – genießen.

Nachdem wir eine ebene Stelle gefunden hatten, an der nicht zu viele Kieselsteine waren, setzten wir uns nebeneinander ans Ufer. Ich ließ mich zurücksinken und genoss die Aussicht. Ich hatte schon Fotos des Nordlichts gesehen, aber die Abbildung auf einer Website war nicht damit vergleichbar, es selbst zu erleben. Die Lichter bewegten sich, als würden sie zu einem himmlischen Orchester tanzen, und während ich diese spektakuläre Darbietung beobachtete, stiegen mir die Tränen in die Augen.

»Alles in Ordnung?«, murmelte Rory, der offenbar mein Schniefen gehört hatte.

»Ja, ich weiß auch nicht, warum mich der Anblick zum Weinen bringt.«

»Ich habe das Nordlicht zum ersten Mal bei einer Nachtwanderung mit Tommy gesehen, kurz nach Connors Tod. Es war Winter, und wir waren oben in den Cairngorms in den East Highlands, nicht weit von Inverness. Dort lag Schnee, und das Nordlicht war vielleicht eine Stunde zu sehen, es tanzte über den Himmel und wurde vom Schnee reflektiert. So etwas hatte ich noch nie gesehen, und plötzlich hatte ich diesen Gedanken, dass Connor dort oben war und versuchte, durch die Lichter mit mir in Verbindung zu treten. Und auf einmal hatte ich Tränen in den Augen. Aber als fünfzehnjähriger Junge tat ich natürlich alles, um das zu überspielen, bis ich zu Tommy hinübersah, der seinen Tränen freien Lauf ließ und keinen Versuch machte, sie zu verbergen. Und da dachte ich, wenn Tommy sich nicht dafür schämt, dann brauche ich das auch nicht.«

Ich sah diesen Moment glasklar vor mir: Rory und Tommy, zwei Jungen, durch eine Tragödie zusammengeschweißt, oben auf diesem schneebedeckten Gipfel, die Schultern gegen den Wind hochgezogen, völlig versunken in diesen unglaublichen Anblick, während ihnen die Tränen ungehemmt über die von der Kälte geröteten Wangen strömten.

»Die meisten Menschen, mit denen ich gesprochen habe, die ebenfalls das Nordlicht gesehen haben, haben ähnlich emotional darauf reagiert«, fuhr er fort. »Das ist ja auch nicht weiter verwunderlich. Ich weiß, dass es eine wissenschaftliche Erklärung dafür gibt, aber für mich wird es immer etwas Magisches haben.«

Es *war* magisch. »Ich liebe es, wie es sich im See spiegelt«, sagte ich.

»Und ich liebe es, wie es dein Gesicht aufleuchten lässt«, flüsterte er und stützte sich auf den Ellbogen. Er beugte sich über mich und küsste mich, zärtlich zuerst, dann leidenschaftlicher, während ich meine Finger in seine Haare schob und ihn noch näher zu mir zog.

»Lass uns ins Zelt gehen«, murmelte er an meinem Mund.

»Nein. Lass uns hierbleiben.«

Rory löste sich von mir und sah mich überrascht an. Um ehrlich zu sein, war ich selbst etwas erstaunt über mich. Aber jetzt war nicht die Zeit, um schüchtern zu sein.

»Ich … ich möchte in Erinnerung behalten, wie wir beide hier am See liegen und das Nordlicht über unseren Köpfen tanzt.« *Bitte schlag mir das nicht ab.*

»Bin gleich zurück«, sagte er, stand auf und lief zurück zum Zelt. Kurz darauf kam er mit unseren Isomatten und Schlafsäcken wieder zurück und legte sie übereinander. Dann hob er mich auf seine Arme und setzte mich vorsichtig auf dem provisorischen Bett ab.

»Ich dachte, du würdest Nein sagen«, murmelte ich.

Er legte sich zu mir. »Willst du mich auf den Arm nehmen? Ich fand nur, dass wir es uns auch etwas gemütlicher machen könnten.«

Ohne seinen Blick loszulassen, nahm ich seine Hand und führte sie an meine Lippen. Ich küsste seine Handfläche und jede einzelne seiner Fingerspitzen. Langsam. Zärtlich. Nahm so viel wie möglich von diesem Moment in mich auf. Speicherte ihn in meiner Erinnerung, damit ich ihn nach unserem Abschied niemals wieder vergaß.

»Sieh dich nur mal an«, flüsterte er und beugte sich über mich. »Das Nordlicht lässt deinen Körper aufleuchten. Zuerst hier«, sagte er und strich mit seiner Fingerspitze über meine Wange, bevor er einen Kuss darauf hauchte. »Und dann hier … und hier«, fügte er hinzu und berührte jedes Mal eine neue Stelle, bis seine Hände schließlich unter meinen Pullover wanderten. Seine Berührung jagte mir eine Gänsehaut über den Körper, und ich erschauerte.

Lächelnd strich ich ihm eine widerspenstige Locke hinters Ohr, bevor ich seinen Kopf wieder zu mir zog und ihn küsste. Ich fuhr mit den Händen über seine Schultern, seine Arme … und als meine Finger ebenfalls den Weg unter sein Shirt und über seinen straffen Bauch fanden, stöhnte er leise auf. Unsere Küsse wurden intensiver, hungriger, als gäbe es kein Morgen mehr.

Ich liebte ihn so sehr. Am liebsten würde ich es in die Welt hinausschreien; es dem Nordlicht zurufen, das über unseren Köpfen tanzte, den Geistern in den Ruinen. Und diesem wunderbaren

Mann, der meinen Körper dazu brachte, sich nach mehr zu sehnen, der mich über den Skye Trail geführt hatte, der seine Schuldgefühle, seinen Kummer und sein schönes Land mit mir geteilt hatte. Am liebsten würde ich das Risiko eingehen und ihm meine Gefühle gestehen – in der Hoffnung, dass er genauso empfand wie ich.

Aber ich konnte es nicht. Ich konnte nur seinen Namen flüstern, während mein Körper vor Sehnsucht zitterte. Meine Finger krallten sich in seine Haare, als er seinen Mund auf meinen Hals presste und sich unsere Lippen danach wieder trafen.

KAPITEL ZWEIUNDVIERZIG

RORY

Die Dunkelheit der Nacht wich dem grauen Licht der Dämmerung, während ich gedankenverloren in den Himmel starrte. Schon bald war es hell genug, um Amelia erkennen zu können, die sich an mich geschmiegt hatte, den Kopf an meiner Schulter und die Hand auf meiner Brust. Der frühe Morgennebel funkelte wie Diamanten in ihrem langen Haar. Ihre Wimpern lagen zart auf der durchscheinenden Haut, und ihre Lippen formten ein winziges Lächeln.

Ich fragte mich, wovon sie wohl gerade träumte.

Nach unserer Nacht unter dem Nordlicht hatte Amelia sich an mich gekuschelt und war eingeschlafen. Ich hatte überlegt, sie ins Zelt zu tragen, aber sie schien sich in meinen Armen so wohlzufühlen, dass ich sie nicht aufwecken wollte. Stattdessen hatte ich den Schlafsack hochgezogen, uns beide darin eingehüllt und weiter die spektakuläre Lightshow von Mutter Natur verfolgt. Als das Nordlicht schließlich verblasst war, hatte ich versucht, einzuschlafen, aber meine Gedanken waren nicht zur Ruhe gekommen. Also war ich die wenigen Stunden bis zur Morgendämmerung wach geblieben, hatte in die glitzernde Weite des Nachthimmels über mir gestarrt und nachgedacht. Als unsere Küsse unter dem Nordlicht immer intensiver und hungriger geworden waren, hätte ich Amelia fast gesagt, dass ich sie liebte. Aber dann hatte ich mich in letzter Sekunde doch noch zurückgehalten und stattdessen mein Gesicht an ihrer Schulter vergraben.

In ein paar Stunden würde die Wanderung vorbei sein. Mir blieb zwar noch die lange Fahrt morgen und eine Nacht in Glasgow, doch dann würde ich sie gehen lassen müssen. Zurück zu ihrem Leben, das am anderen Ende der Welt stattfand. Was, wenn ich ihr gestand, dass ich sie liebte, und sie beschloss, hier in Schottland zu bleiben? Meinetwegen?

Das konnte ich nicht von ihr verlangen. Ich war ständig unterwegs, auf Skye, dem West Highland Way, die Nordküste hinauf oder über den Great Glen. Und wenn ich nicht als Guide arbeitete, ging ich mit Kindern und Jugendlichen überall in den Highlands, auf den Orkney-Inseln oder auf den Western Isles wandern und zelten.

Nein, ich konnte Amelia nicht darum bitten, ihren Job, ihre Familie und ihre Freunde dafür aufzugeben. Mein Leben eignete sich nicht für eine Langzeitbeziehung – das wusste ich nur zu gut. Aber ich war zufrieden damit. Es war manchmal einsam, besonders während der Wintermonate, wenn ich zu viel Zeit und meine eigene Gesellschaft satt hatte. Und es war nicht nur voller körperlicher Herausforderungen, wenn ich mir zum Beispiel einen Muskel gezerrt oder das Wetter schwere Schäden am Wanderweg angerichtet hatte, sondern konnte auch geistig anstrengend sein, wenn ich mit den Jugendlichen arbeitete. Viele von ihnen hatten massive Probleme oder lebten in schwierigen häuslichen Verhältnissen, was mich dann immer auch an mich selbst erinnerte.

Ab und zu, wenn ich eine besonders unangenehme Gruppe oder eine Woche Mistwetter hatte, fragte ich mich, wie es wohl wäre, in einem Büro am Schreibtisch zu sitzen.

Aber ich durfte den Großteil des Jahres draußen verbringen, die wilde Schönheit Schottlands erkunden und sie mit anderen teilen. Kein Bürojob der Welt konnte es damit aufnehmen.

Vielleicht würde Amelia mit meinem verrückten Dienstplan klarkommen, und vielleicht würde es für eine Weile sogar funktionieren. Aber es wäre sicher nur eine Frage der Zeit, bis sie es mir übel nehmen würde, dass ich ständig unterwegs war. Genau wie Emma würde sie sich irgendwann fragen, ob ich etwas mit den Frauen in meinen Wandergruppen hatte. Oder ich würde mich irgendwann fragen, ob sie jemanden gefunden hatte, der ihr in den langen, einsamen Nächten zu Hause Gesellschaft leistete.

Wir verdienten beide etwas Besseres.

Und obwohl alles in mir danach geschrien hatte, ihr meine Liebe zu gestehen, hatte ich mich zurückgehalten.

Es war nur zu ihrem Besten. Wir würden den Skye Trail gegen Mittag beenden und am darauffolgenden Tag runter nach Glasgow fahren. Noch eine letzte gemeinsame Nacht, und dann würden wir uns verabschieden müssen. Und es würde das Schwerste sein, was ich jemals erlebt hatte – abgesehen von Connors Beerdigung.

Aber es gab keine andere Möglichkeit.

Ich strich Amelia eine Haarsträhne hinters Ohr, fuhr zärtlich mit dem Daumen ihren Wangenknochen nach und küsste sie auf die Stirn. Als sie blinzelnd die Augen aufschlug, hob ich ihr Kinn leicht an und gab ihr einen Kuss.

Was länger dauerte, als ich erwartet hatte.

»Guten Morgen«, sagte ich, als wir uns endlich voneinander lösten. »Wie hast du geschlafen?«

»Ganz gut«, erwiderte sie. »Ich kann nicht glauben, dass ich draußen übernachtet habe.« Sie warf einen Blick nach unten und zog den Schlafsack höher. »Und nicht mal vollständig bekleidet. Das glaubt Carrie mir nie.«

»Du bist nicht gerade eine Exhibitionistin, was?«

»Bestimmt nicht! Carrie hat ständig versucht, mich zu überreden, nackt mit ihr baden zu gehen, aber ich hab's nicht fertiggebracht.«

»Wenn sie aufwacht, solltet ihr beide das tun.«

»Vielleicht«, sagte sie.

»Aber wenn du es machst, schieß ein Foto und schick's mir. Sonst glaube ich dir nie im Leben, dass du dich getraut hast.«

»Was? Nein! Ich mache doch keine Nacktfotos, und selbst wenn, würde ich sie bestimmt niemandem schicken. Damit handelt man sich nur Ärger ein.«

»Vielleicht komme ich ja mal nach Miami, dann kannst du mit mir Nacktbaden gehen.« Die Worte waren mir entschlüpft, ohne dass ich darüber nachgedacht hatte. Ich hielt den Atem an und wartete auf ihre Antwort.

»Das wäre schön«, flüsterte sie schließlich.

Wir wussten beide, dass das nicht passieren würde. Bei mir ging es auf die stressigste Phase des Jahres zu, und es würde Monate dauern, bis ich auch nur daran denken konnte, Scarlet um Urlaub zu bitten. Bis dahin würde Amelia sich in ihrem neuen Job und ihrem neuen Leben eingerichtet haben und nicht mehr an mich denken. Aber zumindest konnten wir uns noch ein wenig an diese Illusion klammern.

Wenig später standen wir schließlich auf und setzten uns ans Ufer des Sees, wo wir zum letzten Mal auf dieser Wanderung gemeinsam Porridge aßen. Nachdem ich das Zelt abgebaut und im Rucksack verstaut hatte, sah ich mich noch mal um. Mein Blick wanderte unwillkürlich zu der Stelle, wo wir unter dem Nordlicht geschlafen hatten. Ich schaute zu Amelia, die auch diesen Punkt fixierte. Als sie merkte, dass wir an dasselbe gedacht hatten, lächelte sie traurig.

Ich nahm ihre Hand und drückte sie aufmunternd, bevor wir uns auf den Weg machten.

KAPITEL DREIUNDVIERZIG

AMELIA

Ein paar Stunden später, nach einem relativ leichten Marsch, der uns an den Überresten eines alten Marmorsteinbruchs vorbeiführte, näherten wir uns dem Stadtrand von Broadford und folgten der Straße, bis wir zur Main Street kamen.

In den letzten Stunden waren wir beide so in Gedanken versunken gewesen, dass wir kaum miteinander geredet hatten. Doch als wir jetzt die Main Street erreichten, legte mir Rory die Hand auf die Schulter und drehte mich herum, sodass ich ihn ansah. »Wir haben es fast geschafft. Es ist nur noch ein kleines Stück bis zum offiziellen inoffiziellen Endpunkt des Trails.«

»Okay. Dann wollen wir mal.«

»Ist das hier eine geschlossene Gesellschaft oder darf man sich anschließen?«, hörte ich eine vertraute männliche Stimme hinter mir fragen.

Überrascht drehte ich mich um und blickte in ein Paar lachende blaue Augen. »Tommy!«, rief ich mit einem breiten Grinsen.

Er zog mich in eine bärenhafte Umarmung.

»Was machst du denn hier?«, fragte ich, als ich wieder Luft bekam.

»Wir warten, darauf, dass der Rest der Gruppe – das seid ihr – endlich hier ankommt, damit wir die Wanderung gemeinsam beenden können.«

Wir?

»Gut gemacht, Amelia«, sagte Scarlet, die mit einem strahlenden Lächeln hinter einem Pfeiler hervortrat. Sie drückte mich an sich, während Rory und Tommy sich ein Stück weiter umarmten und auf die Schulter klopften. Wahrscheinlich hatte Rory ihnen eine Nachricht geschickt, um sie zu informieren, wann wir ankommen würden.

Plötzlich ertönte ein Chor spitzer Schreie hinter mir, und als ich verdutzt herumwirbelte, entdeckte ich Molly und Megan, gefolgt von Pat und Linda, die von zwei Männern – vermutlich ihren Ehemännern – begleitet wurden. *Sie hatten auf mich gewartet?*

Die Tränen liefen mir über die Wangen, als mich eine nach der anderen in eine Umarmung zog.

»Ich kann nicht fassen, dass ihr alle immer noch hier seid«, sagte ich, während ich mir die Tränen aus den Augen wischte. »Ihr seid doch schon vor drei Tagen angekommen!«

»Wir wollten den Skye Trail zusammen mit dir abschließen«, sagte Molly.

»Abgesehen davon war es nicht gerade eine Strafe, noch ein paar zusätzliche Tage auf Skye zu verbringen«, fügte Linda hinzu. »Die anderen mussten ihre Flüge zurück in die Staaten erwischen, sonst wären sie auch noch geblieben.«

»Wollen wir?«, fragte Tommy gut gelaunt.

Rory nahm mich wieder an der Hand und zusammen liefen wir ein Stück die Hauptstraße runter und bogen dann auf einen Parkplatz ein. Direkt vor uns lag das in der Sonne schimmernde Meer.

»Willkommen am Ende des Skye Trails!«, sagte Rory und lächelte mich an.

Ich brach wieder in Tränen aus, und meine Trekkingstöcke fielen zu Boden, als ich die zitternden Hände vors Gesicht schlug und lauthals schluchzte.

Ich hatte es geschafft.

Ich hatte Berge bestiegen, war durch Moore gestapft, hatte mich an Klippen entlanggetastet und reißende Flüsse durchquert. Ich hatte Adler und Wale, Sonnenaufgänge und Sonnenuntergänge, glitzernde Sternenhimmel und das Nordlicht gesehen. Ich war im Meer gewesen.

Ich war zig Meilen in strahlendem Sonnenschein und unter sturmgepeitschtem Himmel gewandert, durch strömenden Regen und unheimlichen Nebel. Das alles hatte ich mit der unerschütterlichen und selbstlosen Unterstützung eines unglaublichen Mannes geschafft, der vor einer guten Woche noch ein Fremder für mich gewesen war. Und den ich inzwischen so sehr liebte, dass es beinahe wehtat.

Obwohl ich für den Skye Trail zehn statt sieben Tage gebraucht hatte und sowohl körperlich als auch emotional an meine Grenzen gekommen war, waren es doch die zehn wundervollsten Tage meines Lebens gewesen. Und jetzt waren sie vorüber.

Aber ich war noch nicht bereit, loszulassen.

Rory zog mich samt Rucksack in eine stürmische Umarmung. »Glückwunsch, Liebste«, flüsterte er mir ins Ohr.

Nachdem er sich wieder von mir gelöst hatte, holte Scarlet ein Blatt Papier und einen Stift aus ihrer Tasche und reichte beides Rory. Er kritzelte etwas auf den Bogen, und als er ihn mir hinhielt, grinste er so breit, dass sich Lachfältchen um seine Augen kräuselten.

Es war ein Zertifikat von *Scotland By Foot,* mit dem mir bestätigt wurde, dass ich den gesamten Skye Trail gewandert war, unterzeichnet von Rory Sutherland.

Einer nach dem anderen umarmten mich alle, als hätte ich gerade das Siegtor in einem Hockey-Endspiel geschossen. Tommy zeigte mir mit verschmitztem Grinsen ein Foto von meinem tränenüberströmten Gesicht. »Ich hab auch ein Video davon«, fügte er hinzu. »Ich schick's dir per E-Mail.«

Ich knuffte ihn in den Arm, aber insgeheim war ich froh, dass er daran gedacht hatte, den Moment festzuhalten, sodass ich ihn mit Carrie teilen konnte.

Während Rory sich etwas abseits mit Tommy und Scarlet unterhielt, wurde ich von den Ladys umringt.

»Süße, glaub ja nicht, wir hätten nicht gesehen, dass Rory deine Hand gehalten hat«, sagte Pat.

»Genau, her mit den schmutzigen Details«, fügte Megan hinzu. »Du und dieser hübsche Kerl, ganz alleine unterwegs. Wir wollen *alles* wissen.«

Ich freute mich zu sehr, dass sie alle hier waren, um mich wegen ihrer Neckereien zu schämen. »Ich werde euch überhaupt nichts erzählen«, sagte ich. »Eine Frau muss auch ihre kleinen Geheimnisse haben. Aber könntet ihr mich mal eben für eine Sekunde entschuldigen?«

Ich entfernte mich ein Stück von der Gruppe und holte mein Handy heraus. Helen nahm beim ersten Klingeln ab. »Amelia, du bist heute früher dran als sonst. Ist alles in Ordnung?«

»Alles bestens. Ich habe die Wanderung geschafft und wollte es Carrie erzählen. Gibt es – nein, es gibt keine Veränderung, nicht wahr?«

»Nein, keine Veränderung, aber meinen Glückwunsch, Liebes, das ist ja wunderbar! Warte, ich bringe ihr das Telefon.«

Kurz darauf sagte sie, ich könne jetzt sprechen. »Hey, Ree. Ich … ich hab's geschafft. Ich bin den ganzen Skye Trail gewandert. Es war wesentlich härter, als ich erwartet hatte, und schöner, als ich es mir jemals hätte vorstellen können.« Gegen meinen Willen kamen mir wieder die Tränen. »Ich … ich wünschte so sehr, du könntest jetzt hier sein. Aber in ein paar Tagen bin ich wieder zu Hause, und dann werde ich dir alles erzählen, okay? Ich liebe dich, und wir sehen uns bald.«

Bei dem Gedanken daran, Rory zu verlassen, musste ich noch heftiger weinen, und nachdem ich mich von Helen verabschiedet hatte, fing ich hemmungslos an zu schluchzen.

Das Handy wurde mir sanft aus der Hand genommen, und im nächsten Moment fand ich mich in Rorys Armen wieder. Er hielt mich einfach nur fest – ohne etwas zu sagen, ohne mich mit leeren Worten zu trösten, ließ er mich weinen, ließ mich alle Gefühle loswerden, die sich im Laufe der Reise angestaut hatten.

Als ich mich schließlich ausgeheult hatte, hob ich langsam den Kopf von seiner Brust. Am liebsten hätte ich mich vor meinen Freunden versteckt. Doch als ich die Augen öffnete, war außer Rory und mir niemand zu sehen. »Wo sind denn die anderen?«, fragte ich mit heiserer Stimme.

»Sie sind schon mal zum Chippie gegangen, um einen Tisch zu besetzen«, antwortete er in Anspielung auf den Fish-and-Chips-Laden am Wasser. »Ich wusste, dass du ein bisschen Zeit für dich brauchen würdest, deshalb hab ich sie schon mal vorgeschickt.«

»Danke. Und danke für – Gott, für alles, aber vor allem dafür, dass die Gruppe hier auf uns gewartet hat.«

»Das war für mich auch eine Überraschung. Ich habe Tommy heute Morgen eine Nachricht mit unserer geschätzten Ankunftszeit geschickt, und er meinte, ich solle ihm noch mal kurz Bescheid geben, wenn wir fast da sind. Ich hatte mir schon gedacht, dass er uns in Empfang nehmen würde – der Kerl hat sowieso nichts Besseres zu tun – und mit Scarlet hatte ich auch mehr oder weniger gerechnet, aber die Mädels hatte ich nicht erwartet. Das war echt nett von ihnen.«

»Das war das perfekte Ende für diese Wanderung«, sagte ich. »Und übrigens, die Mädels, wie du sie nennst, haben alle gesehen, dass du meine Hand gehalten hast. Sie sind scharf auf Details. Jede Menge Details.«

»Ach, ja?«, sagte er mit gespielt lasziver Stimme. »Tja, dann versorg sie mal großzügig mit Details. Erzähl ihnen, wie ich dir zu Höhenflügen der Leidenschaft verholfen habe, die du dir nie hättest träumen lassen. Erreg sie mit der Schilderung meiner männlichen Leistungsfähigkeit und schmück das Ganze auch gerne noch etwas aus. Meinem Ego würden ein paar Streicheleinheiten ganz guttun.« Seine Lippen verzogen sich zu einem anzüglichen Grinsen.

»Um ihnen einen wohligen Schauer zu verpassen und sie grün vor Neid werden zu lassen, brauche ich nicht groß zu übertreiben.« Ich beugte mich näher zu ihm und flüsterte ihm ins Ohr: »Und um die Streicheleinheiten kümmere ich mich später.«

Wir belegten zwei Tische mit Blick aufs Wasser und genossen ein ausgedehntes, lautes und ausgelassenes Fish-and-Chips-Essen. Rory und ich unterhielten die Gruppe mit einigen Anekdoten unserer Abenteuer. Aber so langsam machte sich bei mir die Erschöpfung bemerkbar, und ich überlegte, wie ich mich auf unauffällige Weise für eine Weile entschuldigen konnte. Nachdem die anderen extra ein paar Tage hier rumgehangen und auf meine Ankunft gewartet hatten, wollte ich nicht unhöflich sein.

Scarlet musste es jedoch gemerkt haben, denn sie fing an, demonstrativ ihren Abfall einzusammeln. »Amelia, du bist doch bestimmt völlig fertig und kannst es gar nicht erwarten, unter die heiße Dusche zu kommen. Dein Zimmer im B & B müsste eigentlich bezugsfertig sein.«

Ich hätte sie küssen können. »Oh, ja! Danke, Scarlet«, sagte ich.

»Was haltet ihr davon, wenn wir Frauen uns später zum Abendessen und auf ein paar Drinks treffen?«, fragte Linda. »Jetzt ist es drei, vielleicht so gegen halb sieben?« Sie nannte den Namen eines Pubs ein Stück die Straße hinauf. »Dann hast du genug Zeit zu duschen und dich ein bisschen hinzulegen.«

»Perfekt«, sagte ich. »Scarlet, kommst du auch?«

»Danke, aber auf mich wartet tonnenweise Papierkram, und ich muss mich noch mit Rory und Tommy zusammensetzen. Außerdem möchtet ihr euch bestimmt über die Wanderung unterhalten und auf den neuesten Stand bringen – ohne euch meinetwegen zurückhalten zu müssen«, fügte sie mit einem Lächeln hinzu.

»Ganz bestimmt nicht, aber kein Problem«, sagte ich. »Du weißt ja, wo wir sind. Wenn du es dir anders überlegst, komm einfach dazu.«

»Okay, danke. Bevor ich's vergesse, wann fliegst du noch mal zurück?«

»Übermorgen«, antwortete ich und hoffte, dass es ganz beiläufig klang, und nicht, als würde es mich innerlich zerreißen.

»Fährst du mit dem Zug runter nach Glasgow?«, fragte Scarlet.

»Ich, äh …« Ich war mir nicht sicher, ob sie wusste, dass Rory und ich … na ja, was auch immer waren. Und ob das für sie in Ordnung ging.

»Ich fahre sie«, meldete Rory sich zu Wort. »Tommy bringt uns morgen früh nach Sligachan, und dort leihe ich mir Gavs Wagen.«

»Oh?« Scarlet sah überrascht zu Rory. Obwohl er ihren Blick

ruhig erwiderte, lag zwischen den beiden spürbar etwas in der Luft. Dann wandte sie sich mit ihrem üblichen Lächeln wieder an mich. »Das wird bestimmt eine nette Fahrt. Am besten ignorierst du Rorys aggressiven Fahrstil. Auf den kurvenreichen Straßen werdet ihr oft hinter irgendwelchen Touristen festhängen, und dieser Kerl ist nicht gerade der Geduldigste.«

Offensichtlich wollte sie die Beziehung zwischen Rory und mir erst unter vier Augen besprechen. »Ich kann mich noch gut daran erinnern, als er uns in Fort William abgeholt hat.« *Vor gefühlt hundert Jahren.*

»Na dann. Ich muss auch wieder an die Arbeit. Mach's gut, Amelia«, sagte sie und umarmte mich noch einmal. »Du hast das echt super gemacht. Wirklich. Ich hoffe, du gehst zum Arzt und lässt dein Knie untersuchen, sobald du zu Hause bist.«

»Das mache ich, und danke für alles. Ich hoffe, wir laufen uns mal wieder über den Weg«, sagte ich und schluckte den Kloß in meiner Kehle hinunter. Den ersten von mehreren, die in den nächsten Tagen noch auf mich warteten.

***

Nach einer Dusche und einem Nickerchen – und einem Telefonat mit meinen Eltern – traf ich mich mit den Mädels im Pub. Rory und Tommy hatten gesagt, sie würden später dazukommen.

Wir schnappten uns einen runden Tisch am Ende der Bar, und Meghan holte uns eine Flasche Weißwein und fünf Gläser.

»Ich hoffe, das war nicht ihre letzte Flasche«, flötete Pat. »Mit der hier werden wir nämlich kurzen Prozess machen.«

»Keine Angst, das habe ich als Erstes gefragt. Der Barkeeper hat mir versichert, dass sie eine ganze Kiste voll haben. Das müsste reichen, um alle schlüpfrigen Einzelheiten aus unserer Yankee-Lady rauszukitzeln.«

»Hey, die *Yankee-Lady* sitzt hier mit euch am Tisch.« Ich schnaubte und tat so, als wäre ich beleidigt.

»Super! Dann pack mal aus«, sagte Molly. »Und vergiss nicht, kein Detail ist zu unwichtig.«

»Besonders *die* nicht«, fügte Megan hinzu und wackelte anzüglich mit den Augenbrauen.

»Über die rede ich nicht«, sagte ich.

Sie zuckte mit den Schultern. »Warten wir's ab. Der Abend ist noch jung, und an Wein mangelt es auch nicht.«

»Zuerst sollten wir mal anstoßen, findet ihr nicht auch?«, fragte Linda.

Molly schenkte allen Wein ein und erhob ihr Glas. »Auf Amelia, die den Skye Trail mit einem lädierten Knie bewältigt hat – ein nahezu unmögliches Unterfangen – und die sich im Zuge dessen den komplizierten, geheimnisvollen und höllisch begehrenswerten Rory Sutherland geangelt hat, ein wahrscheinlich nicht weniger unmögliches Unterfangen. Wir sind so stolz auf dich.«

Darauf tranken wir, doch obwohl ich versuchte, genauso fröhlich zu lächeln wie sie, konnte ich nur daran denken, dass ich ihn mir keineswegs geangelt hatte. Ich hatte ihn zwar gefangen und kurze Zeit bei mir behalten, aber übermorgen würde ich ihn wieder zurück ins Wasser werfen. Als wäre er ein Fisch. Die Vorstellung war irgendwie echt schräg.

»Fängst du jetzt endlich mal an zu erzählen?«, fragte Molly ungeduldig.

Alle beugten sich gleichzeitig vor und schauten mich an wie ein Rudel Welpen, die auf ein Leckerchen warteten. Diesmal war mein Lächeln echt.

Und während wir saftige Burger und mehrere Flaschen Wein konsumierten, die uns vom Barkeeper äußerst charmant nachgeliefert wurden, erzählte ich ihnen, was in den letzten Tagen zwischen Rory und mir passiert war. Natürlich verriet ich nicht alles, nicht einmal nach dem Genuss von mehr Wein, als ich jemals auf einmal getrunken hatte, aber doch einiges.

Schließlich mussten wir Frauen zusammenhalten.

KAPITEL VIERUNDVIERZIG

RORY

Während Amelia sich mit den Frauen im Pub auf ein paar Drinks traf, bestellten Tommy, Scarlet und ich uns etwas zu essen und planten die Wanderungen der nächsten Wochen. Die ganze Zeit war ich darauf gefasst, dass Scarlet einen Kommentar dazu abgeben würde, dass ich mit Amelia zusammengekommen war. Sie hatte zwar ziemlich cool reagiert, als ich gesagt hatte, dass ich Amelia zum Flughafen fahren würde, aber jetzt, wo wir unter uns waren, warf sie mir immer wieder merkwürdige Blicke zu, die ich nicht deuten konnte.

Nachdem wir alles besprochen hatten, sagte ich zu Tommy, dass ich ihn draußen treffen würde, und wandte mich dann an Scarlet. »Nun spuck's schon aus, Scar.«

Sie hob fragend die Brauen. »Was soll ich ausspucken?«

»Dass ich mich nicht auf eine Affäre mit Amelia – einer Kundin – hätte einlassen sollen. Ich kenne dich schon ziemlich lange, und ich merke dir doch an, dass du nicht begeistert davon bist.«

»Stimmt, wir beide kennen uns schon ziemlich lange. Und ja, ich bin nicht begeistert davon, aber nicht aus dem Grund, den du vermutest.«

Als ich sie verwirrt ansah, seufzte sie. »So, wie ihr beiden miteinander umgeht, merkt man, dass ihr nicht nur eine ›Affäre‹ habt, wie du es so schön nennst. Die Art und Weise, wie ihr euch anschaut, die kleinen Berührungen, all das. Du siehst glücklich aus. Seit ich dich kenne, habe ich dich noch nie so glücklich erlebt, und das hast du weiß Gott verdient.«

Ich wusste nicht, was ich darauf sagen sollte. So offen hatte sie noch nie mit mir gesprochen – wir waren zwar befreundet, aber eher wie Kollegen, die schon lange zusammenarbeiteten. Scarlet und ich waren längst nicht so vertraut miteinander wie Tommy und ich. Dass sie auf einmal wie eine große Schwester mit mir redete, verschlug mir regelrecht die Sprache.

Im Gegensatz zu ihr. Sie legte ihre Hand auf meine. »Aber Amelia kehrt in die Staaten zurück, Rory. Und deswegen mache ich keine Freudensprünge, dass ihr beiden zusammen seid. Sie wird dir das Herz brechen – und du ihres. Wie sollte ich darüber glücklich sein?«

Ich musste schlucken. »Ich bedaure nichts«, stieß ich mit heiserer Stimme hervor. »Neulich habe ich es mal für ein paar Minuten bereut, dass ich mich auf die Sache mit Amelia eingelassen habe, obwohl ich wusste, wie sehr ich darunter leiden würde, mich von ihr zu verabschieden. Aber jetzt? Ich bedaure nicht eine einzige Minute, die ich mit ihr verbracht habe. Sie hat mich aus meiner Trauer rausgeholt, Scar. Sie hat mir geholfen, über Connors Tod hinwegzukommen. Der Abschied von ihr wird furchtbar werden, aber er wird mich nicht umbringen. Ich habe ein paar echt miese Sachen überlebt, und das hier werde ich auch überleben.«

Entschlossen stand ich auf. Ich wollte hier nicht noch mehr Zeit verschwenden, sondern diese letzten Stunden nutzen, die mir noch mit Amelia blieben.

Scarlet war ebenfalls aufgestanden. Sie sah fast so unglücklich aus, wie ich mich fühlte. Bevor ich darüber nachdenken konnte, umarmte ich sie, und nach einer kleinen Schrecksekunde erwiderte sie meine Umarmung.

»Danke für dein Mitgefühl, Scar. Das bedeutet mir mehr, als du dir vorstellen kannst.«

Mit einem traurigen Lächeln trat sie einen Schritt zurück. »Du solltest besser mal nach Amelia sehen, bevor diese Unruhestifterinnen sie noch total abfüllen. Sie wirkten vorhin ziemlich entschlossen.«

Ich grinste. »Das könnte ganz amüsant werden.«

Nachdem wir uns verabschiedet hatten, ging ich zu Tommy nach draußen.

»Alles in Ordnung mit Scar?«, fragte er.

»Aye, alles bestens.« Vielleicht würde ich ihm von unserem Gespräch erzählen, aber nicht heute.

Wir gingen die Straße hinauf zum Pub, doch auf das, was uns dort erwartete, waren wir definitiv nicht vorbereitet.

Auf dem Tisch drängten sich – waren das fünf? – leere Weinflaschen, Weingläser und halb volle Wassergläser neben einer fast leeren Schüssel Pommes und einigen leer gefegten Tellern. Wenigstens hatten sie etwas gegessen. Und die fünf kicherten wie Schulmädchen.

Als die Tür hinter uns zufiel, drehten sich alle gleichzeitig mit glasigen Augen und geröteten Wangen zu uns um und begrüßten uns mit einem Chor übertrieben lauter Hallos.

»Heilige Scheiße, die sind ja völlig hinüber!«, rief Tommy aus.

»Ja, sind sie«, sagte Liam, der Barkeeper, mit einem breiten Grinsen. »Aber ich hab schon Schlimmeres gesehen. Ich habe dafür gesorgt, dass ihre Wassergläser immer gefüllt waren, und ihnen vor 'ner Weile noch eine extra Portion Pommes gebracht.«

»Danke, Kumpel«, sagte ich.

Pats und Lindas Männer kamen ein paar Minuten später, und dann war es Zeit für den Abschied, der tränenreicher ausfiel als unter normalen Umständen.

E-Mail-Adressen wurden ebenso ausgetauscht wie das Versprechen, sich Fotos zu schicken und in Kontakt zu bleiben, um vielleicht irgendwann einen Revival-Trip zu machen. Dann folgte die nächste Runde Umarmungen und Tränen. Zum Schluss wünschten die Frauen Amelia »viel Spaß heute Nacht«, begleitet von Kichern und demonstrativem Augenzwinkern. *Was sollte das denn jetzt?*

Tommy bestand darauf, Molly und Megan zu ihrem B & B zu begleiten, und die jeweiligen Ehemänner kümmerten sich um Pat und Linda. Dann waren Amelia und ich endlich allein. Damit sie ihr Knie nicht allzu sehr belasten musste, legte ich stützend meine Hand um ihre Taille, während wir langsam zurück zu unserem B & B gingen.

»Und, hast du ihnen sämtliche pikanten Details verraten?«, fragte ich.

Sie kicherte. Wieder. »Na ja, nicht alle. Ich hab versucht, nicht zu viele intime Details zu enthüllen, aber sie waren ziemlich hartnäckig.«

»Das kann ich mir vorstellen.« Wir stiegen die Treppe hoch zu unserem Zimmer. Amelia betrachtete den Schlüssel mit skeptisch zusammengekniffenen Augen, als wäre sie sich nicht sicher, was sie damit tun sollte, deshalb nahm ich die Sache in die Hand und schloss die Tür auf.

Sie ließ sich quer über das Fußende des Betts fallen. »Das Zimmer dreht sich ein bisschen. Vielleicht hätte ich ein Glas Wein weniger trinken sollen. Aber, weißt du, es hat sich so gut angefühlt, mal für kurze Zeit unvernünftig zu sein.«

Ich setzte mich neben sie auf die Bettkante. »Ich weiß. Du hattest eine Menge zu verarbeiten, und manchmal muss man einfach mal alles beiseiteschieben und sich eine Auszeit gönnen. Aber heute war ein anstrengender Tag, wir sollten also bald ins Bett gehen, okay?«

Sie antwortete nicht, und als ich auf sie hinunterblickte, schlief sie bereits tief und fest. Das hätte ich mir auch denken können. Ich zog ihr Schuhe und Jeans aus, damit sie es bequem hatte, hob sie hoch und legte sie richtig hin, mit dem Kopf auf dem Kissen. Ohne aufzuwachen, drehte sie sich auf die Seite und rollte sich zusammen, während ich sie zudeckte.

Für den Fall, dass sie mitten in der Nacht aufwachte, stellte ich ihr ein Glas Wasser auf den Nachttisch. Dann legte ich mich auch ins Bett, nahm sie in die Arme und zog sie eng an mich.

Der Abend war nicht so verlaufen, wie ich es erwartet hatte. Aber als sie im Schlaf meinen Namen murmelte und meinen Arm enger um ihre Taille zog, beschloss ich, dass er trotz allem ziemlich perfekt war.

KAPITEL FÜNFUNDVIERZIG

AMELIA

Mein pochender Kopf weckte mich. Mühsam öffnete ich ein Auge und blinzelte im grellen Sonnenlicht. *Sonnenlicht?* Das Letzte, woran ich mich erinnerte, war, dass ich mich quer aufs Bett geworfen und die Augen zugemacht hatte, damit sich der Raum nicht mehr drehte. Aber was war danach passiert? Hatten Rory und ich …?

»Guten Morgen, Sonnenschein.«

Ich öffnete auch das andere Auge, und mein Blick fiel auf Rory, der, den Kopf in die Hand gestützt, neben mir lag und auf mich herunterlächelte.

»Wie spät ist es?«, murmelte ich.

»Kurz nach sechs. Wie geht's deinem Kopf?«

»Pocht mächtig.«

»Das habe ich mir gedacht.« Er setzte sich auf und nahm etwas von seinem Nachttisch. Als er sich wieder zu mir drehte, hatte er ein Glas Wasser und eine Aspirin in der Hand.

»Du bist göttlich«, sagte ich, setzte mich auf und nahm ihm dankbar die Tablette ab. Immerhin hatte ich noch mein Shirt und meinen BH an, das heißt, falls zwischen uns etwas gelaufen war, war ich zumindest nicht völlig nackt gewesen.

»Aye, das erzähle ich den Leuten auch ständig, aber bis jetzt wollte niemand etwas davon hören. Vielleicht könntest du dafür sorgen, dass es sich rumspricht.«

»Ich werde es twittern. Hashtag Rory Sutherland ist ein Gott unter den Sterblichen.« Ich riskierte einen Blick unter die Bettdecke. Keine Jeans, aber ich hatte noch Unterhose und Socken an.

»Suchst du was?«, fragte er mit hochgezogenen Brauen.

»Ich … ich kann mich nur noch daran erinnern, dass ich mit dir zurück aufs Zimmer gegangen bin und mich aufs Bett gelegt habe. Ich hab die Augen zugemacht, in der Hoffnung, dass der Raum dann aufhört, sich zu drehen, und das war's. Danach nichts mehr. Aber ich erinnere mich noch an all die Dinge, die ich gestern Nacht mit dir anstellen wollte – Shit!« Ich vergrub das Gesicht in den Händen.

»Muss ich mir Sorgen machen?«

»Ich bin mir ziemlich sicher, dass ich den Mädels auch davon erzählt habe. Es tut mir so leid. Ich kann nicht glauben, dass ich das wirklich getan habe.«

Er begann laut zu lachen. Dieses Geräusch war bei ihm so ungewohnt, dass ich ihn fassungslos anstarrte. Als er sich wieder beruhigt hatte, wischte er sich die Augen und grinste mich an. »Das erklärt einiges.«

»Soll heißen?«

»Sagen wir einfach, dass deine Freundinnen mir gestern Abend vielsagende Blicke zugeworfen und uns kichernd viel Spaß gewünscht haben, begleitet von einem verschwörerischen Augenzwinkern. Jetzt weiß ich auch, warum.«

»Oh mein Gott.«

»Ich fürchte, du wirst dir irgendwas ausdenken müssen, wenn sie nachfragen, denn das Letzte, woran du dich von gestern Abend erinnerst, ist auch das Letzte, was passiert ist. Keine drei Sekunden, nachdem du dich hingelegt hast, hast du tief und fest geschlafen. Ich habe dir Jeans und Schuhe ausgezogen und dich zugedeckt.«

»Es tut mir so leid, Rory«, sagte ich noch einmal, angewidert von mir selbst.

»Was denn?«

»Dass ich eine ganze Nacht mit dir verschwendet habe. Wir haben doch nur noch einen Tag und eine Nacht zusammen und …«

Er küsste mich und schnitt mir damit das Wort ab.

»Du hast überhaupt nichts verschwendet«, sagte er nach einer Weile. »Du hast nur nach einer stressigen und emotional anstrengenden Woche mit deinen Freundinnen, die du längere Zeit nicht sehen wirst, gefeiert. Und ich durfte mit dir im Arm einschlafen. Aber«, fügte er mit einem Grinsen hinzu, »wenn du es wirklich wiedergutmachen willst, bleibt uns noch genug Zeit, dass du mir wenigstens eins der Dinge zeigst, die du mit mir anstellen wolltest.«

»Das lässt sich machen«, sagte ich.

***

Einige Zeit später war ich an der Reihe, Rory beim Schlafen zuzuschauen. Ich betrachtete ihn konzentriert und versuchte, mir alles genau einzuprägen. Die wilden dunkelroten Locken, die in der Sonne kupfern schimmerten und lang genug waren, um meine Hände darin zu vergraben. Das attraktive Gesicht, das vor einer Woche noch so ernst und abweisend gewesen war. Seine Züge waren zwar ein wenig weicher geworden und er lächelte durchaus öfter, aber eine freundliche, einladende Miene würde wohl nie zu seinem Standardrepertoire gehören. Der ausgeprägte Kiefer mit den rotbraunen Stoppeln, die nach mehreren Tagen ohne Rasur etwas weicher geworden waren …

Und diese faszinierenden Augen, deren unterschiedliche Schattierungen mir schon so vertraut waren, auch wenn ich sie gerade nicht sehen konnte. Klar und grau-grün wie das Meer an einem Regentag; silbrig grau wie das Quecksilber in einem alten Thermometer, und strahlend grün wie das Nordlicht, das über den Nachthimmel getanzt war.

Hatte ich ihn vor einer guten Woche noch für einen kompletten Vollidioten gehalten, wusste ich inzwischen, dass er das genaue Gegenteil war. Anfangs noch eine ständige Plage, war er dann aber schnell zu meinem Helfer, meinem Freund, meinem Liebhaber geworden. Wir hatten zusammen gelacht, geweint und die Art von Leidenschaft miteinander geteilt, von der ich bis jetzt nur gelesen hatte.

Und in einigen wenigen Stunden würde ich mich von ihm verabschieden müssen.

Sag ihm, dass du ihn liebst, meldete sich eine Stimme in mir zu Wort.

»Ich kann nicht«, flüsterte ich.

Wozu sollte das auch gut sein?

Mein Leben war Tausende Meilen von hier entfernt. Ich würde nach Hause zurückkehren, während Rorys Leben hier war – wo er über Berge und durch Täler streifen, im Winter schneebedeckte Gipfel erklimmen und im Sommer in kalten Seen schwimmen konnte. Er würde mich vielleicht mal besuchen kommen – falls er überhaupt noch an mich dachte, wenn uns erst einmal Tausende von Meilen trennten – aber das war's dann auch.

Rory gehörte nicht in eine Stadt wie Miami. Die Hitze würde ihn fertigmachen, die vielen Menschen ihn erdrücken.

Und was sollte er dort auch tun? Der Bedarf an Guides für ausgedehnte Klettertouren war im südlichen Florida, wo der steilste Aufstieg aus einer Treppe bestand, nicht gerade groß. Allein die Vorstellung, wie er in einem winzigen Abteil eines Großraumbüros bei voll aufgedrehter Klimaanlage auf einen Computerbildschirm starrte, in Khakihosen und mit ordentlichen Schuhen, dazu ein Hemd mit Button-down-Kragen und – Gott bewahre! – einer Krawatte, war für mich unerträglich.

Rory würde dort eingehen. Und irgendwann würde er mich dafür hassen, dass er meinetwegen sein Leben mit all den Wanderungen, der freien Natur, den wechselnden Jahreszeiten und der wilden Landschaft aufgegeben hatte.

Nein, ich konnte es ihm nicht sagen. Es war nur eine Affäre – die aufregende, kribbelnde Affäre zweier Menschen, die sich zueinander hingezogen fühlten.

Morgen würden wir uns verabschieden und beide eine Weile traurig sein. Aber irgendwann würden wir darüber hinwegkommen. Und sobald es Carrie etwas besser ging, würden sie und ich unseren Schottlandtrip nachholen, und uns vielleicht auf einen Drink mit Rory treffen. Vielleicht würden wir sogar eine Wanderung mit ihm als Guide buchen.

Und danach würden wir in die Staaten zurückkehren, und er würde hierbleiben.

Der Gedanke, mich von ihm zu verabschieden, war unerträglich, aber ich musste es tun.

Es gab keine andere Möglichkeit.

***

Als Rorys Handy auf dem Nachttisch vibrierte, zuckte ich erschrocken zusammen und weckte dadurch Rory auf. Vor sich hinmurmelnd, warf er einen Blick darauf.

»Alles in Ordnung?«

Er verdrehte genervt die Augen. »Scarlet will sich mit Tommy und mir um halb zehn treffen. Und jetzt ist es wie spät, neun? Wir könnten schnell was frühstücken, und während du dich fertig machst, treffe ich mich mit den beiden. Es sollte nicht länger als eine Stunde dauern, dann können wir losfahren, okay?«

»Ja, das klingt gut.«

Er schwang sich aus dem Bett und ging ins Bad. Kurz darauf begann die Dusche zu laufen.

Ich zog die Sachen an, die ich am Abend zuvor getragen hatte – sie waren ein bisschen zerknittert, aber immer noch gut genug für den Frühstücksraum des B & B. Fünf Minuten später kam Rory aus dem Bad. Während er sich anzog, putzte ich mir noch schnell die Zähne.

Nach einem leckeren Frühstück mit Eiern, gegrillten Tomaten, Tattie Scones und Toast begleitete ich ihn noch bis zur Eingangstür des B & B. »Bis bald.«

»Aye, bis bald«, erwiderte er und eilte nach einem raschen Kuss mit großen Schritten die Straße hinunter.

Ich schaute ihm hinterher und verschwand erst nach drinnen, als ich ihn nicht mehr sehen konnte. Langsam ging ich zurück auf unser Zimmer. Nach so vielen Tagen intensivem Kontakt mit Rory fühlte es sich ganz komisch an, plötzlich allein zu sein. *Er wird bald zurückkommen, und dann habt ihr noch einen Tag und eine Nacht zusammen.* Und dann würden wir uns verabschieden, wahrscheinlich für immer.

Der Gedanke daran war so schmerzhaft, dass ich das Gefühl hatte, mein Herz würde in tausend Teile zerbrechen. Ich schlang die Arme um meinen Oberkörper und sank schluchzend aufs Bett.

Einige Zeit später rappelte ich mich auf und stolperte in die Dusche. Ich ließ das Wasser so lange über meinen verkrampften Körper laufen, bis sich meine Muskeln entspannten und ich mich wieder halbwegs fit fühlte. Mit neuer Kraft stieg ich aus der Dusche, zog mich an und packte meinen Rucksack.

Als ich damit fertig war, setzte ich mich aufs Bett und griff zum Handy.

Es gab etwas, das ich tun musste.

KAPITEL SECHSUNDVIERZIG

RORY

Das Treffen mit Scarlet und Tommy dauerte länger, als ich gedacht hatte, weil wir noch einige organisatorische Dinge für den West Highland Trek nächste Woche regeln mussten. Inzwischen war es viertel vor elf. Ich wäre lieber etwas früher zu der Zweihundert-Meilen-Fahrt nach Glasgow aufgebrochen, aber Amelias Flug ging ja erst am nächsten Morgen. Im Grunde genommen freute ich mich sogar auf die lange Autofahrt – ich hätte alles getan, um noch ein paar Stunden mit ihr verbringen zu können.

»Ich hole den Van, und wir treffen uns dann vor dem B & B«, sagte Tommy. Er hatte sich freundlicherweise bereit erklärt, uns nach Sligachan zu fahren, wo ich mir Gavs Wagen leihen wollte.

»Aye, wir kommen gleich raus.«

Ich rannte die Stufen hoch zu unserem Zimmer und öffnete die Tür. »Entschuldige, Amelia«, sagte ich beim Hereinkommen. »Bist du …«

Das Zimmer war leer. Amelia war nicht da. Auch ihr Rucksack war verschwunden, obwohl meiner nach wie vor gepackt und startbereit neben dem Sessel stand. Wahrscheinlich war sie irgendwo draußen, um zu telefonieren. Ich ging kurz aufs Klo, schnappte mir meinen Rucksack und lief wieder nach unten zur Rezeption.

Ich begrüßte die Besitzerin, Mrs Douglas, die ich schon ein paar Jahre kannte. »Hier ist der zweite Schlüssel für unser Zimmer.«

»Danke, Schätzchen«, sagte sie. »Deine Kleine hat ihren schon abgegeben.«

»Danke, sie wartet bestimmt draußen auf mich.« Ich wandte mich zur Tür.

»Rory, warte. Amelia hat mich gebeten, dir das hier zu geben.« Sie reichte mir einen einfachen weißen Umschlag, auf dem in Schreibschrift mein Name stand.

Und da wusste ich es.

Ich nahm ihn so widerstrebend, als hätte sie mir eine Schlange hingehalten, und stolperte zu einem der Sessel in der Lobby.

Dort fand mich Tommy ein paar Minuten später.

»Hey Mann, können wir jetzt endlich mal fahren? Ich hab auch noch was anderes zu … Was ist los? Wo ist Amelia?«

Wortlos reichte ich ihm den einzelnen Bogen Papier, der sich in dem Umschlag befunden hatte, und sah zu, wie er die Worte überflog, die ich schon mehrere Male gelesen hatte.

Lieber Rory,

ich weiß, du hast gesagt, wir sollten uns nicht aufeinander einlassen, und dass du dir nicht vorstellen könntest, dass ich mit einer kurzen Affäre zufrieden wäre. Und ich weiß, dass ich dir widersprochen und darauf bestanden habe, ich könnte damit umgehen.
Ich habe gelogen. Habe dich – und auch mich belogen.
Und heute Morgen ist alles auf mich eingestürzt.
Wie soll ich den ganzen Tag neben dir im Auto sitzen und Smalltalk machen? Wie soll ich in Glasgow nett mit dir essen gehen, ohne darüber zu sprechen, wie es mit uns weitergeht, wenn ich wieder zu Hause bin. Wie soll ich eine

weitere wundervolle Nacht in deinen Armen verbringen und so tun, als würde es mir nicht das Herz brechen, dich verlassen zu müssen?
Ich war stark genug, den Skye Trail zu Ende zu gehen, aber ich bin nicht stark genug, mich von dir zu verabschieden.
Ich habe meinen Flug auf heute Abend umgebucht, und wenn du das hier liest, sitze ich schon im Bus nach Glasgow.
Ich weiß, es ist das Beste – für uns beide.
Ich werde dir nie genug danken können für das, was du in dieser Woche für mich getan hast. Aber lass es mich trotzdem sagen: Danke. Dafür, dass du mir geholfen hast, die Wanderung durchzustehen. Dafür, dass du meine Gefühle wieder zum Leben erweckt hast. Für alles.
Vielleicht können wir uns ab und zu eine E-Mail schreiben, und vielleicht laufen wir uns auch mal wieder über den Weg, aber wenn nicht, ist das auch okay. Dann sollte es so sein.
Ich bereue nichts.

Amelia

Tommy ließ den Brief sinken. »Was sitzt du hier noch rum?« Er streckte mir die Hand hin. »Lass uns fahren.«

Wie betäubt sah ich zu ihm auf. »Wohin denn? Wir können den Bus nicht mehr einholen, Tommy. Er ist vor einer halben Stunde abgefahren.«

»Wir müssen ihn auch nicht einholen. Wir wissen doch, wo sie hinwill. Wenn sie ihren Flug auf heute umgebucht hat, geht er wahrscheinlich so gegen halb neun. Wir kommen also mehr als rechtzeitig dort an.«

Ich schnaubte. »Rechtzeitig wofür? Sie fliegt nach New York

zurück, zu ihrem neuen Job, zu ihrem Leben. Wir hätten noch einen Tag – und eine Nacht – zusammen verbringen können, aber sie hat darauf verzichtet, weil sie das Ganze nicht unnötig in die Länge ziehen wollte.«

»Das mag ja sein, aber wenn du es nicht irgendwie schaffst, einen Schlusspunkt zu setzen, wird es dich innerlich auffressen. Also, lass uns jetzt in dieses gottverdammte Auto steigen, damit du dich von ihr verabschieden kannst.«

Schicksalsergeben packte ich seine Hand und ließ mich von ihm auf die Füße ziehen.

KAPITEL SIEBENUNDVIERZIG

AMELIA

Ich nahm die Busfahrt nur verschwommen wahr, ignorierte alles und jeden um mich herum und starrte aus dem Fenster, ohne etwas von der Landschaft, die an uns vorbeizog, mitzubekommen. Stattdessen ließ ich die Woche mit Rory vor meinem inneren Auge noch einmal Revue passieren: jedes Gespräch, jeden Kuss, jede Umarmung. Wieder und wieder. Die Tränen, die über meine Wangen liefen, wischte ich weg. Ich wusste, dass ich die richtige Entscheidung getroffen hatte. Noch einen Tag und eine Nacht mit ihm zu verbringen, hätte ich nicht ausgehalten. Aber das machte es nicht einfacher, dadurch vermisste ich ihn nicht weniger.

Was er wohl gedacht hatte, als er den Brief gelesen hatte? War er erleichtert gewesen, diesem aufgeschobenen Abschied zu entfliehen? War er traurig, dass ich verschwunden war, ohne es ihm vorher zu sagen? Oder beides? War er überrascht über das Ausmaß meiner Gefühle für ihn? Ging es ihm genauso? War das jetzt überhaupt noch wichtig?

Nach sechs Stunden erreichten wir endlich den Flughafen. Ich putzte mir die Nase, trocknete meine Tränen – und stellte das Video in meinem Kopf ab. Rory und ich hatten eine kurze Zeit miteinander gehabt, eine Art Intermezzo. Und jetzt war dieses Zwischenspiel vorbei – eine schöne Erinnerung, eine von vielen auf dieser Reise.

Ich hatte mir zugestanden, auf dieser langen Busfahrt um das zu trauern, was hätte sein können. Jetzt musste ich mich auf das konzentrieren, was war. Zu Carrie nach Hause zu kommen, und mich auf Miami und meinen neuen Job vorzubereiten.

Als wir an der Abflughalle hielten, schulterte ich meinen Rucksack und stieg aus dem Bus.

Ich ging direkt zum Check-in-Schalter, gab mein Gepäck auf und humpelte durch den Terminal zur Sicherheitskontrolle. Mein Knie schmerzte nach der langen Busfahrt, und nach dem Flug würde es wahrscheinlich noch schlimmer sein. Ich würde es einfach langsam angehen lassen, ich hatte ja keine Eile. Und gegen eine Wanderung von achtzig Meilen war der Flughafen ein Kinderspiel.

Auf dem Weg zur Sicherheitskontrolle kam ich an einem Starbucks vorbei. Da ich nichts zu Mittag gegessen hatte und es bis zum Abendessen im Flugzeug noch etwas dauern würde, holte ich mir einen Kaffee und eine Pastete.

Als ich mich vom Tresen abwandte, wäre ich beinahe mit jemandem zusammengestoßen. Dieser Jemand streckte instinktiv die Hand aus, um mich zu stützen, und als ich aufsah, blickte ich in ein Paar grün-graue Augen, die mich an die stürmische See erinnerten. Mein Herz setzte einen Schlag aus.

»Rory?«

Hatte ich durch den Koffein- und Essensmangel Halluzinationen? Nein, die Hand auf meinem Arm war warm und stark, und ich roch den Zitronenduft der Seife, die er an diesem Morgen benutzt hatte – *war das wirklich erst heute Morgen gewesen?*

»Aye, ich bin's«, sagte er mit einem leicht spöttischen Lächeln.

»W-was machst du hier? Ich dachte, ich hätte dir in meinem Brief alles erklärt.« Ich wusste nicht, ob ich wütend oder erleichtert oder überglücklich sein sollte.

»Das hast du. Aber ich wollte mich richtig von dir verabschieden«, sagte er.

Er nahm mir den Kaffee und die Papiertüte aus der Hand und – stellte sie irgendwo ab.

Und dann schloss er mich in seine Arme und küsste mich wie ein Verrückter.

Zuerst war unser Kuss voller Aggressivität. Ich hatte einen sauberen Schnitt gewollt, er offensichtlich nicht. Auf einmal presste er mich an sich und hob mich dabei auf die Zehenspitzen. Ich umklammerte seine Schultern und hielt mich an ihm fest, als unsere Küsse von wütend zu leidenschaftlich zu zärtlich wechselten, bis er mich wieder herunterließ und mit beiden Händen mein Gesicht umschloss, während ich meine in seinen Haaren vergrub.

Als wir uns schließlich voneinander lösten, waren wir beide außer Atem. »Ich … wie kommst du hierher?«

»Ich habe seinen Hintern ins Auto geschoben und ihn hergefahren.«

Mit Mühe wandte ich den Blick von Rorys Gesicht ab und als ich mich umdrehte, entdeckte ich Tommy, der ein Stück entfernt mit meinem Kaffee und meiner Tüte dastand. Er hob den Becher zum Gruß.

Völlig überwältigt ließ ich mich in einen Sessel fallen. Rory zog sich auch einen heran und setzte sich mir gegenüber. »Ich konnte dich nicht gehen lassen, ohne dich noch einmal zu sehen.« Er nahm meine Hand. »Bist du mir deswegen böse?«

Ich sah in seine leuchtenden Augen, die voller Gefühl waren, und stieß einen Seufzer aus. »Wie könnte ich dir böse sein?« Und es stimmte. Auch wenn ich mir eingeredet hatte, dass ich einen klaren Schnitt wollte, freute ich mich wahnsinnig, dass ich ihm so wichtig war, dass er mir gefolgt war. »Aber es ändert nichts, Rory.«

Er nickte. »Das weiß ich.«

Tommy besorgte Kaffee für die beiden, und ein paar Minuten später saßen wir zu dritt in dem Café und unterhielten uns.

Schließlich wurde es Zeit für mich, zum Gate zu gehen. Während Rory kurz auf die Herrentoilette verschwand, wandte ich mich Tommy zu, der mich in seine Arme zog.

»Ich freue mich, dass du ihn überzeugt hast, herzukommen, Tommy. Er kann froh sein, dich als Freund zu haben.«

»Und du kannst froh sein, ihn zu haben – du hättest keinen Besseren finden können.«

»Ich weiß.«

»Aber er kann auch froh sein, dich zu haben, Amelia, selbst wenn es nur kurz war. Ich wünschte, du könntest hierbleiben. Du machst ihn glücklich. Und wenn es irgendjemand verdient, glücklich zu sein, dann Rory.«

»Er macht mich auch glücklich«, flüsterte ich. »Und ich wünschte, ich könnte bleiben, glaub mir. Aber ich kann nicht. Ich muss nach Hause zu meiner Freundin und zu meinem neuen Job.«

»Aye, ich weiß.« Sein Lächeln verschwand. »Ich hoffe, wir laufen uns bald mal wieder über den Weg, Amelia Benson.«

»Das hoffe ich auch.«

Er umarmte mich noch einmal und ließ mich genau in dem Moment los, als Rory wieder auftauchte. »Ich vertrete mir mal 'ne Runde die Füße, während ihr beiden euch verabschiedet. Ich treff dich dann wieder hier, Rory.«

Als Tommy sich von uns abgewandt hatte, zog Rory mich in seine Arme. Ich legte die Wange an seine Brust und hielt mich einfach nur an ihm fest. Mir fehlten die Worte, und ihm anscheinend auch.

Als ich es nicht länger aushielt, löste ich mich von ihm und rang mir ein strahlendes Lächeln ab. »Danke, Rory. Dafür, dass du mir geholfen hast, die Wanderung zu beenden. Dafür, dass du dich deinen eigenen Dämonen gestellt hast, damit ich das Ganze nicht abbrechen musste. Und danke für diese letzte Woche, die das wunderbarste Abenteuer von allen war.« Mir stiegen die Tränen in die Augen. »Und … und für alles andere«, flüsterte ich mit brechender Stimme.

Er legte die Hände sanft um mein Gesicht, wischte mir mit den Daumen die Tränen weg und schaute mit seinen grau-grün schimmernden Augen auf mich herab. »Und ich danke dir, dass du mir geholfen hast, mich diesen Dämonen zu stellen, und dass du es geschafft hast, dass ich mich zum ersten Mal seit langer Zeit wieder lebendig gefühlt habe. Ich …«

Er setzte an, um noch etwas hinzuzufügen, schüttelte dann jedoch den Kopf und gab mir stattdessen einen Kuss, der so süß und zärtlich war, als wäre es der erste und nicht der letzte. Ich erwiderte ihn auf dieselbe Weise, doch gerade, als ich meine Finger in seinen Haaren vergraben wollte, wich er zurück und nahm meine Hand.

»Hab einen guten Flug, Amelia. Und lass dein Knie so bald wie möglich untersuchen.« Ich nickte. »Und hältst du mich auf dem Laufenden, wie es Carrie geht?«

»Natürlich. Mach's gut, Rory.«

»Mach's gut, Amelia. Mar sin leat, a ghaoil.«

Ein letztes Mal presste er seine Lippen auf meine Hand, dann drehte ich mich um und ging davon, wobei unsere Finger sich so lange wie möglich berührten.

KAPITEL ACHTUNDVIERZIG

RORY

Ich sah zu, wie Amelia immer kleiner wurde, je weiter sie die Rolltreppe hinauffuhr. Als sie schließlich ganz aus meinem Blickfeld verschwunden war, ließ ich mich auf die Bank sinken und vergrub den Kopf in den Händen. Hatte ich mich wirklich gerade von ihr verabschiedet?

Warum war ich nicht stark genug gewesen, mich von ihr fernzuhalten? Wenn ich Amelia auf dieser verdammten Wanderung einfach nur begleitet hätte, ohne mich mit ihr einzulassen, müssten wir beide jetzt nicht so sehr leiden. Aber ich war zu egoistisch gewesen. Ich hatte es sattgehabt, ständig allein zu sein, und nachdem ich mich wider besseres Wissen auf eine kurze Affäre mit ihr eingelassen hatte, hatte ich nicht mehr verhindern können, dass ich mich in sie verliebte.

Aber jetzt war ich wieder allein. Und es war noch viel schlimmer als vorher.

Tommys Bein streifte meins, als er sich neben mich auf die Bank setzte. »Bist du okay?« Er lächelte nicht und sein Gesicht wirkte ernst und mitfühlend.

»Nein, kann man nicht grade sagen«, murmelte ich.

»Okay, lass uns von hier verschwinden. Es sei denn, du willst sie noch erwischen, bevor sie durch den Sicherheitscheck ist. Letzte Chance.«

»Ich kann nicht.«

Er nickte. »Na, dann komm.« Er zog mich hoch, und wir gingen nach draußen. Ließen den Terminal hinter uns.

Ließen Amelia hinter uns.

Als wir zum Wagen kamen, setzte er sich wortlos hinters Steuer und meckerte nicht mal, dass er gleich wieder umkehren und die zweihundert Meilen zurück nach Skye fahren musste.

Ich ließ mich auf den Beifahrersitz sinken, lehnte meinen Kopf gegen die Kopfstütze und schloss die Augen. Ich konnte noch immer ihren Duft riechen. Konnte noch immer die Wärme ihres Körpers spüren, als sie sich heute Morgen eng an mich gekuschelt hatte. Konnte noch immer ihren Kuss auf meiner Zunge schmecken. Konnte noch immer hören, wie sie meinen Namen leise seufzte. Und ich konnte noch immer die Traurigkeit in ihren Augen sehen, als wir uns verabschiedet hatten.

»Hast du ihr gesagt, dass du sie liebst?«

»Nein, jedenfalls nicht so, dass sie es verstanden hätte.« *Mar sin leat, a ghaoil. Lebwohl, meine Liebste.* Das hatte ich zum Abschied zu ihr gesagt.

»Warum denn nicht, verdammt noch mal?«

»Wie hätte ich das tun können, Tommy? Sie musste zurück nach Hause. Wenn ich es ausgesprochen hätte, hätte es alles nur noch schlimmer gemacht.«

»Aber du hast ihr keine Chance gegeben. Wenn sie dich auch liebt – nein, nicht *wenn*, ich weiß, dass sie dich liebt – wenn du es ihr gesagt hättest, vielleicht wäre sie dann geblieben.«

»Ihre Freundin liegt zu Hause im Koma. Und auf sie wartet eine neue Stelle in einer neuen Stadt.«

»Du hättest es wenigstens versuchen können.«

Ärger stieg in mir auf. »Ich hätte mich von ihr fernhalten und die Finger von ihr lassen sollen. Dann hätte unser Abschied aus einer freundschaftlichen Umarmung und einem Austausch unserer E-Mail-Adressen bestanden, und nicht aus dieser Szene«, sagte ich mit bitterer Stimme.

»Das meinst du doch nicht ernst.«

Ich seufzte. Mein Ärger verschwand so schnell, wie er gekommen war. »Nein, natürlich nicht. Was wir in diesen wenigen Tagen zusammen hatten … das war besser als gar nichts. Aber jetzt … jetzt tut es so furchtbar weh.«

Den Rest der Fahrt herrschte überwiegend Stille, abgesehen vom Radio, das Tommy schließlich angemacht hatte. In Fort William hielten wir auf einen schnellen Burger an, von dem ich kaum etwas aß, und als wir gegen Mitternacht wieder auf Skye ankamen, fuhren wir direkt ins Slig, wo Tommy und Gav sich alle Mühe gaben, mich abzufüllen.

* * *

Am nächsten Morgen wachte ich mit hämmerndem Kopf und staubtrockenem Mund auf Gavs altem Sofa auf. Ich stemmte mich mühsam hoch, fluchte über meine Rückenschmerzen, die ich dem durchgesessenen Sofa verdankte, und schwankte zur Spüle, um etwas Wasser zu trinken.

Ich fragte mich, ob Amelia gut gelandet war. Fragte mich, ob sie gut geschlafen hatte, allein in ihrem Bett. Ob sie immer noch schlief, oder ob sie Jetlag hatte und sofort zu Carrie gefahren war, oder ob sie sie erst später besuchen würde. Ob sie zum Arzt gehen würde, um ihr Knie untersuchen zu lassen. Ob sie mich so sehr vermisste wie ich sie. Und ich fragte mich, wie ich den Tag ohne sie durchstehen sollte. Oder die nächsten Tage, bis die Wandergruppe für den West Highland Trail ankam und ich wenigstens tagsüber etwas Ablenkung hatte.

In diesem Moment öffnete sich Gavs Wohnungstür, und er und Tommy kamen herein, begleitet von dem Geruch nach frischem Kaffee und fettigem Essen. Gott sei Dank.

Gav reichte mir einen Kaffee. »Wie geht's dir heute?«

»Ich fühl mich wie gerädert.«

»Nicht weiter verwunderlich, wenn man bedenkt, dass du gestern Nacht die Hälfte deines Körpergewichts in Bier zu dir genommen hast«, sagte Tommy, während wir uns alle an den Küchentisch setzten.

Nach dem Frühstück fühlte ich mich fast wieder wie ein Mensch. Tommy und ich verabschiedeten uns von Gav und gingen nach draußen zum Auto. Als wir uns dem Sligachan Hotel näherten, blickte ich aus dem Wagenfenster auf die Red Cuillins, die sich scharf umrissen gegen den strahlend blauen Himmel abhoben. Glamaig, Marsco und in einiger Entfernung Bla Bheinn.

Kaum zu glauben, dass ich erst vor ein paar Tagen mit Amelia durch die Schlucht gewandert war, vorbei an all diesen Gipfeln, und dass wir schließlich sogar den Bla Bheinn bestiegen hatten. Würde ich jemals wieder die Gelegenheit haben, gemeinsam mit ihr auf Skye zu wandern?

Ich schaute hinüber zu Tommy, dessen Blick dankenswerterweise auf die Straße und nicht auf die Aussicht gerichtet war. Ich wusste nicht, was die Zukunft für Amelia und mich bereithielt, in dieser Hinsicht waren mir momentan die Hände gebunden. Aber in der Zwischenzeit konnte ich etwas anderes tun – etwas, das ich schon vor Jahren hätte tun sollen. »Tommy, wir müssen anhalten.«

* * *

Zwei Tage später bestieg ich den Bla Bheinn zum zweiten Mal in zwei Wochen. Anders als beim letzten Mal erstrahlte der Himmel die ganze Zeit in einem wolkenlosen Blau. Anders als beim letzten Mal war keine Amelia dabei, die mir die Kraft gab, mich dem Ungeheuer zu stellen, das mich so lange verfolgt hatte.

Aber ich hatte Tommy. Wir kletterten mit leichtem Gepäck, jeder von uns hatte nur einen kleinen Rucksack dabei, und so brauchten wir nicht lange, um den Gipfel zu erreichen. Ich blieb etwas zurück, während Tommy zu dem kleinen Steinhaufen hinüberging, den ich aufgetürmt hatte, als ich mit Amelia hier war. Er senkte den Kopf und stand eine ganze Weile einfach nur schweigend da.

Als er den Kopf hob, trat ich neben ihn. Der purpur-graue Stein mit der Silberader befand sich noch genau dort, wo ich ihn hingelegt hatte, und leuchtete im Sonnenlicht.

»Ich bin zurück, Bruder. Wie ich es dir versprochen habe. Tommy ist auch hier. Und ich – wir – haben etwas für dich.«

KAPITEL NEUNUNDVIERZIG

AMELIA

Die erste Woche zu Hause nach meiner Rückkehr aus Schottland war furchtbar – und das hatte bereits beim Heimflug angefangen.

Nach dem Start hatte ich begonnen, meine Fotos durchzugehen, aber beim Anblick der schönen Landschaft – und dann der Fotos von Rory und mir – hatte ich das Gefühl, als würde mir jemand ein Messer in den Bauch stoßen. Und weil ich nicht vor dem ganzen Flugzeug losheulen wollte, hatte ich die Aktion abgebrochen und einfach nur aus dem Fenster gestarrt. Gelegentlich war ich in einen unruhigen Schlaf gefallen, aus dem ich dann desorientiert und noch trauriger als zuvor erwachte.

Beim Landeanflug auf New York hatte ich wie üblich auf die Stadt unter mir hinabgeschaut. Beim Anblick von New York hatte es mich bisher immer mit Stolz erfüllt, vor den Toren dieser Kultmetropole zu leben. Obwohl mir die Stadt selbst nie viel bedeutet hatte, betrachtete ich sie gerne mit einigem Abstand, ob ich nun in einem Flugzeug darüber hinwegflog oder den Anblick von einer Brücke aus genoss.

Aber jetzt wirkte sie auf mich nur unharmonisch und grau und irgendwie falsch. Statt auf glasummantelte Wolkenkratzer und Tausende von Gebäuden, die sich wie Sardinen aneinanderdrängten, hätte ich viel lieber auf Burgruinen und Berge geblickt, auf

Seen und Schluchten, nicht auf Hunderte Meilen staugeplagter Straßen voller Schlaglöcher.

Ich versuchte, meine Sehnsucht nach Schottland zu vertreiben, indem ich mir sagte: Carrie ist hier in New York. Meine Familie ist hier. Mein Leben ist hier, und wenn schon nicht in New York, dann zumindest zwölfhundert Meilen weiter südlich in Florida.

Der Einzige, der *nicht* hier war, war Rory.

Drei Tage, nachdem ich ihn im Terminal des Glasgower Flughafens verlassen hatte, bekam ich eine E-Mail ohne Text, nur mit ein paar Fotos als Anhang. Das erste war ein Selfie von ihm und Tommy, die Haare vom Wind zerzaust und mit einem vertrauten Anblick im Hintergrund. Er war auf den Bla Bheinn zurückgekehrt und hatte Tommy mitgenommen.

Das Foto trieb mir die Tränen in die Augen.

Das zweite war schwieriger zu interpretieren – es zeigte einen grauen Felsblock neben dem Steinhaufen, den er für Connor errichtet hatte, aufgenommen aus einigen Metern Entfernung, damit man den Ort und die Umgebung erkennen konnte.

Aber erst als ich das dritte Foto öffnete, verstand ich es: Es war eine Nahaufnahme des Felsblocks, und es war nicht nur irgendein Stein, sondern einer, der dort ebenso mit Absicht hinterlassen worden war wie der Hüpfstein seiner Kindheit. Und er trug eine Inschrift:

IN ERINNERUNG AN
CONNOR ANDREW SUTHERLAND,
1994 – 2011.
GELIEBTER BRUDER, FREUND UND SOHN.
DIE ERINNERUNG AN IHN WIRD SO LANGE
ÜBERDAUERN, WIE DIESER BERG STEHT.

In dem Moment verlor ich total die Fassung. Die Tränen, die mir schon beim Anblick der beiden Freunde auf dem Berg gekommen waren, verwandelten sich in wahre Sturzbäche, und ich fing hemmungslos an zu schluchzen. Gott, ich wünschte, ich hätte mit ihnen zusammen dort sein können.

Danach kamen keine E-Mails mehr. Es war der klare Schnitt, den ich gewollt hatte. Der klare Schnitt, den ich hasste.

Das Schlimmste war jedoch, dass Carrie immer noch nicht aufgewacht war. Ich wurde von Tag zu Tag mutloser und befürchtete langsam, dass es nie mehr dazu kommen würde. Am liebsten hätte ich meine Ängste mit Rory geteilt, aber ich konnte es nicht. Er hatte sein eigenes Leben, und ich hatte kein Recht, ihn mit meiner Verzweiflung zu belästigen.

Ich verbrachte Stunden an Carries Bett, um ihren Eltern eine kleine Atempause zu ermöglichen. Ich erzählte ihr haarklein von meiner Wanderung – allerdings nur die positiven Dinge, um sie nicht zu belasten. Mein Knie verschwieg ich und auch Rorys Trauma. Stattdessen beschrieb ich ihr die Landschaft, die Natur, die Gruppe, Tommy, Rory. Da ich ziemlich schnell feststellte, wie anstrengend es war, eine komplett einseitige Konversation zu führen, las ich ihr zwischendurch immer mal wieder aus ihren Lieblingsbüchern vor oder spielte ihre Lieblingsfilme auf meinem Laptop ab. Nur nicht *Der Herr der Ringe,* den sie genauso liebte wie ich. Ich hatte es versucht, musste aber abbrechen, weil ich bereits nach fünf Minuten zu weinen anfing.

Ich wich nur von Carries Seite, wenn die Schwestern mich am Ende des Tages hinausscheuchten, oder wenn ich einen Termin beim Orthopäden hatte.

Das MRT zeigte, dass das vordere Kreuzband angerissen war. Der Orthopäde war ziemlich überrascht, dass ich es überhaupt geschafft hatte, den Skye Trail zu beenden, und er ließ mich deutlich spüren, dass er diese Entscheidung für unverantwortlich hielt.

Womit er nicht ganz unrecht hatte. Durch das Laufen hätte ich alles verschlimmern können und das Band hätte völlig reißen können. Was nicht nur eine Operation, sondern auch mehrere Monate Reha zur Folge gehabt hätte.

Doch ich bereute meine Entscheidung nicht. Die Schmerzen im Knie würden vergehen, da ich nicht vorhatte, in nächster Zeit irgendwelche Berge zu erklimmen. Aber die Zeit, die ich mit Rory verbracht hatte, war all das wert gewesen.

Als ich den Befund vom Arzt bekam, öffnete ich mein E-Mail-Programm, um Rory die Neuigkeiten mitzuteilen, aber nach ein paar Anfängen, die sich alle falsch anfühlten, löschte ich den Entwurf wieder. Es würde alles nur noch schlimmer machen.

Die Tage vergingen, ohne dass sich an Carries Zustand etwas veränderte. Und auch die Sehnsucht nach Rory wurde nicht weniger. Stattdessen wurde ich immer unglücklicher, weil ich ihn so sehr vermisste. Um mich abzulenken, traf ich mich mit Freunden und berichtete ihnen von den Highlights der Wanderung, aber das machte es nur noch schwerer. Meine Eltern redeten ununterbrochen von meinem bevorstehenden Umzug nach Miami, aber ich konnte dafür nicht die Begeisterung aufbringen, die sie von mir erwarteten.

Ich überlegte, Tommy eine E-Mail zu schreiben. Er würde mich bestimmt zum Lachen bringen, mir irgendwelche weisen Worte des Trosts und der Hoffnung schicken. Aber wenn ich das tat, würde ich es mir nicht verkneifen können, nach Rory zu fragen. Und wenn er mir dann sagte, dass es Rory großartig ging, würde ich mich noch schlechter fühlen.

Neun Tage waren inzwischen vergangen, seit ich aus Schottland zurückgekommen war. Ich ließ mich auf den Stuhl neben Carries Bett fallen und nahm ihre Hand. Zum ersten Mal konnte ich mich nicht dazu überwinden, optimistisch und heiter zu klingen.

»Was soll ich bloß tun, Carrie?«, murmelte ich mit tränenerstickter Simme. »Ich habe versucht, so mutig zu sein wie du, und mich einfach in diese Beziehung gestürzt. Mir war klar, dass sie keine Zukunft hat, aber das war mir egal. Ich dachte, ich würde damit klarkommen, und dass ein paar Tage mit Rory genug wären. Dass ich danach mit der schönen Erinnerung an eine heiße Affäre nach Hause kommen würde, mich voller Vorfreude auf meinen Umzug nach Miami vorbereite und mich meinem nächsten Lebensabschnitt widme.« Ich unterdrückte ein Schluchzen. »Aber ich habe mich geirrt, Carrie. Es war nicht genug. Ich liebe ihn so sehr, und ich bin so verdammt unglücklich ohne ihn. Immer, wenn ich auf die Uhr schaue, frage ich mich, was er wohl gerade macht. Erklimmt er gerade, gefolgt von einer Gruppe müder, aber eifriger Wanderer, die letzte Anhöhe des Tages – die sich dann doch nie als die letzte Anhöhe des Tages entpuppt? Schwimmt er in einer eiskalten Bucht, um seinen Kopf freizukriegen? Oder genehmigt er sich ein Pint mit Tommy? Jedes Mal, wenn ich an ihn denke, wünschte ich, ich könnte bei ihm sein. Aber ich kann es nicht.« Ich vergrub das Gesicht in den Händen und ließ meinen Tränen freien Lauf.

»Warum … kannst du es nicht?«, ertönte plötzlich ein heiseres Flüstern.

Ich erstarrte. Hoffnung breitete sich in mir aus, während ich langsam den Kopf hob und zum Bett schaute. Carries Augen waren geschlossen, aber ich hätte schwören können, dass ich ihre

Stimme gehört hatte. Nein, das war bestimmt nur eine Halluzination, weil ich zu wenig geschlafen hatte. Und doch …

»Carrie?« Ich beugte mich über sie und versuchte festzustellen, ob sie ansprechbar war. »Carrie, kannst du mich hören?«

»Klar kann ich das. Du … brüllst mir ja ins Ohr.« Ihre Augenlider flatterten. Das hatten sie in der Zeit, die ich an ihrem Bett verbracht hatte, schon so oft getan – aber diesmal öffneten sie sich. Langsam, zögernd. Nach so vielen Tagen im Dunkeln blinzelte sie gegen die plötzliche Helligkeit.

»Oh, mein Gott, Carrie! Du bist wach!« Durch den Schleier meiner Tränen – diesmal vor Freude – drückte ich auf den Rufknopf für die Schwestern. »Sag doch etwas … irgendwas!«

»Deine Haare … kitzeln mich am Hals.«

Was? Ich sah hinab. Tatsächlich, mein Zopf baumelte über ihr, und das Ende streifte ihren Hals. Ich warf ihn über die Schulter. »Ich fasse es nicht. Da liegst du einen Monat im Koma, und das ist das Erste, was du sagst?«

In diesem Moment kam eine Schwester herein. »Was gibt's denn – oh!« Sie drehte sich um und rannte aus dem Zimmer.

Carrie leckte sich über die Lippen.

Sofort griff ich nach einem Becher mit Strohhalm, der auf dem Nachttisch stand, und goss etwas Wasser hinein. Vorsichtig hielt ich ihn ihr an den Mund. »Nur ein bisschen. Nicht, dass die Schwestern mich nachher zusammenfalten, weil du nichts trinken solltest.«

Folgsam nahm sie ein paar kleine Schlucke und nickte dann leicht, um zu signalisieren, dass sie fertig war. Ich stellte den Becher ab und wandte mich wieder zu ihr.

»Ich … ich war im Koma … einen Monat?«

»Erinnerst du dich, was passiert ist?«

Sie schloss für einen Moment die Augen und runzelte die Stirn. Dann öffnete sie sie wieder. »Wir waren im Auto … hatten Streit … wegen einer Wanderung?«

Ich nickte betreten. Wie konnte man sich nur über etwas so Blödes streiten? Dabei hatte mir der Typ, mit dem ich damals wandern wollte, nicht mal etwas bedeutet. Nachdem sie Carrie im Krankenhaus stabilisiert hatten, hatte ich mit ihm Schluss gemacht. »Woran erinnerst du dich noch?«

»Du hast ein … ein Stoppschild übersehen. Und dann war da ein Lastwagen …«

Die Tür öffnete sich wieder, Schwestern und Ärzte stürmten in den Raum, und ich wurde nach draußen geschickt, während sie sich Kommandos zuriefen.

Vom Flur aus wählte ich sofort Helens Nummer. »Amelia? Ist alles in Ordnung?«

»Sie ist aufgewacht«, konnte ich gerade noch hervorstoßen, bevor ich laut schluchzend auf einen leeren Stuhl sank.

***

Es dauerte eine Weile, bis die Hektik so weit abgeflaut war, dass ich wieder an Carries Bett zurückkehren konnte. Die Ärzte hatten verschiedene Tests durchgeführt, und jetzt schlief sie – einen ganz normalen Schlaf, wie man mir versichert hatte. Carries Eltern waren gerade zum Mittagessen gegangen – diesmal in ein schickes Restaurant, um zu feiern, dass ihre Tochter über den Berg war.

Während Carrie friedlich schlief, schrieb ich eine Nachricht an Rory. Wahrscheinlich war er gerade wieder mit einer Gruppe unterwegs und hatte daher vermutlich gar keine Zeit, um auf sein Handy zu schauen. Aber ich wollte trotzdem, dass er es erfuhr.

Auch wenn ich mir nicht sicher war, ob er überhaupt antworten würde.

Sie ist aufgewacht.

Innerhalb von Sekunden vibrierte das Handy in meiner Hand. Keine Nachricht, ein Anruf.

Ich stürmte in den Flur und nahm das Gespräch an. »Rory?«

»Sie ist wirklich aufgewacht?«

Ich lächelte. »Ja, ist sie.«

»Das sind ja … fantastische Neuigkeiten«, stieß er nach einem Moment hervor.

Ich brauchte ein paar Sekunden, bis mir klar wurde, dass es nicht an der schlechten Verbindung lag, dass seine Stimme sich so zittrig und abgehackt anhörte. »Ist alles in Ordnung? Du klingst ein bisschen neben der Spur.«

»Ich bin so erleichtert, dass sie endlich aufgewacht ist.« Er räusperte sich. »Wie geht es ihr?«

Hatte er etwa mit den Tränen zu kämpfen? Wegen Carrie? Ich versuchte, den Kloß in meiner Kehle hinunterzuschlucken.

»Sie ruht sich aus. Die Ärzte haben einen Haufen Tests mit ihr durchgeführt, und abgesehen von den gebrochenen Knochen, die erst noch heilen müssen, geht es ihr eigentlich ganz gut. Sie kann sich sogar an den Unfall erinnern. Sowohl ihr Kurz- als auch ihr Langzeitgedächtnis scheinen also gut zu funktionieren, was wirklich erstaunlich ist.«

»Das freut mich zu hören. Und dein Knie? Hast du es untersuchen lassen?«

»Ja, das Kreuzband ist angerissen, aber es werden zum Glück keine dauerhaften Schäden zurückbleiben. Außerdem habe ich die meiste Zeit hier bei Carrie gesessen und das Knie so gut es ging geschont.«

»Das ist super. Eigentlich hätte ich jetzt gesagt, dass du bestimmt im Handumdrehen wieder fit genug bist, um Berge zu besteigen, aber das hast du ja bereits getan.« Plötzlich wurde er ganz still, als hätte ihn die Erinnerung daran, wie wir zusammen über die schottischen Berge gewandert waren, genauso heftig getroffen wie mich.

Ich räusperte mich. »Wo bist du jetzt eigentlich? Ich kann mir nicht vorstellen, dass ihr für heute schon fertig seid.«

»Sind wir auch nicht. Wir kommen gerade durch Rannoch Moor runter, danach sind es noch etwa ein bis zwei Stunden, bis wir unser heutiges Ziel von zwanzig Meilen erreicht haben. Von hier aus hat man übrigens einen unglaublichen Blick auf den Buachaille Etive Mor. Ich wünschte, du könntest den Himmel sehen … bleib mal kurz dran.«

Wenige Sekunden später verkündete das Handy den Eingang einer Nachricht. Es war ein Foto des berühmten Buachaille Etive Mor, des oft fotografierten Bergs am östlichen Talende des Glen Coe, unter einem wolkenverhangenen Himmel.

»Wow, echt irre«, sagte ich. »Kannst du dann jetzt überhaupt telefonieren?«

»Wir sind auf einer geraden Strecke, und Tommy ist ja auch hier. Ich kann ein paar Minuten reden. Wann ist Carrie denn aufgewacht?«

»Vor ein paar Stunden. Ich habe mit ihr gesprochen – wie jeden Tag, seit ich zurück bin –, und plötzlich hat sie mir geantwortet. Aus heiterem Himmel. Wir hatten nur ungefähr zwei Sekunden, dann wimmelte es von Ärzten und Schwestern, die alle möglichen Tests mit ihr machen wollten. Deswegen hoffe ich, dass sie bald wieder aufwacht.«

»Das ist großartig. Was hast du ihr denn erzählt?«

»Ich, äh … habe ihr mein Herz ausgeschüttet …« *Wegen dir.* »Bis dahin habe ich immer versucht, ihr nur schöne Dinge zu erzählen, aber heute ist irgendwie alles aus mir rausgesprudelt, und ich habe sogar ein bisschen geweint. Und dann habe ich auf einmal ihre Stimme gehört. Sie hat auf etwas reagiert, das ich gesagt habe. Es war, als hätte sie mir die ganze Zeit zugehört und nur wegen meiner Traurigkeit die letzte Hürde überspringen können. Ich verstehe es auch nicht so ganz.«

»Ich schon«, sagte er. »Sie liebt dich genauso sehr wie du sie. Und sie konnte es nicht ertragen, dass du weinst.«

Und ich konnte es nicht länger ertragen, seine Stimme zu hören, da ich genau wusste, dass ich ihn wahrscheinlich nie mehr wiedersehen würde. »Ich muss Schluss machen. Ich möchte da sein, wenn sie aufwacht. Danke, dass du angerufen hast. Das bedeutet mir viel.«

»Amelia, ich …« Er zögerte. »Ich bin froh, dass Carrie wieder ganz gesund wird.«

Ich liebe dich. Ich vermisse dich. Ich wünschte, ich wäre jetzt bei dir.

»Tschüss.« Ich beendete das Gespräch und begann, hemmungslos zu schluchzen.

KAPITEL FÜNFZIG

AMELIA

»Ich kann immer noch nicht glauben, dass du rund vierzig Meilen – einschließlich eines verdammten Bergs – mit einem verletzten Knie zurückgelegt hast. Für mich. Ich … mir fehlen einfach die Worte.« Fassungslos schüttelte Carrie den Kopf.

Seit sie aufgewacht war, waren drei Tage vergangen – und es ging ihr immer besser. Ich hatte ihr so schnell wie möglich alles über Skye erzählen wollen, deshalb saß ich jetzt auch auf dem unbequemen Stuhl neben ihrem Bett. Mein Laptop stand auf einem Tablett zwischen uns, und ich zeigte ihr die Fotos von der Wanderung. Im Gegensatz zu den meisten Leuten, die sich recht schnell durch die Urlaubsfotos anderer klicken und höchstens zwischendurch mal eine Frage stellen oder einen Kommentar abgeben, schaute Carrie sich jedes einzelne so genau an, als wollte sie Skye über den Bildschirm in sich aufsaugen.

Die Schwestern hatten ihr geholfen, ein Bad zu nehmen, und sie trug einen mit kleinen Schafen bedruckten Pyjama und darüber einen lilafarbenen Bademantel. Ihr blondes Haar war zu einem langen Zopf geflochten, der ihr über die Schulter hing. Sogar mit den dunklen Ringen unter den Augen und den kleinen Fältchen, die die Schmerzen um ihren Mund gezeichnet hatten, sah sie wunderschön aus.

Und sie würde wieder ganz gesund werden.

Ich nahm ihre Hand. »Ich konnte dich doch nicht im Stich lassen, Carrie. Nicht nachdem … Kannst du mir verzeihen?«

Widerstrebend löste sie den Blick von einem Foto der Felsnadeln bei Rubha Hunish und sah mich verwirrt an. »Was soll ich dir denn verzeihen?«

»Das hier!«, stieß ich hervor und deutete auf die Monitore, die Verbände, die Überreste des miesen Krankenhausessens auf dem Nachttisch. »Dass ich dich fast umgebracht hätte …« Meine Stimme brach. »Wegen eines blöden Streits. Wegen eines blöden Typen, der mir nicht mal wirklich etwas bedeutet hat.« Ich schlug mir die Hand vor den Mund, um das Schluchzen zu ersticken.

»Sieh mich an«, sagte sie, während sie meine Hand von meinem Gesicht wegzog und festhielt. Mit der anderen Hand wischte sie meine Tränen weg. »Es war ein Unfall, Mee. Da gibt es nichts zu verzeihen. Außerdem«, fügte sie grinsend hinzu, »hat es dazu geführt, dass du deinen Hintern auf den Skye Trail geschwungen hast. Und vielleicht gehst du ja auch mal mit mir wandern, wenn ich wieder ganz gesund bin.«

»Nicht nur das, wir beide werden den gottverdammten Skye Trail zusammen knacken, okay?«

»Du würdest dir das alles noch einmal antun?«

»Natürlich. Abgemacht?«

»Abgemacht«, sagte Carrie. Zur Bekräftigung verhakten wir wie früher, als wir noch klein waren, unsere Finger und schüttelten sie kräftig.

Dann wandte sie sich wieder den Fotos zu und sah sich jedes einzelne haargenau an.

»Erzähl mir mehr von Skye«, sagte sie nach einer Weile. »Deine Fotos sind echt der Hammer, aber so toll sie auch sind, es ist nicht dasselbe, wie dort zu sein.«

Sie hatte ja keine Ahnung. »Nein, das ist es nicht. Wo soll ich anfangen?«

»Erzähl mir von diesem Bild, diesem Moment hier«, bat sie und deutete auf den Bildschirm des Laptops. »Mach die Augen zu und stell es dir vor. Und dann erzähl mir, was du siehst und wie du dich dabei fühlst.«

Ich warf einen Blick auf das Foto. Es zeigte den Trotternish Ridge, direkt nach dem Regen. Ich schloss die Augen. »Es ist der zweite Tag des Skye Trails, und wir sind auf dem Trotternish Ridge – ein Gipfel nach dem anderen, auf einer Strecke von fast achtzehn Meilen. Obwohl es noch nicht mal Mittag ist, tut mir schon alles weh. Meine Schultern und mein Rücken schmerzen von dem schweren Rucksack, und meine Beine protestieren lautstark – Oberschenkel, Waden, alles. Ich frage mich, wie ich diesen Tag bloß durchstehen soll. Wir haben gerade unseren zweiten Gipfel, den Beinn Edra, bestiegen. Davor hat es ziemlich heftig geregnet, weshalb ich auf dem glitschigen Boden das Gleichgewicht verloren habe. Wenn Rory mich nicht aufgefangen hätte, wäre ich kopfüber im Matsch gelandet.« *Meine Hände liegen flach auf seiner Brust. Sein Herz klopft unter meinen Handflächen, zuerst gleichmäßig, dann immer schneller. Ich schaue auf; seine Augen leuchten so intensiv, dass …*

»Mee?«

Ich blinzelte, und das Bild verschwand. Als ich merkte, dass Carrie mich mit forschendem Blick und hochgezogener Augenbraue musterte, räusperte ich mich verlegen. »Sorry. Ich war kurz abgelenkt.«

»Du warst auf dem Beinn Edra.«

»Stimmt.« Wieder schloss ich die Augen. »Ich stehe auf dem Gipfel des Beinn Edra. Der Regen hat aufgehört, aber der Himmel hat immer noch diese bedrohliche blau-graue Farbe. Das Sonnenlicht hat sich einen Weg durch die Wolken gebahnt, und alles leuchtet in einem seltsamen Glanz. Links und rechts von mir erstrecken sich Berge, so weit das Auge reicht. Weit unter mir liegt das Meer, und ein Adler steigt vom Bergkamm auf.« Bei der Erinnerung lächelte ich wehmütig. »Es fühlt sich an, als hätte ich eine andere Welt betreten und alles hinter mir gelassen. Meinen Schmerz, meine Ängste, meine Sorgen – all das ist verschwunden. Ich hole tief Luft und atme den Geruch von Regen, von Gras, von Schlamm ein. Es ist alles so unglaublich friedlich. Alles in mir sehnt sich nach dieser Ruhe, dieser Natur, … Ich spüre den Ruf des Landes in meinem Blut und in meiner Seele.« Meine Stimme war nur noch ein Flüstern. »Ich will nicht weg von hier. Würde so gern hierbleiben.«

Plötzlich hörte ich neben mir ein Schniefen, und als ich meine feuchten Augen öffnete, sah ich, wie Carrie sich die Augen wischte. Oh, nein! Erschrocken streckte ich die Hand nach ihr aus. »Ist alles in Ordnung? Soll ich eine Schwester holen?«

Sie wedelte meine Hand weg. »Nein, du Knallkopf, mir geht's gut. Es ist nur … ich habe dich noch nie so reden hören. Ich bin so froh, dass du eine so wunderbare Zeit auf Skye hattest.«

Ich sprang auf und blickte auf sie hinunter. »Wie kannst du darüber froh sein? Du hättest diejenige sein sollen, die diese Berge besteigt, den Regen auf ihrem Gesicht spürt, diese Luft einatmet. Aber du bist meinetwegen verletzt worden und hast hier im Koma gelegen, während ich an diesem wunderschönen Ort war, all diese Ausblicke genossen habe, mich …« *Verliebt habe.* Ich ließ mich wieder auf den Stuhl fallen. »Du hättest meinetwegen sterben können«, fügte ich mit belegter Stimme hinzu.

»Bin ich aber nicht! Es ist nun mal passiert, es war scheiße, und jetzt ist es vorbei. Ja, ich habe noch Schmerzen, und ja, da sind noch ein paar Verletzungen, aber ich werde wieder gesund werden. Also hör auf, dich deswegen so fertigzumachen. Okay?«

»Okay.«

»Du bist echt eine miese Lügnerin. Aber mir ist gerade eingefallen, wie du es wiedergutmachen kannst.«

Das nachdenkliche Glitzern in ihren Augen verschaffte mir eine winzige Atempause, aber ich hätte alles getan, um die Dinge wieder ins Lot zu bringen. »Nämlich?«

»Ich möchte, dass du mir von dem Mann erzählst, in den du verliebt bist.«

»Was?«

»Du hast mir von der herrlichen Landschaft berichtet und von den anderen Gruppenmitgliedern, einschließlich des netten und charmanten Tommy, über den ich nachher gerne noch mehr hören würde. Aber über Rory hast du kein Wort verloren, außer dass er dir geholfen hat, den Skye Trail zu beenden. Jedenfalls bis eben, als du sagtest, dass er dich aufgefangen hat, als du beinahe gefallen wärst. Und da hast du auf einmal diesen verträumten Blick bekommen. Ich nehme an, das ist der Typ, über den du geredet hast, als ich aufgewacht bin, und von dem du gesprochen hast, während ich im Koma lag?«

Ich starrte sie mit offenem Mund an. »Moment mal, das hast du gehört?«

Sie nickte. »Meistens war es nur Stimmengewirr, aber ab und zu konnte ich auch ein paar Dinge verstehen. Das war eins davon. Wie kommt es, dass du mir bis jetzt noch nichts von ihm erzählt hast?«

»Ich … bis jetzt war einfach keine Zeit dafür. Du musstest dich erst mal ausruhen, und dann waren die ganzen Tests und Ärzte und die Besuche von allen möglichen Leuten. Da du nichts gesagt hast, habe ich angenommen, dass du dich nicht an den Moment erinnern kannst, wo du aufgewacht bist.«

Sie zog die Augenbraue hoch. »Und in den Tagen danach?«

Plötzlich konnte ich nicht länger sitzen bleiben. Ich sprang auf und lief unruhig auf und ab. »Ich wusste nicht, wie ich es dir sagen sollte! Hey Carrie, ich hab dann mal deinen Platz auf der Wanderung eingenommen, weil du wegen des Unfalls, den *ich* verursacht habe, leider noch im Koma lagst. Und das war nicht nur eine spektakuläre Erfahrung, die mein Leben verändert hat, ich habe auch noch diesen wundervollen, gut aussehenden Typen kennengelernt, der dafür gesorgt hat, dass ich ganz neue Seiten an mir kennenlerne, der mein Herz schneller schlagen lässt und in den ich total verliebt bin.«

»Das wäre doch schon mal ein Anfang.« Unbeholfen rutschte sie im Bett ein Stück zur Seite und klopfte neben sich auf die Matratze.

Ich seufzte tief, gab mich dann aber geschlagen. Vorsichtig setzte ich mich zu ihr und passte auf, sie dabei nicht anzurempeln.

»Und jetzt erzähl! Ich will alles wissen.«

»Ich weiß gar nicht, wo ich anfangen soll.«

»Wie wär's mit seinem Aussehen?«

»Oh, er würde dir gefallen, Ree. Ziemlich groß, leicht gelockte dunkelrote Haare, grau-grüne Augen. Er erinnert mich an den Typen, der in *Game of Thrones* den Robb Stark gespielt hat.« Wir hatten ihn so manchen Abend vor der Glotze angeschmachtet, daher wusste ich, dass ihr der Vergleich gefallen würde.

»Echt? Wahnsinn.«

»Ja.«

»Bis jetzt habe ich aber noch kein Foto von ihm gesehen, oder?«

»Ich glaube, wir sind noch nicht so weit gekommen, dass schon ein gutes von ihm dabei gewesen wäre.« Ich zog den Laptop näher und klickte mich ein Stück weiter vor, bis ich eins fand, wo er auf einem der Gipfel des Trotternish Ridge stand und in die Ferne blickte. Das hatte ich mehr oder weniger heimlich aufgenommen. »Und hier ist noch eins.« Es war das Selfie, das wir auf der Brücke bei Sligachan gemacht hatten.

»Wahnsinn«, hauchte sie noch einmal. »Erzähl mir alles! Auch die kleinste Kleinigkeit.«

Also erzählte ich ihr alles, von Rorys herablassender Haltung am Anfang, von seinem Ausraster am Sgùrr a'Mhadaidh Ruaidh, seinem Albtraum und unserem Kuss, seinem Angebot, mir zu helfen, den Skye Trail zu beenden, und von all den Abenteuern, die wir gemeinsam erlebt hatten.

Als ich geendet hatte, starrte sie mich an. »Warum um alles in der Welt hast du ihn verlassen?«, fragte sie beinahe ärgerlich. »Du liebst ihn, und er liebt dich. Warum bist du nicht dort geblieben?«

Ich schüttelte den Kopf. »Wie denn, Ree? Du lagst in diesem gottverdammten Koma wegen eines Unfalls, den ich verursacht hatte! Ich musste hierher zurück, zu dir. Und unsere Jobs in Miami – in zwei Wochen fahre ich los, um eine Wohnung für uns zu suchen. Wie hätte ich dort bleiben können?« Meine Stimme drohte schon wieder zu versagen. »Außerdem weiß ich nicht, ob er mich liebt«, fügte ich leise hinzu.

»*Natürlich* tut er das.«

»Wie kannst du dir da so sicher sein?«

»Nachdem ich gerade hier gesessen und mir deinen detaillierten Bericht der ganzen Woche angehört habe, habe ich nicht den geringsten Zweifel daran, dass Rory dich genauso liebt wie du ihn.«

»Aber er hat es nie ausgesprochen.«

»Hast *du* es ihm gesagt?«

»Nein«, murmelte ich. »Ich hatte es mehrere Male vor, aber ich konnte es nicht. Und was hätte es auch genützt? Er ist dort, und ich bin hier.«

»Deswegen hat er wahrscheinlich auch nichts gesagt. Es muss doch einen Weg geben ...«

»Ich konzentriere mich jetzt nur auf dich, Ree. Wir müssen dich erst mal wieder auf die Beine bringen und zusehen, dass wir mit unserem Umzug nach Miami weiterkommen.«

Obwohl es der Wahrheit entsprach, was ich gesagt hatte, und auch wenn ich unendlich glücklich war, dass Carrie endlich aufgewacht war, es mit ihrer Genesung gut voranging und sie mich nicht hasste, fühlte ich mich innerlich wie ausgehöhlt. Denn ein Teil meiner Seele befand sich dreitausend Meilen entfernt in den westlichen Highlands von Schottland.

***

Während der nächsten Tage erholte Carrie sich immer mehr, und sie hielt sich so viel wie möglich außerhalb ihres Krankenbetts auf. Ich fuhr sie im Rollstuhl durch die Klinik oder in den Garten, damit sie ein bisschen frische Luft bekam. Sie hatte inzwischen auch schon mit leichter Krankengymnastik für ihren Arm angefangen.

Ich trainierte ebenfalls – aber in einem lauten, vermieften Sportstudio auf dem Laufband zu traben, war kein Vergleich dazu, in frischer Luft, umgeben von Bergen und Seen, zu wandern.

Trotz Carries Genesung und unseres bevorstehenden Umzugs nach Miami wurde ich immer deprimierter. Ich vermisste Rory so sehr. Und wenn ich mit Carrie über ihn sprach, hörte ich ständig ihre Stimme in meinem Kopf: *Warum um alles in der Welt hast du einen Mann wie ihn zurückgelassen? Du liebst ihn, und er liebt dich. Warum bist du nicht dort geblieben?*

Wenn Carrie nicht gewesen wäre, hätte ich ihn niemals getroffen. Wenn sie nicht gewesen wäre, hätte ich mich nicht in ihn verliebt. Und wenn sie nicht gewesen wäre, wäre ich dort geblieben – irgendwie.

Bei diesem Gedanken fühlte ich mich ganz furchtbar, was die Sache nur noch schlimmer machte.

Rory würde in ein paar Tagen mit einer neuen Gruppe zum Skye Trail aufbrechen. Er würde mit den Leuten am Strand von Bearreraig Bay zelten, wo er mich zum ersten Mal geküsst hatte. Er würde eine Nacht in Sligachan verbringen und in dem Hotel, wo wir uns zum ersten Mal ein Bett geteilt hatten – auch wenn es nur platonisch war –, ein paar Pints mit Gav trinken. Er würde möglicherweise in der Schutzhütte bei Camasunary übernachten, wo er mir von Connor erzählt hatte, und vielleicht sogar über den Bla Bheinn gehen, falls der Klippenpfad nach Elgol immer noch unpassierbar war. Und wahrscheinlich auch, wenn er wieder freigegeben war.

Er würde all die Dinge tun, die wir zusammen getan hatten – aber nicht mit mir.

KAPITEL EINUNDFÜNFZIG

RORY

Ich war todunglücklich.

Dabei machte ich den Job, den ich liebte, und führte mit meinem besten Freund als Co-Guide eine Gruppe aus den Staaten auf dem Skye Trail. Das Wetter war nahezu perfekt – nicht viel Wind auf dem Bergkamm, wolkenloser Himmel mit strahlendem Sonnenschein – alle waren begeistert, draußen in der Natur zu sein, und alle hatten eine gute Zeit.

Aber ich verspürte keine Freude bei der Überquerung des Bergkamms, und auch der Anblick der majestätischen Berge und der saphirblauen Seen konnte mich nicht begeistern. Tommy gab sein Bestes, um mich aufzuheitern, aber nichts half.

Amelia war nicht da.

An diesem Abend schwamm ich bis zur völligen Erschöpfung in der Bearreraig Bay und konnte dennoch nicht schlafen. Während ich hellwach in meinem Zelt lag, dachte ich darüber nach, wie innerhalb weniger Tage aus zwei Streithähnen so viel mehr geworden war. Eigentlich innerhalb von Stunden. Die Episode mit Tommy auf dem Sgùrr a'Mhadaidh Ruaidh hatte zu meinem Albtraum geführt, und der zu unserem ersten Kuss hier an diesem Strand.

Ich wand mich innerlich bei der Erinnerung daran, wie ich Tommy gepackt und ihn angeschrien hatte, als wäre er ein Taschendieb, den ich dabei erwischt hatte, wie er meine Brieftasche klauen wollte. Mann, da hatte ich wirklich richtig Mist gebaut, und wenn sich jemand aus der Gruppe beschwert hätte, hätte mich das meinen Job kosten können. Stattdessen hatten sie mich gelobt, besonders Gordon, der doch tatsächlich zu mir gesagt hatte, ich hätte ihn damit beeindruckt.

Plötzlich schoss mir ein Gedanke durch den Kopf, und ich setzte mich ruckartig auf. Ich machte meine Taschenlampe an, kramte das Logbuch für die Wanderungen aus meinem Rucksack hervor und öffnete es bei den Namenslisten, die wir vor jeder Tour bekamen. Da stand er. Gordon Marshall, mit E-Mail-Adresse und Telefonnummer.

Als wir am nächsten Tag in Portree ankamen, warf ich nur schnell meinen Rucksack ins Zimmer und sagte Tommy, ich würde spazieren gehen. Sobald ich ein Stück von unserem B & B entfernt war, zog ich mein Handy aus der Tasche und tippte die Nummer ein.

»Mr Marshall?«, fragte ich, als jemand abhob. »Hier ist Rory Sutherland, von *Scotland By Foot.* Ich habe Sie auf einem Teil des Skye Trails begleitet …«

»Ich erinnere mich an dich, Junge«, unterbrach er mich mit seiner dröhnenden Stimme. »Das ist doch grade mal zwei Wochen her. Und sag Gordon zu mir.«

»Danke, Gordon.«

»Wie geht es Amelia? Hat sie die Wanderung beendet?«

»Ja, wir sind ungefähr drei Tage nach Ihnen in Broadford angekommen. Ihr Kreuzband war angerissen, aber inzwischen geht es ihr wieder gut.«

»Alle Achtung! Wirklich ein Teufelsmädchen, den Skye Trail mit dieser Verletzung durchzuziehen.«

»Ja, das ist sie.« Wenn er wüsste.

»Also, Rory, was kann ich für dich tun?«

Ich leckte mir über die Lippen, die sich plötzlich staubtrocken anfühlten. »Ich … also, Sie sagten doch auf der Wanderung, Sie würden mich sofort einstellen. Wenn das noch gilt, bewerbe ich mich hiermit um einen Job. Haben Sie vielleicht irgendetwas in den Staaten frei, insbesondere im südlichen Florida?«

Er schwieg einen Moment. »Warum um alles in der Welt willst du Schottland gegen Florida eintauschen? Da gibt's keine Berge, und den größten Teil des Jahres ist es heißer als in der Hölle.«

»Ich weiß. Aber … die Frau, die ich liebe, ist dort. Oder wird es zumindest in ein paar Monaten sein.«

Die Frau, die ich liebe. Ich hatte gedacht, es würde merkwürdig sein, diese Worte vor einem Fremden auszusprechen. Aber nichts hatte sich jemals so richtig angefühlt.

»Hmm, Amelia hat erwähnt, dass sie in ein paar Monaten nach Miami zieht.«

Ich lächelte. »Sie haben ein gutes Gedächtnis, Gordon.«

»Seltsamer Zufall.«

»Nicht wirklich.«

»Ich verstehe.« Und ich wusste, er hatte es tatsächlich verstanden. »Tja, warum erzählst du mir nicht, was dir so vorschwebt?«

Als ich kurz darauf in unser Zimmer zurückkehrte, lag Tommy ausgestreckt auf dem Bett, die Nase in einem Buch vergraben. Er blickte nur kurz auf, als ich die Tür hinter mir zumachte. Doch dann sah er noch einmal hin, legte das Buch weg und setzte sich auf.

»Alles okay, Rory? Du siehst irgendwie … komisch aus.«

»Was hältst du von einem Bier?«

Ich hatte das Wort »Bier« noch nicht ganz ausgesprochen, da war er schon auf den Beinen und schlüpfte in seine Flip-Flops.

Wir gingen in einen Pub auf der anderen Seite der Stadt, wo wir mit ziemlicher Sicherheit niemanden aus unserer Wandergruppe treffen würden, und setzten uns mit einem Pint in der Hand in eine der hinteren Nischen.

»Okay, raus damit!«, sagte Tommy, nachdem er einen großen Schluck genommen hatte. »Alles in Ordnung mit Amelia? Mit Carrie?«

»Soweit ich weiß, ja. Ich habe nicht mehr mit ihr gesprochen, seit Carrie aufgewacht ist. Und das war letzte Woche.«

»Warum dann dieser Blick? Auf mich wirkt er wie … eine Mischung aus Hoffnung und Furcht, falls das überhaupt geht.«

Das traf es eigentlich ganz gut. »Erinnerst du dich an Gordon Marshall von unserem letzten Skye Trail?«

»Na, klar. Ich bin immerhin gerade eine Woche mit ihm gewandert.«

Ich räusperte mich. »Jedenfalls hat er in den Staaten eine Firma, die für ihre Kunden Reisen und verschiedene Touren bucht.«

»Stimmt, ich erinnere mich. Er hat den Skye Trail gemacht, um SBF seinen Kunden empfehlen zu können.«

»Oh. Das wusste ich gar nicht.«

»Du hast dich ja auch nach wie viel – drei Tagen? – abgesetzt. Wahrscheinlich hatte er es bis dahin noch nicht erwähnt. Also, was ist mit ihm?«

»Erinnerst du dich, dass er von uns so beeindruckt war, dass er sagte, er würde uns sofort einstellen?«

»Ja …«

»Ich habe ihn eben angerufen.«

Tommy riss die Augen auf. »Moment. Was hast du gerade gesagt? Du hast ihn um einen Job gebeten?«

»Ich habe erwähnt, dass ich mich eventuell für eine Stelle in den Staaten interessiere.«

»In Florida, zum Beispiel?«

»Aye.«

»Und was hat er gesagt?«

»Ob du's glaubst oder nicht, er hat ein Reisebüro in Miami. Sie haben viel mit Kreuzfahrten und Reisen nach Südamerika und in die Karibik zu tun. Und wie er dir erzählt hat, würde er gerne expandieren und von den USA aus auch Abenteuerreisen nach Großbritannien anbieten, deswegen war er sehr interessiert an meinem Anruf. Er sagte, er würde sich in ein paar Tagen bei mir melden.«

Tommy lehnte sich zurück und malte mit dem Finger Muster in den Ring aus Schwitzwasser, den sein Bierglas auf dem Tisch hinterlassen hatte.

»Was ist los?«, fragte ich. »Ich dachte, du würdest dich für mich freuen, dass ich mit ihr zusammen sein kann.«

Mit betrübtem Blick sah er vom Tisch auf. »Ich wäre überglücklich, wenn du bei ihr sein könntest, Mann. Es ist nur … du gehörst einfach nicht in ein Büro, wo du im Geschäftsanzug und mit Headset vor einem Computer sitzt und den Leuten irgendwelche Vergünstigungen anbietest, wenn sie bei dir buchen. Und das in Florida, wo der nächste Berg wahrscheinlich vierhundert Meilen entfernt ist – oder mehr.«

»Dort gibt es vielleicht keine Berge, aber man kann andere Outdoorsportarten machen – Segeln, Parasailing, Sporttauchen –, das wollte ich immer mal ausprobieren. Außerdem ist es da das ganze Jahr über warm und sonnig. Das könnte eine nette Abwechslung zu Schottland sein, besonders im Winter, wo es sechzehn Stunden am Tag dunkel ist.«

Er schüttelte den Kopf. »Du würdest unglücklich sein.«

Ich schlug mit der Hand so fest auf den Tisch, dass unsere Gläser klirrten. »Was willst du mir damit sagen, Tommy? Meinst du, ich habe Lust in einem Büro in Florida zu arbeiten und vierhundert Meilen vom nächsten Berg entfernt mit einem Headset austaffiert auf einen Computerbildschirm zu starren? Nein. Ich möchte draußen sein und durch die Highlands wandern. Aber wenn ich in einem Büro in Florida sitzen würde, wäre Amelia da. Ihr Gesicht wäre das Letzte, was ich beim Einschlafen sehen würde, und das Erste, wenn ich am Morgen aufwache.«

Ich trank einen großen Schluck Bier. »Seitdem Amelia weg ist, bin ich nicht mehr ich selbst«, fuhr ich leise fort. »Als ich gestern auf den Trotternish Ridge geschaut habe, kam es mir vor, als würde ich nur eine Anhäufung von Steinen betrachten. Ich fühle mich hier nicht mehr zu Hause. Und wenn ich Businessklamotten anziehen und in einem Büro sitzen muss, um mit Amelia zusammen sein zu können, dann nehme ich das gerne in Kauf.«

Tommy nickte. »Ich hab's verstanden, Mann. Ich bitte dich nur, nichts zu überstürzen, okay? Schlaf noch mal drüber, bevor du irgendwelche Entscheidungen triffst.«

»Mach ich. Versprochen.«

Aber in meinem Kopf war die Entscheidung bereits gefallen. Wenn Gordon mir einen Job anbot und Amelia mich wollte, dann würde ich ihn annehmen.

Und bis dahin würde ich nicht darüber nachdenken, was geschehen würde, wenn sie mich nicht wollte.

KAPITEL ZWEIUNDFÜNFZIG

RORY

Eine knappe Woche später, nach dem ereignislosen Ende einer ereignislosen Wanderung über den Skye Trail saß ich auf einer Bank in Fort William und starrte auf den Loch Linnhe.

Auf der Suche nach ein bisschen Ruhe und Frieden war ich zu meinem Lieblingsplatz rausgefahren, möglichst weit entfernt von der lauten Party, die meine Mitbewohner heute feierten.

Ich setzte den Flachmann an die Lippen und trank einen Schluck Whisky, während ich den Sonnenuntergang beobachtete. Die letzten Tage hatte ich ziemlich viel nachgedacht. Gordon Marshall hatte sich inzwischen bei mir gemeldet und mir eine Stelle in seinem Büro in Miami angeboten. Er hatte mir eine Woche Bedenkzeit gegeben. Bis jetzt hatte ich Amelia noch nichts davon erzählt, aber ich hatte vor, sie heute Abend anzurufen.

Auch mit Tommy würde ich noch mal reden müssen. Seit ich ihm von dem Gespräch mit Gordon berichtet hatte, war er für seine Verhältnisse ungewöhnlich verhalten. Er war auf Abstand gegangen und hatte sich während der letzten Tage zwischendurch immer mal wieder für längere Zeit abgesetzt. Aber selbst, wenn er in der Nähe war, schien er meistens mit seinem Telefon verwachsen zu sein. Er sagte mir nicht, was los war, und ich fragte ihn auch nicht danach. Diesen Job anzunehmen, bedeutete, ihn zu verlassen – meinen besten Freund, den Menschen, der mich vor mir selbst gerettet hatte, und der mich zu dem Mann gemacht hatte, der ich heute war. Ich wusste, dass er sich für mich freute, dass ich eine Möglichkeit gefunden hatte, mit Amelia zusammen zu sein, aber das machte die Sache nicht leichter.

Am liebsten hätte ich heute Nachmittag schon mit Tommy geredet, aber er war den ganzen Tag wegen irgendetwas unterwegs gewesen. Er hatte mir nur kurz eine Nachricht geschrieben, dass er sich später mit mir treffen würde.

Ich nahm noch einen Schluck und genoss den rauchigen Geschmack des Whiskys, bevor ich ihn hinunterschluckte. Ich war nervös, nervöser als ich es seit Ewigkeiten gewesen war. Bis Gordon mir die Stelle offiziell angeboten hatte, war es nur eine vage Hoffnung gewesen, aber nun war es Realität. Was, wenn Amelia Nein sagte? Wenn sie einen völligen Neuanfang in Miami wollte, unbelastet von einem Typen, mit dem sie eine kurze Affäre gehabt hatte? *Besser, es jetzt herauszufinden, anstatt den Job anzunehmen, dort hinzuziehen und es dann zu erfahren.*

Seufzend schloss ich die Augen und rieb mir mit der Hand übers Gesicht. Wo trieb Tommy sich bloß rum? So groß war Fort William nun auch wieder nicht.

»Ist hier besetzt?«

Ich erstarrte. *Das konnte nicht sein.* Mit angehaltenem Atem hob ich den Kopf und öffnete die Augen.

Vor mir stand Amelia – als hätte ich sie mit meinen Gedanken herbeigezaubert.

KAPITEL DREIUNDFÜNFZIG

AMELIA

»Ist hier besetzt?«, fragte ich nervös und hoffte – betete –, dass Rory sich freuen würde, mich zu sehen.

Er war plötzlich wie erstarrt, hob dann langsam den Kopf und öffnete die Augen. Sie wurden für einen Moment ganz groß, dann machte er sie kurz zu und wieder auf. Er blinzelte mich so verwirrt an, als wäre er aus einem zehnjährigen Schlaf erwacht.

Wie in Trance stand er auf, streckte die Hand aus, um meine Haare zu berühren, und ließ eine Locke durch seine Finger gleiten. Seine Hände umfassten mein Gesicht so zart, als wäre es aus Glas, bevor sie über meine Wangenknochen und hinunter zu meinen Schultern wanderten.

»Bist du wirklich hier?«, hauchte er, als hätte er Angst, ich würde mich in Luft auflösen, wenn er zu laut sprach.

Ich lächelte ihn an. »Ja, ich bin wirklich hier.«

Er öffnete den Mund, als wollte er etwas sagen, doch dann zog er mich an sich und hob mich von den Füßen, während er mich küsste, als hinge sein Leben von der Luft ab, die er von meinen Lippen stahl. Meine Finger krallten sich in seine Haare, als ich seinen Kuss mit all der Sehnsucht erwiderte, die sich in den drei Wochen, die wir getrennt gewesen waren, aufgestaut hatte. Seine Finger strichen zärtlich über meinen Rücken, als könnte er immer noch nicht glauben, dass ich real war.

Eine gefühlte Ewigkeit später löste er sich von mir und stellte mich sanft wieder auf die Füße. »Ich wollte dich heute Abend anrufen«, sagte er. »Ich habe eine Menge mit dir zu besprechen. Ich meine, das hier ist natürlich besser. Spart mir auch die teuren Telefongebühren«, fügte er mit einem Grinsen hinzu, das genauso schnell verschwand, wie es aufgetaucht war. »Aber … was tust du hier?«

»Ich, äh … habe auch eine Menge mit dir zu besprechen. Setzen wir uns doch erst mal.« Ich ließ mich auf der Bank nieder und strich nervös meinen Rock glatt.

Rory setzte sich neben mich und ergriff sofort meine Hand, als könnte er es nicht aushalten, mich nicht zu berühren.

Ich räusperte mich. »Also, vor ungefähr einer Woche habe ich eine E-Mail von Tommy bekommen«, begann ich. »Mit den besten Neuigkeiten, seit Carrie aufgewacht ist.«

Er hörte einen Moment auf, mich zu streicheln. »Hat er … was hat er dir geschrieben?«

Ich legte ihm meine Finger auf den Mund. »Wie wär's, wenn du mich erzählen lässt, ohne mich zu unterbrechen? Dann wirst du es schon erfahren, okay?« Er nickte, und seine Lippen verzogen sich zu einem winzigen Lächeln. »Tommy meinte, dass Scarlet sich in letzter Zeit total überfordert fühlt, weil *Scotland By Foot* in den letzten ein, zwei Jahren ziemlich gewachsen ist. Sie hätte Mühe, die Buchungen und die Mails mit den Anfragen zu bewältigen, während sie in der Hauptsaison auch mindestens eine Wandertour pro Woche selbst übernehmen muss. Und da bin ich ihm eingefallen. Schließlich hatte ich ihm gegenüber ja erwähnt, dass ich Ahnung vom Tourismusgeschäft habe, und von dir wusste er auch, dass ich langfristig einen Job suche, wo ich Touren für Kunden zusammenstellen und planen kann. Scarlet hätte ihm gegenüber zwar nicht ausdrücklich erwähnt, dass sie jemanden einstellen möchte, aber er meinte, ich solle ihr trotzdem mal eine E-Mail mit meiner Bewerbung schicken.«

Rory sah mich mit großen Augen an. »Das hat Tommy getan?«

»Ja. Ich habe die E-Mail innerhalb einer Stunde an Scarlet abgeschickt, damit sie sie am nächsten Morgen gleich sehen würde. Als ich aufwachte, hatte ich schon eine Antwort im Posteingang; sie wollte wissen, wann wir telefonieren könnten. Wir haben noch am selben Tag miteinander gesprochen, und am Ende des Telefonats hat sie mir angeboten, für *Scotland By Foot* zu arbeiten.«

Rorys Gesicht leuchtete auf. »Du hast einen Job bei SBF?«, hauchte er, als würde alles wie eine Seifenblase zerplatzen, wenn er es laut aussprach.

»Am Anfang soll ich sämtliche Buchungen der Kunden übernehmen und mich um die E-Mails kümmern, später dann auch neue B & Bs besuchen und prüfen, ob sie sich für unsere Zwecke eignen. Scarlet will währenddessen weitere Wandertouren anbieten und hätte durch meine Mithilfe die Möglichkeit, selbst wieder mehr Treks zu führen. Und vielleicht kann ich mich ja auch irgendwann als Guide ausbilden lassen, wenn mein Knie wieder ganz gesund ist.« Ich grinste ihn an. »Ich habe nämlich festgestellt, dass mir das Wandern irgendwie gefällt.«

Er lächelte zurück. »Das habe ich gemerkt. Ich konnte es in den letzten Tagen in deinen Augen sehen.«

»Ich wusste nicht, was ich tun sollte. Ich meine, ich hatte die E-Mail mit meiner Bewerbung losgeschickt, ohne wirklich darüber nachzudenken. Aber als Scarlet mir dann tatsächlich den Job angeboten hat, bin ich total ausgeflippt. Und sofort zu Carrie gefahren.«

»Was hat sie gesagt?«, wollte er wissen.

Ich rückte näher an ihn heran. Sofort legte er den Arm um meine Schulter, während er mit der anderen Hand weiterhin meine festhielt. Und als die Sonne endgültig im See versank, erzählte ich ihm, wie Carrie darauf reagiert hatte.

Ich betrat Carries Zimmer im Krankenhaus wie ein Angeklagter, der gerade erfahren hatte, dass die Geschworenen gleich das Urteil verkünden würden.

Carrie lächelte mir entgegen, doch dann bemerkte sie meinen Gesichtsausdruck. »Was ist los?«, fragte sie alarmiert.

»Ich muss dir etwas sagen. Ich … habe eben ein Jobangebot bekommen. Und ich weiß nicht, was ich tun soll.«

»Wie meinst du das? Was ist das für ein Job?«

»Ich könnte für Scotland By Foot *arbeiten. Die Nachfrage nach Wandertouren in Schottland hat in letzter Zeit stark zugenommen, und Scarlet, die Frau, der das Reiseunternehmen gehört, kommt mit der Arbeit nicht mehr hinterher. Deswegen hat sie mir angeboten, mich um die organisatorische Seite zu kümmern, damit sie wieder verstärkt Gruppen führen kann.«*

Carrie machte große Augen. »Sie hat dich einfach so angemailt und dir einen Job angeboten?«

Ich schluckte. »Nicht ganz«, murmelte ich und erzählte ihr von Tommys E-Mail. »Ich habe mich spontan bei ihr gemeldet, ohne groß darüber nachzudenken. Und jetzt weiß ich nicht, was ich tun soll.«

»Was gibt's denn da noch zu überlegen? Du wirst natürlich zusagen.«

Ich starrte sie ungläubig an. »Ist dir nicht klar, was das bedeutet, Carrie? Der Job ist in Schottland. *Ich kann zwar Homeoffice machen, weil der Großteil der Arbeit am Computer und am Telefon stattfindet, aber ich muss mich in derselben Zeitzone aufhalten. Und ich muss vor Ort sein, wenn ich neue B&Bs testen und praktische Dinge organisieren soll.«*

Sie verdrehte die Augen. »Ach, was du nicht sagst? Was macht es auch für einen Sinn, eine Stelle bei einem schottischen Reiseveranstalter anzunehmen, wenn man nicht vorhat, in Schottland zu arbeiten? Das wäre ja ungefähr so, als wäre man in einer Schokoladenfabrik angestellt, ohne jemals deren Produkte testen zu können.«

»Aber was ist mit Miami? Wir sollen da doch bald …«

Sie sah mich fest an. »Spinnst du? Du wirst den Job in Miami absagen. Warum um alles in der Welt solltest du dort hinziehen, wenn du in Schottland arbeiten kannst?«

Ich verstand nicht, warum sie überhaupt nicht sauer war. »Aber wir hatten doch Pläne!«

Ich hielt inne und drehte mich zu Rory. »Daraufhin hat sie mir wortlos ihr Handy hingehalten, auf dem sie eine E-Mail geöffnet hatte.« Ich nahm die ausgedruckte Mail aus meiner Tasche und gab sie ihm. »Lies ruhig.«

Nachdem er das Blatt entfaltet hatte, sah ich ihm gespannt dabei zu, wie er die Worte überflog, die ich inzwischen fast auswendig konnte, weil ich sie in den letzten Tagen immer wieder gelesen hatte.

An: Tommy@scotlandbyfoot.co.uk
Von: Carrie Peterson
Betreff: Amelia und Rory

Lieber Tommy,

du kennst mich nicht, aber ich bin Amelia Bensons Freundin Carrie – du weißt schon, der Grund, warum Amelia den Skye Trail gemacht hat. Sie hat mir eine

Menge über dich erzählt, hauptsächlich, was für ein hilfsbereiter, freundlicher, lustiger und rundum toller Typ du bist. (Und dass du ziemlich süß bist, was ich zuerst nicht so recht glauben wollte, bis sie mir ein Foto als Beweis gezeigt hat ;-))
Sie hat mir außerdem erzählt, du wärst der Kapitän des Teams »Arory« (oder ist es »Ramelia«?), und deswegen schreibe ich dir diese E-Mail.
Wir müssen dieses Schiff wieder auf Kurs bringen, Tommy. Amelia ist unglücklich. Sie redet zwar ständig davon, wie begeistert sie ist, nach Miami zu ziehen, und was weiß ich nicht alles, aber das macht sie nur, weil sie denkt, dass ich das von ihr erwarte. Sie hat solche Schuldgefühle wegen des Autounfalls und weil sie an meiner Stelle auf Skye war, dass sie ihr eigenes Glück hintenanstellt, um mich glücklich zu machen. Aber wie kann ich glücklich sein, wenn meine beste Freundin todunglücklich ist?
Sie vermisst Schottland, und kein Hoteljob in Miami kann das ändern. Und was noch wichtiger ist, sie vermisst Rory. Und zwar so sehr, dass es mir jedes Mal wehtut zu sehen, wie ihre Augen aufleuchten, sobald sein Name fällt oder sie von Skye erzählt. Aber dieses Leuchten erlischt sofort, wenn sie sich am Computer Wohnungen in Miami ansieht und dabei versucht, halbwegs begeistert zu klingen.
Vielleicht begebe ich mich da auf dünnes Eis, aber so, wie sie von Rory spricht, könnte ich mir vorstellen, dass er ohne sie genauso verloren ist. Also, was machen wir jetzt, Tommy? Wirst du mir helfen?

Schreib mir zurück, wenn du kannst, oder ruf mich auch gerne unter 1-516-555-1784 an. Ich liebe diesen schottischen Akzent ...

Liebe Grüße,
Carrie Peterson

An: Carrie Peterson
Von: Tommy MacDonald
Betreff: RE: Amelia und Rory

Hey Carrie,

schön, dich endlich kennenzulernen.
Ich habe durch Amelia schon eine Menge von dir gehört. Sie hat mir zwar nicht erzählt, du wärst süß, aber dafür hat sie mir ein Foto von dir gezeigt, und daraus habe ich dann meine eigenen Schlüsse gezogen ;-)
Bezüglich unserer sturen Freunde ist dein Timing GERADEZU perfekt. Wir werden unser heutiges Streckenziel in ungefähr einer Stunde erreichen, ich rufe dich dann später an. Wir haben einiges zu bereden.
Ich freu mich drauf, mit dir zu quatschen!

Tschüss,
Tommy

Rory las die Nachricht einmal und noch ein zweites Mal. Dann ließ er das Blatt langsam sinken und sah mich ungläubig an. »Das glaub ich jetzt nicht.«

»Genau das habe ich auch gesagt, nachdem ich die Mails zum dritten Mal gelesen hatte. Carrie meinte, ich wäre zwar ihre beste Freundin – und sie würde mich wie eine Schwester lieben, aber davon abgesehen wäre ich ein Idiot. Ich glaube, sie benutzte sogar das Wort ›Volltrottel‹.« Ich lächelte bei der Erinnerung daran. »Und dann hat sie mich gefragt, ob ich denn nicht für einen coolen Reiseveranstalter in Schottland arbeiten und in der Nähe des Mannes sein wollte, den ich liebe.«

Rorys Hand schloss sich fest um meine und seine grau-grünen Augen leuchteten auf. »Und was hast du geantwortet?«, fragte er mit heiserer Stimme.

»Ich habe gesagt: Ja, ich würde gerne für einen coolen Reiseveranstalter in Schottland arbeiten und in der Nähe des Mannes sein, den ich liebe.«

»Und was hat sie darauf gesagt?«

»›Warum reden wir dann überhaupt noch darüber? Du nimmst den Job, und ich habe jemanden, bei dem ich übernachten kann, wenn ich endlich nach Schottland komme. Eine echte Win-win-Situation.‹«, wiederholte ich Carries Antwort, bevor ich ihm auch noch den Rest erzählte.

Als ich den Mund aufmachte, um etwas zu erwidern, hob Carrie die Hand. »Ich bin noch nicht fertig. Ich denke, wir sind uns einig, dass das Leben unberechenbar ist, dass der größte Mist passiert, wenn man es am wenigsten erwartet, und dass dein Leben in einem Knäuel aus Metall und Glas oder auf alle möglichen anderen schrecklichen Arten enden kann. Richtig?«

Ich nickte.

»Wenn sich dir die Gelegenheit bietet, mit dem Menschen zusammen zu sein, den du liebst, dann nutze sie«, fuhr sie fort. »Leb dein eigenes Leben. Mach dir keine Sorgen um mich. Es wird noch eine Weile dauern, bis ich so weit bin, überhaupt irgendwo hinzugehen, ganz zu schweigen davon, eine neue Stelle anzutreten. Vielleicht sollten wir beide den Job in Miami absagen. Wer weiß, vielleicht eröffnen sie ja auch ein Hotel in New York. Oder in Schottland. Oder an einem anderen coolen Ort. Und wenn nicht, finde ich auch etwas anderes, wenn ich so weit bin.«

»Aber was ist, wenn er mich nicht liebt und nicht mit mir zusammen sein will?«, fragte ich.

»Es gibt nur eine Möglichkeit, das herauszufinden.«

Ich lächelte Rory an. »Tja, und hier bin ich.«

»Und hier bist du«, flüsterte Rory.

Als ich den hoffnungsvollen Ausdruck in seinen Augen sah, schlug mein Herz plötzlich schneller. Ich nahm all meinen Mut zusammen. »Und? Liebst du mich?«

»Ich liebe dich so sehr«, sagte er leise. »So sehr, dass ich mich ganz leer gefühlt habe, seit du weg bist. So sehr, dass Schottland sich ohne dich nicht mehr wie mein Zuhause angefühlt hat. So sehr, dass ich dir heute Abend erzählen wollte, dass ich auch ein Jobangebot habe. In Miami. Im Reisebüro von Gordon Marshall aus deiner Wandergruppe.«

Ich umklammerte mit klopfendem Herzen seine Hand. Er liebte mich. Und dafür war er sogar bereit, seinen geliebten Job aufzugeben, um stattdessen in einem Büro in Miami zu arbeiten.

»Das hattest du doch nicht ernsthaft vor, oder? Dieser Job wäre dein Tod gewesen.«

»Nicht, wenn ich dich jeden Tag hätte sehen können.«

»Was hast du ihm gesagt?«

»Bis jetzt noch nichts. Ich wollte erst sichergehen, dass du mich liebst.«

Mein Herz fühlte sich vor Glück plötzlich ganz leicht an. Ich barg sein Gesicht in meinen Händen und blickte in seine leuchtenden Augen. »Das tue ich. Mehr als alles auf der Welt«, flüsterte ich. »Und ich möchte nicht, dass du in Miami arbeitest.«

Seine Lippen verzogen sich zu einem Lächeln, das mir den Atem raubte. Ich presste meine Lippen auf dieses Lächeln und legte all meine Gefühle für ihn in diesen Kuss.

Er zog mich auf seinen Schoß, erwiderte zärtlich meinen Kuss und hielt mich so fest, als wollte er mich nie wieder loslassen.

Nach ein paar Minuten lösten wir uns schwer atmend voneinander. Er strich mir eine Haarsträhne hinters Ohr und sah mich an. »Ich wollte dir so oft sagen, dass ich dich liebe, aber ich wusste, dass du gehen musstest. Und ich wollte es nicht noch schwerer machen, als es sowieso schon war.«

»Ich wollte es dir auch so viele Male sagen. Aber ich wusste, dass ich nicht bleiben konnte, und dass dein Leben hier war.« Ich grinste. »Zum Glück haben unsere guten Feen auf uns aufgepasst, was?«

»Das kann man wohl sagen.« Er warf einen Blick auf den ausgedruckten Mailverlauf, den er auf die Bank gelegt hatte. »Ich bin mir ziemlich sicher, dass Carries Nachricht an Tommy genau an dem Morgen ankam, nachdem ich ihm von dem Job bei Gordon erzählt hatte. Jedenfalls würde es zu dem passen, was er über das Timing geschrieben hat.«

»Und am nächsten Abend hat er mich wegen SBF angemailt«, fügte ich hinzu.

»Das erklärt einiges.«

»Wie meinst du das?«

»Die letzten Tage war er irgendwie verschlossen – hat sich abgesetzt, um zu telefonieren, und war ständig mit seinem Handy beschäftigt. Ich habe gedacht, er wäre einfach nur unglücklich wegen des Jobangebots aus den Staaten. Aber wahrscheinlich hat er da gerade mit Carrie alles ausgeheckt.«

Ich nickte. »Auf der Fahrt von Glasgow hier hoch war er auch ziemlich nervös. Als ich ihn gefragt habe, warum, meinte er, er hätte sich letzte Woche ziemlich in fremde Angelegenheiten eingemischt, und nun hätte er Angst, du würdest sauer auf ihn sein.«

»Ich glaube, ich werde ihm vergeben«, sagte Rory und küsste mich wieder. Als er sich von mir löste, grinste er. »Und ich glaube, ich schulde ihm ein Bier, was?«

»Mindestens eins. Und ich auch. Aber vielleicht danach.«

»Wonach?«

»Nachdem du mich gebührend zu Hause begrüßt hast.«

»Dann also morgen?«

»Aye, morgen«, sagte ich und zog ihn wieder an mich.

EPILOG

AMELIA

Fast ein Jahr später

»Willkommen am Anfang des Skye Trails«, verkündete ich auf dem Parkplatz in der Nähe von Duntulm Castle. »Ich bin Amelia Benson und mache gerade die Ausbildung zum Tourguide. Unsere heutige Etappe dauert voraussichtlich etwa sechs Stunden, aber denkt daran, das hier ist kein Wettrennen. Wir sind eine Gruppe. Und wir werden diese Wanderung als Gruppe durchziehen. Wenn ihr vorprescht, seid ihr auf euch allein gestellt, denn wir werden die anderen nicht zurücklassen, nur um nach euch zu suchen.«

Ich sah die Personen an, die vor mir standen. »Wie war ich?«

»So weit ganz gut«, sagte Rory mit einem Grinsen.

»Gar nicht übel, aber wenn du Sutherland kopieren willst, musst du die Mundwinkel etwas weiter nach unten ziehen. Und an dem vernichtenden Blick musst du auch noch arbeiten. Autsch!«, rief Tommy und rieb sich den Arm.

Ich zeigte auf die beiden Unruhestifter und kniff die Augen zusammen. »Ihr beiden. Auf der Wanderung wird nicht rumgealbert!«

»Viel besser«, lobte Tommy.

»Du machst dich«, sagte Rory.

Carrie legte den Arm um mich. »Ich bin so stolz auf dich, Mee. Du klingst und siehst aus wie ein Profi!«

Ich umarmte sie ganz fest. »Ich bin so froh, dass du endlich hier bist!«

Carrie hatte den Job in Miami letztendlich doch angenommen. Das Hotel war so nett gewesen, ihren Arbeitsbeginn ein Stück nach hinten zu verschieben, und sie hatten sich auch danach sehr großzügig in Bezug auf die Rehamaßnahmen für ihr Bein gezeigt. Inzwischen war Carrie wieder völlig gesund, obwohl es länger gedauert hatte als erwartet, bis ihr Bein den Strapazen des Skye Trails gewachsen war.

Rory und ich hatten in Fort William über dem Büro von *Scotland By Foot* eine gemeinsame Wohnung, und wir fingen gerade an, uns ernsthafter über die Zukunft zu unterhalten. Rory hatte noch gelegentliche Albträume wegen seines Bruders, aber sie wurden zunehmend weniger. Einmal im Monat stieg er auf den Bla Bheinn, und an Connors Geburtstag hatte ich ihn sogar begleitet. Der Berg war nicht länger Rorys Feind, sondern ein Ort, wo er sich dem Bruder, den er geliebt und verloren hatte, nahefühlen konnte.

Mein Job bei SBF war super. Scarlet war eine fantastische Chefin, die mir im Laufe des Jahres mehr und mehr Verantwortung übertragen hatte. Und sie hatte uns allen diese Woche freigegeben, damit wir zusammen den Skye Trail machen konnten.

Als Carrie vor einer Woche in Schottland angekommen war, hatte sie mir erzählt, die Chancen stünden gut, dass ihr Hotel sie demnächst in die neue Niederlassung nach Edinburgh versetzen würde, sodass meine beste Freundin dann wieder ganz in meiner Nähe wäre.

Sie und Tommy hatten seit ihrer Ankunft heftig miteinander

geflirtet – offenbar hatten sie sich im letzten Jahr immer mal wieder gemailt –, sodass ihr Wechsel nach Edinburgh vielleicht nicht nur damit zu tun hatte, dass sie näher bei mir sein wollte.

Heute war es auf den Tag genau ein Jahr her, dass ich anstelle von Carrie den Skye Trail begonnen hatte. Und jetzt, endlich, würden wir ihn alle zusammen wandern.

Rory und Tommy waren die offiziellen Guides, und ich befand mich in der Ausbildung zur Wanderführerin, auch wenn es noch eine ganze Weile dauern würde, bis ich den Abschluss in der Tasche hatte. Abgesehen von Carrie war diesmal auch Gav dabei. Obwohl er immer mal wieder einzelne Abschnitte des Trails, die nahe am Slig lagen, gewandert war, traute er sich zum ersten Mal an die ganze Strecke.

Unserer kleinen Truppe hatte sich auch Rorys Kumpel Tristan MacDougall, der Sohn seiner Lehrerin Mrs Mac, angeschlossen. Er war erster Maat auf einem Schoner in den Staaten, auf dem Studenten ein Semester auf See verbringen konnten. Begleitet wurde er von seiner Freundin Ari, einer süßen Rothaarigen, die gerade an der Universität von Miami ihren Abschluss in Meereswissenschaften gemacht hatte. Die beiden hatten sich den Sommer über freigenommen, um Schottland zu erkunden, bevor Ari im Herbst ihre erste Stelle antrat. Ich hatte die beiden letztes Jahr kennengelernt und freute mich darauf, mehr Zeit mit ihnen zu verbringen.

Der Skye Trail hatte so viel Glück in mein Leben gebracht, und ich freute mich riesig, dieses Erlebnis mit den Menschen, die mir so ans Herz gewachsen waren, zu teilen. Rory nahm meine Hand und lächelte mich an. »Bereit?«

»Bereit.«

»Dann geh voran.«

»Okay, Leute, dann wollen wir mal.«

Ich führte die Gruppe vom Parkplatz aus auf den Pfad. Vor einem Jahr hatte ich diesen ersten Schritt voller Angst und Nervosität gemacht, voller Zeifel, ob ich es schaffen würde, für meine beste Freundin achtzig Meilen auf dieser imposanten, zerklüfteten, abgelegenen und einschüchternden Isle of Skye zurückzulegen.

Heute machte ich diesen ersten Schritt voller Aufregung und Freude. Und diesmal konnte ich es gar nicht erwarten, mit den Menschen, die ich liebte, achtzig Meilen über die bergige, wilde und einfach nur atemberaubende Isle of Skye zu wandern.

ANMERKUNG DER AUTORIN

Die Isle of Skye ist mit ihren dramatischen Bergen, den spektakulären Ausblicken auf das Meer und ihren fremdartigen Steinformationen wie dem Quiraing eine der atemberaubendsten Gegenden, die ich jemals gesehen habe. Ich habe mich so genau wie möglich an den Verlauf des Skye Trails gehalten und mir nur hier und da ein oder zwei Freiheiten erlaubt. Ich kann nur hoffen, dass ich dieser überwältigenden Landschaft gerecht geworden bin und dass ich euch dazu inspiriert habe, sie auf die Liste der Orte zu setzen, die ihr in diesem Leben noch einmal besuchen wollt. Und wenn ihr wirklich dorthin kommt, solltet ihr unbedingt von dem Hotel aus, das dem Marsco gegenüberliegt, einen kleinen Abstecher durch Glen Sligachan machen. Oder – falls euch der Rest der Tour zu einschüchternd ist – zumindest dem Pfad zum Quiraing folgen (aber passt auf den Wind auf!). Und brecht auf keinen Fall ohne entsprechende Kleidung und Sicherheitsvorkehrungen auf!

Falls ihr euch entscheidet, den Skye Trail zu gehen – oder andere Teile Schottlands zu Fuß erkunden möchtet –, empfehle ich euch dringend, mit einem guten und kompetenten Reiseveranstalter für Outdoortouren zu wandern. Als ich es mir vor ein paar Jahren in den Kopf gesetzt hatte, den sechsundneunzig Meilen langen West Highland Way zu wandern, war mir klar, dass ich dazu einen Guide brauchen würde. Meine Recherche führte mich zu einem Reiseveranstalter, der nicht nur in Schottland, sondern auch in England und Wales geführte Trekking- und Klettertouren anbietet. Die Leiterin war fabelhaft. Sie hat mit einer Engelsgeduld alle Fragen beantwortet, die ich im Vorfeld meiner Buchung hatte, und mich beraten, an welcher Wanderstrecke ich mich angesichts meiner Schwierigkeiten auf dem West Highland Way als Nächstes versuchen sollte.

Mit einem Reiseveranstalter zu wandern, hat natürlich noch einen weiteren Vorteil. Er kümmert sich um alles (inklusive des Gepäcktransports), sodass man einfach ankommen und loslaufen kann. Die Guides sind hochqualifizierte Bergführer, und man wandert in einer kleinen Gruppe. Ich war als Einzelreisende unterwegs, aber die Leute in meiner Gruppe, egal ob verheiratete Paare, Singles oder Familien, waren ganz wundervoll und offen. Ich habe dort Freunde gefunden, die ich im folgenden Jahr auf dem East Highland Way wiedergetroffen habe, und mit denen ich nächstes Jahr hoffentlich wieder gemeinsam wandern werde.

Wenn ihr also die unglaubliche Erfahrung machen wollt, über Schottlands Berge (groß und klein), durch seine Täler und Moore und entlang seiner funkelnden Seen zu wandern, kann ich euch nur noch mal raten, euch ein gutes Reiseunternehmen zu suchen.

DANKSAGUNGEN

Mein Dank geht an …

… meine Eltern, Lois & Sam Miller, für … na ja, alles, wirklich, aber ganz besonders dafür, dass sie mich von klein auf mit dem Reisevirus infiziert haben.

… meinen Bruder, Rob Miller, der mich zum Weinen gebracht hat, als ich die letzten Unterlagen für den West Highland Way bekam und sah, was er getan hatte. Du bist mein Lieblingsbruder.

… meine Lektoren Stacy Cantor Abrams und Alexa May für ihr ausgezeichnetes Lektorat und ihre Anregungen.

… Eden Plantz für die wunderbare redaktionelle Bearbeitung.

… Curtis Svehlak, Holly Bryant-Simpson, Riki Cleveland und das Entangled Team für die großartige Arbeit, die sie leisten.

… meinen Agenten Josh Getzler für seine Unterstützung und seinen Einsatz.

Die folgenden Menschen haben mich maßgeblich dabei unterstützt, ein Buch zu schreiben, das auf Skye spielt. Sämtliche Fehler gehen auf mein Konto. Ein riesiges Dankeschön an …

… Scarlet Trevett, Chefin und Gründerin von *Thistle Trekking*, für ihren Rat, ihre Vorschläge und ihren Input; für die Beantwortung meiner zahllosen Fragen in Bezug auf Logistik und Aussprache, für ihre Unterstützung und Begeisterung und dafür, dass ich ihren Namen in diesem Buch benutzen durfte!

… Alex Kendall, meinen Guide auf dem West Highland Way, der geduldig all meine zahlreichen und vielfältigen Fragen beantwortet hat, sei es in Bezug auf den Skye Trail oder wie es ist, Wanderführer zu sein. Und der mich dazu gebracht hat, nicht aufzugeben, als ich dachte, Conic Hill würde mich umbringen, und dann noch mal, als ich dachte, Devil's Staircase würde mich umbringen. Hat man einen Berg überwunden, kommt schon der nächste verdammte Berg.

… Ed Terry, meinen Guide auf dem East Highland Way, der mir ebenfalls darüber Auskunft gegeben hat, wie es ist, als Wanderführer zu arbeiten, und an Ollie Mentz und Chris Withers für ihre Beiträge in Bezug auf den Streckenabschnitt rund um den Bla Bheinn.

… die Skye-Trail-Karte von *Harvey Maps*, das *Skye Trail Guide Book* von Helen und Paul Webster und an Walkhighlands.com – alles ausgezeichnete Quellen für Informationen über Geographie und Planung des Skye Trails.

… Greg MacThomais für seine Gälisch-Übersetzungen. Für jegliche Fehler bin ich verantwortlich.

… Dr. Lisa Bartoli für ihre medizinische Beratung in puncto Knieverletzungen. Auch hier liegen jegliche Fehler in meiner Verantwortung.

… Alec Shane, Heather Evans und Mike Evans für ihre Informationen bezüglich Knieverletzungen. »Wie doll tut das denn jetzt genau weh?«

… Jen »Jescott« Wills für die ganzen Ratschläge und Tipps, sowie für ihre Unterstützung und Begeisterung.

… Meredith Giordan dafür, dass sie meine Buchgefährtin, Fernsehgefährtin und Kinogefährtin ist, und für die täglichen Gespräche und Google Talks, genauso wie für die spätabendliche Grammatiknachhilfe.

… Megan Westfield für das Lesen der ersten Fassung und ihre hervorragenden redaktionellen Vorschläge (Ich habe sogar einige davon aufgenommen!) und für ihre Unterstützung.

… Joe Volpe und Al Araneo für ihre rechtliche Beratung in Bezug auf die Verwendung von Tolkienzitaten im Buch, sprich »Lass es!«

… Jacquie Holland für ihre Hilfe mit dem schottischen Slang und dafür, dass sie zwei wundervolle Tage mit mir auf Skye abgehangen hat (und die gesamte Fahrerei übernommen hat!). Ich habe immer noch Albträume von diesem irren Wind draußen am Neist Point.

… Jamesie Johnston für ihre Hilfe mit dem schottischen Slang und dafür, dass sie die Wanderung durch Glen Sligachan und den Marsco hinauf vorgeschlagen hat. Wir sind zwar nicht so weit gekommen, wie wir eigentlich wollten, aber es war eine atemberaubende Strecke, die ich eines Tages unbedingt noch einmal gehen möchte.

… Ali Newman, die mit mir am Anfang das Brainstorming für dieses Buch gemacht hat, und natürlich auch für all die Liebe und Unterstützung, die du mir schon mein ganzes Leben lang schenkst.

… Jill Jazwinski, Robin Mendez, Robin Ruinsky, Raakhee Shirsat, Genevieve Gagne-Hawes, Robin Rue, Michael Mejias, Stacy Testa, Samantha Wekstein, Katie Stuart, Abby Barce, Addison Fox, Joanna Volpe, Helen Lowe und Jamie Snider für eure Unterstützung und Freundschaft.

… Iris Beiss, Rob & Alison Tollafield, Christine Palin und Vikki Grimes dafür, dass sie fabelhafte Reisegefährten auf zwei Treks durch Schottland waren – ich freue mich auf den Pembrokeshire Coastal Path 2019!

… das Bergrettungsteam Skye für die unschätzbar wertvolle Arbeit, die sie für die Menschen leisten, die sich auf der Isle of Skye verirren oder verletzen.